私の昭和史

中村稔

青土社

私の昭和史──中村稔

目次

1

吉村昭著『東京の戦争』を読み、吉村さんの体験した東京の戦争に比べ、私の体験した戦争ははるかに優雅なものだったと痛感し、恥ずかしいような感情を覚えた。また、辻井喬詩集『わだつみ』三部作を読み、辻井さんと対談する機会をもった。私たちの生きてきた時代の総体をとらえ、その意味を問い直した、六千行にも及ぶこの長篇詩に、私は敬意を覚えたが、私にはこうした詩を書くことはできないだろうとも思った。ひとつには昭和史を詩で表現するような冒険が私の手に余ると自覚していたためだが、反面では戦争体験が辻井さんと私とではずいぶんと違うことを思い知ったためであった。そのことが私にはふしぎに思われた。

僅か二、三歳の年齢差によって戦争体験とその受けとり方がかなりに違うことは、これまでずいぶんと感じてきた。しかし、吉村昭さん、辻井喬さんと私とはほぼ同年である。吉村さんは昭和二（一九二七）年五月一日生まれ、辻井さんは同年三月三十日、私は同年一月十七日生まれだから、ほとんど同時期に生まれ、昭和という時代をまるまる生きてきたわけである。加えて、吉村さんは東京の下町で生まれ育ち、辻井さんはたぶん東京の山の手育ち、私は大宮で育ったというものの、大宮は東京の衛星都市、郊外といってよいし、旧制中学以後は東京の学校で学んでいるから、私たち三人の戦争体験、戦後体験はそう大差ない社会状況の中で営まれたはずである。それでいながら、お二人と私との戦中、戦後の体験がかなりに違うのは、私が過ごし、私をはぐくんできた環境や、私自身の資質、感受性がお二人と異なることによるのだろうし、その違いは戦後の生き方にまでひきずられてきているにちがいない。これは私の体験が特異だったというべきかもしれないし、そういう意味で普遍性も一般性もないかもしれない。「私の昭和史」という主題についてすでに何人かの方々の著述があることは承知している。しかし、私が私なりに生きてきた体験が特異であれば、それはそれなりに意味がありうるのではないか。そう考えて、貧しい記憶を辿ることとする。

＊

野上弥生子の『欧米の旅』中、筆者はローマの郊外の風景に接して、「これだけの広漠とした、それもすぐ首都に接した地面を、美しい芝庭のように遊ばしておけるのは、日本からは想像されない贅沢である」と記し、次のとおり続けている。

「ヨーロッパでは、いわゆる「持たない国」と云ったところで、その対象はつねに英仏やアメリカの富である。日本なぞがそれを自分の仲間扱いにして考えるのは非常な間ちがいではないだろうか。あとのドイツ旅行のあいだでもしみじみそう思ったが、このことを私に暗示してくれたのは、はじめてローマにはいろうと横切った、一帯の空《から》っぽの美しいこの草原であった」。

野上弥生子の『欧米の旅』は昭和十二（一九三七）年の秋から翌年の冬に及ぶ間の旅行記である。当時、「持てる国」「持たない国」という言葉がしばしば口にされた。持てる国とはイギリス、フランス、アメリカ等を指し、持たない国とはドイツ、イタリア、日本を指す。前者が第二次大戦における聯合国を、後者がいわゆる枢軸国を形成した。共産主義インターナショナルに対する日独協定が調印されたのが昭和十一（一九三六）年十一月であり、翌年十一月にはイタリアが参加して日独伊防共協定が成立した。リットン報告書の採択により松岡洋右を主席とする日本代表団が国際連盟総会から退場し、わが国が国際連盟から脱退したのが昭和八（一九三三）年三月だから、日独防共協定、日独伊三国の防共協定は国際社会から孤立したわが国の国際社会への復帰の狭い通路をひらくものであった。「持たない国」が「持てる国」に対して止むに止まれず手を結んだようにうけとられた。野上弥生子はちょうどそうした時期に、ムッソリーニ政権下のイタリア、ナチス政権下のドイツ等を旅行して、右のように書きのこしたのであった。

日独防共協定の成立にわが国民衆は熱狂した。有楽町の日本劇場の壁面に、日章旗とナチスの逆マンジの旗が掲げられた。私は当時小学校四年生であった。そうした新聞記事の熱にうかされたような論調を、私は仄かながら記憶している。その記憶はまた、その後一、二日経ったころ、私たちの担任であった鈴木秀吉先生が、

「君たちは浮かれているけれども、日本は怖しく危険な道にふみだしたのだ」

と沈痛な面持で語った訓辞の記憶とかさなっている。何故私がその訓辞を憶えているのか私にも

ふしぎだし、私の同級生も誰一人その訓辞を憶えていない。鈴木先生はとうに他界されているので、確めるすべもないのだが、かりにご存命だとしても、先生ご自身も忘れておいでかもしれない。ただ、これは私の記憶にふかく刻みこまれた間違いない事実なのである。

鈴木先生は明治四十四（一九一一）年生まれのはずだから、当時二十四、五歳であった。旧制浦和中学から埼玉師範二部に進んで小学校教諭となり、大宮北小学校に赴任し、はじめ三学年年長の私の兄の級を担任し、後に記するように私の兄は六年生のときに本郷の誠之小学校に転校したのだが、兄の同級生が卒業してのち、あらためて私の級を四年生から六年生までの三年間担任した。小学校教諭としては師範一部の卒業生が正統派だから、二部から教諭となった鈴木先生は非正統派だったはずだが、その後埼玉県の教育界の数々の要職を歴任なさったことからみても、決して反体制的というよりむしろ体制的な思想の持主だったように思われる。情熱的、野心的で、すぐれた教育者だったことは疑いないのだが、それでも鈴木先生がそのような訓辞をなさったことは、いま思い出すといささか奇異な感じがする。しかし、当時、識者の一部には日独防共協定に危険性をみていた人々があったことも事実だし、鈴木先生の訓辞もそうした識者の意見を若気の至りで受け売りしただけのことだったのかもしれない。ただ、当時はまだそのような訓辞があえて咎め立てされることもないような、まだ自由な社会思潮の名残りのある時代だったと思われる。

＊

同じころ、私はトハチェフスキー元帥という名を知った。スターリンによる粛清の幕を開けた彼の逮捕、銃殺は日独防共協定が成立したと同じ一九三六年の十一月であった。私はトハチェフスキーという名もうろ覚えだったが、年表を繰ってみると私の記憶は正確であった。それほどに彼の銃殺刑は満十歳にも達していなかった私にとってふかい印象を刻んだ事件であった。私自身の生活にどんな影響があったわけでもない。しかし、元帥にまで昇進したソ連邦最高位の軍人が反逆罪に問われるという事態が私には不可解だったし、ソ連邦という国家が不気味に感じられたのであった。いや、それほどまで意識していたかどうかは疑わしい。元帥というような高官が銃殺されたことが、私には無性に怖かったというだけのことであろう。

二・二六事件が起ったのも同じ年であった。事件そのものについては、内戦状態になって流れ弾《だま》が在日外国公館にうちこまれ、国際紛争に発展することを父が心配していたこと、たまたま上野松坂屋に買物に行っていた母が大雪に難渋したと語っていたことなどのほか、これといった記憶はない。それでも、斎藤実《まこと》内大臣、渡辺錠太郎陸軍教育総監、高橋是清大蔵大臣らが射殺されたこと、殺されたと一度は報道された岡田啓介首相が押し入れにかくれて死を免れたことなどの記憶が鮮明である。長じて私は高橋是清の死がどれほどわが国のその後の運命に大きな喪失だったかを知ることとなったが、そのころは高橋是清という偉大な、しかも愛すべき、人物像についてはまるで知るところがなかった。生きのびた岡田啓介首相について何か卑怯な感じを抱いたのも私の稚さであったろう。

私にとっては、むしろ、安藤輝三大尉ら十五名に同年七月に銃殺刑が執行されたこと、北一輝、西田税、村中孝次、磯部浅一に翌年八月に銃殺刑が執行されたことの報道記事の方がはるかに印象ふかい。相沢三郎陸軍中佐が白昼陸軍軍務局長永田鉄山を局長室で斬殺したのは前年八月だが、相沢がやはり銃殺刑に処せられたのもこの年の七月であった。

これらの事件がいわゆる皇道派と統制派の覇権争いから起こったことを知ったのは戦後だが、こうした多数の銃殺刑に十歳ほどの私は戦慄した。私の同級生の一人は、近衛歩兵三聯隊に所属する下士官の兄を誇りにしていたが、二・二六事件の反乱軍として、当時の満州、現在の中国東北部に転勤を命じられた。私は理不尽に感じた。

考えてみれば、ずいぶんと血なまぐさい時代であった。私は大人の世界で起こっている事件をまるで理解できなかった。私はひたすら怖かった。そんな恐怖をよそに、十五年戦争が進行していた。

*

私は臆病で怖《こわ》がりであったが、それでいて、軍事冒険小説の愛読者であった。私は毎月、『少年倶楽部』が発売されるのを待ちかねるように買いに走った。講談社から過去に連載された小説が多数刊行されていた。私が熱狂したのは山中峯太郎『大東の鉄人』、『亜細亜の曙』、『敵中横断三百里』であり、平田晋作『昭和遊撃隊』などであった。いまから思えば『大東の鉄人』『亜細亜の曙』は植民地支配からの解放をめざす大アジア主義ともいうべき思想が背後に潜んでいたようだが、当時の私にとっては、鍛えぬかれた体力、目を瞠るような知力に恵まれた、主人公本郷義昭の活躍に激しい動悸を覚え、自らを主人公になぞらえて夢想に耽った。日露戦争中の建川挺身隊の活躍を描いた『敵中横断三百里』も私は興奮にわくわくしながら、くりかえし読んだ。『昭和遊撃隊』は本多光太郎博士の世界的発明である本多鋼で装備したわが国巡洋艦最上を中心とする連合艦隊が、小笠原諸島の北に位置する、絶壁にかこまれた秘密の孤島に集結し、やがて敵国の太平洋艦隊を全滅させ、東洋の海を東洋人の手にとりもどす、という軍事冒険小説であった。『大東の鉄人』がソ連を仮想敵国としているのに対し、『昭和遊撃隊』はアメリカを仮想敵国としている。これらはいずれも一九三〇年代初期の作である。これらは当時の国際社会から孤立したわが国の状況に対する作者の危機意識を、欧米先進資本主義国の植民地主義に対する汎アジア主義におきかえて、反ソ反英米思想を煽ったものと評価すべきかもしれない。これらの作品によってアジアの盟主としての日本人という、私の自尊心が大いにくすぐられたことは間違いあるまい。

私はいわゆる講談社文化によって育てられたといってよい。当時、吉川英治『神州天馬侠』、大佛次郎『鞍馬天狗』なども広く読まれていたが、私自身は山中峯太郎や平田晋作の作品に比べれば、感銘は淡かった。私には立川文庫の主人公たちの方がよほどなじみふかかった。吉川英治や大佛次郎の作品は私にはその文体が高級すぎたようにみえる。

むしろ私の愛読書の一は佐々木邦の作品であり、たとえば『苦心の学友』であった。父親の主人筋にあたる華族の出来の悪い次男の学友として、主人公の少年が苦労するユーモア小説だが、おそらく私はここに華族制度の馬鹿らしさをかぎとっていたのだろう。しかし、私がユーモア小説好きであることは間違いない事実で、華族制度云々といったことはふりかえってみての弁解にすぎないとも思われる。やがて私は佐々木邦の大人向けのユーモア小説の読者となり、宇野浩二、獅子文六の初期作品や井伏鱒二、内田百閒らの作品に関心が移っていったのであった。

ついでにいえば、『少年倶楽部』に連載されていた田河水泡の『のらくろ』も私は愛読した読物の一であった。ただ、私には失敗をかさねながら要領よくどんどん昇進してゆくのが気に入らなかった。同じころ、柳家金語楼の兵隊落語もラジオでくりかえし放送され、一世を風靡していた。うだつのあがらない新兵の苦労話を面白可笑しく新作落語にしたてたものだが、腹をかかえて笑いころげながら、私は軍隊の馬鹿馬鹿しさを感じとり、徴兵されることの怖しさを感じとっていた。

こう思いだしてみると、当時の私にとって、愛読書の筆頭は何といっても山中峯太郎、平田晋作らの軍事冒険小説だったという感がふかい。これらは私たちの世代にとって、すでにはじまっていた十五年戦争への思想的洗脳の役割を果したはずだが、そういう意味では私は洗脳されたとは感じていない。虚構を現実化し、血肉化するには私はあまりに臆病だったのであろう。それでも、『神州天馬侠』のような時代小説よりも『大東の鉄人』などに惹かれたのは、私が稚いときからいだいていた、欧米先進諸国の植民地主義に対する関心、あるいはアジア情勢ないし国際政治に対する関心、それも恐怖をともなった関心のせいではないか、と思われるのだが、これも今となっての思いこみにすぎないかもしれない。

2

私の小学校当時の日本は貧しかった。あるいは貧富の格差が大きかった。私の父は裁判官だったが、常時ねえやと呼んでいた女中、今でいえばお手伝いを雇っていた。私が主として世話になったねえやはおせきさんといったが、桶川在の生まれであった。小学校を出るとすぐ子守りとして奉公に出、数年してねえやとしてわが家で働くこととなった。その後昭和十九（一九四四）年、私が旧制一高に入学して間もなく結婚するまで十年ほどわが家にいた。その前のおていさんというねえやも同じような境遇で、大宮在の農家の生まれであった。当時の埼玉県の農村では、小学校を卒業するとすぐ、子守り等の働きに出るのがごく普通であった。

私の小学校の級友の家の子守りの女性は、たぶん十四、五歳であったのだろうが、級友の弟をおぶって使いに出たところで、たまらなく辛くなったのであろう、背の嬰児を路傍に捨てて出奔してしまった。ちょうど真冬のことで、雪がふっていた。翌朝、嬰児は凍死体となって発見された。私の友人の母親は近くに子育て地蔵を建てた。その地蔵さんはいまだに私が時々通る路傍に残っている。

それでも小学校を卒業し、子守りに出られるような境遇であればまだ恵まれていたらしい。私が懇意にしている女性はいま八十歳をこえているはずだが、元芸妓であった。小学校三年のときに芸妓置屋に売られた。一人前の芸妓になるまで、姉分の芸妓の食べ残しの、実のまるでない味噌汁だけで育ったという。彼女は三十歳台の半ばで私の父の知人に身請けされて後妻になった。ほぼ同年の先妻の長男をはじめとする五人の継母となったが、夫となった男性の稼ぎで経済的に恵まれ、彼女が苦労を苦にしない性質だし、子供たちも素直だったからでもあろうが、とうに夫君が死去したいまでも、かなりに安定した生活をしている。彼女は川越在の生まれだが、芸妓時代彼女の妹分だった女性は大宮の生まれである。この女性も八十歳に近い、いまでも健康で、時にみかけることがあり、生活に苦労していないが、幼いころは、一家七人で二間の長屋住まい、布団は二組、飯椀なども二、三個しかなかったという。

東京近郊の農村でもそういう状況だったから、東北、北海道等の農村はもっと悲惨だった。花巻近郊の農村の疲弊は宮澤賢治が心を痛めたところだが、小学館版『昭和の歴史』第四巻の筆者江口圭一が紹介している統計によれば、一九三一年の一年間だけで、青森県だけで一五〇三名、福島県だけで四一六二名、一九三二年、青森県だけで二四二〇名が芸妓、娼妓、酌婦、女給、女工、女中等として離村している。こうした農村の疲弊が国軍の基盤を揺るがすものとして五・一五、二・二六事件の青年将校たちの危機感の引き金になったことは知られるとおりである。

＊

私が小学校三年のころまで生活していた家は鉄道線路から二百メートルほど離れて線路に並行する道路に面していた。わが家の裏手は新地とよばれる区域に隣接していた。私の祖父が明治の半ばころ、与野から移って、この土地に居を定めた当時は周囲は畑地だったという。その後、大門町とよばれた地域に散在していた遊女屋を集めて、移転させ、新地と称したらしい。新地には、遊郭というにはもうすこし侘びしい遊女屋が軒をつらねていた。私が小学校に通学する往復には新地を通らなければならなかった。学校の帰途など女性たちがけだるそうな表情で肌をはだけて化粧しているのを毎日見かけた。その女性たちは、たまに大人が通りかかると、旦那、遊んでらっしゃいよ、などとけたたましい嬌声をあげた。私はそういう女性たちの境涯に思いを寄せることはなかった。何か不潔な生物を見るような気分で、いつも顔をそむけて通りすぎていた。ねえ、やがいることも格別ふしぎには思わなかった。私の感受性が鈍かったのだろうか。たぶんそうではない。それが社会の常態であれば、その異常さに気付かないのが普通なのではなかろうか。

だから私は比較的に恵まれた家庭で育ったことには間違いないのだが、当時の日本あるいは日本人の貧しさを考えるにつけて、思いだすのは自転車のことである。わが家ではまず兄が祖父に自転車を買ってもらった。兄は祖父母にとって初孫だったから鐘愛の対象であった。兄の乗る自転車の後を私は駈けて追いかけていた。それを見た父が可哀想がって私にも自転車を買ってくれた。

私はそれだけのことしか憶えていなかったのだが、私の小学生時代の同級生であった小竹哲郎から最近聞いたところでは、私の同級生でそういう小児用の自転車を持っていたのは私とT君の他はいなかったそうである。小竹は成人してからタトル商会に勤め、出版労連の活動家だったこともあり、タトル商会を定年退職してからも出版労連のOB会の世話役をしばらくつとめていた。そんな経歴もあり、また、私が三十代の半ばまでかなり麻雀に熱中していた時期の麻雀仲間だったこともあり、小学校卒業後も現在に至るまで親交を保っている唯一の級友である。T君も同級生だが、学校から三キロ近く離れた、見沼田圃を越した丘陵の端の広壮な別荘から、自転車で通っていた。T君の祖父にあたる人は当時大臣もつとめたことのある高名な代議士で、T君はフランス人形のような美貌の妹と、家令か執事といった人、下男、女中と一緒にその別荘で暮らしていた。祖父の代議士をなさっていた方が盆栽を趣味としていたためであろう、広々した庭に数百の盆栽があり、専門の植木職人あるいは盆栽家というような人が盆栽の世話をしていた。T君がどうして兄妹二人だけで、祖父母や両親と離れて生活していたのか、その事情は私には分からないが、T君は多少繊弱の気味もあったので、健康を慮ってのことだったかもしれない。私たち同級生は始終T君の処に遊びに行った。その思い出には後にまたふれることとし、小竹のいうには、T君の処に遊びに行くときには必ず私の自転車の荷台に二人乗りをしていったそうである。子供用の自転車でなく大人用の自転車でさえ、営業用に持ち、使うのが普通で、一般の家庭では大人用の自転車でさえ持たない、あるいは持てなかった、とこれも小竹が教えてくれた。

小竹から聞いて思いだしたことの一つだが、サンドイッチの屑、切れ端を買いに行くのも、たしかに私たちの少年時代のたのしみであった。大宮駅前に三立軒という駅弁屋があり、朝早く、サンドイッチの切れ端を袋一杯、一銭か二銭で売ってくれた。その切れ端には時にハムの切れ端が付いていたり、辛子の味が残ったりしていた。あれがおれたちが食べた洋食のはじめだった、と小竹がいう。小竹の父君はまだ大宮市ではなく大宮町といった時代に町議会の議員を何期かにわたってつとめていた。だから、当時の大宮では裕福な階層に属していたのだが、私も小竹もそんなサンドイッチの切れ端に無上の愉悦を覚えていた。

中原中也に「金沢の思ひ出」という随筆がある。彼が金沢にいたのは、父君謙助氏の軍医としての勤務のためで、大正元（一九一二）年の末から大正三（一九一四）年の春、山口にひき上げるまでの間であった。彼の住居は野田寺町といい、中原によれば、「寺ばかりといつていいやうな町に住んでゐたので、葬式は実に沢山見た。葬式のあるたんびに子供達は葬式をやつてゐる寺に名刺を持つて行つて菓子を貰ふのであつた。僕はそれが羨ましくて、母に名刺を呉れといふのであったが、「あれはお葬式のお供に行く人の子供だけが貰へるのです」つまり名刺を持つて行つたからとて菓子が貰へるわけはないといふのであつた」という。

子供がどんな名刺をもっているのか、私には金沢の風俗は分からない。しかし、この随筆を読んで卒然まざまざと思いだしたことがある。それはH家という大宮では屈指の家で葬儀があり、たまたま通りかかったとき、子供たちが行列を作っていた。何の気なしに、というよりは、たぶん卑しい根性からだったろうが、私はその行列に並んだ。そして、おひねりにつつんだ何銭かを頂戴した。私がそんな行列に並んでいることをデパートの外廻りの得意先係の人が気付いたらしい。その人が母にそのことを告げ口した。私はひどく母に叱られた。中原の母親である福さんとちがって、私の母は、そういうお金を貰うのは貧乏人のすることで、お前のような卑しい子供をもったことは情けない、といって私を責めた。

当時は何かといえば、そんなおひねりを貧しい子供たちに配るのが大宮の風習だったようである。葬儀のときは供養の意味があったのであろう。大宮では建前というのが通常だったが、新築の家屋の棟上げのときにも、上がった棟の上からおひねりをまくのが普通だった。このおひねりは餅のこともあったし、小銭のこともあったようである。私は性卑しいせいか、親の目を盗んで、しばしば建前をする家の前の路上に立っておひねりを待っていた。

大宮は現在もそうだが、鉄道によって発展し、鉄道によってその経済が支えられている町である。鉄道工場があり、駅があり、機関区があった。鉄道の工場長、大宮の駅長といえば、大宮で何か催しがあれば招待される客の筆頭になる名士であった。私の小学校の同級生のほぼ半分は鉄道の関係者であった。国鉄に職をもつということは安定した収入があるということを意味した。それに家族パスという無料で鉄道を利用できる特典もあり、また、鉄道関係者だけのための購売部があり、ここではたぶん運賃や利潤を計算に入れないで市価よりもはるかに安く物資を提供していた。それ故、鉄道の関係者は自らの職業に誇りをもっていたし、職場には活気があふれていた。私の同級生の十人近くが国鉄に就職したのもそういう旧き良き時代を知っていたためである。

いまでも鉄道工場はあるが、いつも閑散として人気がない。大宮駅の乗降客の数は首都圏でも三、四番目に多いはずだが、鉄道員が往年の誇りをもっているようにはみえない。それでも交通の要衝という地理的有利さによって、大宮は発展してきたのだが、そして、かつてのような貧しい人々もいなくなったのだが、同時に、首都圏のこれといった特徴もない地域になってしまったわけである。

鉄道を除けば、当時大宮にあった産業といえば片倉製糸だけであった。片倉製糸もじっさいには長野県資本の企業である。大正期には片倉製糸以外にも長野県資本の製糸産業が大宮に進出していたそうだが、昭和初期の大不況で倒産し、跡地は原っぱになっていた。その片倉製糸もとうに操業を止めてしまった。

*

何故私の周辺が当時そんなに貧しかったのかといえば、農村が疲弊し、産業といえば繊維産業を中心とした軽工業にすぎず、産業といえるほどの産業は発展途上だったということだろう。野上弥生子は同じ持たない国といってもドイツやイタリアの貧しさとわが国の貧しさとは異質だと記していたけれども、イタリア南部の農村に比べればそう大差はなかったかもしれない。それにしても、明治以後の急激な近代化がもたらした社会の歪み、国力に不相応な過大な軍事力、植民地の人々に苛酷な犠牲を強いながらも植民地支配のもたらした負担等が少なくとも貧しさの理由の一部をなしているであろう。貧しさに由来する焦燥とアジアの盟主たらんとする野望、そうした心情が軍部を無謀、無軌道な行動に駆り立て、十五年戦争の泥沼に私たちを追いこんでいったのではなかろうか。私が幼なかった昭和初年はそういう時代であったように思われる。

3

私は四歳の時から二年間愛仕幼稚園という幼稚園に通った。愛仕幼稚園は今でも大宮の中心市街から岩槻に向かう旧十六号国道沿いに存在するが、私が通った当時は国道からすこし北寄りの路地に面していた。戦後になって国道が拡幅されて国道にじかに面することになったのである。

アプタン先生という宣教師が経営していた。旧大宮市が制作した「大宮市ものがたり」というCD－ROMによると、先生は一八七〇年生まれ、一九六六年に亡くなったそうだから、私が愛仕幼稚園に通った当時は六十歳を越えたばかりだった。長身、背すじがピンと伸び、容貌は典雅、気品のある方であった。「大宮ものがたり」には、エリザベツ・フローラ・アプタンとある。フローラというにふさわしい高潔な花のような方であった。エリザベツはElizabethだろうが、ふつうはエリザベスと表記する。しかし、thの発音は日本人には難しい。あるいはツという音の方が近いかもしれない。アプタン先生は数人の大宮市名誉市民の一人に選ばれているから、この表記は先生ご自身に確めたにちがいない。

先生が大宮に愛仕幼稚園を開設したのは一九一五（大正四）年四月であった。当時の写真が「大宮ものがたり」に収録されているが、十五、六名の生徒が二列に並んだ背後の中央にずぬけて背の高い優美な先生が立っている。まだ三十五、六歳であった。私が通った当時の生徒数も二十名足らずだった。大宮の他にも、川越、浦和、熊谷等、埼玉県の各地に幼稚園を開設し、大宮では「幼稚園保母の養成、良妻賢母の教養を身につけさせるため」愛仕母学会を一九二三（大正十二）年に開設し、一九三六（昭和十一）年閉鎖されるまで六十三名の卒業生を送りだしたという。十三年間で六十三名とはいかにも少い。

だが、それより不審に感じるのは、アプタン先生が宣教活動のかたわら幼稚園を埼玉県の各地に開設したといわれているものの、その宣教活動がどういうものだったかがはっきりしないことである。どこかに教会をおもちだったのか。愛仕幼稚園でもクリスマスの行事は催されたが、聖書の一節も講義された憶えはない。愛仕幼稚園の卒業生を私はかなり知っているが、一人としてキリスト教の信仰をもつようになった人はいない。プロテスタントであるとカトリックであるとを問わず、わが国ではキリスト教の信者数は頭うちないし漸減傾向にあるが、結局キリスト教はわが国の風土に根づかないのであろうか。こうした状況はキリスト教に限らず、仏教等の既成宗教についても同じようにみえる。しかも、「癒し」という言葉が流行しているとおり、心の渇きや魂の餓えを感じている人々は数多いし、麻原なにがしだけでなく、さまざまなカルトが先進諸国でかなりの影響力をもっていることも間違いない。既成宗教はすでにその役割を終えたのだろうか。一つには、内村鑑三や清沢満之に代表されるようなカリスマ性をもった宗教者が既成宗教界には現在みられないのではないか。アプタン先生は優しく、厳しかったが、やはりそうしたカリスマ性とは無縁であった。だが、それも稚い私の感受性が鈍かっただけのことかもしれない。私は宗教的資質に乏しいと自覚している。宮澤賢治にしても中原中也にしても彼らの文学の宗教性に関する共感を欠いているために、彼らの人間像の全体が把握できないまま今日に至っている。宣教活動の成果を別とすれば、大宮市が先生を名誉市民に推したとおり、先生の人格を懐しく、また、慕わしく思っている人々も多いのだから、私が先生の宗教的活動に感化されなかったというだけのことで、私の知らないような成果があがっているのかもしれない。それでも、中原中也の文学に認められる宗教性と彼がキリスト教関係の幼稚園に通ったことを過大に評価してはなるまいと私は考えている。宗教的環境よりもむしろ本人の資質によるのではなかろうか。

アプタン先生は優しく、厳しかった。幼稚園時代、私はまぎれもなく劣等生であった。早生まれだったせいもあるが、私は同年齢の生徒たちのすることについていけなかった。恥ずかしくて口にもできない思い出は数えきれない。中で、比較的ましな例をあげれば、私は終了式のさい、終了の免状を頂けなかった。免状を頂くときは、アプタン先生の前に一人ずつ進みでて、お辞儀をし、免状を手渡して頂くのだが、そのお辞儀ができなかった。さあ、頭を下げて、と先生は何遍もくりかえし諭されたのだが、どうしても私はお辞儀ができなかった。それでは免状をあげませんよ、といわれても頭を下げられなかった。それではお母さんにお渡ししましょうね、と先生はいって母に免状を渡して下さった。あれほど恥ずかしい思いをしたことはない、と後々まで母はいっていた。私は何故お辞儀ができなかったのか。不作法だったのか、自尊心が強かったからなのか。私は自分が不器用だからだと思っている。ことに集団行動の中に溶けこむのが不得手である。運動神経が敏感に反応しないらしい。だが、集団行動のリズムにうまく溶けこめないのは、高村光太郎の言葉を借りれば、私にも離群性といった性質があるためかもしれない。歩き方からはじまり、挙止動作がぎこちなく、旧制中学に入学し、軍事教練で恥ずかしい思いをしたことは後にふれるつもりだが、詩の同人誌に誘われたことも、参加したこともなく今日に至っているのも、離群性というべき性癖によるのかもしれない。

そういえば、私が小学校に入学して間もないころ、祖母が小学校の脇を通りかかって何気なしに校庭をみると、砂場で一人だけ遊んでいる子がいた。他の生徒たちはみなそろって体操か何かをしている。よく見ると砂場で遊んでいたのは私であったという。母が心配して担任の先生にお訊ねしたところ、一学年に一人くらいは必ずああいうお子さんがおいでになるのですから、ご心配なく、といわれたそうである。知恵遅れなのではないかと両親の心配はますます昂じたという。私は幼稚園の劣等生だったし、始終鼻たらして、色が黒く、およそ可愛げがなかったというから、両親の心配は尤もであった。

*

当時私の家の前は魚房という魚屋であった。私の家の塀に板を立てかけ、あじなどのひらきを並べて干していた。ひらきにはいつも蝿がたかっていた。各家庭に冷蔵庫等もなく、冷蔵、冷凍の輸送手段もなかった。わが家の食卓に刺身が上ることはほとんどなかった。魚といえば、塩鮭、鰹のなまりぶしと野菜の煮付け、小魚の干物の類に限られていた。すぐ家の前だから、魚屋とわが家は親戚同様のつきあいであった。魚屋では仕出しもしていた。そのころは大宮市内でもその近在でも、婚礼は自宅でするのが普通だった。そのための折詰の仕出しが営業のかなり重要な一部だったらしい。仕出しの調理をしているところに行きあわせると、きんとん、伊達巻きなどが大きな平たい桶いっぱいにできあがっていた。私はいつもづかづかと上りこんで、きんとんや伊達巻きをつまみ食いした。

魚屋には私より十歳ほど年長の貞ちゃんとか兄《あん》ちゃんとか私がよんでいた長男と、私より一歳年長のめえやとよんでいた長女がいた。彼女の本当の名前を、当時は知っていたはずだが、いまは憶えていない。彼女と私は大の仲好しであった。きんとんや伊達巻きをつまみ食いするときも一緒だったし、いろいろな遊びの相手だった。小学校三年のとき、私の家は小学校のすぐ南隣に引越した。それでも魚はいつも魚房から買っていた。貞ちゃんが後を継ぎ、貞ちゃんの後はその長男が継いだ。十年ほど前廃業するまで、母は魚は魚房から買うものときめていた。めえやとは引越したころから口を聞く機会も少くなり、たがいに思春期になるころには顔を合わせても挨拶することもなくなった。

魚屋に向かって右隣は煎餅屋であった。日がな一日、老人が煎餅を焼いていた。老人といってもいまの私よりよほど若かったはずだが、無愛想で気難しそうで、笑顔を見たことはなかった。

正座して、炭を扇であおいだり、煎餅を醤油にひたしたり、裏返したりしていた。その煎餅は評判が良く、両親は手土産にすることが多かった。私も私の兄も、煎餅よりも、出来損ないの屑の方が好きだった。何銭かで袋一杯買うことができた屑は、焼きむらがあり、処々醤油が濃厚すぎるほどしみこんでいた。固すぎたり、軟かすぎたりしたが、その変化を私たちはこよないものに感じていた。その屑をきゅうすけというのだと知ったのは成人してから後である。

魚房に向かって左側は鉄道線路まで続く路地であった。その路地はリヤカーが一台通るとその脇を一人通りぬけるのがやっとといったほど狭かった。路地の両側には長屋が低い軒をつらねていた。ほとんどが鉄道工場に勤める人たちの住居であった。一、二カ所空地があり、原っぱになっていた。そこで私たちはキャッチボールをしたり、三角ベースの草野球をした。リヤカーに野菜をつんだ行商の青年が油を売って子供たちに話しかけたり、煙草をふかしたりしていた。後年、その青年が立派な店舗を構え、手広い商売をするようになってから、私は再会した。

路地の左側には乾物屋、衣料品店、駄菓子屋、理髪店などが並んでいた。私は駄菓子屋の上得意であった。ある年の元日、朝の十時ころから日が暮れるまで、店に居続けて、何円かのお年玉をすっかり使いはたした。元日のことで人の出入りも多く、両親も誰も私に気をかけていなかった。家に帰ってから私はその日の行状を問いつめられ、白状させられた。両親は叱るのを忘れるほどあきれていた。私は、翌日から一銭の小遣もないことが無性に悲しかった。

私は今でも時々その地域を通ることがある。それらの商店等は一軒も残っていない。家並は取りこわされ、多くは駐車場になっている。当時新地といわれた地帯は風俗営業という不可解な名称でよばれる業種の建物が乱立している。駐車場には客引きの青年たちがたむろしている。私の知っていた店の人々はとうに死んでいる。家族の行方も私は知らない。リヤカーを引いていた行商の青年も、戦後、立派な店を構えたのに、二十年ほど前にあっけなく癌で死んだ。六十数年前の過去はすでに茫々たる彼方にある。

*

昭和八（一九三三）年四月、私は大宮北小学校に入学した。一学年が松、竹、梅、菊の四組、一組が約五十名であった。どの組も男女組であった。四年になったとき、竹組と菊組の男子が竹組となり、女子が菊組になった。私は終始竹組であった。竹菊同窓会という会合を二年に一度ずつ開いている。私はよほどの差支えがない限り毎回出席しているし、幹事団の一人をつとめたこともある。幹事会が二、三回開かれるのだが、そう打合せすることがあるわけでもない。暇をもてあました老男老女がひたすら顔を合わせるのをたのしみに雑談する機会をつくっているのである。竹菊同窓会といっても、女性の半分は同級になったことのない人々である。女性の何人かは曾孫をもっている。ふしぎなことに、私の同級生の多くは大宮またはその近郊に住んでいる。男性はともかく、結婚しても大宮を離れた女性は数えるほどしかいない。皆が皆、私と同様に郷土愛が強いわけではあるまい。私たちが結婚適齢期に達したころ、敗戦後二、三年してから昭和三十年前後まで、東京へ通勤できる地域の中で、たぶん大宮の地価が安く、住居を定めやすかったのだろう。知られるとおり、東京は西の中央線沿線、さらに南の東横線や小田急線に沿ってしだいに住宅地帯が発展し、東京から北方に住宅地帯が延びてきたのが最後であった。私より十数歳年少の妹が戦後に同じ小学校に通ったころは一学年十組あったという。娘たちが同じ小学校に通った昭和四十年前後は四組に戻っていた。いまでは僅か二組、一組が三十名前後で、学校の統廃合が問題となっている。小学校は大宮駅から十分足らずの距離にある。大宮町が周辺のいくつかの村と合併し、人口三万を超えて大宮に市制が施行されたのが昭和十五（一九四〇）年である。だから私が小学生のころ、小学校の通学地域は田舎町の住宅地域であった。戦後になって急激にその住宅地域の人口が膨れ上り、その後、大宮が商業都市として発展するにしたがい、住宅地の商業化が進み、大宮の都心の一部にくみこまれることとなった。百貨店やスーパーマーケットに押されて小規模の店舗はしだいに姿を消し、小学校の通学地域の過疎化、空洞化が進んでいる。その上バブル経済の崩壊後、有効に利用されないままに駐車場になっている空地が多く、空洞化は実際日常見ている現象なのである。

私たちは「サイタ　サイタ　サクラガサイタ」という国語教科書が採用された第一期生である。それまでは「ハナ　ハト　マメ　マス」で国語教科書ははじまっていた。私たちの国語教科書が「ススメ　ススメ　ヘイタイススメ」と続くのも昭和八年という時代の反映である。担任は中川英三という先生であった。穏やかで几帳面、といった平凡な印象しか残っていない。私たちが小学校を卒業してしばらくして夭折なさったはずである。先生の個性が特に記憶にないのは、私が稚かったからであろう。

当時成績は甲乙丙丁であったが、私はすべての課目が甲、いわゆる全甲であった。私は小学校六年間ずっと全甲でとおしたのだが、体操とか図画とか手工とか、本当に私が甲に値したかどうかは疑しい。亡妻も小学校時代は全甲だったそうだし、小竹哲郎も全甲だったという。小竹によれば、学科ができれば、先生はすべての課目について甲をつけてくれたものだというのだが、そういうものかもしれない。しかし、私は先生の依怙ひいきがあったのではないかと疑っている。私の父は裁判官だったし、祖父は何回か区長をつとめたことがあり、氷川神社の氏子総代の一人だったし、当時の大宮では、わが家は有力な階層に属していた。

そういうわけで中川先生について私は淡い好意という以上の記憶をもっていないのだが、小竹によれば、女子の同級生であったSさんは先生を憎んでいるという。あるとき、自分の家を描いてくるようにという宿題があった。同級生がみな門や塀のある家を描いたのに、長屋住いだった彼女はそういう宿題を出す先生に残酷さを感じたらしい。先生としては生徒の家庭環境を知りたいといったほどの軽い気持だったのだろうが、子供に与えた傷は意外と深かったのである。じっさいは、門や塀のある家に住んでいる同級生など、数えるほどしかいなかったのだから、むしろ彼女の側の劣等感の問題だとも思われるのだが、何気ない片言隻句がいかに多くの友人たちを傷つけてきたかをようやく思い知るようになった私としては、やはりSさんに同情の思いがつよい。

4

すでに記したとおり、私の小学校の同級生T君は学校から三キロ近く離れた、見沼田圃を越した台地の端の広壮な別荘から通っていた。岩槻へ向かう国道が見沼田圃を過ぎると右手に門があった。門を入り、鬱蒼とした緑の間のなだらかな坂道を曲折しながら登りきると広闊な敷地がひらかれた。手前の中央に主家があり、その右側に別棟が並んでいた。その別棟は代議士から当時ちょうどある省の大臣になったT君の祖父がお使いになる建物であった。主家と別棟の二棟の建物と鍵の手になる位置にT君兄妹が住んでいた建物があった。鍵字形の角にあたるあたりに深い穴を掘った地下庫があり、生のパイナップルが強烈な芳醇な香りを放ったりしていた。缶詰のパイナップルでさえ庶民の口には遠い時代だったから、生のパイナップルの香りには痺れるような感じを覚えた。小竹哲郎はそのパイナップルを切り分けてもらって食べたことがあるという。案外うまいものではなかった、と小竹はいう。

主家と別棟の前には雑木林を背にして林泉がしつらえられていた。池には飛び石の橋がかけられ、ハスなどの萍《うきくさ》が水面にひろがり、鯉が泳いでいた。四、五人の同級生と一緒にT君の家に遊びに行ったある日、同級生たちが反対側の岸まで、飛び石の橋を渡らず、池の中をすたすたと渡ってゆき、私に呼びかけて早く来いという。呼ばれるままに私が渡りはじめると、池の中央に思いがけない深みがあった。私は深みにはまってずぶ濡れになった。同級生たちはやんやと囃し立てて嗤った。彼らはあらかじめ深みの在り処を承知していたから、深みをよけて池を渡りきり、私が深みにはまるのを待ち構えていたのだった。私は憤然としてずぶ濡れのまま家に帰った。

この事件は、私だけでなく当時の同級生数人の間でも忘れがたい出来事だったから、今でも時々話題に上ることがある。ごく最近、小竹に、あれはいたずらだったの、それとも意地悪だったの、と訊ねてみた。すると、ああ、あれはみんなで相談して意地悪をしたんだよ、という答えであった。私は意外な答えにやや呆然とした。それなら、僕はそんなに嫌われていたの、とかさねて訊ねると、嫌われていたというわけでもないけど、ああいう目に合わせたら、さぞ気分がいいだろう、とみんなで謀ったのだ、という。あの時は稔さんが自転車でさっさと帰ってしまったから、歩いて帰るのが大変だった、ともいう。それなら僕は疎外されていたということかな、と呟くと、疎外というほどでもないけれど、けむたがられていたんだろうね、という。私はたんなるいたずらと思ってその後六十数年過してきたので、そのように私が同級生から思われているとはつゆほども感じていなかった。迂闊といえば迂闊だが、私には他人の感情に対して鈍感なのだ、とごく最近になって思い知ったのである。

＊

同級生たちの私に対する感情は、考えてみると、私が四年から担任になった鈴木秀吉先生からたいへん目をかけられていた、ということに関係するようである。私と鈴木先生とのかかわりを説明するためには、どうしても私の父についてふれておかなければならない。

父は現在東松山市に編入されている農村の八人兄姉の末子として生まれた。生家は幕藩体制当時は名主だったそうだが、数代前に名主という名跡を売ったということだし、零落したといえないまでも、裕福な地主というわけでもなかった。それでも伯父の代になっても作男もいれば下女も数人いるといった暮らし向きだった。しかし末子を進学させるほどの余裕はなかったようである。明治になって以降、幕藩体制下の旧士族の間では、新時代に対応していくためには新しい学校制度の課程をふむことが必須だという意識が高かったようにみえる。それは旧士族の指導者意識や社会階層における上流意識が関係していたであろう。しかし埼玉県の辺鄙な農村の家庭ではそういう意識とは無縁であった。父は高等小学校を卒業して、ごく短い期間、松山町役場に勤め、そこで大宮出身の方に出会い、誘われて大宮町役場に勤めることとなり、大宮に出てきた。当時大宮町長だった臼井助七という方に勧められて臨時教員養成所といったところで僅か三ヵ月学び、やはり臼井町長の好意で大宮小学校で教鞭をとることになった。国学院大学の教授として神楽の研究などに業績があった西角井正慶先生、集英社の社長をしていた小島民雄さんの父君、大宮北高校の初代校長をつとめた小島保佐先生、大宮日赤病院外科部長を辞めて橋本病院をひらいた、いま私の主治医である橋本稔先生の先代、橋本安太郎先生などが、当時の父の教え子であった。

父とこれらの方々とは七歳しか違わなかった。その後、小学校を辞めて、明治大学で法律を学び、学費を滞納して退学となり、法政大学の編入試験を受けて法政大学に入学、卒業し、その前後に司法官試験に合格したらしい。法政大学では編入試験と卒業試験を受けただけで授業はほとんど受けたことはないそうである。その間、苦学といえば苦学というのだろうが、浅草の近くで居酒屋のような商売を手広く営んでいた長姉の一家にずいぶん面倒をみてもらったようである。当初、弁護士として著名な事務所に勤めたが、一、二年で辞め、裁判官に任官した。私が小学校に入学したころは東京地方裁判所の判事であった。

裁判官としての父の経歴についてはおいおいふれるけれども、客観的にみればずいぶんと恵まれた地位、役職に就いたにもかかわらず、こうした変則な学歴のために自分は不遇だと父は信じていた。父は子供たちには正規の学歴をふませたいと切望していた。それは父の学歴に関する劣等感に由来するといってよい。

私の兄が小学校六年のときに本郷の誠之小学校に転校したことはすでに記したが、私はこれまで兄の転校は父の発案によるものと信じていた。しかし、最近兄から聞いたところによれば、転校を勧めたのは鈴木先生だったそうである。鈴木先生としては自分の自慢の教え子が東京の一流校でどれほど通用するか、また進学校として知られていた誠之小学校でどんな進学教育をしているのかを兄をつうじて習得したい、そんな鈴木先生の気持と、子供たちには正規に大学までの教育課程を履修させたいという父の気持とが合致して、兄の転校が実現したのである。このごろ、子弟の受験戦争に対する親の過度な関心や干渉が話題になり、非難されることが多いが、こうした傾向は昭和十年前後にはすでにはじまっていたのであった。

兄は誠之小学校で一年間学び、東京高校尋常科に合格した。東京高校は戦前唯一の国立の七年制高校であり、府立一中よりも試験に合格するのは難しいといわれていた。旧制の学校制度を知らない方々のために注釈を加えるなら、通常は、中学校五年、高等学校三年、大学三年で、中学四年終了で高校受験の資格が与えられた。その他、商業学校、工業学校があり、また専門教育のための高等商業、高等工業等もあった。七年制高校は尋常科四年、高等科三年という、いわば中学、高校の一貫教育を目指したものであり、七年制高校としては、東京高校の他、東京府立高校、私立の成蹊高校、成城高校等があった。

当時は旧制高校の卒業生と国立大学の学生数はほぼ同じだったから、旧制高校に入学すればほぼ国立大学に入学することが保証されたも同然であり、七年制高校の尋常科に入学することはほぼ大学までの進路が保証されたにひとしかった。小学校卒業時に大学進学までの進路が保証されることには一長一短があるだろう。ただ七年制高校が幼いときから英才を選びだし、一貫教育によって、時にジュラルミン秀才と悪口をいわれることはあっても、多くの人材を社会に送りだした功績はまぎれもない事実だと思われる。

だから、兄が東京高校尋常科に合格したときは、兄はもちろん、私自身をふくめ、一家をあげて舞いあがるような嬉しさであった。しかし、傍目にはどうみえたろうか、といまになって私は考える。出来の良い生徒は浦和中学を受験し、さらに成績如何で浦和高校に進学するのが、当時の大宮では普通であった。ことさら誠之小学校に転校し、秋ふかまるころから受験期まで、兄は母とともに、誠之小学校に近いアパートの一室を借りていた。こうした生き方が周辺の人々に異常にみえ、不可解に感じられたとしても、ふしぎではない、といまの私には思われる。不可解は反感に転化しやすい。反感が私自身をふくめた私たち一家に向けられていたとしても当然だが、当時、私たちにはそんな周囲の感情はまったく配慮の外であった。

＊

鈴木秀吉先生の授業は厳しかった。算数、国語について殊に厳しかった。声をあららげて叱責、叱咤するのも日常的だった。私の記憶では、黒板に乱雑に多くの数字を書き、目にとまらぬ速さで次々に数字を教鞭で指し、その加減乗除を答えさせた。私は珠算が得意で、大宮市の小学校から選抜された代表が集まる競技会に出たこともある。普通に教科書を勉強していさえすれば、算数の問題を解くことはそう難しいことではない。試験にさいして採点に差がつくのは、多くは計算違いによる。私は小学校、中学校をつうじて算数、代数などの成績が良かったが、これは不注意による計算違いがなかったからであり、これは鈴木先生に鍛えられたからだと思っている。

また、毎日のように試験があった。先生は問題を自ら作り、謄写版の原紙に自ら刻字し、インクで手を汚しながら、教室が暗くなるまで、翌日の問題を印刷していた。先生のそんな情熱が生徒にのりうつることも当然だろう。私の同級生は全員、浦和中学、浦和商業、大宮工業等の志望校に合格した。

小竹哲郎は、私が同級生からけむたがられていたのは鈴木先生に可愛がられていたからだ、という。私をよぶときには、稔、と名で呼び、同級生は、小竹、というように姓で呼んだ。先生としては兄と私を区別するためだったのだろうが、私にとってはこそばゆく居心地が悪かったし、同級生はずいぶんと不愉快に感じたにちがいない。

後年、先生が定年退職し、私が結婚し、少しずつ新聞等に詩などを発表するようになってから、時々不意に先生が訪ねておいでになることがあった。玄関に突然現れて、稔いますか、と妻にいわれた。私の名を呼び捨てにする人は、妻としては私の両親以外知らなかった。妻はずいぶん変な客だと思ったらしい。先生に何の用事があるわけでもなかった。多少世に出た教え子が懐しく、訪ねてみただけのことだったようである。私は週日は弁護士として勤め、週末だけが物を書く時間だったから、先生の不意の訪問は迷惑であった。それでも恩師である以上、しばらくとりとめのない会話をかわし、おひきとりねがうのがつねであった。そのことについて私は小竹に愚痴をこぼしたことがある。小竹は、あんなに可愛がられたのに、何という我侭だ、と感じたそうである。

おそらく師弟間の感情には親子間の感情と似たところがある。成長した子が親離れすると同様、成長した弟子も教師離れする。しかし、親の子離れが難しいと同様、師の弟子離れも難しい。やがて子が親の心情を理解することにもなり、ことに親が死んだ後になって、いわゆる風樹の嘆きを覚えるのは、世の常である。定年後の閑日月をもてあましていた先生は私を訪ね、私から素ッ気ない応対をうけ、さぞ寂しい気分に襲われたであろう。そう思うと私も後ろめたい思いがするのだが、これはたぶん風樹の嘆きと似た心情にちがいない。

＊

小竹はまた、私が同級生とあまり遊ばなかった、という。私はメンコも好きだったし、ベイゴマも好きだった。どうしたら相手のメンコを捲き上げられるように風を立てられるか、あるいはベイゴマ遊びのゴザをどう濡らし、ベイゴマをどう鋭利にするか、など薄暗い路地で心を砕いていた自分を私は思いだす。しかし、誰と遊んだのだろう、と考えてみると、誰の顔も浮んでこない。メンコもベイゴマも一人で遊べるわけではないから、相手がいたのだろうとは思うのだが、やはり小竹のいうとおり私にはうちとけて遊ぶ友人はいなかったのかもしれない。しかし、私は同級生の誰とも仲良くつきあっていたつもりであった。たしかに、その後も親交を保っている同級生は小竹のほかにはいないけれども、いまだに同級生と顔を合わせれば誰とも親しく話し、彼らも同様に私とつきあってくれるのだが、小竹によれば、私はあくまで違う世界からまぎれこんだ異邦人だそうである。当時の、そしてまた、その後の生活環境を考えれば、私も小竹のいうことに納得せざるをえないけれども、私はいわれるまで気づかないほどに対人関係について感受性が鈍く、私の同級生たちはそんな素振りもみせない程度に寛容なのである。

*

私は同級生たちとは違って、浦和中学を受験せず、府立五中に進学したのだが、その経緯や動機は後に記すこととし、T君についての挿話をしめくくっておくこととする。

T君は浦和中学にも合格したが、同時に東京市立一中も受験し合格した。その機会に東京にひきあげ、両親と一緒に生活することになったのだろう。T君は市立一中に進学した。その後間もなくT君の祖父君が亡くなった。私は小竹と連れだってお悔みに行った。

応接間に案内されてみると、家具、花瓶などの調度類のすべてに、ベタベタと紙が貼ってあった。むやみにさわらないでくれ、とT君がいう。後から考えると、仮差押命令か差押命令であった。T君は気にかけない様子をよそおっていたが、私たちはT君の顔をまともに見られないような気分で早々に退散した。間もなく大宮の別荘も売りに出された。確かではないけれども、東京の本邸も手放して、T君は転居したはずである。

井戸塀という言葉がある。政治に私財を使い果して井戸と塀だけが残ることだと辞書に記されている。T君は、祖父君が亡くなったとはいえ、父君も健在だったから生活に困窮したわけではない。東京市立一中から宇都宮高等農林に進み、戦後になって東大農学部に学んで卒業している。だが、T君の東京の旧本邸で見た差押命令らしい紙が貼られていた家具、調度類の光景は私の眼に灼きついている。蓄財にはげむ戦後の政治家の多くとT君の祖父君は違っていた。私はT君の小学校時代の生活とその後の有為転変に戦前の政治家の在り方の典型をみたように感じている。

5

亀井文夫監督、昭和十三（一九三八）年作の記録映画『上海』をヴィデオ・テープで見た。この映画については旧制中学のころから聞いていたが、上映を禁止されていたためか、名のみ知る幻の作品であった。期待にたがわぬ名作であり、ふかい感動を覚えたのだが、それ以上に、私がいかに中国における戦争の悲惨、苛烈な実態を知らなかったかを知ったことの方が、ずっと感慨ふかいものであった。

上海市街を行進してゆく日本軍の貧しい装備、行進を見送る中国民衆の敵意に満ちた冷ややかな視線、また放心したような無気力な態度、破壊された家屋の壁の至るところに書きなぐられている「抗日」の文字など、広漠たる中国大陸と厖大な中国民衆という大海の一滴にもひとしい一都市を占領することの空しさ、その空しさを自覚していない軍人たちの愚かさが怖ろしく思われた。この映画は戦闘を描いていない。だが、戦争の空しさ、愚かさがひしひしと私の胸を打った。

友田恭助が戦死した上海郊外の戦場跡がうつしだされる。見渡すかぎりの湿地帯、その湿地帯を縦横に流れるクリークとよばれる水路、その向う側に構築されている厚いコンクリート製の小要塞・トーチカの列。トーチカの銃眼からクリークを渡って進撃してくる日本兵が狙撃される。

工兵隊の隊長の、「わが勇猛果敢な工兵隊は身に寸鉄を帯びず、豪胆毅然、決死の覚悟をもって敵前渡河を敢行したのであります」といったナレーションが挿入される。

「身に寸鉄を帯びず」とはどういうことか。まことに兵士たちの死は鴻毛よりも軽かったのであった。蜿蜒と戦死した兵士たちの木の墓標が続き、戦友であったとおぼしき兵士たちが花を手向けている。誰も彼も粛然として無言である。

わが身にふりかかってこない限り、戦争は他人事である。こういう無残で悲惨、空しく愚かな戦争の実状を私たちは知らなかった。知らせないために、この映画は上映を禁止されたのであろう。それでいて、私たちは上海占領という勝利にうかれていたのであった。事情はヴェトナム戦争から湾岸戦争を経てアフガン戦争やイラク戦争に至るアメリカの民衆にとっても同じだろう。現在ではははるかに映像の情報量が多く、しかもそれらの映像は統制され、適宜に加工されて各家庭に入りこんでいるのだから、そのもたらす脅威はもっと怖ろしいにちがいない。

映画中、爆弾三勇士の墓標が立て直されたというナレーションがあり、墓標がうつし出された。私は咄嗟に、江下、北川、作江《さくえ》という兵士の名を思いだした。

廟行鎭の敵の陣
われの友軍すでに攻む
折から凍る二月《きさらぎ》の

二十二日の午前四時

とはじまる歌の作詞者は與謝野寛である。鉄幹として知られる與謝野寛が毎日新聞の懸賞に応募して、この詞が採用されたことを知ったのは今からほぼ三十年ほど前、寛・晶子夫妻と『明星』について考えたいと思い立って少しずつ調べはじめたころであった。「敗荷」の抒情詩人、「誠之助の死」で大逆事件に対する良心の証を示した詩人が、ここまで変質したことに私は胸うたれる思いがつよかったが、それはともかくとして、この歌は一世を風靡したといってよい。それは当時まだ五歳だった私の耳朶ふかく三人の兵士たちの名前が刻まれていることからみても間違いない。当時を知らない人々のために注釈を加えるなら、爆弾三勇士とも肉弾三勇士ともいわれるこの「美談」は、亀井文夫が描いた昭和十二年の上海戦より五年前の昭和七年のいわゆる上海事変のさいにおこった。平凡社版『世界大百科事典』には、「上海廟行鎮の戦闘で工兵隊一等兵の江下武次・北川丞・作江伊之助の三名が鉄条網破壊のため爆薬を装塡した破壊筒を抱いて突入、生還に失敗して爆死した。しかし陸軍はこの事故を覚悟の自爆であるとして、三名を〈軍神〉として顕彰する方針をとり、新聞も〈悲壮忠烈の極〉などと軍事美談としてキャンペーンをくりひろげた。そのため、この事件は一大センセーションをまきおこし」云々とある。

私は「生還に失敗し」という記述に疑問をもつ。生還の可能性はもともとごく乏しかったのではないか。それでも破壊筒を抱いて突撃させる、兵士たちの死は鴻毛よりも軽いとみるのが、日本軍の体質だったのではないか。そしてまた、戦場とはそういう非人間的な場所なのではないか。これを軍国美談として煽り立てたのに疑いもなくジャーナリズムであった。このジャーナリズムがついには神風特攻隊の美化に至るまで、日本のかなり多くの青少年の心情形成に大きな役割を果たしたのではないか。ジャーナリズムは戦争の空しさ、愚かさを教えなかった。亀井文夫の作品の如きはいわば抹殺された。今日のメディアの巨大さ、影響力を思うと、私は慄然たる思いに駆られる。

*

だから、いまだに五歳のときに耳にした爆弾三勇士の歌を憶えているのだが、それでも、中国大陸における戦争はあくまで他人事であり、日常とは関係なかった。五歳のころの記憶を遡ると、私には『コドモノクニ』の方がよほど身近であった。『コドモノクニ』はたぶん私の最初の読書体験であった。

テフテフ　ノ　町　ノ　アネモネ通リ
リボン　ウツテル　店　ガ　アル
イツ　モ　テフテフ　ガ　カヒ　ニ　クル

金《キン》　ノ　カゴ　サゲテ　カヒ　ニ　クル

という佐藤義美の詩などがひょっとして私が詩というものに接した最初かもしれない。この詩は、続いて、蝶がチューリップ通りにお菓子を買いにきたり、ヒヤシンス通りに絵本を買いにきたりするのだが、私はアネモネも知らなかったし、ヒヤシンスも知らなかった。チューリップでさえ知っていたかどうか確かではない。考えてみると、花というものは昭和初年には決して私たちの生活に密着したものではなかった。東京の二、三の専門店を除けば、花屋は生け花のための花を売る店であった。贈答用とか病気見舞い用とか、このごろ流行のガーデニングのための花の売買は、戦後も、ことに高度成長期以降の習慣のように思われる。庭先にアサガオなどを植え、育てるというほどのことしかなかったのではなかろうか。だから、アネモネとかヒヤシンスという花の名そのものが西欧的、近代的な響きで私の耳に快く入ったのであった。

水谷まさる作の「オトウサマ　ノ　ステツキ」も私には忘れがたい。

「オトウサマハ　ヨソヘ　オデカケニナルトキ　キツト　ステツキヲ　モツテイラツシヤイマス。

オトウサマ　ノ　ステツキハ　ピカピカ　クロクヒカツテ　ギンノカザリガ　ツイテヰマス。

オトウサマガ　オデカケニナルトキ　ヒデヲサンハ　「ボクモ　ツレテツテ　クダサイ」ト

タビタビ　オタノミシマシタコトモ　アリマスガ「オマヘハ　マダ　チヒサイカラダメ。オホキ

クナツタラ　ツレテイキマス。」ト　イツモ　イハレマス。
ダケド　ソンナトキデモ　オトウサマハ　ステツキダケハ　ツレテイラツシヤイマス。―イイナア　ステツキハ。オトウサマト　イツモ　イツシヨニ　ドコヘデモ　イクンダモノ。」
ヒデヲサンハ　イツモ　サウオモヒマシタ。
アルヒ　ヒデヲサンハ　ステツキニ　ムカツテ　イヒマシタ。
「キミハ　サゾ　オモシロイダロウ　オトウサマニ　オトモシテ　ハウバウヘ　イクンダモノ」
スルト　ステツキハ　アタマヲ　フツテ
「イイエ　ソンナニ　オモシロクモアリマセンヨ。ダツテ　フリマハサレタリ　ツカレタリシテ　ナカナカ　クルシイノデスカラネ」ト　イヒマシタ。
ミナサン　オトウサマノ　ステツキガ　ウラヤマシイデスカ?」

『コドモノクニ』は大正十一（一九二二）年一月から昭和十九（一九四四）年三月までの間三百八十七冊が刊行されている。童謡等の常連寄稿者は野口雨情、北原白秋、西条八十、葛原しげる等であり、サトウハチロー、与田準一、佐藤義美、巽聖歌等もこの雑誌から巣立っている。野口雨情「あの町この町」、同「兎のダンス」、同「雨降りお月さん」、北原白秋「アメフリ」、西条八十「鞠と殿さま」などがこの雑誌が世にひろめた童謡の代表作であり、挿画は竹久夢二、蕗谷紅児、武井武雄、初山滋、恩地孝四郎、古賀春江、鈴木信太郎、石井柏亭、若き日の東山魁夷、横山隆一らが描いている。

これらの筆者からみてもずいぶん良質で志の高い雑誌だったようである。教訓的、道徳教育的な要素のまるでない、文学的香気のつよい雑誌であった。この雑誌の挿画の原画は、発行者であった鷹見久太郎の出身地茨城県古河市の古河文学館に収蔵されており、雑誌そのものは日本近代文学館等に収蔵されているが、菊判で、造本もずいぶん贅沢な絵本である。

前掲の童謡、童話が掲載されているのは昭和七年四月号だから、私がまだ幼稚園に通っているころである。しかし、今日と違って、雑誌を読み捨てにする時代でなかったから、たぶん兄のために両親が買ってくれたものを、私は小学校入学の前後に読んだのであろう。つまり、この雑誌が発行されたのはまさに上海事変がおこった年であり、爆弾三勇士の「美談」が一大センセーションをおこした時期とかさなるわけである。

私が「コドモノクニ」に見、感じていたものは西欧的近代社会の匂いのようなものだったのだろう。私の家では父をオトウサマとよぶような習慣はなかったが、父もステッキは持っていたはずである。そういえば、三好達治の詩に「洋杖を振りながら」という詩句のある四行詩があり、私は石原八束から贈られて三好達治愛用のステッキを持っているが、それを使う機会はまだない。時代は上海事変から支那事変に拡大していた。一方で私は爆弾三勇士の歌を口ずさみながら、幼な心に西欧的近代的なものへの憧憬をはぐくんでいた。

＊

そのころ、私たち一家が遊びにでかけるといえば必ず浅草であった。私ははじめて六区に足をふみいれたときの道路いっぱいに溢れかえるような人の波に息を呑んだ憶えがある。私の家の近所に、その子息がエノケン一座で端役をつとめていた知人があったせいか、私たちはいつもエノケン一座の芝居を見物し、帰りには六区に近い洋食屋でオムライスを食べさせてもらうのが無上のたのしみだった。私はエノケンこと榎本健一こそ戦前の日本を代表する喜劇俳優だった、たぶん空前絶後の喜劇俳優だったと考えているのだが、これも幼少時の頭脳に灼きついた先入観のせいかもしれないし、そうともいいきれないかもしれない。

私の記憶では大宮から上野へ列車で出て、上野から当時の円タクをつかまえるのがつねであった。父は私たちを運転手から見えないところに隠れているように言いつけ、値段の交渉がまとまると、やおら私たちが出ていくのだった。運転手は意外そうな面持で不承不承自動車に乗せてくれた。そのころの円タクはメーター制ではなかった。父は値切り交渉が趣味だったらしい。私は子供心にそういう交渉が卑しく、恥ずかしく感じていた。これは私が幼いころから虚栄心が強かったためかもしれない。

エノケンには醒めたところがありましたね、と川喜多記念映画財団の事務局長をつとめていた小池晃さんがいう。私は小池さんの意見に同感する。『喜劇放談・エノケンの青春』という回想録がある。その中に、「十四、猿の役で認められること」という一章がある。

「この年の正月の二の替わりに『猿蟹合戦』が出た。例のお伽話に歌あり、踊りありで脚色し

たものだ。（中略）

蟹を痛めつける敵役の大猿は柳田のオヤジであった。僕はその猿の子分という、いたってパッとしない役であった。いよいよウスと栗とハチを援軍にした蟹の一軍が、猿の岩屋へ押寄せる場面になった。たちまち大立回りで、猿の一党はさんざんにやっつけられることになる。正義感をこれっぱかりも持っていない猿どもは、ただ寄せ手に追われてウロウロ逃げ回る。ここで、僕は考えた。ただみんなと一緒に逃げて歩くだけでは、どうもつまらない。そこで小道具に頼んでおハチを借りた。火事などの大事件が起こると、あわて者がこのおハチをかつぎ出すことがあるが、僕もあの伝で行こうと思ったのであった。

「ワアーッ」

と蟹が攻めかかって来る。驚いた猿たちは上を下への大騒ぎとなり、僕もこのおハチを抱えて逃げ回った。そして、中央で大立回りをしているのを邪魔にならないよう、舞台の隅のハナで転んだ。おハチは引ックくり返って、ご飯がこぼれたという思い入れだ。こぼれたご飯粒をひと粒、ひと粒悠長に食べる。片や息づまるような立廻り、片やノンビリした無関心の演技。お客はワーッと大喜びで、僕を声援してくれた。立回りが激しくなればなるほど、僕はユックリユックリご飯を食べているんだからこれは立回りの人たちには気の毒だったが、その対照によって僕の方に人気が傾いたのである」。

この芝居でエノケンは大当りをとり大スターへの道を駆け昇ることになったのだが、ここには非常な事態への醒めた眼があり、醒めた眼で見かえす大立ち回りの馬鹿らしさ、空しさがある。エノケンの自己顕示欲はいうまでもない。これも大俳優にとって必須の資質だろう。だが、ご飯をひと粒、ひと粒拾っては食べ、拾っては食べといういじましさには、集団におけるはぐれ者の悲哀がある。もっといえば、非日常の中で日常が営まれることの齟齬から生まれる可笑しさがある。エノケンには身体から沁み出るような哀愁があった。それは非常な事態を醒めた眼で見る、はぐれ者、弱者の哀感ともいうべきものであった。私の思いこみでいえば、浅草の観客は概して当時の日本の社会的弱者であった。エノケン・ロッパと併称されたが、私は古川緑波は好きではなかった。あくまでアマチュア芸人としか思えなかった。緑波は東宝にひきぬかれて早くから丸ノ内に進出したのに対し、エノケンの丸ノ内進出は遅れ、主な活動の場が映画になったのも、そういうエノケンのキャラクターによるものであったと私には思われる。浅草の観客こそが彼のキャラクターにふさわしい観客であった。

私が好きなエノケンの歌に「洒落男」がある。「俺は村中で一番モボだといわれた男」のモボとはモダン・ボーイのことだが、うぬぼれのぼせて得意顔、東京は銀座へと出た、とはじまる。

そもそもその時のスタイル
青シャツに真赤なネクタイ
山高シャッポにロイド眼鏡

ダブダブなセーラーのズボン

というすさまじい服装で銀座のカフェーにあらわれ、女性にいわれるまま、笑顔につられて杯をかさね、僕の親爺は地主で村長、村長は金持で倅の僕は、独身でいまだにひとり、などと気炎をあげているところへ、女性の亭主が飛びこんできて、身ぐるみ剝がれ、こわい所は東京の銀座、泣くに泣かれぬモボー、と嘆いて一曲歌いおさめる。

これをエノケンの独特のしゃがれ声で、ちょっと意識的にテンポをはずしながら歌うのを聞くと、笑いころげながら、哀感切々と迫った。もちろん、これはエノケンの作詞ではないが、エノケンには銀座は肌合いが合わないところがあった。この歌には銀座に代表されるような日本の近代の浮薄さ、その近代を真似する地主階級の浅はかさに対する、揶揄があり嘲笑がこめられている。エノケンはいわば日本の近代の浮薄さ、浅はかさを、私自身の西欧的近代への浅薄な憧れもふくめて、哀愁をこめて告発していたのだといっていえないこともない。

前にも記したとおり、父の長姉の夫婦は浅草の近くで手広く居酒屋を営んでいたから、父には浅草が馴染みやすかったにちがいない。逆に銀座は父には似つかわしくなかった。私自身も中学を卒業するまで、銀座にはほとんど足をふみいれたことがなかった。いつぞや江藤淳さんの随筆を読んでいたら、銀座へ行き和光の店に入ると、わが家に帰ったような安らぎを覚える、という趣旨のことが書いてあった。育ちの違いとはこういうものかと痛感したのだが、私はいまだに銀座には親しみを感じていない。

それでも、亀井文夫が描いた『上海』と同じ時期、まったく別の世界が浅草にも銀座にも残っていた。私たちの日常にとってまだ戦場は遠かった。

6

私の祖父は金貸であった。七十五歳まで妾をもっていた。

私の母は養女である。生後数ヵ月で貰われてきた。父はその母の婿養子として旧民法にいう家督を相続した。私が物心ついたころには祖父母は隠居所とよんでいた離れで生活していた。私がはじめて祖父母と血縁がないことを知ったのは、中学受験のため取り寄せた戸籍謄本を何気なく見たときであった。そのとき私はわが眼を疑った記憶がある。兄はもちろん、私もまったく肉親の孫としか思われないほど祖父母に可愛がられて育ったのである。

金貸といえばいわゆる高利貸にちがいない。信用があり、担保を提供できたり、連帯保証人が立てられる人なら、通常の金融機関から融資をうけられるはずである。金貸はそういうかたちで融資をうけられない人々に危険を承知で金を貸すのだから、金利が高いのが当然だろう。だから、祖父が高利貸としてずいぶんあこぎな商売をしていたとしてもふしぎではない。しかし、私は隠居所に金の貸し借りのために出入りする人を見かけたことはない。現在の消費者金融とちがい、金貸という看板を出していたわけではなかった。私が幼いころにはもう金貸業は止めていたのかもしれないが、確かではない。

しかし、祖父が金貸だったことを印象づけられた二、三の出来事を私は鮮明に憶えている。兄が医師の資格をとって二、三年、病院に勤務した後、自宅を増築して開業することとしたとき、三十平方メートルほどの診療室と待合室を増築する資金がなかった。当時私はもう弁護士になっていた。知人に紹介されて、ある銀行の副支店長を訪ねた。私の弁護士としての月給一万円の時代、そのころの金で十万円か二十万円を借りたのだったと思う。その数十倍の価値のあるわが家の家屋敷の全部に抵当権を設定した上で、否応なしに、借りた金の一割を天引で定期預金させられた。金利は年利七、八パーセントであった。結果を報告すると、母が、それじゃあお祖父さんよりもよっぽど高利だよ、といった。開業後数年すると、大宮ではじめての小児科専門医として兄の医院はずいぶん繁盛した。そうなると、いくつかの銀行が金を借りてくれと始終いってくるので応対に困る、といって兄がこぼしていた。銀行は、天気がいいと傘を貸したがり、雨が降りだすと傘をとりあげる、そんな商売だと聞いたことがあるが、それは私の実感でもある。現在のわが国の金融機関の惨状は、バブル経済を天気が長続きすると見誤ったツケにちがいない。

兄の診療所のための借金に私が銀行へ出向いた当時、父は健在だったし、兄は自分のことだったのに、わが家では誰も父や兄が借金の工面に出かけることは期待していなかった。私もまたそれは当然私の役目だと思っていた。私は次男であるために不当に差別されたと感じたことはないが、思いかえしてみると、これは私の職業のためだろうが、当時の家庭における長男と次男の地位の違いも関係していないとはいいきれない。

祖父の金貸業に関連してもう一つ思いだすのは、私がいまの高鼻三丁目の住居を買ったときのことである。私は結婚したとき、高鼻二丁目、氷川神社の参道の東側に二百平方メートルほど借地し、五十平方メートルほどの家を新築した。夫婦二人で生活するには住み勝手の良い家だが、結婚した年の末に長女が生まれ、翌年には次女が生まれて、たちまち手狭になった。ちょうどそのとき、いまの住居の持主から買ってくれないかという話が持ちこまれた。たまたま父が裁判官を定年退職した直後だったので、父の手許にまとまった金額の退職金があった。妻は一人娘だったので、妻の両親は大宮に移り住みたがっていた。そこで妻の両親にそれまでの住居を買いとってもらい、残金は父から借金して、私はいまの住居を買った。その借金を私は数年がかりで父に返したのだが、そのとき母から、借金は利息をつけて返すものだよ、といわれ、僅かでも利息をつけて返したのだが、そういわれてやはり母は金貸の娘なのだと感じたのであった。もっとも母は、父が要《い》らないというのに私が無理矢理利息分を押しつけたのだ、という。

いずれにしても祖父が金貸をしていたことはまぎれもない事実であり、後ろ指をさされるような因業な行為もあっただろう。このことは、私の金銭感覚に良かれ悪しかれ、ある種の陰翳を投げかけているように思われる。

*

祖父は大宮に隣り合う与野の酒造家の長男として生まれた。与野本町の菩提寺の中村家の墓は享保四年に死んだ中村三左衛門という人からはじまっている。享保四年は一七一七年、徳川吉宗の時代である。祖父は文久二年、一八六二年生まれ、二松学舎の前身である三島中洲の漢学塾で学んだ。まだ東京になる前の江戸遊学中、祖父の祖父、つまり私より四代前の当主が湯島に妾をかこっていたので、始終その妾宅に遊びにいっていたそうである。与野と東京とは徒歩でほぼ一日の距離だが、江戸と川越を結ぶ新河岸川の舟運を利用するのが常だったらしい。それにしてもずいぶん遠くに妾宅を構えたものだと感心する。祖父の女好きは家系だったのだろうか。

祖父は十七、八歳のころ、女中に手をつけて男子を設けた。その男子が祖父の長男にあたるわけだが、世間体を恥じて、その男子は誕生後直ぐ養子にやられた。養家の両親が亡くなり、一旦は祖父の許に引きとられ、母とも一年ほど一緒に暮らしたことがあるそうである。しかし、祖父は血肉につながる実子よりも襁褓のころから育てた母の方が可愛かったらしい。結局、母の義兄は、分家して、家を出ることになった。かなりにむごい話だが、祖父にはそんな非情、冷淡な面があったのだろう。そういえば、私の中学生のころ、大宮の繁華街で祖父が年頃のうら若く美しい女性と一緒に氷水か何かを食べているのに出くわしたことがある。祖父が一瞬羞じらうような表情を浮かべた。この女性が祖父のお妾さんかと思って、帰って母に尋ねると、ああ、それはお祖父さんの孫だよ、と事もなげに答えた。

祖父はその酒造家の身上《しんしょう》を潰して大宮に出てきた。身上を潰したというのは、いまの言葉でいう倒産とか破産とほぼ同義だろう。私的整理がもっとも近いかもしれない。家屋敷を手離し、酒造業を廃業した。祖父はその母、私にとって曽祖母の面倒を弟、私の大叔父に託した。曽祖母が、人手に渡った土蔵の幾棟かを毎日見ながら暮らすのは悲しい、と述懐したという。その家は祖父の持家だったから、負債を整理した後に残った資産だったのだろう。大叔父は曽祖母の死をみとった。そのため、曽祖父母の位牌は大叔父の後を嗣いだ親戚にあり、わが家にはなかった。曽祖母が死ぬとすぐ、祖父はその家を売ってしまった。大叔父には代金のごく一部しか分けなかった。そのために一時は兄弟間がかなり険悪になった。大叔父が温厚な人柄だったので、さして深刻な事態に発展しなかったが、祖父はそういう身勝手な人だったようである。

祖父は大宮に移ってきてからは、親戚の持家に住み、同じ親戚が所有していた七軒ほどの家作の差配をすることとなった。大宮に出てきた祖父は数年間鉄道に勤めた。明治十七年に上野、高崎間の鉄道が開通し、明治二十五年に上野、青森間が開通した。これらの鉄道の分岐点として大宮は発展途上の新開地であった。これらの民営鉄道が国有化されて国鉄になったのが明治三十九年である。国有化された機会に祖父は退職した。そういう経緯からみると祖父が大宮へ出てきたのは明治三十五年前後、祖父が四十歳ころだったらしい。祖母は祖父より十五歳も若かったが、与野に暮らしたことはない。

思うに、その退職金が金貸の資金になったのだろう。それもずいぶん零細な金貸だった。日銭が入る商店などに僅かな金額を融通し、毎日、日賦で返済してもらう、といった商売だったと聞いている。たとえば、百円貸し、百二十日間、毎日一円ずつ取り立てれば、ほぼ四月で二割、二十円が儲かる計算になる。そんな零細な小金貸にはじまり、やがてもう少し大口の金融をするようになり、親戚の持家を出て自宅を新築し、何軒かの貸家を持つようになった。身上を潰したとはいいながら、祖父はなかなか商才にたけていた。

＊

祖父は中背というよりもやや背丈が高く、鼻下に髭をたくわえ、なかなか風采が良かった。女性に対しては、美醜を問わず親切で、口の利き方もやさしかった。祖父が七十五歳まで妾をもっていたというのは、その年齢のときに、家を一軒手切金として差し上げて、その女性と別れたからである。その家は、かねて祖父が私に呉れるといっていた家だ、と母はいうが、私の記憶とは違っている。私は祖父から昭和十五、六年ころ、お前にやるつもりでいた家が値上りしたから、売ってお前の名義の定期預金にした、と聞かされたように憶えている。三千円か五千円だった。兄は当然資産の全部を相続するのだから格別何の配慮も必要ないが、次男のお前にはせめて住む家だけでも遺してやりたい、ということであった。祖父が私にくれるつもりだった家は二軒あったのかもしれない。私に注いでくれた祖父の愛情は並大抵のものではなかった。ついでにいえば、その定期預金が満期になったときは敗戦後だったから、物価変動のため、家はおろか、鞄一個しか買えなかった。私はその鞄をもって司法修習生として勤めはじめたのであった。

祖母は千葉県茂原の在の生まれである。親戚の小料理屋の手伝いをしていたときに、祖父に見初められたという。祖母はそれ以前、東京のある富裕な家庭に奉公したこともあるらしい。その家では多数の来客があり、自邸で宴席を設けるときなど、必ず八百膳の板前が出張して料理をつくった。祖母はその板前から料理の手ほどきをうけた。祖母は三十歳台の半ば、東大病院で胃癌の手術をうけた。そのくせ九十六歳まで長寿を保ったのだが、生涯を病人として暮らした。母は女学校へ通うころ、朝の食事から昼の弁当まで自分で仕度したそうである。私が知るかぎり、祖母は気が向かなければ働くということはなかった。気が向くと何事も上手で器用であった。料理もだしのとり方からはじめてすべて本職の板前と同じような本格的なものであった。掃除をすれば、母が掃除した後でも一山ほどの塵が出た。洗い張りなども見事であった。時に培烙で茶を培じた。その香ばしい匂いがいつも私の鼻を撲った。いまでも既成の培じ茶にその香りの名残を感じることがあり、そうすると祖母の姿が必ず思い浮かんでくる。祖母は百四十センチに足らぬ小柄な人であったが、若いころはさぞ美人だったろうと思わせる目鼻立ちであった。西洋の老女はしだいに魔女めいてくるのに反し、わが国の老女は年をとるにつれて柔和になる、と私は感じているが、私の知る祖母もまことに穏やかな顔立ちであった。しかし、気が向かなければ何もしなかった。できるだけ体を楽にしているのが長寿の秘訣だとは私が祖母から学んだことであり、私はつねづね祖母を真似るように心がけている。

祖母は一見穏やかで静かだったが、じつはずいぶんと気性の烈しい人であった。あるとき、女性のことで祖母が祖父を殺してやるといったことがある。祖父は恐怖心のあまり、母屋へ避難し、数日後に詫びをいれて隠居所に戻った。私が祖母に、お祖父さんが身上を潰したのは女遊びのせいだったの、と訊ねたことがある。馬鹿だねえ、お前は、女遊びぐらいで身上が潰れるものじゃないよ、女というのは金の切れ目が縁の切れ目なのだから、と祖母は答えた。祖父が身上を潰したのは商品相場の失敗だった。大宮で生活を立て直してからも、相場好き、賭博好きという性癖はなかなか変らなかった。母の少女時代には博徒の親分が始終出入りし、お嬢さん、お嬢さんとちやほやご機嫌をとり結んでくれたという。賭博場に入りびたり、検挙された回数も数知れず、警察の留置場に祖父を迎えにいくたびに辛い思いをした、とたびたび母から聞かされている。

その祖父が賭博とぴったり縁を切ったのは父と婿養子縁組をしたときであった。切角、裁判官を婿に迎えたのに、自分の賭博のために離縁されては、母はもとより自分たち夫婦も将来が危いと自覚したのであろう。祖父は好き勝手に一生を過したが、どこか計算がしっかりした、打算の働く人であった。

祖父も祖母も義太夫が趣味であった。祖母は義太夫の温習会などがあると特別出演を依頼された。そのたびに祖父は、わしも出してくれるなら、と条件をつけた。祖父は調子外れで、いつも早くひっこめという罵声を浴びたが、祖母は真打ちで、御簾《みす》を上げろ、という声がかかったという。女義太夫は御簾の奥で語るものである。後年、私が旧制一高に入学し、人形浄瑠璃にうちこんでいたころ、浅草の東橋亭という寄席にしばしば女義太夫を聞きにいった時期がある。たまに寄宿舎から帰宅して祖母にせがむと、三勝半七酒屋の段とか太閤記十段目などのさわりを一節、二節、語ってくれた。節廻しといい、声の艶といい、玄人はだしであった。

母が子供のころから長唄を習ったのも、祖父母が義太夫に親しんでいたからだろう。母が女学校のころ、祖父がちょっとした病気を患った。よく看病してくれたから何か褒美をやろう、といわれて、母は琴をねだった。祖父は大宮で手に入る最高価な琴を買ってくれたそうである。

＊

老人は早起きというけれども祖父母はそうではなかった。隠居所の雨戸は九時ごろにならないと開かなかった。隠居所は八畳に四畳半に玄関、八畳には床の間、違い棚など、それに押入れ、前廊下といった間取りで、便所はあったが、台所も風呂場もなかった。だから夕食は祖父母も加わって、父母、兄、私、それに私より五歳年少の弟が卓袱台《ちゃぶ》をかこんだ。食事中、話をすることはなかった。全員が正座した。私の記憶をいくらさぐっても、父が胡座《あぐら》をかいている姿は思いだせないし、祖父にしても同じである。私は椅子に腰掛けると尾骶骨《びていこつ》で坐ると嗤われるほど行儀が悪いが、日本座敷では正座している方が胡座をかくよりもよほど楽である。これは行儀の良し悪しの問題ではない。習慣の問題にすぎない。ただ、身についた習慣が躾けというものかもしれない。

箸をもっている間は話をしないというのも、やはり習慣であろう。西洋料理では食間のたのしい会話が料理の最高のソースだといわれる。わが家ではそうではなかった。そのために家族の団欒がなかったかといえばそうではない。テレビはなかったし、ラジオも普及しはじめたばかりであった。食後の時間はあり余るほどあった。家に持ち帰った仕事のために父が席を外したり、試験前の勉強のために私たち兄弟が席を立つことはあっても、夕食後の一時《いっとき》はたしかに家族の団欒の時間であった。私たちが父から叱言《こごと》をいわれるのもその席であった。祖父と父との会話は他人行儀なほど丁寧であった。祖父が父に向って、あれはどうなりましたか、といった聞き方をすると、父は、どうこうなりましたから、ご心配なく、と答える、といった調子であった。これも行儀とか礼儀とかの問題ではなく、たんに習慣の問題であろう。そのために家族間の関係がぎすぎすしたり、白々しいものになったりすることはなかった。家族間の心のつながりは行儀、礼儀ないしは習慣とは関係ない。今日、家族の崩壊といわれるが、それは一つには核家族化によるが、また、テレビの普及が家族から団欒の時間を奪ったことによるだろう。そして、電子機器の発達は今後ますます家庭内の個々人を孤立化させるだろう。今後、私たち、というよりは私たちより後の世代が、そうした孤立に耐えられるか、と私は危惧する。その一方で、家族の団欒というものによって結ばれる家族の絆も、じつはごく弱く脆いものだ、ということも真実なのである。

7

私が物心ついたころから小学校を卒業するころまで、祖父母は毎年四、五ヵ月は湯治《とうじ》に出かけた。湯治はもう死語になっているようにみえる。辞書には、温泉に浴して病気を治療すること、などとあるが、祖父母は格別治療を要するほどの病気をもっていたわけではない。たとえば農家の人々が農閑期にしばらく骨休みに温泉に出かけて滞在するのも湯治といったはずである。心身の休養のため、時間が停止したような、くつろいだ日々を相当の期間、温泉に浴しながら過すのを湯治といったように思われる。二、三泊のせわしい滞在ではない。まして観光旅行とはほど遠い。いまは失われた、戦前の庶民の慣習の一部であった。

祖父母は夏の二ヵ月ほどは長野県の安代《あんだい》温泉のM旅館に逗留するのを毎年の例としていた。志賀高原の入口に澁、安代、湯田中という三つの温泉が連続しているが、その一つである。春、秋にも三、四週間ずつ湯治に出かけた。群馬県の四万温泉、藪塚温泉、伊豆の土肥温泉、吉奈温泉とか、あまり知られていない温泉であった。箱根、那須、塩原、伊香保といった著名な温泉の知られた旅館に逗留することはなかった。同じ澁、安代でも、M旅館よりはるかに格式も高く、構えも立派な旅館がいくつもあったが、祖父母は決してそういう旅館に泊ろうとはしなかった。ずいぶんつましい逗留だったが、湯治とはそんなものかもしれない。

そういえば、出かけるとき、祖父母はいつも寝具をチッキで送っていた。現在、海外旅行などのさい、スーツケース等をチェック・インのさいに預けて、到着地で受取るのが普通だし、国内旅行でも飛行機では同様のことができるが、昭和戦前の国鉄でも同じようなサービスを旅客に提供していたのである。祖父母が寝具を持参したのは、使い慣れたものの方が寝心地が良いということもあったのだろうが、多少でも費用を節約するという配慮があったにちがいない。

安代に逗留中、祖父母は最初は兄だけを、私が幼稚園に通いはじめて一年ほどしてからは私たち兄弟を、呼び寄せてくれた。そのため、私たちも夏休の二、三週間をM旅館で過すことが毎年の例となった。稚いころは父か母が送り迎えしてくれたが間もなく私たち兄弟だけで長野までは国鉄、長野で長野電鉄に乗り換えて湯田中へ、湯田中からバスで行くようになり、帰途も同じように二人だけで家へ帰った。三歳年長の兄は私にとって心強い同行者であり、保護者であった。

M旅館には「内湯旅館」という看板がかかっていた。旅館の中に浴場があるということが当時は温泉旅館の旅客に訴求する重大な特徴であった。温泉旅館が必ず館内に浴場を備えるようになったのはそう古いことではない。たぶん昭和初期からはじまったのではないか。現在ではあらゆる温泉旅館が館内に男女それぞれの大浴場を備え、豪華さや奇抜さを競っているようにみえる。露天風呂と称する、本来の露天風呂とはほど遠い、人工の野外浴場も流行している。客室に浴室があるのもかなり当り前である。源泉の湧出量には限りがあるのだから、こんなふうに温泉を浪費すれば源泉が涸渇するのではないか、と私はかねて危惧している。つい先日の新聞の報道によれば、多くの温泉旅館では浴場の湯は循環させているそうである。もちろん、それぞれの源泉の湧出量によることだから一概にきめつけることはできないし、当然衛生上の措置として濾過しているのだろうが、浴槽に二度三度濾過された湯が流れこんでいるのかもしれないと思うと、私は欺されたような不潔感に襲われる。その記事には循環されているかどうかの見分け方も書いてあった。

澁にも安代にもそれぞれ大湯《おおゆ》という共同浴場があり、その他にも何とかの湯と称する共同浴場があった。安代と澁とは橋一つでつながっている。そのなだらかな細い石畳みの坂道に沿って、そうした五、六の共同浴場があった。旅館が各自内湯を備えるようになるまでは、湯治客はみなそういう共同浴場を利用していたのである。祖父に連れられて私たちは毎日のようにそれらの共同浴場をはしごした。浴場は木槽で、温泉特有の匂いが沁みついていた。そのうす暗い共同浴場を思い出すにつけて、「内湯」旅館は現代の浪費的文化のはしりだったのではないか、と考える。

志賀高原ホテルが開館したのは昭和十二（一九三七）年、私が十歳のときであった。志賀高原がスキー場として開発されはじめたのはその数年前からのはずである。志賀高原ホテルまでバスが通うようになったが、祖父母はまるで関心がなかった。西欧風のホテルは祖父母にはなじめなかったのだろうし、高原という自然の風光にも興味がなかったのだろう。軽井沢など高原の風光の美しさはとうに一部の人々に発見されていたにちがいないが、それも欧米の人々の発見によって一部の日本人の眼が開かれたのである。高原の風光の発見にもまた西欧的教養によってつちかわれた眼が必要であり、祖父母はそういう教養とは無縁であった。

そのかわり祖父母は上林《かんばやし》温泉には始終連れていってくれた。上林温泉には温泉プールをはじめ子供が遊べるような施設がいろいろ備えられていた。上林温泉からさらに川沿いの岨道を徒歩で三十分ほど行くと、上林温泉の源泉である地獄谷温泉があった。源泉が二、三十メートルほども噴き上がっているのに、私は圧倒された。いまでは猿が群棲し、温泉に浸りにくるのが名物になっているようだが、当時は数匹の猿を時に見かけるだけであった。山深い鄙びた一軒宿であった。温泉に入るよりも、湯上りに名物のちまきをたべるのが、私たちのたのしみであった。

安代温泉の二、三週間は、私たち兄弟にとって、父母の目の届かない場所で、気儘に羽をのばせる日々であった。夏休が終りに近づくにしたがい、やりのこした宿題を前に溜息をつくことが分っていながら、私は遊びほうけていた。角間《かくま》温泉あたりまで歩き廻ったり、横手山、白根山など、志賀高原の山々を不器用にスケッチしたりした。横湯川沿いの道を行くと赤蜻蛉がおそろしいほど群をなして飛びかっていた。私も赤蜻蛉の群も夕陽を浴びていた。

兄は祖父母のM旅館に対する支払いが一月間で六十円ほどだったという。当時の物価をいまと比較するのは難しいが、祖父母の湯治はずいぶんつましいものだったのだろう。そういえば、三好達治年譜によれば、三好さんは昭和八年から二年余、つまり、私がここで回想している時期に、志賀高原の発哺《ほっぽ》温泉に滞在している。それも東京で生活するよりも山奥の温泉宿で暮らす方が安あがりだったからではないか。もちろん三好さんは昭和七年に喀血していたから病後の静養という意味があったことも間違いないだろう。湯治だから毎年の常連客と見知り、多少の交際があったにせよ、祖父母の逗留は物見遊山とはほど遠い性質のものだったと思われる。

私たちが泊っていた部屋にはラジオもなかった。M旅館ではどの客室にもラジオがなかった。ラジオを聞きたいと思うと、旅館の帳場まで出向いた。帳場の隅に、七、八人ひしめいて、都市対抗野球の放送に耳を澄ました。私たちは全大宮を応援していた。ある年、準決勝に進出、四対三で東京倶楽部に負けた。東京倶楽部の菊谷選手の左中間安打で二塁走者が本塁をふみ、均衡を破る決勝点が入った。全大宮の前川投手はマウンドにしゃがみこんで泣き崩れた。ラジオの前の他の聴衆たちの歓声の中で、私たちは無念の思いをかみしめていた。

*

私は父とキャッチボールをした憶えがない。しかし、父は野球観戦にはずいぶん熱心だった。兄の話によれば、年に一度の早慶戦だ、といって必ず早慶戦を見に行った、という。そして兄は必ず、早慶戦は年に一度じゃないよな、と笑うのである。

わが家に『六大学野球全集』という上中下三冊のタブロイド版ほどの寸法の本があった。たしか昭和五、六年ころまでの東京六大学野球の新聞記事を抜粋し、埋め草にアメリカ大リーグのエピソードなどが豊富に掲載されていた。昭和三年から六年ころまでの間、東京六大学野球は名選手を輩出していた。早稲田の三原、慶応の水原、宮武、明治の田部、法政の若林、苅田等々の時代である。伝説的な三原のホームスチール、元来は捕手であった早稲田の伊達が投手に転向し、早慶戦に三連投し、鉄腕とうたわれたことなど、私はすべてこの本から知った。心にふかく刻まれているのは、東大の東武雄投手の好投空しく、といった見出しで東武雄という好投手を擁しながら東大が負け続けていた記事、早稲田の名投手小川正太郎が病気のため出場できない悲運を嘆いている、といった記事である。悲劇的英雄に対する共感は倭建尊以来、わが民族の伝統的心情だが、たしかに私はそういう心情をうけついでいる。大リーグ選手の年俸一覧という囲み記事に、ベーブ・ルースが十六万円、ルー・ゲーリックが五万円とあったことも間違いない。また、マシューソンという投手がフェイド・アウェイという怪球を操る、とあった。消えてしまう怪球はじつに神秘的に感じられた。ここに名を挙げた、当時の名選手たちの中、私が実際にプレイを見て印象ふかいのは、苅田久徳と若林忠志である。私が中学生のころ、苅田はセネタースの二塁を守っていた。彼の守備には曲芸のような軽やかさと華やかさがあった。若林の投球は戦後、阪神タイガース時代も、二リーグ分裂後の毎日オリオンズ時代も見ている。毎日オリオンズが第一回の日本シリーズで松竹ロビンスと対戦した、その第一戦、若林の好投で毎日が勝った試合は、ちょうど司法修習生として同級生とバス旅行中だった。そのとき若林は四十歳を超えていたはずである。私は彼の阪神時代からのファンであった。きびきびした老練な投球に私はいつも魅せられていた。だが、長じてからの野球観戦については、あらためて記憶を喚起したいと思う。

県営大宮球場ができたのは昭和九年、私が小学校二年のときであった。その年十一月二十九日、ルース、ゲーリックらを含む全米オールスターチームと全日本選抜チームが大宮球場で対戦した。私たちは見せてもらえなかった。球場のスコアボードの脇に私たちが蛇松《じゃまつ》とよんでいた松の巨木があった。兄と私はベーブ・ルースのホームランボールを拾おうと待ちかまえて、球場の外、蛇松の裏あたりをうろうろしていた。とうとうホームランボールを拾うことはできなかった。私たちはがっかりして、石を蹴りながら家路についた。

しかし、その翌年、昭和十年十一月三日の巨人軍と全大宮との試合は見ている。正式には大日本東京野球倶楽部、いわゆる東京巨人軍が結成されたのは昭和九年十二月である。阪神タイガースが結成されたのが昭和十年十二月だから、アメリカ遠征から帰国した巨人軍は社会人野球を相手に全国を転戦した。全大宮との対戦はその第四戦であった。当時の記録をみると、巨人軍は、一番遊撃手田部、四番一塁手永沢、五番三塁手水原、投手は澤村といった陣容である。全大宮には若い前川と年輩の南という二人の投手がいた。この試合は前川が投げ、南は一塁に廻っていた。巨人軍は前川に完全に抑えこまれて二番左翼手新富の一本のホームランのみ、逆に全大宮は澤村を打ちこんで四対一で快勝した。私は歓喜のあまり声も出ないほどであった。そして、職業野球といってもこんなものか、といった感想もいだいたのであった。

十一月九日の第六戦でも全大宮は戸塚球場で巨人軍に九対四で勝っている。同じ戸塚球場の第八戦、巨人軍は澤村が全大宮を完封し、二対〇でようやく勝ったのである。当時の全大宮の監督は藤本定義であった。こうした戦績により藤本はひきぬかれて巨人軍の監督となり、前川も巨人軍に入団した。

昭和十年十一月三日の大宮球場は超満員であったが、それでも入場者は九千人強であった。それが同年度の最高記録だったというから、いまから思えば隔世の感にたえない。

私がいまだに野球に関心がふかいのは、こうした少年時の体験に由来する。私に限らず、私の同級生たちも同じだろう。当時、私たちが小学校の校庭で遊んでいたとき、若い男が駆け込んできて便所に入った。以前一度書いたことだが、誰かが、あ、前川だ、と叫んだ。私たちは便所の前で男が出てくるのを待っていた。しばらくして男が出てきて、私たちに目もくれず立ち去った。前川のようでもあり、違うようでもあった。しかし、誰も前川ではないとはいわなかった。その後もずいぶん長い間、あの「便所前川」は本人だったのだろうか、ということが話題になった。否定しきるには余りに残念であった。幾分の疑問を残しながらも、私たちの間では、本人だったにちがいない、ということにしている。

ちなみに前川は巨人軍を退団後、滝川中学で教鞭をとり、別所毅彦や青田昇を教えたということである。

*

戦前はプロ野球という言葉はなかった。職業野球といった。職業野球の記事が朝日新聞に載ることはなかった。読売新聞の独占であった。そのかわり、甲子園の中等野球、いまの高校野球の記事は朝日が独占し、読売に掲載されなかった。昭和二年にはじまった都市対抗野球は毎日新聞が独占していた。春の選抜を毎日が主催するようになったのは、おそらく中等野球に関する朝日の牙城に挑戦したものであろう。このような棲み分けが崩れ、各紙が相互に記事の乗り入れをするようになったのは戦後である。東京六大学野球の記事だけが新聞各紙によって報道されていた。だから、六大学野球が野球人気の頂点であった。当然野球のスタープレーヤーといえば六大学野球の選手たちであり、彼らが社会人となって、東京倶楽部、全大阪、函館太洋倶楽部といった各地に散らばって、都市対抗に出場してくることは、当時の野球ファンにとって懐しいスタープレーヤーに再会することであった。加えて、当時のわが国の都市はそれぞれの個性、地方色をもっていたのではないか。企業が所有するチームも八幡製鉄をはじめかなり多かった。私が応援した全大宮も実体は東京鉄道局のチームであった。群馬県の太田には現在のスバルの前身である中島飛行機の太田雄飛というチームがあった。しかし、これらの企業チームを含め、各チームと地元との繋がりが強かった。函館オーシャンといえば久慈次郎、八幡製鉄といえば大岡虎雄といった個性的な、あるいは野性味あふれる名選手たちとふかく結びついていた。

中等野球はいっそう地方色が強かった。甲子園の全国大会はいうまでもなく、地方予選でも、各都市、各地方間の郷土びいきが火花を散らす場所であった。当時は、中等野球の予選の出場校も現在と比べてはるかに少なかった。しかし、浦和中学、大宮工業などの投手や主力打者は浦和、大宮の若き英雄であり、女学生の憧れの的であった。彼らの試合は浦和や大宮の町をあげての関心であった。六大学野球や都市対抗は、こうした中等野球の熱狂的な広い裾野に支えられていた。

巨人軍が昭和九年に発足したことはすでに記したとおりだが、翌昭和十年には阪神タイガースが、昭和十一年に名古屋軍、東京セネタース、阪急、大東京、名古屋金鯱軍が結成されて、はじめて職業野球連盟が成立した。

現在では神宮球場の東京六大学野球には観客はほとんどいないと聞いている。都市対抗の全国大会も出場企業の社員がバスで動員されて応援にくるだけだそうである。高校野球は参加校の数こそ増えたけれども、地元の支持をうけているとは思われない。たとえば浦和学院は埼玉県の強豪として知られているが、浦和学院の校舎がどこにあるか、ほとんどの市民は知らない。時に私は高校野球の埼玉県予選を見物にいくが、出場校の生徒以外、ほとんど市民の応援はない。一部の私立高校が全国から才能ある生徒を集め、定評ある監督を招いて、強いチームを甲子園に出場させることにより、知名度を高め、学校宣伝の手段としていることも広く知られている。

ふりかえってみると、約半世紀の間にプロ野球がアマチュア野球に完全にとってかわったといってよい。その反面、高校野球も大学野球も社会人野球もプロ野球選手の養成機関ないしプロ野球への進路の一つとなっている。プロ野球の土壌であり、裾野というべき中等野球、大学野球や社会人野球は衰微の一途を辿り、空洞化しつつある。いまプロ野球が危機にあるとすれば、こうした底辺の崩壊にあるのではないか。

＊

十五年戦争という言葉は、ある意味で正しいが、反面では誤解を招きやすい。中国大陸における戦争が泥沼化し、思想言論の統制が年々厳しくなっていったことは事実だが、昭和二年にはじまった都市対抗が隆盛になっていった時期でもあり、大正十三年に完成した甲子園球場の中等野球大会が全国の耳目を集めはじめた時期でもある。この時期はまたスキーの大衆化が進んだ時期であることは大正十五年に全日本スキー連盟が結成されたことからも、また、はじめに記したとおり、たとえば志賀高原がスキー場として開発されはじめたことからも分る。スポーツが庶民の間に定着しはじめ、やがてプロ化へ一歩ふみだした時期であり、消費的、浪費的文化の幕明けの時期でもあった。スポーツの大衆化も浪費的文化の幕明けも、かつての石川啄木の言葉を借りれば、時代閉塞の風潮下における庶民の享楽の吐け口だったのかもしれない。中国の人々や中国大陸の兵士たちは別として、日本の庶民にとって戦場は遠かった。

8

亡父の享年をとうに過ぎたいまとなって、私には父が謎めいてみえる。青年期、父は私の眼には、裁判官としてかなりに有能かもしれないにしても、学歴に劣等感をもつ、出世欲にとり憑かれた小心翼々たる人物としてしか見えていなかった。父の晩年に近づくにしたがい、青年期を含めて、生まれてこの方終始父が私に注いでくれた愛情の方を、私はより強く感じるようになり、父のすべてを受け入れるようになった。父が死んだときは、心中の慟哭を抑えがたかった。

だが、父はどういう人格だったのか。父は軽率な性格だったのか、放胆な人物だったのか。父がごく若いころ教員資格をとって大宮小学校で教鞭をとったことはすでに記した。当時、父は祖父の家作を借りていた。そういう縁で祖父と面識があった。裁判官として小倉の裁判所に勤務していた父は、大正十年の十月、ほぼ十年ぶりで大宮を訪ね、祖父の許に立ち寄った。

その年三月、母は浦和女学校を卒業していた。娘も卒業したことだし、婿にきてくれるような友人の弁護士でもおいでにならないだろうか、という相談を祖父は父にもちかけた。父は七、八歳ころの母を見知っていたが、成人してからの母には会っていない。いま長唄のお稽古に行っていますが、すぐ戻りますからお待ちになりませんか、という祖父の言葉をふりきるように、父は立ち去った。ところが、翌年、大正十一年の元旦に、浅草で居酒屋を営んでいた父の長姉の夫が祖父を訪ねてきた。用件は父を婿入りさせたいということであった。祖父は願ってもない縁だと快諾した。一月四日には父が来て、九日に婚礼をあげることとなった。

衣裳は借着でもするよりほかないと思っていたところ、大叔父が和服関係の商売をしていたので、九日の午前中までに仕立て上がりの花嫁衣裳を間に合わせてくれた。大叔父と祖父との間にはすでに記したとおり、曾祖母の没後に若干の確執があった。しかし、大叔父はそんな過去を気にしない篤実な人だったようである。

いまの浦和女子高の前身である当時の浦和女学校は四年制であった。だから、母はいまの学制でいえば高校三年生で結婚したわけである。そのとき父は二十九歳、その翌年兄が生まれているが、母は十八歳であった。

母は養女だから祖父母とうまが合わなければ、母を連れて家を出れば良いと思っていたと父は後に語っている。とはいえ、この経緯から分るとおり、成人してからの母に一目会うこともなしに結婚したのであった。しかも、それ以前父には離婚歴があった。そのことを私が知ったのは父の死後十年以上経ってからである。父の初婚の相手は従妹だったという。結婚後間もなく別居した。大正十年十月、祖父を訪ねてきたときは別居中であり、その後、年内に正式に離婚したらしい。その女性は離婚後しばらくして亡くなったそうである。あるいは病弱だったことが別居、離婚の原因だったかもしれない。女性はいまの東松山市の近郊の農村の農家に育っている。そういう女性が、大宮、東京でかなりの辛酸をなめていた父に物足りなかったことも事実のようである。母が父と結婚して後、はじめて父の実家へ里帰りしたさい、親戚廻りをし、その女性の家にも挨拶に赴き、大いに歓待されたという。母はそのとき父の離婚歴をまったく知らなかった。

それにしても、最初の結婚、離婚といい、母との縁組といい、まことに軽率、放胆といった感がつよい。いかにも裁判官らしい謹厳実直そうであった父の記憶とはそぐわないのだが、軽率といい、放胆といっても、同じ気質を別の側面から見ているだけのことかもしれない。私もそんな気質をうけついでいるはずだが、私が私自身どういう気質の持主なのか、分っていないと同様に、父にも自分自身が分っていなかったのかもしれない。

結婚した父母は父の勤務地である小倉に住むことになった。小倉ではバナナが安かった。時間をもてあましていた母は、毎日バナナを口にしながら、下宿していた二階の部屋の手すりから町の人通りを眺めていた。バナナを食べるのはいいけれども、人目にふれるようなことは止めるように、と父は母に注意した。十七、八歳のうら若い花嫁であった母は、はじめてそんなものか、と思った。時に、父から判決書の草稿を示されて読んでみるようにいわれ、一応読みこなし、字をよく知っていると褒めてくれたというのが母の自慢話の一つである。父としては十一歳も年齢の違う母の識字力に不安をもっていたのであろう。

その後、順序は定かでないが、水戸、熊谷、木更津、八日市場など各地の裁判所を転々とした。そのまま、いわば田舎廻りの裁判官として経歴を終えることになるような出発だったが、私が物心ついたころには東京地裁に勤務しており、その後は、おいおい記すとおり、ごく短期間、東京以外の任地に勤務したことはあるが、おおむね、東京地裁、戦前の東京控訴院、戦後の東京高裁に勤務し、定年までほとんど東京を離れたことがない、という幸運に恵まれた。ふだん私は大宮生まれと称しているが、正確には木更津で生まれている。大宮生まれと称しているのは、木更津等についてまったく記憶がないからであり、そうした父の幸運の余波としてこれまでの生涯のあらましを大宮で生活してきたからである。もっとも、私の色が黒いのは、木更津で生まれた当時、ねえやが毎日海岸で私を遊ばせていたからだ、と私は始終言われながら育ったのである。

*

私が幼稚園時代劣等生であったことはすでに記したが、これは私が早生まれのため発育が遅れていたためであろう。

大宮図書館の宮澤征雄館長が私の出身校である大宮北小学校の校長に助力を得て、『ほたるぐさ』という文集に掲載されている、私が小学校一年のときの作文を発見して下さった。「シブヘイクトキ」という題の作文である。これは私の文章がはじめて活字になり公表されたものであり、昭和九年三月刊、表紙には「皇太子殿下御降誕記念号」とある。

「ボクガアソンデヰウチヘカヘツテクルト、オカアサンガ「オヂイサンガ、木下サンモ来テルカラ、ニイチャント、二リデ来ナイカト、手ガミニカイテキマシタ。」トイヒマシタノデ、ボクタチハウレシクナリマシタ」

とはじまっている。その全文を引用するほど私は厚顔ではないが、学校から帰ってくると、と書かず、遊んで帰ってくると、と書いているのが我ながら可笑しい。それに、この作文は、

「テイシヤバニツクト、シヤシヨウサンガ「ナガノユキノキシヤガ来マス。」トイヒマシタ。ボクタチハ、ソノキシヤニノツテ、シブノオンセンニイキマシタ」

と終っている。当時私たちは停車場といって、駅とはいっていなかったことが目に付くのだが、すでに記した澁・安代温泉での生活のたのしさを書くというより、出かけること自体で充分たのしんでいることを書いて終っているのも可笑しい。じっさい、成人であっても旅行は旅行そのものよりも出発までの方が心がときめくことが多い。そういう意味で、この作文はかなりに子供心を正直に表現しているといえるかもしれない。

『ほたるぐさ』は年一回発行されていたので、私の作文は毎号掲載されているはずだが、宮澤館長や現在の北小学校校長のご尽力にかかわらず、『ほたるぐさ』の他の号は発見されていない。この号だけが「皇太子殿下御降誕記念号」ということで廃棄されることなく保存されていたらしい。

『ほたるぐさ』は北小学校の生徒の一年間の作文の中から選んで一冊にまとめたものだが、兄は大宮の全小学生の作文から優秀作を選んで刊行した文集に作文が掲載されたことがあるという。「天城越え」という題であったそうだが、これも残っていない。しかし、この天城越えは、私た

ち兄弟が父に連れられて旅行した、生涯ただ一回の旅行だから、私にとっても思い出ふかい。三島から修善寺温泉に泊り、天城を越えて蓮台寺温泉に、下田から船で大島に渡って三原山に登り、汽船で東京へ戻って大宮に帰った。兄が小学校五年、私が二年のときだから、昭和九年だった。祖父母の湯治とちがって、きわめて稀な旅行だったせいか、修善寺温泉では新井旅館に泊る、といったかなりに贅沢な旅行であった。父はずいぶんと子煩悩であった。たぶん祖父母や弟の面倒をみるためだったろうと思われるが、母は同行しなかった。私より五歳年少の弟も十数歳年少の妹も、私たち兄弟のような思い出は何一つもっていない。しだいに戦争が深刻になっていたことが主な理由だろうが、それだけに弟や妹と私たち兄弟の父への思いのふかさも違っているであろう。

兄はそんな文集に掲載される程度に作文が上手だったし、その圧倒的影響下にあった私も、作文はたぶん生徒の平均的水準を出ていたと思われる。小学校の授業の習得に格別の努力をしたような憶えはない。

私が劣っていたのは、このごろの言葉でいう身体的能力であった。どうやら身体的能力とは、走る、跳躍する、といった運動能力だけでなく、体格、体力をふくめた能力の全体を指すようである。私は小学校四、五年のころから背丈が伸びて級で五、六番目の身長になったが、それまでは並の身長だったし、弁護士になった二十五歳ころまで、ひどく痩せていた。

私たちの遊びといえば、メンコやベイゴマを別とすれば、まず野球であった。私の兄も弟も野球が上手だったが、私は下手であった。たしか小学校三年のときだったはずだが、級友と校庭で野球をしていたとき、私が投手の投球を打とうとして、バットで捕手をしていたＩ君の頭を強打し、Ｉ君が昏倒するという事件があった。私が打席から下りすぎていたのか、Ｉ君が前に出すぎていたのか、真相ないし責任の所在は明らかでない。その夜、Ｉ君の父君がわが家に押しかけてきて、父母に烈しい苦情を言った。幸い、Ｉ君に後遺症はなかった。私はそれ以来、野球をしなくなったわけではないが、臆病になった。私はいまだにＩ君に多少の罪の意識を感じている。

野球についで私たちが熱狂していたのは相撲であった。私の小学校時代は玉錦から双葉山へ大相撲の主役が交替した時期であり、双葉山の六十九連勝の時期であった。六十九連勝は昭和十一年春場所から始まり、昭和十四年春場所四日目安芸の海に敗れるまで続いていた。私は「双葉山敗る」とアナウンサーが絶叫したラジオ放送をわが家に近い町角で、自転車に乗りながら聞いたことを鮮明に憶えている。私は双葉山が六十九連勝の当初の得意技であったうっちゃりが好きで、級友と相撲をとると、よく試みたのだが、それも私の身体的能力が劣っていたためだろう。力士のブロマイドを集めるのにも熱中したし、櫓投げその他の奇手にも惹かれていた。私は相撲が強くなかった。弱かったとは思わないが、要するに腕力も体力もなかった。

昭和十一年にベルリン・オリンピックが開催された。有名な「前畑頑張れ」という実況放送も憶えているし、オーウェンスの快走も忘れがたい。私は地区別リレーという、小学校の住居地区別のリレーの選手に選ばれたこともある。だから走ることも必ずしも遅いわけではなかったが、とり立てて速いということはなかった。

小学校の四、五年ころ、私が熱心に練習したのは鉄棒だった。わが家の裏側は北小学校の校庭だった。裏の木戸を開けるとすぐ校庭に出られたから、始終鉄棒の練習をした。十一月に入ると鉄棒には霜が降りていた。当時、冬は早く訪れ、寒さも厳しかった。私は毎年手に霜焼けができ、皹《あかぎれ》がきれていた。手はいつも腫れあがって見苦しかっただけでなく、いたく、つらかった。霜焼けができないようになったのは中学入学以後であった。これも私の身体の成熟が遅れていたためかもしれない。私の鉄棒は同級生の平均的水準であった。後に、中学に入学してみると、同級生中私は抜群に鉄棒が上手であった。東京の子供たちと大宮の子供たちとはその程度に水準が違っていた。私が鉄棒がどうにか同級生にひけをとらないまでに上達したのは、ひたすら私が努力したからでもあり、鉄棒、すなわち器械体操は、腕力よりはむしろ反動を利用するのだということを会得したからであった。

そんなふうに私は身体的能力が劣っていたから、餓鬼大将にはなれなかった。それでいて、勉強はできるとみられていたから、家庭環境も相まって、一応の敬意を払ってくれていたものの、同級生は私にある一定の距離をおいてつきあっていたようである。しかし、それもいまになって理解できることで、当時私が意識していたことではなかった。私は同級生の間にまったく溶けこんで、誰とも仲良くつきあっていたつもりであった。

＊

私は小学校六年生の五月ころ、左腕の肘を複雑骨折した。大宮の市街地から三キロほど離れた宮原の米屋さんに用事を言いつかった。わが家の近くにいくらも米屋さんがあるのに何故宮原の米屋さんだったのか、いまとなっては不可解である。こうした用事を兄が言いつかることはなかった。私は自転車で出かけた。小雨がふっていた。そのころ、私はいつもハンドルから両手を離して自転車に乗っていた。小学校六年生にもなって、そんなことをいささか得意にしていたのだから、ずいぶん幼稚な虚栄心をもち続けていたといってよいし、あるいは父譲りの軽率さであったかもしれない。おぼろな記憶によれば、突然背後で自動車の警笛が鳴った。慌ててハンドルをつかもうとしたところ、自転車が雨に濡れた道路に滑って転倒した。道路の左側の家の塀にぶつかった。身体をかばって肘で支えようとして、肘をしたたかに打った。

私は泣き泣き米屋さんまで自転車を引いていった。米屋さんは驚いて私をリヤカーに乗せ、わが家まで送ってくれ、さらに接骨医まで運んでくれた。接骨医が手当をしてくれたが、痛みはなかなか去らず、治癒するのに時間がかかった。ようやく治癒したとき、私の左腕の肘は関節部が瘤がつきでたかのように畸形化していた。この畸形化した左肘を私はいまだ人目にさらしたくないように感じている。私が真夏も長袖のシャツを着ているのは、腕の汗で洋服の袖口が痛むのを配慮しているためでもあるが、左肘を隠したい気分も働いているからであろう。もっともジャケットを身に着けないときのポロシャツなどは半袖のものも持っているし、ポロシャツのまま外出することもないわけではない。

そんな見栄のために、私はあのとき接骨医に手当させた両親を恨み続け、今日の言葉でいう形成外科医に治療させてくれたら、左肘は正常なかたちに治癒したのではないかと考えていた。ところが先年、たまたま東大の形成外科の専門家と同席する機会があったので、私の左肘をお示しして意見を求めたところ、この部位の複雑骨折は現在でもこの程度に治癒できれば上等でしょう、ということであった。私はいわれない不満と怨恨を両親に対し数十年間もち続けていたわけである。

*

左肘の骨折だから勉強にそう差支えないはずだが、事実はそうではなかった。痛みがなかなか去らず、治療に時間がとられた。ちょうど中学の受験勉強の時期であった。両親も担任の鈴木秀吉先生も、兄にならって、私に東京高校尋常科を受験させるつもりであった。しかし、骨折の痛みと治療のため、私は受験勉強どころではなかった。東京高校尋常科の受験は諦めることになった。私は現在の小石川高校の前身である、東京府立五中を受験することにした。

何故、府立五中を選んだのか、私は父の考えを想像することしかできない。この時点で浦和中学を受験することがもっとも自然だったのだが、父は浦和中学を受験させようとはしなかった。

当時もゆるやかながら学区制があった。府立中学の入学資格は原則として府内の居住者に限られていた。しかし、どういうわけか、東京府内の本籍地をもっていれば入学資格があることとなっていた。父は私たち一家の本籍を東京に移すことにした。しばらくの間、私たち一家の本籍地は神田区駿河台一丁目一番地であった。

私は本籍地が法律的にいえばまったく便宜的なものにすぎないことをそのときに知ったのだが、そんな無理までして、何故浦和中学を敬遠したのか。兄は、浦和中学の教育方針が父の気に入らなかったからだ、という。当時浦和中学には今井校長という評判の高い校長がいた。軍国主義的に厳しく、生徒を鍛えることで知られていた。浦和中学に進学した兄の同級生たちから、父はそんな教育方針を耳にしていた。一方、府立五中の自由主義的な校風も父は聞いていたらしい。

後にふれるとおり、父は生涯をつうじて体制的秩序に忠実に生きた。その父が浦和中学の校風を嫌っていたということは、私がいまになって父の人格が謎めいてみえる理由の一つである。ついでにつけ加えれば、兄は中学一年生のとき、虫垂炎の手術をうけた。その病床に父が倉田百三『出家とその弟子』と島崎藤村『飯倉だより』を持ってきてくれたそうである。私は父が文学書を読んでいた光景をまったく憶えていない。どれほどの文学的素養があったか、私は知らない。文学には何の関心ももっていないようにみえた。わが家の書架に円本といわれる改造社版の『現代日本文学全集』が並んでいたが、はたして父はその一冊でも手にしたことがあるのか。私が見ていた父は父のほんの一面だったのではないか、という感がふかい。

私の受験の前後、父は千葉の裁判所に勤務し、一年ほど単身赴任していた。私が府立五中を受験し、無事合格したとき、父はたいへん喜んで、母宛に手紙を書いてきてくれた。愛情にあふれた手紙であった。私はその手紙をくりかえし読んだ。いまも兄の家にあるはずの箪笥の引出に大事にしまってあったが、敗戦後になってからは見たことはない。

五中に合格して間もなく、祖父母に連れられて私は柴又の帝釈天にお詣りにいった。受験前、私の知らぬ間に、祖父母は帝釈天に合格祈願をお祈りしていた。そのお礼詣りということであった。帰りには浅草へ出て、祖父がひいきにしていた天ぷら屋で食事をした。江戸風の胡麻油で揚げた黒い色の天ぷらであった。血縁はないのに、また、兄を溺愛していたとしても、祖父母は私にもいまだに心にふかく刻まれているような愛情を注いでくれていた。

*

昭和十二年七月、盧溝橋事件がおこり、たちまちいわゆる支那事変に発展した。それでも私たちにはまだ戦場は遠かった。私たちは昭和十四年小学校を卒業したのだが、その前年の秋、伊勢神宮に修学旅行するのが毎年の例であった。そのために三年間ほど毎月私たちは旅費を積立てていた。その旅行が中止になった。支那事変下、旅行は自粛すべきだという校長の決定の結果であった。他の小学校で修学旅行をとりやめたという話は聞いたことがない。あるいは校長の時局に対する過敏な反応であったかもしれない。いずれにせよ、私たちにもようやく戦場の砲声が近づいてきていた。

9

昭和十四（一九三九）年四月、東京府立五中に通学しはじめると、それまでとは環境も境遇も激変した。小学校時代は、すでに記したとおり、私は決して餓鬼大将になるような腕力も迫力もなかったが、かなりけむたがられていたらしいとはいえ、同級生の誰からも一目おかれ、経済的にももっとも富裕な階層に属していた。思いかえしてみると、同級生たちとの間に完全に溶けこめないような、ある種の距離感があったようだが、それでも多くの友達をもち、ひけ目を感じることはなかった。

だが、府立五中に入学するとまったく環境が変った。私はかなり人見知りする性格でもあり、なかなかただ一人の友人もできなかった。毎日が寂しく、つらかった。どうして浦和中学に進学しなかったのだろう、浦中に行っていれば話相手に不自由しなかったろうに、と通学の往復に始終考えていた。

大宮でこそ富裕な階層に属していたといっても、五中ではごくごく平均的な階層であった。五中は一年に入学してから卒業するまで組変えがなかった。一年のときの同級生がそのまま卒業まで同級生であった。担任の関口孝三先生は大阪外語大出身で英語の教師であった。関口先生は私たちと入れ違いに卒業した級が一年に入学してから五年で卒業するまで担任し、その級の卒業後、あらためて一年に入学した私たちの級の担任となった。その昭和十四年三月に卒業した、関口先生が担任した級に三ヶ月章先生がおいでになる。三ヶ月先生はわが国民事訴訟法学の泰斗であり、東大教授として、また東大退官後も、わが国法曹界の指導的立場にあり、法務大臣もおつとめになった。私はだいぶ以前から三ヶ月先生の面識を得ているが、三ヶ月先生から、五中はじつに嫌な学校だった、毎日が自分の家庭の貧しさを思い知らされるような生活だった、旧制一高に入学してはじめて心がくつろいだ思いがした、とお聞きしたことがある。三ヶ月先生は家庭に恵まれず、進学を諦めていたところ、先生の才能を惜しんだ小学校の担任の教師が両親を説得し、ようやく五中に進学したのだ、と承っている。私は三ヶ月先生と違って、同級生と比べて自分が貧しいと感じたことはなかった。同級生にも格別に裕福な、たとえば財閥といわれるような、一族に属するような者がいたとは思わない。府立五中は当時の小石川駕籠町、現在の文京区千石四丁目にあったので、生徒の大部分は当時の本郷区、小石川区、いまの文京区に育ち、住んでいた中産階級の子弟だった。彼らにとって、大宮は想像を絶するほどの田舎町であった。私はいわば当時の山の手の中産階級の子弟の中にまじりこんだ、ただ一人の田舎者であった。

当時の同級生たちにとって大宮がどれほどの田舎と感じられていたかについてすこし説明しておく。中学も三年か四年になってから、中野に引越した同級生がいた。同級生の多くは中野の田舎といって馬鹿にした。むきになって田舎でないと弁解すると、中野には市電が通っていないじゃないか、といった。同級生にとっては、市電が通っている地域だけが東京であった。石神井に引越した同級生が、石神井辺では子供が道路に裸で寝ころんで遊んでいるんだよ、と驚いていたことを思いだす。中野も練馬も、本郷、小石川に育った少年たちの眼には田舎としか見えていなかった。まして大宮ともなれば、軽井沢へ行くときなど、上野から出発した列車がずいぶんしばらくしてようやく到着する僻地であった。

そのことだけでも私は同級生たちの間で軽侮の対象となるのに充分な資格だったが、私が気にしていたのは言葉であった。小竹哲郎は、小学校時代、私たちは仲間うちの言葉と先生との対話、家庭内の言葉を使い分けていた、という。仲間うちの言葉はいわゆる「だんべえ」言葉である。たとえば、「お前《めえ》ん家《ち》じゃ、ライスカレー食ったんだべえ」、などという。ライスカレーを食ったのだろうという意味である。小竹によれば、私たちは言葉について二重生活をしていたというのだが、私はそんな「だんべえ」言葉を口にしはしないかと日々気にしていた。

それに、大宮には東京ではまず使われない言い廻しがある。「かきまわす」ことを「かんます」というのもその例である。後年、私より十歳ほど年少の大宮育ちの女性が東京教育大の学生だった当時、才媛でもあり美貌でもあった彼女は男子学生の間の女王的存在だったが、理科の実験のさい、背後から押されたとき、思わず、「そんなに押っぺさないでよ」と叫んで、大いに面目を失墜した、と聞いたことがある。小竹哲郎も、成人し、就職してから、「押っぺす」と言って同僚から嗤われた憶えがあるそうである。大宮では「押す」ことを「押っぺす」というのが、話し言葉ではごく普通であった。この種の言い廻しは他にもいろいろあったはずである。

私はそんな大宮方言を同級生たちにさとられまいと気をつかっていた。私は東京語で話そうとして肩肘はっていた。そういう意識のために、かえってぎこちなく不自然になったのであろう。上条孝美は、いまでもごく親しい友人だが、本郷春木町育ちで、こましゃくれて、意地悪かった。上条から、訛ってらァ、としばしば嘲笑されたことは忘れがたい。逆の例では、高原紀一もその後の半生、文学仲間の一人となり、私の親しい友人の一人となったが、上条から、高原、お前、あすこの丘に旗がひらひら、と言ってみろよ、とけしかけられた。神田で育った高原は、何遍くりかえしても、あつこの丘に旗がしらしら、としか言えなかった。嗤われても、おれは江戸ッ子だからな、と高原は開き直っていたが、それでも意地悪に耐えなければならなかった。

じっさい、本郷、小石川育ちの少年たちはこましゃくれていて意地悪だった。その意地悪がじつは悪気のない、ごく表面的なからかいにすぎないことを知るには多少の時間がかかった。しかし、それまで私はずいぶんと傷つき、肩身の狭い思いをこらえねばならなかった。それが気にならなくなるころには、私の訛りもなくなっていた。

言葉のついでにいえば、本郷、小石川育ちの少年たちと私との間には文化、教養の違いがあった。一部の同級生はクラシック音楽のレコードを沢山持っているようであった。ベートーヴェンの「熱情」ソナタがどうの、といわれても、私にはうけこたえするすべもなかった。また、彼らになじみふかいのは銀座であり、日本橋であって、浅草ではなかった。彼らが話題にするレストラン、喫茶店など、私は名を聞いたこともなかった。
私は山の手の中産階級の子弟の間で孤独をかこっていた。

＊

軍事教練という課目があった。数年で交替する配属将校とよばれる軍人と、五中に専任の予備役の軍人とが教官であった。紫友同窓会という五中の卒業生名簿に、旧職員（逝去者）の項中、「奥山重孝、大一二・四―昭二二・三　体育」とある方が、体育ではなく、教練の教官であった。たしか下士官から昇進して陸軍少尉となり、予備役に編入されていたはずである。

教練の授業は、私たちもようやく軍国主義教育にくみこまれたように私に実感させた。その第一歩は気をつけという号令をかけられると正しいとされる姿勢をとることと、ゲートルを脚に巻きつけることであった。気をつけ、番号という声がかかると、順に、一、二、三と整列順に唱えた。総員の人数の確認のためであったろう。私は、七、と叫んだ。おそらく背丈が級で七番目だったのだろう。七というとき、私は突嗟の思いつきで、ナナ、と叫んだ。シチ、というより、ナナ、という方がまぎれようがない、という浅はかな考えがふと頭に浮んだのであった。奥山教官から、ナナではない、シチといえ、と叱られた。大宮じゃあシチといわないのか、と同級生からいわれ、私は恥ずかしい思いをした。

ゲートルといっても敗戦後生れの人々には何のことか分らないかもしれない。しかし、敗戦前の生活では、学生に限らず、ゲートルは日常必須であった。平凡社版『世界大百科事典』によると、これはフランス語 guêtre に由来し、歩行を楽にするため、ズボンの裾を押さえ込み、足の甲から下脚部分をひと続きにおおう西洋式の脚絆《きゃはん》、だという。しかし、私たちが着けたゲートルはそういうものではなかった。同じ百科事典の記述によると、日本陸軍の用語では巻脚絆といい、小幅の長い布を足首から膝下まで巻き上げ、端につけた紐で結びとめるもので、しめ方が手加減でき脚に密着し、行軍のときにぐあいがよいので、十九世紀末、インド駐留のイギリス軍にはじまり、日本陸軍は日露戦争中から採用したものだそうである。しめ方が手加減できる、というが、私が不器用なせいもあり、緩く巻きつければずり落ちてしまうし、きつすぎれば脚が痛くてたまらない、といったものであった。ゲートルを上手に巻き着けるのを習得するにも私は人知れぬ苦労をした。私がいまだに嫌悪感をもってしかゲートルを思いだせないのは、ゲートルを巻き着けるのが不得意だったためでもあるが、ゲートルを着けることによって精神の緊張を強いる、といった精神主義が結びついていたためであろう。ことに昭和十九年、二十年の前半、戦況が苛烈になるにしたがい、ゲートルを着けることはすべての国民にとって義務のように感じられ、ゲートルを着けない者は非国民あつかいされた。旧制一高当時、私たちに漢文を教えて下さった阿藤伯海先生が和服に袴という服装で渋谷駅を通りかかったさい、見咎められて、お前は何だ、と質問され、学を好む者でござる、とお答えになったところ、ゲートルを着けていないではないか、となじられた。阿藤先生はおもむろに袴をたくし上げて、素足にゲートルを着けているのを示したので、咎めた者が二の句がつげなかった、という逸話がある。いまとなっては可笑しいというよりも情ないほど悲しい逸話だが、ゲートルはそんな軍事体制下に強制された精神の象徴であった。

五中入学後間もないころの恥ずかしい記憶は速足行進である。『日本国語大辞典』は、「旧軍隊では、時速五キロメートル強程度の正規の歩法をいう。踵から踵までの一歩の長さを七五センチメートルとすることを基準とし、一分間に一一四歩の速度で規定の速度で歩くこと」とある。しかし、私の理解では、速度よりもむしろ姿勢が問題であった。脚の膝を躰に対し直角になるように上げ、すぐその脚を垂直に下ろす、という動作をくりかえす、のが正しい姿勢だった。現在でも甲子園の高校野球大会の選手たちの入場行進で見かけるし、ベルリン・オリンピックの日本選手の入場行進もこういう歩行だった。レニ・リーフェンシュタールの『民族の祭典』で、こうした日本選手の入場行進に比べ、たとえばドイツの選手団が膝を曲げず、脚を鞭のようにしなわせて、サッサッと行進するのは、じつにほれぼれするほど美しかった。そのためにナチスに魅惑されたほど、日本選手団の行進は見苦しかった。何故、こうした行進の姿勢がいまだに続いているのかが私には理解できないのだが、高校野球の精神主義が日本陸軍の精神主義とつながっているかもしれないし、こうした愚劣さは私たちの精神構造にかかわるのかもしれない。

それはともかくとして、速足行進の訓練が一とおり終ったとき、奥山少尉から、中村、前へ出ろ、と命じられた。私は模範演技を見せよというのかと思って、得意になって同級生の前で速足行進をした。一同がどッと笑った。奥山少尉が、分ったか、これが悪い見本だ、と言った。私のどこが悪いのか指摘してくれなかった。指摘するまでもないほど自明だったらしい。

私はいささかも不真面目ではなかった。真面目すぎるほど真面目だったたし、一所懸命だった。考えてみると、こうした集団行動のリズムにうまく乗れる人間と乗れない人間とがあるようである。二〇〇二年四月に死んだ安東次男はその気になればそうした集団行動に適合できた。安東は敗戦時には海軍大尉であった。たぶん銅版画家の駒井哲郎や私は後者の分類に属し、おそらく二〇〇二年二月に亡くなった古山高麗雄さんも同じ種族だったのだろう。これら後者の種族は軍隊に召集されても一兵卒に終り、安東のように出世できないのである。安東は私にとって生涯にわたる知己であったが、私はひそかに安東のそうした体質を憎んでいた。憎むというのが言い過ぎなら、反撥していたといってもよい。

埒もない弁解を付け加えれば、私は集団行動における運動能力こそ低かったが、個人競技における運動能力は必ずしも低くはなかった。野球など他のスポーツでも、選手になれるほど上手ではなかったが、平均的水準には達していた。五中に入学して間もなく、体操の教師から、本気で器械体操を練習して東京の中学生の体操大会に出場しないか、と勧められたことがある。すでに記したとおり、小学生時代、一時期、私は鉄棒に熱中した。大宮の小学校では決して目立つほどではなかったが、都会の少年たちにまじると抜群に上手だった。後に親しい仲間となった出英利は、懸垂が一度もできず、ただ鉄棒にぶら下ったままであった。私はそんなに不様《ぶざま》ではなかった。私が器械体操が上手だったといっても、いまの私から誰も信用してくれないけれども、これは現存している高原紀一、上条孝美らがいつでも証言してくれる真実である。その後、私の運動能力が低下の一途を辿っているのは、私の怠惰のためでもあり、また、当時の軍国主義的な体育への反抗的気分によるものだったといってもよい。

しかし、素質として運動能力が高かったというのも嘘だろう。武道という課目があり、剣道か柔道を選択することになっていた。私は剣道を希望したが、剣道の希望者が多すぎたため、柔道に廻された。高原紀一は級の柔道の大将をつとめるほど上手だったが、私は選手に選ばれるには程遠かった。柔道も、当時は現在と違い、身体的能力よりも、相手の力を利用する技能が重視されていた。私はそうした技能が習得できなかった。

府立五中ではまた、当時の言葉でいう蹴球、いまの言葉でいうサッカーが校技ともいうべきものであった。サッカーには走力も必要だし、ドリブルにしてもシュートにしても運動能力が必要である。私にはそういう能力がまったく欠けていた。私は応援に廻るほかなかった。

ただ一、二回の器械体操を除けば、運動能力において、私は目立つこともなく、目立つとすれば嘲笑の対象となるときに限られるような存在であった。

*

スフは昭和十四年ころに工業化されたはずである。ステープル・ファイバーの略だが、ステープルもファイバーも繊維の意味だから、これ自体は意味をなさない。人造絹糸は今日ではレーヨンといわれるが、植物繊維を原料とした再生繊維であり、ナイロン、ポリエステル等石油化学工業による合成繊維とはまったく性質を異にする。当初は植物繊維を材料とした、絹に似た風合《ふうあい》をもつ人造絹糸が発明され、昭和十四年ころ、植物繊維を綿状に加工して棉花の代用品とすることがはじまった。これをスフと称したのである。棉花の輸入がすでに困難になっていた。

府立五中の制服は冬は紺、夏は霜降りであった。上衣は背広のように襟元がひらいており、ネクタイを着けていた。だからワイシャツが必要だった。もっともワイシャツといっても、襟が一体化した、いわゆるカッターシャツが一般化したのは戦後である。当時は襟は取り外しができ、襟だけを洗濯するような形態が普通であった。ネクタイといっても結ぶわけではなく、締めたかたちのものをぶら下げる形式であった。このような多少いかがわしい似而非《えせ》紳士風の服装が自由主義的な教育方針の象徴であり、当時の軍国主義的風潮からみれば、きわめて特異であった。

夏の制服を作る時期になって、わが家に出入りしていた百貨店の外廻りの店員に勧められて、両親はスフの制服を作ってくれた。物資が欠乏しはじめていたとはいえ、新製品を勧める店員の口車に乗せられただけのことだったにちがいない。級友の誰一人スフの夏服を作った者は他にいなかった。

新調の夏服を身に着けた第一日、学校の遠足があった。金沢八景から鶴岡八幡宮までの山越えであった。六月初め、梅雨の走りであった。雨がしとしとと降っていた。雨具は持っていたが、新調のスフの制服はぐっしょりと濡れた。スフは水分に弱い。帰宅すると制服はだらんと伸びて二度と元に戻らなかった。私は夏服を着る時期になると毎年だらんと伸びたスフの制服を苦々しく身に着けなければならなかった。時に鎌倉を訪ねて、自動車で山越えに金沢八景に出ることがある。その山道で私は必ずスフの夏服の悲しい思い出に耽るのである。

その前年、蒋介石を相手とせず、という第一次近衛声明が出され、その年末、汪兆銘が重慶を脱出して対日和平を声明していた。しかし、中国大陸の戦争が終熄する気配はなかった。国際社会から孤立したわが国では、棉花だけでなく、あらゆる物資の輸入が日々困難になった。代用品時代といわれた。陶製鍋、竹製スプーン、木製バケツなどが市場に出廻りはじめていた。しかし、それら代用品は私の日常の生活には関係なかった。スフの夏服は、そういう時代が私自身の生活に入りこんできた最初の事件であった。

*

やがて一学期が終った。通知表をみると、五十名中二十五番であった。その成績は私の自尊心をうち摧くに充分であった。

七月二十日から夏休に入ると七月末まで、二十五番以上は保田の臨海学校に、二十五番以下は猪苗代湖畔翁島の林間学校に参加することになっていた。私はどちらに参加してもよいといわれた。自尊心から私は臨海学校に参加した。百人強が寺に合宿した。毎日午前中浜に出て水泳の講習をうけ、午後は静養、自習するきまりであった。

私は多少泳げるつもりでいたが、泳げないと判定され、屈辱感を覚えた。級外に属し、素裸になって六尺褌をつけることからはじめて、犬かきを覚えて五級に進み、のしを習得して四級に進み、平泳ぎを習得して三級に進んだ。三級ではクロールを習うはずであったが、もう時間切れであった。水泳部の先輩が指導してくれた。この夏季学校は二年生になると強制的なものではなくなったようである。あるいは、戦況が厳しくなって、廃止されたのかもしれない。二年生になってからは参加しなかった。だから、私はいまだにクロールができない。

保田での生活は愉しかった。遠泳には参加を許されなかったが、最終日、「明日はお発《た》ちか」というダンチョネ節を覚えた。このころからようやく私は五中の生活に馴れはじめた。

10

府立五中には毎年一回、年末に発行される『開拓』という校内誌があった。校長はじめ二、三の先生方の文章が収められていたが、誌面の大部分は生徒の研究論文、随想、詩歌、創作等が占めていた。編集は生徒に任されていた。私は四年生のときと五年生のときと二回編集委員をつとめたが、そのさいも編集に対する学校側からの干渉や容喙はまったくなかった。編集委員は五年生の各級から一人ずつ、それに四年生から、二、三名が選ばれた。昭和十五年、私が二年生のとき、投稿募集の掲示をみて、私はふと詩の投稿を思い立った。採用され、『開拓』第三十一号に掲載された。私が詩めいたものを書いた最初であり、活字になった最初である。「たそがれ」と題するこの習作を引用することは、私にとって恥ずかしい限りだが、あえて記しておく。

光は沈み土は疲れ
すべての物はなつかしい宵のやはどこにもたれかかる
大工場のまつくろな煙は
遠いあなたへ響く鐘と共に

どことも知れず消え失せて行く

静寂の高台の家々は
麦の穂をそよぐ郊外の畑は
宵闇のとばりにとざされてしまふ

ねぐらに急ぐ夕鳥の一群

縦横にかけめぐる夕焼の雲は
憂の色を見せて飛びさる

「宵のやはどこ」、「あなた」、「宵闇のとばり」といった背伸びした、熟さない表現が目につくし、およそ才能の閃めきといったものが認められない。ただ、数十年ぶりに読みかえして驚くことは、この習作の声調が今日に至るまで私が書き続けてきた作品とまったく同じだということである。その後私は多くの先人の詩その他の文学作品を読み、影響をうけてきたつもりだが、声調は私の生理にかかわることであって、変化しようがないのかもしれない。

いったい私は生来旧作に愛着を覚えるよりも嫌悪感、羞恥感を覚えるのがつねである。

今でも雑誌等に寄稿した原稿の校正刷を見るとき、たまらなくつらく、読むにたえない。だから、旧稿の保存にきわめて怠惰であり、まして中学生のころの習作を読みかえすのは苦痛である。そのため、私はこの『開拓』も保存していなかった。二〇〇四（平成十六）年二月に急逝した弁護士・河村貢は私の五中時代、五年間をつうじ同級生だったが、元東京高裁の部総括判事をつとめ、退官後は某私立大学法学部教授であった高野耕一さんと親しかった。高野さんは私が五中の二年生のときの四年生であった。私がはじめての習作を投稿したとき、『開拓』に採用したのが編集委員であった高野さんであり、そういう意味で私の詩作を最初に認めたのは高野さんだ、と私は河村から聞いていた。私も高野さんと一面識があるので、問い合せの手紙を差し上げたところ早速ご返事を下さった。事実は河村の話とは違って、私がはじめて習作を投稿したときには高野さんは編集委員でなかったそうである。しかし、高野さんはわざわざ五中の後身である小石川高校に連絡し、右の習作のコピーを取り寄せて届けて下さった。その上、再度の希望に応えて、次号の『開拓』第三十二号、つまり、私が三年生、高野さんが五年生のときの『開拓』を貸して下さった。

この『開拓』に私は「夕の曲」という習作を投稿しているが、これを引用するつもりはない。ただ、はっきり憶えていることは、「たそがれ」を投稿してから「夕の曲」を投稿するまでの間、私が一篇も詩めいたものを書いていないということである。私が「たそがれ」を書き、投稿したのは気まぐれ以上のものではなかった。ただ、これが採用され、掲載されなかったら、はたして翌年も投稿したかどうかは疑わしい。もっといえば、その後私が詩を書き続けたかどうかも疑わしい。

＊

ここで私事を離れて『開拓』についてすこしふれておきたい。私の手許にあるのは、高野さんから拝借した、昭和十六年十二月二十日刊のその第三十二号だけなので、この号に即して、この雑誌の性格、特質を書きとめておきたい。

まず私の目にとまるのは、その後、親しい友人となり、戦後自死した、一年下級の相澤諒の詩である。これは「一人想ひて」と題されている。

私はまた蜜蜂と草原に寝て
美しい空を眺めてゐる
ほのかな風にふかれて
故里の香りがただよふ――

ああ忘れてゐた悲しみのかずかずが
またしても私の胸に目覚めてくる

消え失せた遠い想出よ古い悲しみよ
何故私の胸に歌ふのか

故里の香りと想出の雲と蜜蜂の歌が
私の心でまた痛みだす
雲はいつか昔の私の姿となり
私は一人草にうちふして泣く

第三連に若干の難があるとはいえ、これは相澤と同じ二年生のときの私の習作「たそがれ」よりはるかにすぐれている。ことに第一連から第二連への展開、これら二連にみられる少年時の哀感の表現は無類といってよい。立原道造と似た雰囲気があるのは相澤が当時すでに立原を読んでいたからかもしれない。それにしても、たしかに相澤は早熟な詩人であった。

相澤の詩よりも当時の私が感動したのは、一年上級、当時四年生であった斎藤正男さんの詩「来るもの」であった。

灰いろの太陽に
今　地はなべてさやかならず

たそがれの竝みつづく甍の果
重き雲垂れ
なかぞらにけぶる木の梢《うれ》
されど　あらあらし
唯一つ　さだかなるもの
壌《つち》の上に
忍びかに来つつあるもの
ひそやかに迫り来るもの

人の子は　ひたすらに
あこがれて
混沌の世をゆく

これが十五、六歳の少年の作として示されれば誰しも瞠目するにちがいない。作者は迫り来つつある暗黒の時代に戦慄している。その暗黒に鬱屈した思いで、時代と対決しようとしている。

私の同級生で、私の生涯にわたる親しい文学仲間の一人である高原紀一が、この雑誌に「聖歌」という小説を発表している。

「ひどい大粒の雨が大地を叩き始めた。雨は、駿河台を通つて聖橋に抜ける通行人のやうに、みる〳〵橋上の床を濡らして行つた。白い舗道が雨に洗はれて行くのは綺麗だつた。ニコライ堂のドームにも雨がしぶきを上げて、鋭い尖端さへも柔らかく濡れてゐた」とはじまるこの小説は、幼くして母を失った孤独感、父と子の確執を描いた作品であった。私たちの国語の教師であった佐藤信保先生が授業中この作品をとりあげて、「将来高原君が小説家となったとき、これは処女作として恥ずかしくないものです」と激賞なさった。

高野耕一さんは「友情」という小説を発表している。病床にある友人を自分が見舞うのは友情からなのか、そもそも友情とは何なのか、をつきつめて考えぬいた、真率な作品であった。

長谷川興藏さんという五年生は、私の記憶違いでなければ、東大医学部を中退し、平凡社の編集部に長くおつとめになったはずである。この号の『開拓』には五年A組の長谷川さんの「詩人としての啄木」という評論が掲載されている。『あこがれ』から説きはじめ、『呼子と口笛』に至る啄木の詩業を展望し、「社会主義的な傾向を背景にした」として「はてしなき議論の後」、「墓碑銘」などを引用し、「小市民的な感傷だと言つてしまへばそれまで乍ら、生活に即した深い哀愁の影がさしてゐる」作品として「家」を評価し、「飛行機」を「単純な対照の中に、作品の感情が如何にも強く波うつてゐる」、「これ以上簡潔な筆致を押し進める事は出来ない」、「これ以上切実に貧困の悲しみを歌ふことも出来ない」「傑作」として推賞している。

この評論はたぶん誰の受け売りでもない。筆者、それも僅か十六、七歳の少年が自分の眼で啄木を読み、その詩について考えた、まことに卓抜な石川啄木論であると私は考える。しかも、この評論が掲載された『開拓』が刊行された昭和十六年十二月という時代背景を考えると、このような校内誌がありえたという事実がほとんど信じがたい思いがつよい。生徒の自主性に委ねて、こうした雑誌の発行を許していた府立五中の校風を私は誇りとしている。また、相澤、斎藤、高原、高野といった人々の作品からみて、『開拓』文芸欄の水準はかなり高いものだったと私は感じるのだが、これは私の身贔屓であろうか。

さらに付け加えれば、『開拓』第三十三号、私が四年生のときに発行された号には、私たちが国文法を教えて頂いた真田幸男先生が「膝栗毛小論」という評論を寄稿し、その跋に次のとおり記している。

「現在の如き逼迫した時局にこのような頽唐の書を論ずることの意味が那辺にあるかを問ふ人があるかも知れないが、（中略）それに対する答へは簡単にして明瞭である。文化の面を職域とするものにとつて文化の問題は不断の課題である。膝栗毛が如何に頽唐の書であつても、それは私どもの祖先の一人が書き残した貴い文化遺産であり、これが実体を明らかにすることはやがて日本的なものの究明に寄与する所無しとしないのである」。

この『開拓』が発行されたのが昭和十七年十二月であることを考えれば、これがいかに苦渋にみちた勇気ある発言であったかが理解できるはずである。『開拓』の性格はこういう先生方に支えられていたといってよい。

とはいえ、『開拓』はこうした文章一色に塗りつぶされていたわけではなかった。第三十二号に戻れば、「最近の航空機の形態」という研究もあれば、「ユダヤ人問題について」と題する反ユダヤ主義の評論も掲載されていた。「天皇の御前に自己は無なり」、「天皇は国家のためのものにあらず、国家は天皇のためにあり」といった、杉本五郎中佐の『大義』中の文章を引用して、「此れは日本人の観念を表す事、灑然として余す所がない」という「わが死生観」と題する随筆も掲載されていた。当然のことだが、こうした超国家主義に強く感化されていた生徒たちも必ずしも少なくはなかったのであった。

*

私事に戻れば、私が詩の習作をはじめるようになったのは、一つには兄の影響であり、一つには幼いころから円本全集といわれる改造社版の『現代日本文学全集』、ことにその一巻である『現代日本詩集・現代日本漢詩集』に親しんでいたからであろう。

私の兄はすでに記したとおり私より三歳年長であり、私が中学二年のころには東京高校高等科、つまり旧制高校の課程に進んでいた。後に小児科の開業医になった、理科の学生だったが、中学に相当する尋常科時代には剣道部に属し、高等科では野球部に属し、コントロールの悪いことで知られていたが、それでも投手をつとめたスポーツマンであった。同時に、ずいぶんと文学好きで、高等科時代からしばらく詩を書いていた。深夜まで新宿で遊んで、帰途、人気のない新宿駅の地下道を自分の跫音だけが響くのを聞く、といった、思春期の憂愁をうたった詩があったことを私は憶えている。当時の兄の詩を二十数篇いまだに暗誦している友人がいる、と兄が恥ずかしそうにいうのを聞いたことがあるが、二十数篇はともかく、数篇は相当読みごたえのある佳作だったはずである。

円本全集のあらかたは中学二、三年ころに読んでいた。総ルビだから読むこと自体はそう難しいことではなかった。しかし、どこまで理解し、味読できたかはきわめて覚束ない。私が耽読したのは『現代日本詩集・現代日本漢詩集』とその巻末に付された、北原白秋執筆の「明治大正詩史概観」であった。韋編三絶という言葉があるが、私はこの本を文字どおり綴じ糸が切れてバラバラになるまで繰り返し読んだ。いつか何かの集りで、生田春月に話題が及んだとき、同席した誰も春月の詩を知らなかったが、私は

　ローザは薔薇よ、薔薇なれど
　サロンの、恋の花ならず

という彼の「ローザ・ルクセンブルグ」の冒頭を口ずさんだ。同様に、岩野泡鳴といえば

　ああ、世の　歓楽　あまきに　過ぎて

夢路　に　またがる　春、その　うつつ。

といった詩句が口をついて出るし、薄田泣菫といえば

ああ大和にしあらましかば、いま神無月

その他彼の代表作のいくつかを憶いだす。これらはすべて、私が『現代日本詩集』を耽読した名残りといってよい。

これらの詩篇以上に私が影響をうけたのは「明治大正詩史概観」であった。この概観は、新体詩以前の項に蕪村の「北寿老仙をいたむ」を引用し、「小学唱歌集」にふれていることから知られるとおり、概して視野が広かった。評価も大体において公平であった。いまとなれば、私は多少違った見方もしているし、評価を異にする個所もあるけれど、少年時の私はその華麗な文体、耽美的な美文に陶酔した。そして、白秋の詩観により明治大正期の詩を知り、同時に彼の偏見も独断もそのまま私はうけいれていた。ただ、そうした偏見や独断は私が長じるにしたがい、自らの眼を養うこととなれば、時と共に匡されることであり、むしろ詩というものの魅力を教えられた恩恵の方がはるかに大きかったはずである。

しかし、この『現代日本詩集』は、当然のことながら、新体詩抄の詩人たちから高村光太郎、

萩原朔太郎、佐藤春夫、西条八十、日夏耿之介らの世代の詩人たちの明治大正期の詩作を収めていたが、昭和期に入って以後の詩は収められていなかった。私は高村光太郎の「雨にうたるるカテドラル」、「樹下の二人」、「あどけない話」や萩原朔太郎の「かなしい遠景」、「猫」、「夢にみる空家の庭の秘密」などに接し、それなりの新鮮な感銘をうけていたが、これらに魅惑されるには私はまだ稚なすぎたようである。私は七音、五音を主とする音数律から成る文語詩になじんでいた。これは口語自由詩よりも文語詩の方がはるかに口ずさみやすく、記憶しやすいという事情もあるかもしれない。良かれ悪しかれ、口語自由詩の時代に入って、詩がうたをしだいに失っていったことは、詩史的にみてまぎれもない事実である。

岩波文庫が発刊されたのも昭和二年であった。円本全集といい、岩波文庫の発刊といい、昭和という時代は文学の大衆化の時代であった。文学が一部の知識人の専有から解放され、一中学生までがたやすく近づくことができるものになった時代であった。しかし、詩に限っていえば、戦後になるまで、高村光太郎も萩原朔太郎も岩波文庫に収められていなかった。岩波文庫で当時私が読むことができた詩人たちの作品は、島崎藤村、土井晩翠、蒲原有明、薄田泣菫、伊良子清白らの文語詩だけであった。

私は文芸誌も詩誌も読んでいなかった。昭和期の詩に接しないままに詩めいたものを書きはじめた。何故「たそがれ」のような口語自由詩を投稿したのか、多少ふしぎである。おそらく文語詩を書けるほどに文語に習熟していなかったためであろうが、もう文語詩の時代ではないという風潮も感じていたためでもあろう。そうした時代風潮に配慮する心の卑しさを私はぬきがたくもっているようである。

＊

前記の『開拓』第三十二号には、私より一年上級の藤井治さんの「無題」という詩が掲載されている。その末尾は次のとおりである。

又かうも思ふ、
威勢がよくて、
人の心に活気を与へ、
つまらない事なんか
けしとばしてしまふ
そんな男になつてみたい。

私はこれを読んですぐ、これは「雨ニモマケズ」を手本にしたのだと思い、これが詩なのかと怪訝な感じをもった。ということは、私はこの作品に接する以前に「雨ニモマケズ」に接していたわけである。さらに私は、火野葦平が朝日新聞に連載していた小説に「雨ニモマケズ」が引用されていたことも記憶していた。火野葦平の年譜をみると、彼は「美しき地図」を昭和十五年後半に連載しており、調べてみるとたしかに「雨ニモマケズ」が引用されている。そうとすれば、私は中学二年生のころ、新聞の連載小説を読み、作中に引用されていた「雨ニモマケズ」に注目していたと考えなければならない。私は「美しき地図」がどんな小説であったか、まったく記憶していないのに、「雨ニモマケズ」だけを憶えているのは、「雨ニモマケズ」という作品の特異な魅力によるものにちがいない。

いうまでもなく火野葦平は「糞尿譚」により昭和十三年に芥川賞を受賞し、「麦と兵隊」、「土と兵隊」で戦時下随一の流行作家となった。「美しき地図」を読みかえしてみると、すでに「雨ニモマケズ」は戦争下の理想的人間像として描かれていた。私よりも一年上級の藤井治さんにも影響を与えていたことは「無題」にみられるとおりである。宮澤賢治の神格化は戦争下にすでにはじまり、敗戦によっていささかも揺らぐことなく、ますます神格化されて現在に至っている。「雨ニモマケズ」について後年私が小論を草することになったことは後に記すつもりだが、これがたぶん私の最初の宮澤賢治体験だったので、ここで記しておくこととする。

私は当時火野葦平の連載小説だけを読んでいたわけではあるまい。政治面、社会面も読んでいたにちがいない。私は中国大陸の戦争がどう進展し、どう収拾するのかに関心をもっていた。関心をもっていても、私の感想はいかなる思想のかたちも成さなかった。私はむしろ私の殻の中に閉じこもりがちであった。そういう状況の中で、「たそがれ」のような習作を試みたのであった。

11

昭和十五、六年、私が中学二、三年のころ、父の机の上に父の清雅な筆跡で「苛斂誅求の巻」と記されている大学ノートをしばしば目にした。私が訊ねると父は言葉を濁して答えなかった。同じような大学ノートが二、三冊あったように憶えているが確かではない。戦災で焼失したか、敗戦後、父が自ら火中に投じたか、定かではないが、いずれにしても現存していない。当時父が手がけていた事件に関連していだいた、個人的な感想の記録だったようである。私はこれらの大学ノートの表題から、苛斂誅求、という言葉を知り、辞書を引いてその意味を知った。

＊

みすず書房が刊行した『現代史資料』第四十二巻は「思想統制」と題され、その第三部に、「津田左右吉外一名に対する出版法違反被告事件予審終結決定」、同事件の公判速記録の全文、第一審判決が収録されている。昭和十七（一九四二）年五月二十一日言渡された判決の主文は、

被告人津田左右吉ヲ禁錮三月ニ処ス。

被告人岩波茂雄ヲ禁錮二月ニ処ス。
　被告人両名ニ対シテ本裁判確定ノ日ヨリ二年間右刑ノ執行ヲ猶予ス。
被告人津田左右吉ガ皇室ノ尊厳ヲ冒瀆スル『神代史の研究』、『日本上代史研究』及ビ『上代日本の社会及思想』ナル文書ヲ各著作シ、被告人岩波茂雄ガ右各文書ヲ発行シタリトノ公訴事実ニ付テハ被告人両名ハ孰レモ無罪。

というものである。『現代史資料』の「資料解説」には、「この判決を検事局が不満として控訴し、津田、岩波の側も控訴の手続をとったが、第二審に回付されたまま、一年以上も放置され、この事件の時効になっていることがわかって、昭和十九年十一月四日控訴院において判事藤井五一郎裁判長から「時効完成により免訴」の宣告がなされ、この事件は終った」とある。

　竜頭蛇尾に終ったかの感があるこの事件の公判開始前の手続について、同じ解説は次のとおり記している。

「昭和十五年一月三十一日、津田の著書の発行者、岩波茂雄が東京地方裁判所検事局で担当検事玉沢光三郎の取調べを受け、二月三日始末書を検事局に提出した。他方、津田に対する検事局の聴取は同じ玉沢検事によって、二月五日を第一回として二月十五日まで、七回にわたって連続的に行なわれた。その内容に基づき、三月八日玉沢検事は津田と岩波の両名を出版法違反に該当するものとみなして、東京刑事地方裁判所にたいして、予審請求書を提出した。この予審請求書に基づいて、東京刑事地方裁判所において、予審判事中村光三のもとで訊問が開始された。この予審では、昭和十五年六月二十六日を第一回として、最終回が昭和十六年二月二十八日という長期間、実に二九回にわたってつづけられた。なお、岩波に対しては、三回の訊問が行なわれている。

二九回におよぶ予審が終った後、三月十四日、前述の東京刑事地方裁判所検事局検事玉沢光三郎は、予審判事中村光三に対し、津田・岩波の両名は「右被告事件左ノ理由ニ依リ東京刑事地方裁判所ノ公判ニ付スルノ決定可相成モノト思料候也」という文書を提出している。その理由は「本件公訴事実ハ公判ニ付スルニ足ルヘキ犯罪ノ嫌疑アリ被告人ノ所為ハ出版法第二十六条ニ該当スルモノト思料ス」というものであった。これに続いて、三月二十七日付で、「予審終結決定」が予審判事中村光三によって提出された」。

この予審判事中村光三が私の亡父である。

＊

予審という制度は敗戦後の現行刑事訴訟法では廃止されているので、私自身詳かでない。平凡社版『世界大百科事典』の説明を借りることとする。

「検察官が請求した事件について、裁判官が公判前にこれを審理する手続。予審は大陸法系の制度であって、英米法系の予備審問（preliminary hearing）とは異なる。日本では治罪法（一八八〇公布）以来、旧刑事訴訟法（一九二二公布）の施行下まで行われていた。

予審は、本来、現行犯事件を除き、捜査における強制処分権限を裁判官だけに認めるとともに、公判を開く必要のない事件をその手続限りで打ち切るものである。しかし、機能的には、公判では収集しがたい証拠について綿密な証拠の収集および取調べを実施し、その結果を調書化することにより、公判でも有罪宣告をほぼ完全に準備する手続と化した。第二次大戦後の司法改革では、捜査機関の権限濫用を防止するために捜査機関にむしろ必要な強制的権限を付与する必要があり、これに伴い裁判官の主宰する予審手続は不要とするとの見解と、他方では訴訟手続を公判中心に再編成すべきであるとの見解が一体となって、予審は廃止されるに至った」。

＊

さて、予審終結決定は、昭和十四年三月頃から同年十二月までの間岩波書店から刊行された、津田左右吉著『古事記及日本書紀の研究』約四百五十部、『神代史の研究』約二百部、『日本上代史研究』約百五十六部、『上代日本の社会及思想』約二百部について、これら四著書から適宜記述を引用した上で、各著書に関する認定を次のとおり記している。以下、読みやすいように、各著書ごとに、かつ、段落を区切って、示すこととする。

まず採り上げているのは『古事記及日本書紀の研究』であり、これについては、次のように認定している。

「㈠　畏クモ　神武天皇ノ建国ノ御偉業ヲ初メ　景行天皇ノ筑紫御巡幸及ビ熊襲御親征、日本武尊ノ熊襲御討伐及ビ東国御経略並　神功皇后ノ新羅御征討等上代ニ於ケル　皇室ノ御事蹟ヲ以テ悉ク史実トシテ認メ難キモノト為シ奉ルノミナラズ　仲哀天皇以前ノ御歴代ノ　天皇ニ対シ奉リ其ノ御存在ヲモ否定シシ奉ルモノト解スル外ナキ講説ヲ敢テシ奉リ

㈡　畏クモ現人神ニ在マス　天皇ノ御地位ヲ以テ巫祝ニ由来セルモノノ如キ講説ヲ敢テシ奉リ

㈢　畏クモ　皇祖天照大神ハ神代史作者ノ観念上ニ作為シタル神ニ在マス旨ノ講説ヲ敢テシ奉」

ったとする。

『神代史の研究』に関する認定は次のとおりである。

「畏クモ　皇祖天照大神　皇孫瓊瓊杵尊ヲ初メ　皇室御系譜ノ神々肇国ノ御偉業ハ国家組織整備後ニ於ケル　朝廷ニ依リ現実ノ国家ヲ正当視センガ為政治目的ヲ以テ述作セラレタル物語上ノ御存在ニ外ナラザル旨ノ講説ヲ敢テシ奉」

ったという。

『日本上代史研究』については、

「㈠　畏クモ　皇祖天照大神ノ　皇孫瓊瓊杵尊ニ賜リタル御神勅ヲ初メ　皇極天皇以前ノ御詔勅ハ悉ク後人ノ述作ニ出デタルモノナル旨ノ講説ヲ敢テシ奉リ

㈡　畏クモ　仲哀天皇以前ノ御皇統譜ニハ意識的造作ノ加ヘラレ居ルヤモ知レザル旨ノ講説ヲ

敢テシ奉リ
㈢ 畏クモ 仁徳天皇ノ御仁政ハ支那思想ニ由来セル政治的物語ニシテ史実ニアラザル旨ノ講説ヲ敢テシ奉」

ったとする。

最後に『上代日本の社会及び思想』に関しては次のとおりである。

「㈠ 畏クモ 天照大神ヲ初メ 皇室御系譜ノ神々ハ 天皇ノ統治権ヲ確立シ或ハ 皇室ノ御権威ノ由来ヲ説明センガ為 朝廷ニ依リ述作セラレタル物語上ノ御存在ニ外ナラザル旨ノ講説ヲ敢テシ奉リ
㈡ 畏クモ 皇祖天照大神ノ 皇孫瓊瓊杵尊ニ賜リタル御神勅ニハ支那思想ヲ含ミ且日本書紀編者ノ修補シタル部分アル旨ノ講説ヲ敢テシ奉」

ったという。

以上の認定をした上で、結論として、

「以テ孰レモ 皇室ノ尊厳ヲ冒瀆スル前掲四種ノ出版物ヲ各著作シ」

たことが、また、岩波茂雄についてはこれら四著を出版したことが、出版法第二十六条に該当する犯罪として公判に付する嫌疑がある、と決定したものである（上掲の予審終結決定中、天照大神、神武天皇等の前を一字空きとしているのは、皇室に対する敬意を表現するための戦前の不可思議な慣行にしたがったものである）。

亡父は当時の「思想統制」の加害者の一人であった。その亡父はたぶんこうした思想弾圧に加担する心情を「苛斂誅求の巻」と題する大学ノートに窃かに書きとめていた。私は亡父がそういう立場にあったことを多年後ろめたく感じていた。同時に、上記のような感想を書きとめておかなければいられなかった亡父の心情を思いやって、同情を禁じえない。

津田左右吉事件に関する「私の」昭和史はここで筆を擱くべきかもしれない。しかし、『現代史資料』中の公判記録、判決を通読したいま、私の「昭和史」としては、若干の補足を加える必要があるように感じている。

*

すでに記したとおり、平凡社版『世界大百科事典』によれば、機能的にいって、予審は「公判でも有罪宣告をほぼ完全に準備する手続と化し」ていたというが、津田左右吉事件については、有罪が宣告されたことに変りはないが、予審終結決定が『古事記及日本書紀の研究』『神代史の研究』『日本上代史研究』および『上代日本の社会及び思想』の四著を、いずれも皇室の尊厳を冒瀆するものとして公判に付したのに対し、前記のとおり、第一審判決は、『古事記及日本書紀の研究』の著述、出版だけを有罪と認め、他の三著に関しては無罪とした点で大きな相違がある。

予審終結決定と第一審判決の齟齬の理由にふれる前に、すこし余事を記しておきたい。

第一審裁判所は、裁判長中西要一、陪席山下朝一、荒川正三郎という三判事で構成される合議体であった。中西要一という名前は、同僚として、亡父から私は少年時しばしば耳にしていた。山下朝一判事は後に東京高裁の第六民事部、いまの言葉でいう知的財産権事件の専門部の総括判事であった。大阪高裁長官を最後に退官なさったが、一九六七年、四十日間ほど欧米旅行にご一緒したことがある。この旅行は特許庁、裁判所、弁護士、弁理士、産業界から選ばれた人々による欧米特許制度の調査を目的としていた。私は弁護士として、鵜沢晋、松本重敏両弁護士と共に参加し、山下判事は裁判所を代表して参加なさったのである。この旅行をつうじ私は山下判事の知遇を得たが、磊落で、権威主義的なところがつゆほどもない、飾らぬお人柄であった。当時私は津田左右吉事件に関して亡父と山下判事が上述した関係をもっていたことを知らなかったが、山下判事も亡父と私の関係はご存知なかったろう。また、荒川正三郎判事は私の司法修習生時代、司法研修所の刑事裁判担当の教官であった。私は直接教えられたことはないが、信望篤い方であった。

この三判事による津田事件公判は昭和十六年十一月一日の第一回から、昭和十七年一月十五日の第二十一回まで、じつに迅速かつ頻繁に開かれていることに私は驚嘆する。いっそう驚嘆するのは判決書の懇切、丁寧なことである。『現代史資料』は一頁に千八百字弱を収めているが、じつに六十六頁を占めている。四百字詰原稿用紙に換算するとゆうに四百数十枚に及ぶ。判決の言渡はすでに記したとおり昭和十七年五月二十一日だから、四ヵ月余の短期間に、結論はともかく、これだけの判決を起案した能力と労力に私は敬服する。

この公判は原則非公開で、選ばれた四名の人々だけが特別傍聴人として傍聴を許された。その一人である早稲田大学名誉教授栗田直躬との「津田先生と公判」と題する一問一答が『現代史資料月報』に掲載されているが、その中で栗田は次のような感想を述べている。

「それにしても一審の弁護士は勉強しませんでした。古典学上の専門的問題だから勉強会を持とうとしても応じない。それでしまいには誤解さえ冒した。一方の裁判官は問題の四書をよく読んで理解しました」。

弁護士は有馬忠三郎、島田武夫、藤沢一郎の三名で、戦前の法曹界において令名高い方々であった。こうした批判をうけていることは同じ弁護士として私は残念に思うし、栗田教授には弁護活動を正当に評価していない面もあるようだが、それについては後に記すつもりである。

公判は第一回から第十六回の午前中まで、もっぱら中西裁判長の質問に答えて、津田左右吉が諄諄と説明するというかたちで進行し、時々裁判長が的確、肯綮にあたると思われる追加の質問を発している。裁判所がよく理解していたと評される所以であろう。弁護人からの質問は第十六回の午後から第十八回まで、第十九回公判は和辻哲郎に対する証人尋問、第二十回が検事の論告、第二十一回が弁論、その最後に津田左右吉自身の意見陳述があり、その中で津田左右吉は、「午前ノ弁護人ノ御話ノ中ニハ少シク私ノ考ヘト違ツタコトガアリマス」と述べている。栗田が弁護士を非難する所以である。

公判をつうじ、終始裁判長が取調を主宰し、検事は論告以外には殆んど発言していないし、弁護士も第十六回から第十八回までの公判の他、弁論以外には殆んど発言していないことが、目に付くのだが、刑事裁判における検察官、弁護士、それに裁判官のはたす役割が、戦前と戦後でまるで変ったことに、私はあらためて驚く。予審制度の下では公判の立会検事は眠っていてもよいといわれた。弁護士も裁判所の取調を補充する以上の役割は期待されてもいなかったし、許されてもいなかったのであろう。ただ、だからといって、弁護士が津田左右吉の見解を正確に理解していなかったことが許されるべきだということにならないのだが。

*

第一審判決も『古事記及日本書紀の研究』を出版法違反としたことは予審終結決定と同じだが、その認定は、たんに同書の記述を引用するにとどまらず、津田左右吉の見解、弁解に対する判断を示しているので、予審終結決定よりはるかに詳細をきわめている。津田左右吉の弁解に対する判断の結論は次のとおりである。

「従テ右各記述ヨリセバ要スルニ一方ニ於テ崇神垂仁二朝ノ御存在ヲ仮定スト云ヒ、又一方ニ於テ記紀ニヨリ伝ヘラレタル　仲哀天皇以前ノ御歴代ニ付テハ帝紀編纂ノ当時ニ於テ其ノ帝紀ノ材料タリシモノナク、右御歴代ノ御存在ニ付テノ歴史的事実モ殆ド全ク伝ヘラレ居ラザリシモノト為スモノナルヲ以テ斯ノ如キ記述ハ記紀ニヨリ伝ヘラレタル御歴代ノ御存在ニ付疑惑ヲ抱カシムルノ虞アル記述タルコト寔ニ明カニシテ、右ノ如キ疑惑ヲ抱カシムルノ虞アル記述ガヤガテ神武天皇ヨリコノカタ皇統連綿トシテ　今上陛下ニ至ラセ給フ我皇室ノ尊厳ヲ冒瀆スル記述タルコト論ヲ俟タズ」。

この第一審判決は予審終結決定と比べ一歩も二歩も後退しているようにみえる。つまり記述が「疑惑」を抱かせるおそれがあることを理由として皇室の尊厳を冒瀆するものと判断したのであり、反面、記紀の記述は疑惑を容れる余地ないものとした点で逆に皇国思想を強調しているというべきである。肉親の情愛のために私に偏見があるかもしれないが、現代における日本古代史の常識からみると、予審終結決定の認定の方がはるかに率直、正確であろうと考える。変則的な学歴しかもたず、古代史は勿論、一般教養においてもかなり貧しかったに違いない亡父の努力を思うと、しかも、このような率直、正確な認定にもとづいて「皇室の尊厳を冒瀆」するという法律の適用をせざるをえなかった心情を思うと、私は感慨を覚えざるをえない。

＊

『神代史の研究』他二著を無罪とした第一審判決の判示は、やはりきわめて詳細、論点も多岐にわたっているので、要約は不可能だが、その論理は次の記述から典型的に窺われるであろう。

「要スルニ被告人ノ右各講説ハ　神武天皇ヨリ仲哀天皇（及ビ　神功皇后）ニ至ルマデノ記紀ノ物語ハ、何レモ之ヲ以テ歴史的事件ヲ其ノ儘ニ記録シタルモノト為スヲ得ザルモノナルモ、或ハ之ニハ　天皇ヲ以テ神ト為シ奉ル上代一般ニ存在シタル思想ノ表現セラル、ニアリ、又其ノ何レノ物語ニ於テモ其ノ背後ニハ夫々前記ノ如キ歴史的事実ノ存スルアリテ、之等ノ事実ニ対スル上代人ノ感動ノ表現セラレタルモノトナシ、以テ記紀ノ物語ヲ其ノ儘ニ史実トナスコトノ意味ヲ解キ其ノ根拠ヲ明カニスルモノナレバ之等ノ記述亦記紀記載ノ事実ノ史実性否認ノ消極面ノミニ止マルモノニ非ズシテ更ニ進ミテ右ノ如キ積極的記述ヲ有スルヲ以テ、其ノ全記述ニ於テハ未ダ国民ノ皇室ニ対スル尊崇心ニ悪影響ヲ及ボスモノト為スベキニ非ズ、従テ皇室ノ尊厳ヲ冒瀆スルノ記述ト認ムルヲ得ズ」。

このような論理形成に決定的影響を与えたのは、私が『現代史資料』中の記録を通読した限りでは、第十九回公判における和辻哲郎の証言であったと思われる。

和辻は「歴史的事実」には二種あるという。第一は「悟性ノ立場デ考ヘタ歴史的事実ト申シマスカ、或ハ合理的ニ捕捉シタ事実ト云フヤウニ申セルカト思フノデアリマス。是レハ普通津田サンノミナラズ一般ノ歴史家ガ現在歴史的事実トシテ、求メテ居ルモノデハナイカト私ハ思フノデアリマス」

といい、さらに和辻は続けて次のとおり述べる。

「併シ歴史的事実トシマシテハ、モウ一ツ重大ナ別ノ意味ガアルノデアリマシテ、ソレガツマリ知識ノ立場デナク、驚嘆ノ感情ト申シマスカ、或ハ感動ニ愬ヘルトデモ申シマスカ、サウ云フ直接ニ心ヲ強ク動カス、不思議ダ、霊ダト云フヤウニ、非常ニ心ヲ強ク動カス、サウ云フヤウナモノヲ第一ニ原則トシテ考ヘル、ソレヲ事実トシテ捉ヘル、サウ云フ立場デ出来テ居ル歴史的事実デゴザイマス」。

「日ノ神様ハ自分ノ御子孫ヲ地上ニ降サレルト云フヤウナコトハ、今ノ知識カラ見レバ非常ニ不合理デアルガ、其ノ立場デハ少クトモ不合理デナイ、如何ニモアリサウナ、サウデナケレバナラナイヤウナコトガ事実ト考ヘラレル。サウ云フ第二ノ意味ノ歴史的事実ト云フモノガハッキリ致シテ、ソレガ信ゼラレテ居ル場合ハ、其ノ方ガ強イノデアリマス」。

「所ガ津田サンハヤハリ一般ノ歴史家ト同ジヤウニ、第一ノ意味ノ歴史的事実ヲ歴史的事実ト云フ名デ以テ称ンデ居ラレル。所デサウデナイ第二ノ事実ガアルノダト云フコトヲハッキリ認メラレマスガ故ニ、ソレニ対シテドウ云フ名前ヲ附ケルカト云フコトニナリマスト、津田サンノ立場デハ観念上ノ存在デアルトカ、思想上ノ存念デアルトカ云フ言葉ガ出テ参ルノデアリマス。

恐ラクコノ点ガ色々誤解ノ因ニナルノデハナイカト思フノデアリマス。観念上ノ存在デアル、思想上ノ存在デアルト云フコトハ、嘘デアルトカ或ハ作リゴトデアルトカ、或ハ現実的ナ力ヲ持タナイコトデアルカノヤウナ、サウ云フ意味ニハ全然ナラナイ筈ナンデアリマス」。

この和辻の証言は牽強付会な詭弁としか思えない。しかし、彼が修辞の達人であったことを遺憾なく発揮した証言であろう。津田左右吉が観念上の存在、思想上の存在と称したものを、和辻は第二の意味における歴史的事実といいかえることによって正当化したのであった。第十八回の公判で津田左右吉自身は、空想はファンタジーであるといい、「自然科学ニ対シテハ「ファンタジー」ノ働キナドト云フモノヲ容認スルコトハ出来ナイカモ知レマセヌガ、人間ノ生活ヲ研究ノ対象トシマス人文科学ニ於キマシテハ、是レハ相当重大ナ意味ヲ持ツモノデアリマス」と陳述しているが、「ファンタジー」というより、歴史的事実の第二の意味という和辻の説明の方がはるかに老獪であろう。

さらに第一審判決は三著書を無罪とした判示の最後に、読者層にふれている。

「各文書ニハ其内容ニ応ジテ夫々自ラナル読者層ノ存スルコト常識ニシテ出版罪ガ文書ノ社会ニ及ボス影響ヲ重視シタル犯罪ナリト為ス以上文書ノ社会的影響ヲ論ズルニ当リ考慮セラルベキハ形式的ニ繙続ノ可能性アル各層ノ人士ニアラズシテ当該文書ノ自ラナル読者層ヲ以テ足ルモノト解ス」。

「本件各書ノ読者層ハ多ク歴史専門家又ハ少クトモ之ニ準ズル程度ノ人士ヲ以テ構成セラレ、従テ其ノ階層ニ属スル者ハ相当ノ学識教養ヲ有シ本件著書ノ一部結論的部分ノミニヨリテ悪影響ヲ蒙ル虞ナキコト明カナリト認メ、斯ル人士ヲ標準トシテ本件各著ノ記述ガ果シテ国民ノ皇室ニ対スル尊崇心ニ悪影響ヲ及ボスヤ否ヤヲ検シタルモノニシテ、右読者層ヲ対象トスル限リ本件四著ハ何レモ前記第一ニ於テ有罪ト認メタル記述ノ外ハ之ヲ以テ皇室ノ尊厳ヲ冒瀆スルノ文章ト認ムルヲ得ザルモノトノ結論ニ到達シタルモノナリトス」。

右の判断の基礎も和辻哲郎の証言であろう。和辻は、津田左右吉の著書は高校生は余り読んでいない、読んでもよく分らない「非常ナ小面倒ナ学説」であるといい、大学生にも手に合わない、大学生に「津田サンノ書物ヲヨク出シテ、君等反駁シテ見ロト云フ材料ヲ与ヘマスト、一生懸命取組ミ合ッテ反駁致シマスガ、中々十分反駁出来ナイト云ウ程度デハアリマスガ、必ズシモソレニ依ッテ悪影響ヲ受ケルト云フヤウナコトハ感ジタコトハゴザイマセヌ」と証言しているのである。

＊

和辻哲郎の証言が詭弁である、あるいは詭弁に近いことは和辻自身承知していたろうし、中西裁判長以下の裁判官も認識していたのではないか。じつは和辻も裁判所も歴史的事実の講説と「皇室の尊厳」との間の矛盾に真の問題が存在することが分っていながら、時勢と妥協して、和辻は心にもない詭弁を弄し、裁判所は『古事記及日本書紀の研究』だけを有罪とし、他三著を無罪としたのではないか、と私は疑っている。三著を無罪とした理由をあてはめれば『古事記及日本書紀の研究』も無罪と宣告されて当然だと思われるのだが、裁判所にはそこまでの勇気がなかったのではあるまいか。四著すべてを公判に付するのを相当と決定した亡父は時勢に対し全面的に屈伏した。それを亡父は自ら省みて苦々しく悲しく感じていた。その敗北感を「苛歛誅求の巻」として窃かに書きとめていた。私にはそういう亡父の心情が憐れでならない。

＊

いったい、『神代史の研究』は大正十二年初版、『古事記及日本書紀の研究』は大正十三年初版、

『日本上代史研究』は昭和五年初版、『上代日本の社会及び思想』は昭和八年初版であり、昭和十五年二月十五日内務省により発売禁止処分をうけるまで、少部数ずつながら版を重ね、公然と販売されていた著書であった。

皇室の尊厳を冒瀆する書物の出版を犯罪とした出版法第二十六条の公訴時効は一年であった。この公訴時効の期間は何時から開始するのか、いわゆる時効の起算日こそ、この事件の当初からの争点であった。社会の情勢が変化することは出版者の責任ではない、初版以来適法とされていた出版が社会情勢が変化したからといって犯罪として処罰されるに至るのは不当である、時効の起算日は初版発行日である、というのが弁護人が最も強調した論点であった。この弁論に先立つ論告においてすでに検事が、再版、増刷の都度、時効が開始する、と論じていたことからみても、これが裁判所も含めた当事者にとって法律的にみて重大な関心であったことは間違いない。第一審判決も、また、予審終結決定も、検事の立場を支持したのだが、それはまさにその間の「社会情勢の変化」であった。

『現代史資料』の解題に、控訴審になって「この事件の時効になっていることがわかって」免訴の宣告がされた、としているのはそういう意味で正確ではない。同じ意味で、弁護士がなすべき仕事に怠惰であったともいえないのである。逆に、控訴審における免訴の宣告は当時の社会情勢を考えれば、ずいぶんと勇気を要する行為であったにちがいない。

これより先、昭和八年に滝川事件、昭和十年に美濃部達吉の天皇機関説事件等により、自由な学問の封殺は年々その動きを強くしていた。昭和十二年には文部省が「国体の本義」を編纂、公布した。その「第一　大日本国体」においては、「我が国体の真義の闡明に努め、先づ、「一、肇国」に於ては、天地開闢の諸事伝承より初めて、天照大神の御聖徳、並に尊厳無比なる　神勅と皇孫の御降臨を叙して、悠久深遠な我が肇国の御精神と事実とを仰ぎ、更に天壌無窮、万世一系の皇位、皇位の御しるしとしての三種の神器に就てその真義を明らかにして揺るぎなき我が皇位と外国に類例を見ないその尊厳なる所以を闡明した。次いで「二、聖徳」に於ては、神ながら御代しろしめす　現御神にまします　天皇の御本質を明らかにし奉り、進んで祭政一致の真義、天皇の国土経営の御精神、愛民の大御心等を拝察し、而して「三、臣節」に於ては歴代　天皇の宏大無辺なる御仁慈の聖徳に光被されて、自ら明らかとなる我が臣民の本質、臣民の道を述べた」と文部省は解説している。

こうした時代思潮の中で、津田事件の発端となったのは、知られるとおり、簑田胸喜がその主宰する雑誌『原理日本』昭和十四年十二月二十四日発行の臨時増刊に発表した「津田左右吉氏の大逆思想」にはじまる執拗な攻撃と、これに歩調を合わせた文部省教学局による津田左右吉排除の圧力であった。

「国体の本義」は私も小学校、中学校時代をつうじて始終目にしていたが、その内容は少年の眼にも荒唐無稽にみえた。多くの国民にとっても同様であったろう。しかし、いかに荒唐無稽な言説であっても、くりかえし強圧的にたたきこまれると、いつか自らの思想として血肉化し、大多数の意見となり、時代を支配することとなる。これを時勢というとすれば、津田左右吉、岩波茂雄を出版法違反の被告としたのは時勢であった。こうした時勢に対応するために、津田、岩波両氏はもちろん、第一審の三名の判事も、控訴審の判事も、和辻哲郎も、弁護士たちも、たぶん亡父も、程度の差こそあれ、苦痛を味わったのである。こうした時勢ともいうべきものが現在でも私たちにとって恐怖の対象たりうることも、私は日々感じている。

これに関連することだが、予審終結決定を読んでも、第一審判決を読んでも、全公判記録をつうじ、冒瀆されたという「皇室の尊厳」なるものに一言の論議も説明もないことに、私はあらためて感銘を覚える。おそらく「皇室の尊厳」は超論理的な原理であった。

このことは象徴天皇制についても同じなのではないか。「国体の本義」が説いたような神国思想はもはや受け入れられまい。それでも、何故天皇が国民統合の象徴であるか、象徴天皇制が何故尊厳性をもつか。これも超論理的な原理であろう。私はそのことにも恐怖を感じる。

12

昭和十五（一九四〇）年は紀元二千六百年であった。現在も昭和、平成といった元号による表記は普及しているし、たとえば裁判所等に提出する公式の書類には元号表記が慣行である。私は通常西暦で表記しているが、この文章の題名にみられるとおり、元号で表記することや元号を併記することにも意味がないわけではない。天皇の在位をあらわす元号とその時代思潮にかかわりがあることは大正デモクラシーという言葉を西暦で言いかえることができないことにみられるとおりである。しかし、神武天皇即位を紀元元年とする表記は戦後まったく用いられなくなった。津田左右吉のいう神話、伝説がたんに観念上、思想上の虚構にすぎないことが敗戦後常識化したためかもしれないし、あるいは敗戦後の占領軍の指示によったものかもしれない。

しかし、紀元二千六百年祝典は当時の日本政府にとって国民の戦意高揚、総意結集のための一大行事であった。思うに、それまでの戦争は敵国の首都が陥落すれば敵国政府は降伏し、戦争が終結するのがつねであった。だから、昭和十二年十二月の南京占領によって戦争が終るものと国民は期待していた。これは私の少年時のぼんやりとした記憶と合致する。ところが、南京大虐殺についてふれるまでもなく、逆に日本政府は南京占領をさかいに戦争終熄の見通しを失ったのであった。その結果が、翌十三年一月の「蒋介石を相手にせず」という近衛首相声明であった。いまとなってはっきりしていることだが、昭和十三年二月、徐州近郊台児荘の戦闘による敗退を契機に、中国大陸の戦争はひたすら日本軍の点と線の防衛に終始する持久戦となった。汪兆銘の重慶脱出と傀儡政権の樹立も何ら膠着化した戦局を打開することとはならなかった。昭和十四年五月にはじまったノモンハン事件では第二十三師団が壊滅的敗北を喫した。この戦況が正確に報道されることはなかったが、日本軍にとってかなりに屈辱的な停戦を余儀なくされたことはおぼろげながら国民にも理解されていた。

私自身にとって忘れがたいことは、昭和十四年八月、平沼騏一郎内閣が、独ソ不可侵条約の成立を機として、「欧州の天地は、複雑怪奇なる新情勢を生じたので、従来準備し来った政策は之を打切り、更に別途の政策の樹立を必要とするに至った」と声明して、総辞職した事件であった。「複雑怪奇」という言葉が流行した。この文章を書きはじめたとき、私は日独防共協定が成立したさいの私の小学校時代の恩師鈴木秀吉先生の警告を記した。反ソ、反共産主義は国是であり、国際連盟を脱退して国際社会から孤立したわが国が、ナチス・ドイツと提携することが唯一の国際的な活路と信じられていた。そのナチス・ドイツがソ連と手を結ぶことは、わが国の政策の基盤をつきくずすことにちがいなかった。子供心にも私は複雑怪奇に感じ、いったい日本はどこへ行くのかという仄かな不安を感じた。中国戦線の泥沼化、こうした国際情勢下の不安、また予定されていた東京オリンピックの中止等から、国民の間に無力感、不安感、倦怠感がしだいにつよくなっていたように思われる。隣組を組織したり、ぜいたくは敵だ、パーマネントは止めましょう、といった標語で民意をひきしめ、神国思想によって国民の総意を統制しようとした。その象徴的な行事が紀元二千六百年祝典であった。

宮崎県の高千穂町の天孫降臨祭、「八紘之基柱」の建設をはじめとするさまざまな行事の支配的思想が「八紘一宇」であった。

＊

祝典歌が発表され、津々浦々に流れた。

金鵄輝く十五銭　栄えある光三十銭

という替え歌を私は記憶している。この年ゴールデンバットという煙草が金鵄と改名され、煙草がいっせいに値上げされた。私はこの祝典歌の原詞を憶えていなかった。調べてみて

金鵄輝く日本の　栄えある光身にうけて

とはじまることを知ったのだが、私の記憶では元歌よりも替え歌の方がよほど庶民の間に普及し

たはずである。
高峰三枝子が歌った

山の淋しい湖に　一人来たのも悲しい心

とはじまる「湖畔の宿」が一世を風靡したのもこの年であった。哀感にみちたこの歌謡の流行も当時の私たちの厭戦的気分と無縁だとは思われない。この歌にも替え歌があった。

ゆうべ生まれた豚の子が　ハチに刺されて名誉の戦死

こうした替え歌はおそらく狂歌、狂句の伝統につながるものにちがいない。鬱屈した庶民の不満のひそかな排け口であった。国力に不相応な軍事費の支出によりインフレーションが進み、庶民の生活を圧迫しはじめていた。同時に、「名誉の戦死」といわれるものの空しさも庶民は実感していた。これらの替え歌をいまだに私が忘れがたく憶えているのも、当時の私が厭戦的思想をもっていたからというわけではない。私にはまだ戦場も遠かったし、私の生活が脅やかされていたわけでもない。当時の庶民感情に感染されていたにすぎない。

＊

正木ひろし弁護士の個人誌『近きより』がたぶん中学生時代の私に時局に対する見方を教えてくれた情報媒体であった。正木弁護士はこの月刊の冊子を弁護士、判検事その他の友人知己にひろく配布していたようである。そのために父にも送られてきたのであろう。私は『近きより』が届くと、父よりも先に封を切って読み耽った。

私は旺文社文庫に収められた『近きより』の復刻版によっていま当時を回想している。昭和十五年二月号の「私のメモより」に

「〇津田左右吉博士の「神代史の研究」「古事記及日本書紀の研究」「上代日本社会及び思想」「支那思想と日本」が蓑田胸喜氏等によりて問題にされ、津田氏は早大をやめたり、本が絶版とされたり、日本図書館協会が推薦を取消をやったり大騒ぎ」

とある。右の著書の中、『支那思想と日本』は岩波新書として昭和十三年に発行されたものだが、これが起訴の対象とされていないことは前回に記したとおりである。

津田左右吉事件における亡父の関与から私にはこの三行ほどの文章にも自ら目をとめるのだが、少年時の私に影響を与えたのは、むしろその直前の「八紘一宇」と題する文章の如き発言であった。

「事変以来「八紘一宇」、「東亜新秩序」という言葉が戦争の目的を表わす標語として、政府の

口からも、民間でも流行していたが、皆わかったようでわからなかった。民政党の北昤吉氏の質問に答えて、松浦文相は、「八紘一宇に惟神《かむながら》の道を現わしたものである。その意味は神武天皇御創業の大御心と拝察される。現代に於ては外国にこれを以って臨む場合あくまで精神的な意味で決して侵略的な意味でない。広大無辺の御仁慈を宏めるということである、単なる平和主義ではない」といっている。「惟神《かむながら》の道」、「侵略的な意味ではない」、「単なる平和主義ではない」これでは依然として明確を欠く。帝大の市川三喜博士は英訳することが出来ないといっている。北氏の質問の次の日に、堤康次郎氏が同じことを此度《こんど》は首相に質問したら、首相はポケットから手帳を出して、「これは神武天皇御創業の精神であって、広大無辺の御仁慈を四海天が下に垂れ給うものである」と答えた。首相も手帳を見なければ言えなかったのである。いちいち二千六百年の昔までもって行かなければ解釈のつかないような標語を掲げること自体が賢明と言えなかったし、それを今頃になって質問するというのも変な話である。学生の頭を坊主刈りにしたり、ネオンサインを消させるよりも為政者自身がもっと真面目になって、時局を勉強しなければならないのである」。

「惟神《かむながら》の道」といい、八紘一宇といい、このような言葉に接したことのない戦後生まれの読者に右の文章の意が通じるかどうか、私は不安に思う。保田与重郎らの著書に親しい一部の読者を例外とみて、注釈を加えるなら、八紘とは八方のはて、世界を意味し、八紘一宇は日本書紀に神武天皇の即位に先立つ「六合《くにのうち》を兼ねて都を開き、八紘《あめのした》を掩いて宇《いへ》にせむこと、亦可《よ》からずや」という詔勅中の「八紘為宇」の語に由来する。世界を一つにするという意だから、侵略戦争を正当化する根拠を神武天皇に求めたもので、滑稽としかいいようがないスローガンだが、しかも、単なる侵略主義でもなければ、単なる平和主義でもないと強弁するのは、いまとなってみれば狂気としか言いようがない。

『近きより』の昭和十六年五月号の「はらのなか」で正木ひろしはまた次のとおり記している。

「日本の政治家は、口を開けば「かんながら」というが、神代の昔のことが、彼等にそんなに明瞭に解っているものだろうか。「かんながら」とさえ言えば、論争を中止せしめる効果があるので、それを濫用するのではあるまいか。しかりとせば、その怯懦、その無責任、臣道と遠く距《へだた》れたりと言うべきである」。

私は惟神《かんながら》の道とは、神そのままの生き方、をいい、結局は、自らの生を空しくして現人神《あらひとかみ》である天皇に忠節を尽すこと、を意味するように理解していた。私がどう理解したにせよ、神ながら、といえばそれ以上の議論は必要とされない超論理的な語であった。こうした狂気の支配する社会事象を、正木は冷静、客観的な眼で見続けることができた人格であった。前掲の昭和十五年二月号の巻頭言では、正木は次のとおり発言している。

「アメリカは「アメリカ第一」主義の国だ。

日本も日本第一主義の国となった。

「第一」と「第一」とが太平洋を挟んで対立する。

しかし、アメリカの「第一」と日本の「第一」とは、かなり性格がちがっている。

日本のは、「既に世界一」の優秀国だという信仰であり、
アメリカのは「なんでも世界一」にするという野心である。

従って、日本のいわゆる愛国者は、信仰の表現と、その説明あるいは論争を好み、
アメリカの愛国者は、各部面にアメリカ第一の世界新記録を樹立することに専念する。

一方は、ともするといわゆる「神がかり式」になり、一方は競争心に没頭する。

共に現在世界有数の国であるが、一方は過去を讃美しながら生き、一方は未来を夢みながら生きる。

一方は天才と能率を讃美し、一方は家系と形式とを重んずる。

一方は神風を期待し、一方は科学を信頼する。

日本の忠君愛国は世界に定評があるが、ただその性格が、進歩的か保守的かによって、十年、二十年の後には、実力上に大なる逕庭《けいてい》を生じはしないだろうか。

「日本の国は既に世界一」と称するのが愛国心か、「日本はまだ駄目だ」と考える方が愛国的か、「名物にうまいものなし」とならぬように気をつけたいものである」。

私が『近きより』中愛読したのは、とりわけ、筆者の箴言であった。

「現代に於ては、進歩的になる努力をするよりは不合理に対して無神経になる努力をした方が個人的には安全であり、肉体的には楽である」（昭和十五年八月号）。

「全体主義とは、全体のために個人を犠牲とするものではなくて、個人のために全体が助けるものでなければならない。個人を離れて全体はないからである。蟻の穴から堤防が決壊することを想うべきである」(昭和十六年六月号)。

少年時代の私が正木ひろしのこれらの発言をどこまで正確に理解していたかは疑わしい。ただ、これらの発言から私が時代の風潮に迎合しがちであった新聞の報道や論調に懐疑的な視点をもつようになったことは間違いない。

*

府立五中の同級生たちに筆を移したい。入学当初はともかくとして、一、二年経つと私にも友人ができてきた。たぶん最初に話し合うようになったのは石原恒夫と栃折多喜郎であった。石原は王子に住み、栃折は赤羽に住んでいた。帰途が同じだったから、自然と一緒に帰り、話す機会を多くもつようになったのだろう。石原は後に慶応大学医学部の肺外科の教授となった。栃折は四高から東大地理学科に進み、平凡社の編集者となったが、山を好み、生涯を独身でとおし、はやく黒姫山麓に隠棲し、一九九二年、誰一人みとってくれる人もなく急逝した。石原は温厚でバランス感覚に富んでいた。栃折はいささか魁偉な容貌だったが、おそるべく博識で、傷つきやすいナイーヴな心の持主であった。石原の自宅は王子の高台にあった。豪壮だが、趣味の良い邸宅であった。部屋数の多いその邸宅に石原は彼の個室をもっていた。戦後の経済混乱期に石原邸は、群馬県選出の代議士の手に渡り、やがてその子息小渕恵三の所有に帰した。首相在任中に死去した小渕恵三の棺が出たのが旧石原邸であった。それはともかく、私たちは石原の個室で話しこみ、王子から赤羽の栃折の家まで歩いた。その間栃折と二人で話し続けたのだが、何を話したかは憶えていない。栃折の家に着くと、挙止端正な母堂がもてなして下さった。五中の同級生中、栃折の家ほど私が頻繁にお邪魔した家はない。彼を思いだすと、私は必ず母堂を思いだし、懐しさが胸にこみあげてくる。栃折の妹が栃折久美子さんである。

高原紀一、出英利と知り合ったのも入学後比較的早い時期だったろう。彼らは私にとって文学を語り合った最初の仲間であった。出英利の父君は当時東大に在職していた出隆教授である。英利という名は出教授が英吉利《イギリス》留学中に生まれたことによる。そういえば出英利の長兄出哲史さんは、同じ五中から浦和高校を経て東大在学中に徴兵され、戦死なさったが、哲史という名は出教授が哲学史を専攻することに決めた時期に生まれたからだという。出はつねづね、親父は哲学史家であって哲学者ではない、といっていた。私が出隆『哲学以前』が旧制高校生にとって必読の書の一であることを知ったのはよほど後である。

高原、出の親しい友人たちには、上条孝美、塩田孝夫、小林実、眞鍋信一らがいた。彼らをふくめた一群が、親疎、遠近の差があっても、私の仲間であった。そうじて早熟で、模範生、優等生を蔑視するような気分を共有していた少年たちであった。

中川一朗が私の級では際立った秀才であった。中川はことに理科系の学課にすぐれていた。小柄で、いかにも利発そうであった。それでも茶目気もあり、悪戯好きでもあり、勉強一途でなかったから、級中の信望を集めていた。四、五年のころ肺浸潤を患うまで、ずっと級長だったはずである。中川の周辺には彼を中心とする秀才たちが自ら仲間をつくっていた。高岡久夫、藤井幸三、清水芳弥といった人々が中川の周辺にいたように憶えている。その他にも四、五人ずつごく親しい仲間たちが形成されていたにちがいないが、そうした状況はいまははっきりしない。

すでに記したとおり、五中では進級しても級の編成替えがなかった。そのために級ごとにそれぞれ違う級風が醸成された。私の級は、中川らをふくめ、反軍国主義ではなかったが、軍国主義的風潮に同調する気分はごく稀薄であった。だいたいにおいて文弱の徒であり、高原、出らは不良がかっているとみられていた。海軍兵学校等軍隊の学校に進んだ者は三、四名しかいなかった。十名近くが医者になった。それは私たちが五年になったとき、文科の徴兵猶予が廃止されたので、理科に進めば合法的に徴兵を忌避できたためかもしれない。医学部へ進んだ者をふくめ、理科系に進んだ者が圧倒的に多い。官僚になったのは、私と同時に一高に入学し、東大の建築学科を卒業し、建設省に入省、技術者として高い役職をつとめた高野隆だけである。ちなみに中川は成蹊高校から東大理学部に進み、長く助教授をつとめ、東北大学理学部の教授となったが、病身のためほとんど授業ができないまま、一九八八年に世を去った。

＊

私たちが三年のとき、私たちがいまだに話題にすることが多い梅月事件がおこった。五中の正門はいまの千石四丁目、当時の駕籠町の交差点から白山へ向かう通りに面し、通用門は駕籠町から上野へ向かう不忍通りに面していた。正門から白山方向に数軒先に梅月というあんみつ屋があった。本郷の追分の西片町側にある本店の支店であった。ある日の昼休、高原、小林、上条、塩田が連れ立って梅月へ行った。そのころ、中学生が保護者なしでそういう店へ出入りすることは禁止されていた。高原たちが梅月に通っていたのはその日だけではなかった。かねてそうした行動を一年上級の四年D組の生徒たちは苦々しく思っていたらしい。

高原たちがあんみつを食べていると、どうも正門のあたりに騒がしい気配があった。あんみつやの女主人が、用心してお帰りなさい、と注意してくれた。梅月の裏口から出してもらって遠廻りして通用門から入ろうとした。通用門にもかなりの人数の四年D組の生徒が待ちかまえていた。正門で待っていた生徒たちも駆けつけて合流した。高原と小林は四年D組の生徒たち数十人に袋叩きにされた。いまの言葉でいえば集団暴行であった。しかし、当時の時代風潮からいえば、高原たちは規則に違反していたのだし、暴行を加えた側に「正義」があった。

そう書いてみて、本当にそういう規則を私たちは聞かされていたのか、疑問がないわけではない。年々、学生、生徒たちに対する統制が厳しくなっていた。学生の本分といった言葉が、軍人の本分、国民の本分といった言葉と同様、声高に叫ばれるようになっていた。私たちは馬鹿げた規則だと感じていたが、そうした規則に違反することは学生の本分に悖る行為として許しがたく感じる生徒も多かったのである。これもある種の狂気の支配する時代だったからであろう。上条、塩田は、高原、小林よりもすこし遅れて梅月を出たので、集団暴行の最中、その脇をすりぬけて教室に戻ったそうである。

この集団暴行は教員室のすぐ窓外でおこった。多くの教員が目撃していた。高原をはじめ私たちはどういう処分が行われるかおそれていた。翌日の朝礼のさい、校長から、本校にあるまじき不祥事があったが、こういうことは二度とくりかえされてはならない、という趣旨の訓辞があった。中台大尉という教練の配属将校が、私たちの級の一同に対して、喫茶店《きっちゃてん》のお内儀《かみ》にかくまわれて、云々といって叱責した。私たちは、喫茶店のお内儀にかくまわれて、が可笑しいといって笑った。

梅月事件はそれ以上に発展しなかった。後日になって噂されたところでは、担任の関口孝三先生、あるいは国語の佐藤信保先生、もしくはその両先生が高原らをずいぶん弁明して下さったそうである。彼らが無抵抗で殴られたのが神妙だったともいわれたらしい。同時に、集団暴行に対する批判、嫌悪感も先生方の間に強かったようである。

一九八八年、『立志・開拓・創作』と題する府立五中・小石川高校七十年史が刊行された。以前、校内誌『開拓』について記したとき引用した詩「無題」の作者藤井治さんが、同書に「苦悩するリベラリズム」と題する文章を執筆しているが、その文章中、

「梅月事件は我々が五年生在学中当時の事件であって現実に知っている。アンチファッショの

傾向の著しかった我が二〇回A組は暴力事件を起こした二〇回D組に対し「五中精神に反する」という強硬な申し入れをし、関係者に謝罪させた記憶は鮮明である」と書いている。藤井さんは、やはり『開拓』について記したさい引用した詩「来るもの」の作者斎藤正男さんと同級で、私たちより一年上級である。藤井さんの記憶は梅月事件が起こった年について一年くいちがっているが、この間違いは別として、私はこうした抗議、謝罪についてはこの文章を読むまで知らなかった。

結局、高原らはいかなる処分もうけなかったし、暴行した上級生たちもいかなる処分もうけなかった。府立五中には、高原らの規則違反を咎め立てするよりも、こうした集団暴行を肯定しないような校風があり、さりとて、その一方だけを処分することもできない、といった葛藤の挙句、学校側はこのような処理をしたのであろうと私は感じている。

私はといえば、高原らは私の親しい仲間だったが、梅月に同行したことはなかった。小遣いに余裕がなかったのかもしれないが、私は局外者であり、傍観者であった。私は臆病であり、小心であった。

13

去る二〇〇二（平成十四）年五月二十日、佐藤信保先生が他界なさった。私の府立五中時代の恩師として、一年から五年まで担任し、英語を教えて頂いた関口孝三先生を別格とすれば、高野仁太郎先生と並んで、私がもっともふかく恩誼を蒙り、私にとってもっとも懐しい方である。

山形県大江町で営まれた通夜、密葬にも、六月三十日の本葬儀にも私は出席できなかった。しかし、後日、本葬の式次第、略歴等の印刷物を頂戴し、先生の生涯について私が知るところいかに乏しかったかを痛感した。先生が大江町本郷の善明院という寺院の住職をなさっていたことは年賀状から承知していたが、先生はこの善明院の住職佐藤現浄、母まきの長男として一九〇八（明治四十二）年三月三十一日にお生まれになった。享年九十五歳であった。頂戴した略歴には記されていないが、たぶん東大文学部哲学科または印度哲学科を卒業なさったはずである。それは私の親しい友人であった出英利の父君出隆教授の講義をうけた由、五中の在学中お聞きしたことがあるから間違いあるまい。昭和七年四月三重県立津中学教諭となり、昭和十年四月東京府立五中教諭、昭和十八年四月大阪帝大教授に就任された、と略歴に記されている。だから、私たちが先生に教えて頂いたのは先生の四十歳台の前半だったわけである。ただ、前に言及した、五中、小石川高校の七十年史『立志・開拓・創作』によると、五中には昭和十九年二月まで在職なさったことになっている。私の記憶でも私たちの在学中は五中に在職しておいでになった。大阪大学に転出された年度について略歴の記述には誤りがあるのではあるまいか。

略歴によると、先生は昭和二十二年四月山形県本郷村長に就任なさっているから、これ以前帰郷されたのであろう。二十九年には同県漆川村長、昭和三十四年三月山形県青年の家所長、昭和三十七年四月、山形県立図書館長に就任した、と略歴に記されている。本郷村は七軒村と合併して漆川村となり、さらに町村合併によっていまの大江町となったのだから、本郷村、漆川村の村長にかさねて選出されたことは先生の近隣における信望を窺うに足るはずだし、そうした僻地の村長から山形県青年の家所長、山形県立図書館長に就任なさったことも、山形県下全域に先生の人格が知られるに至ったからにちがいない。

私は『文学』昭和三十八年十月号に「斎藤茂吉論序説」を発表した。私にとっての最初の茂吉論の試みであった。たぶんそれが契機になったのであろう。その翌年、山形市で斎藤茂吉祭が催されたさい、真壁仁さんからお招きをうけて茂吉について講演した。そのさい、図書館長として佐藤先生も世話人のお一人だったようである。館長室でしばらく歓談する機会をもった。二十年ぶりの再会であった。先生は私の講演を、というよりは私が講演に招かれたことを、たいへん喜んで下さった。その後は先生の生前についにお目にかかる機会がなかった。それでも、いまは解散した、加藤克巳さんの主宰する短歌結社「個性」の会に招かれて出席したさい、佐藤信弘さんという方にお会いし、佐藤信保の次男だと自己紹介され、奇遇に驚いたことがある。佐藤先生はその子息に私を話題にするほどに私を気にかけて下さっていたのであった。佐藤信弘さんは現在病気療養中と聞いているが、「個性」の指導的地位にある同人の一人であった。

だから、私は佐藤先生が戦後しばらく、山形県、ことにその教育界において重きをなしていたとはいえ、その後は大江町に隠棲なさったものと想像していたのだが、葬儀の次第を拝見して、先生が真言宗智山派の大僧正であり、葬儀の導師は智山派の宮坂宥勝管長がつとめたことを知った。このことからみて、先生が智山派においてずいぶん重んじられ、また、信頼を寄せられておられたにちがいない。これは私には多少意外に思われ、同時にうれしく感じられたのであった。

先生は大柄で、春風駘蕩たる風格をおもちであった。寛容で、無軌道に走りやすい私たち生徒の性向や行動に理解があり、また、文学にも造詣がふかかった。だが、先生の生涯を展望してみると、先生の行動の規範をなしていたのは宗教家としての宥恕といった精神であったと思われる。また、大僧正という最高の僧位にありながら、山形県の山奥の一寺院の住職として過されたことは、先生が名利に恬淡、宗教界における政治や権力とは無縁な人柄だったことを示しているだろう。こういう教育者に恵まれたことは幸運としか言いようがない。

*

ここで私が五中時代に教えをうけた若干の先生方についてふれておきたい。私たちは谷鼎先生から国語、国文学の初歩を学んだ。谷先生は藤原家隆に関する著書がある、平安朝文学の学究であった。また、『国民文学』に属する短歌の実作者であり、『伏流』等の歌集を刊行されていた。定家の「見わたせば花も紅葉もなかりけり浦の苫やの秋の夕暮」の解釈について、先生と斎藤茂吉との間に論争があった。茂吉はその生涯何回か激しい論争をしたが、この論争は茂吉が完膚なきまでに論破されたものとして、短歌史上知られている。私がこの論争を知ったのは、後年私が茂吉を調べるようになってからだが、先生の学殖はその程度にふかかった。ただ、私が在学中、印象にふかかったのは、『開拓』に「うめ草」として掲載された作品であった。「少年の頃の作を」と副題して、次のような作が三十二号に掲載されている。

照りみ照らずみ椿の木《こ》ぬれうす光るいかにやさしくなれる心ぞも
斧の刃《は》のひかりかがやけ何ものかこゝろの底に光らむとすも
やがて若き教員のむれに入る身かと鳩の瞳を愛《かな》しみにけり

私はこれらの作にうちのめされた。自分の心の憂愁や煩悶をこのように形象化する能力が私にはまるで欠けていると自覚した。私が短歌の習作を試みたことがないのは、ごく稚いときに谷先生のこうした作品に接したためかもしれない。

私は谷先生の作品に感銘をうけたけれども、先生はいかにも気むずかしげで、その人柄に親しみを感じなかった。最近になって知ったことだが、当時、先生と校長との間にかなりの軋轢があったという。そのために、生徒に接するときも自ら何かしらとげとげしいものがあったのではないか。むしろ授業の厳しさだけが記憶につよい。

「膝栗毛」論について苦渋にみちた文章を『開拓』に寄せた真田幸男先生に国文法を教えて頂いたことはすでに記した。真田先生は五中の卒業生だから、私たちの先輩であり、後には小石川高校の校長もなさった。私たちより四年ほど下級だった粕谷一希らはずいぶん真田先生に親近感をもっているが、私はそれほどの親近感をもっていない。ひたすら国文法を生徒にたたきこむといった授業であり、やはりすぐれた教育者にちがいなかったが、胸襟をひらいて語るという姿勢は感じられなかった。そうした姿勢は、あるいは時勢に対する配慮だったかもしれない。敗戦後に接した粕谷一希らとはもっと自由闊達に会話なさったようである。

いずれにせよ、これら三先生によって私は古典に眼を開かれ、その読解のための素養を身につけたのであった。教師とのめぐりあいが人間の運命を左右することは決して稀ではないが、私のばあいも、佐藤、谷、真田三先生に接したことは、私の生涯における事件であった。

英語についていえば、担任の関口先生は、私の同級生今井俊夫がその女婿であり、私たちの二年上級に長男の方が在学していたことから知られるとおり、私とは一世代違っていた。私はずいぶん目をかけて頂いたし、英語の基礎について先生の授業に負うところが多いと自覚しているが、担任であることは逆にけむたい存在であり、あまり個人的な親しみを覚えなかった。

むしろ、同じく英語を教えて頂いた窪田鎮男先生、高野仁太郎先生に親しみを感じていた。窪田先生は私の在学中旧制松山高校の教授に転出され、高野先生は私たちの卒業直後旧制水戸高校教授に転出なさった。お二方ともたぶん三十歳前後だったろう。いわば兄貴分のような気分で私はこれらの先生方に接することができた。窪田先生は温厚篤実な方であった。高野仁太郎先生は才気煥発、あふれるような精気が感じられた。私が英語に興味を覚えるようになったのは、これら五中時代の恩師、ことに高野先生の授業によるのではないか、という思いがつよい。私が弁護士を生業とするようになって、はからずも英語の読み書き、会話を日常的に必要とすることになったが、一応職業上不自由ない英語力を習得できたのは、これら先生方の薫陶によるものと思っている。

高野先生についてつけ加えれば、先生は敗戦後間もなく教職を退き、著作権エージェントとして知られる株式会社オリオンを創業なさった。社長、会長を歴任、現在では責任ある役職に就いてはいないが、おそらく九十歳に近い現在も、毎日会社においでになっている。オリオンが日本文学の海外諸国への紹介に大きく貢献してきたことは一部ではよく知られているはずである。私が日本近代文学館の理事長に就任したとき、高野先生は、オリオンが仲介して海外で出版された日本文学の翻訳書数百冊を一括して文学館に寄贈して下さった。先生はいまだにご健在な、五中時代の唯一の恩師である。

*

私は植物に特に関心がふかいわけではない。私が植物の名を知らないこと、ある樹木と別の樹木を見分けられないことについて、私は亡妻から始終嗤われていた。それでも、五中時代を思いだすと、必ず三年生の時の教室の窓ごしにみたキリの巨木が脳裏に浮かぶのがふしぎである。

府立五中の敷地は以前は巣鴨脳病院であった。『赤光』時代のある時期斎藤茂吉がこの病院に勤務していた。そのことを知ったのもはるか後のことだが、その北側の塀にそって、亭々とキリの樹が直立していた。五月ころになると枝々いっぱいに紫色の花がひらいた。その花々が風に揺れて光と影をつくった。私は授業中ぼんやりとその光と影を見遣っていることが多かった。その紫の光と影は私に仄かな感傷をそそらせた。

春の鳥な鳴きそ鳴きそあかあかと外《と》の面《も》の草に日の入る夕べ
手にとれば桐の反射の薄青き新聞紙こそ泣かまほしけれ

北原白秋『桐の花』所収の右の歌を当時私が知っていたことは間違いない。古典文法の係り結びを教えられて、これらの作品の意味を正確に理解したのがこの時期だったし、これらの作品の感傷性が少年時の私をつよく捉えたのであった。いまでも北原白秋の『桐の花』を目にすると、私は必ず教室の窓ごしにみたキリの巨木とその紫の花々が風に揺らいでいた光景を思い出す。回想とはまことに瑣末な光景の記憶の集積からその若干を紡ぎだすことかもしれない。私は植物について貧しい知識しかもっていないが、こうしてキリの巨木を懐しく思い出すのは、植物をふくめ、自然の風光に魅せられるのが私の生来の性癖のためかもしれない。その後、私はあれほど亭々たるキリの巨木を見た憶えがない。

＊

キリの巨木よりも懐しいのは図書室である。校庭の東南の隅に開拓館と称する二階建の建物があり、その一階が音楽教室、二階が図書室になっていた。中学二、三年ころ、放課後や昼休に私は図書室に入りびたっていた。階段に木の手すりがついていた。私はいつも右手を手すりに滑らせながら階段を駈け降りた。ある時、ささくれだった木のとげが親指の付け根に突き刺さった。その傷が化膿した。医者にとげをとり除いてもらったが、やがてまた化膿した。ささくれだったとげはこまかく、なかなかとりきれなかった。いくたびも小手術をくりかえした。その痕はいまだに私の親指の付け根に残っている。私は動作が緩慢なので性慎重であるかのように誤解されることが多いが、軽率さこそ私の本性だと私は自覚している。

この図書室で私が読んだ本の中、忘れがたいのは萩原朔太郎『純正詩論』であった。円本全集の『現代日本詩集・現代日本漢詩集』所収の北原白秋の「明治大正詩史概観」が私にはじめて日本の近代詩の展望を与えてくれたとすれば、『純正詩論』によって私は現代詩の世界をはじめて瞥見した。この自序で萩原朔太郎は、「この著は二つの意志を持つてゐる。一は文壇に対する挑戦である。一は詩壇に対する啓蒙である。そしてこの両者を通じ、本書に一貫する主題《テーマ》の精神は、散文主義に対する詩的精神の高調である」と書いているが、当時の私にはそうした著者の高邁な気概はまるで理解できなかった。私が感銘をうけたのは、一には「和歌の韻律について」と題する詩論であった。

久方の光のどけき春の日にしづ心なく花の散るらむ

を引いて、「ハヒフヘホのH行音は、陽快で長閑な感じと、どこかに詠嘆のこもつた音象感をあたへる」といい、

はかなくて過ぎにし方を数ふれば花に物思ふ春ぞ経にける

を引いて、「春の陽光の中に過ぎ去つた青春の日を悲しむところの、春日哀愁の嘆息がよく歌はれてゐる。一方には桜の咲く陽春があり、一方には青春の悲哀と嘆息がある。この二部の詩情を結びつけてるものは、H音の四重頭韻である」、といったような解説であった。日本語の詩にお

ける韻律については、その後私は考えてきたことも多く、いまでは萩原朔太郎に必ずしも同意できないけれども、『純正詩論』ではじめて私が詩における韻律に目を開かれたことは疑いない。いったい私は萩原朔太郎を、その詩作の魅力を知るより前に、その素朴な韻律論で知ったようである。そういえば当時私が感銘をうけた著書に波多野完治『文章心理学』があった。私はその文体論に蒙を啓かれたように感じた。私は文学の魅力を一見論理的に解き明かしたような叙述に惹かれる性向があったようである。たとえば萩原朔太郎の詩の魅力が、その韻律論と関係ないこと、志賀直哉や谷崎潤一郎の小説の魅力が波多野完治の文体論と関係ないことを了解するには、だいぶ年月を要したのであった。

『純正詩論』に戻れば、私が感動したのは、同書中の三好達治、北川冬彦、北原白秋の詩の鑑賞であった。「現代詩の鑑賞」という一章で萩原朔太郎は三好達治の次の四行詩を鑑賞している。

日が暮れる　この岐れ路を　橇は発つた……
立場の裏に　頰白が　啼いてゐる　歌つてゐる
影がます　雪の上に　それは啼いてゐる　歌つてゐる
枯木の枝に　ああそれは　灯つてゐる　一つの歌　一つの生命。

萩原朔太郎はこの四行詩が大体において五七五の反覆であるといい、冒頭に「日が暮れる」という主題《テーマ》の第一命題を出し、二行目の結句で「歌つてゐる」といふ語で結んでいるが、「この「歌つてゐる」といふ言葉は、外界の頬白にかかるのでなく、主として作者の主観の方にかかつてゐる。即ち離別の悲しい情緒を書いてるのである。此処まで外界の風景を主体として述べたものが、この最後の抒情的な言葉によつて、急に主体の心境の方へ転向して来る。かういふ所が詩の面白味で、技術の重要なコツなのである」と記している。

次の四行詩は、私が十七歳、昭和十九年の暮ころの作である。

日の暮れ……遠潮のおらびも　海松《みる》のにおいももう暮れていって
いい時刻だ　訣れよう　たえまない波のルフランが　ぼくの手にトランクを
夕影に　埋もれてゆく　海辺の町並の低い甍……ふるさとは遠く
ああ　ゆらいでいる　燃えている　黄色い瞳　没日は恋人に咽ぶように

まことに稚く貧しい作だが、三好達治の四行詩の模倣であることは誰の目にも明らかであろう。この当時、私は創元選書版『春の岬』によって三好達治のかなり多くの詩作品に親しんでいたが、拙作は『春の岬』からの影響というよりもむしろ、『純正詩論』に引用された作品が心底ふかく灼きついていたためであった。思うに右の四行詩は三好達治の数多い四行詩中必ずしも佳唱とはいえない。もっと構成において緊密、抒情の結晶度の高い四行詩が多い。萩原朔太郎がこの作品を採り上げたのは、萩原朔太郎の立論の便によるのではないか。同じことが彼がその鑑賞で採り上げた北川冬彦「埋葬」についても、北原白秋「糸車」についてもあてはまるのではなかろうか。いずれにしても、私はこれらによって現代詩、昭和戦前期の現代詩にはじめて接し、その内面の詩心に共鳴するよりも、むしろ形式に新鮮な魅力を感じたのだといってよい。

この図書室に、萩原朔太郎の他の著作があったようには憶えていない。もし収蔵されていたなら必ず読んでいたはずなのに、それらを読んだ記憶はない。私は、芭蕉、蕪村、一茶などの啓蒙書を次々に繙き、時間の経つのを忘れた。どれほど理解できたかははなはだ覚束ない。それでも彼らをおぼろげに知った図書室のうす暗い書架を思いだすと、懐旧に胸がしめつけられる感がある。

＊

そのころ、私は源氏物語を読みはじめていた。谷崎潤一郎の第一次現代語訳が刊行されはじめたのは昭和十四年のはずである。どういうわけか母が購読していた。当時としてはずいぶん豪奢で瀟洒な造本であり、紙質も上質であった。私は谷崎訳を傍において原文を少しずつ読んでいった。原文がどんなテキストであったか、記憶にない。いまでは傍註、頭註を付した、ずいぶん便利なテキストが各種刊行されているので、原文で源氏物語を読むことは必ずしも困難ではないが、当時はそういう本はなかった。島津久基校訂本だったように思うが判然としない。ずいぶん無謀な野望だったが、どうにか読みすすんだ。『むらさき』とか『国文学・解釈と鑑賞』などの雑誌をいつも座右においていた。私が魅力を覚えたのは、たとえば「花宴」における朧月夜内侍との艶冶な情事であり、しなやかで嫋々たる古語の文体であった。途中ではかなり退屈したが、「若菜」に至って物語としての興趣に私はひきこまれた。私は王朝貴族の世界に耽溺した。

＊

昭和十六（一九四一）年四月、モスクワに立ち寄った松岡洋右外相によって日ソ中立条約が締結された。その報道は、独ソ不可侵条約によって「複雑怪奇なる新情勢」と声明して平沼騏一郎内閣が総辞職したとき以上に、私を当惑させ、時局の展開に対するとまどいで私を脅えさせた。

正木ひろしは『近きより』昭和十六年五月号の巻頭言で次のように書いていた。

「日ソ不可侵条約が出来て国民は久し振りに青空を仰ぎ見たように悦んでいる。三カ月前まで「ソ連憎むべし」と言わなければ安全に世の中が渡れなかったのに、今は外務大臣も「スターリンさん」と呼び、スターリンと抱擁している写真が新聞に大きく出ても、お上はこれを発売禁止にしない。「思想と国交とは別物である」と説明されているが、それを今頃教えられるほど日本国民は馬鹿ではない」。

「ソ連と闘わなければ国体が明徴にならないように宣伝され、その反対の議論は非国民扱いされていたのだ。

今、日ソの国交は調整に一歩を進めて来たが、国体観念は少しも動揺せざるのみか、国中が明るくなって来たではないか。

して見ると、あの国体明徴派の中には、国民を欺き、国民を威嚇する道具に国体明徴を利用した不敬の輩があったにちがいない」。

私には正木ひろしのような定見もなく、見識もなかった。ただ、国際情勢は複雑怪奇、不可解であり、国体の本義といったイデオロギーのいかがわしさはおぼろげに理解できた。私たちがしだいに追いつめられていくような不安感を強くしていた。そういう状況の中で、いかに自己を確立できるだろうか。

私が王朝文学の世界に耽溺したのは、現実に眼をそむけた未熟な少年のある種の逃避願望によるものであったように思われる。

14

昭和十六（一九四一）年十二月八日午前七時、ラジオの臨時ニュースが「大本営陸海軍部午前七時発表、帝国陸海軍は本八日未明西太平洋において米英軍と戦闘状態に入れり」と放送した。この放送を聞いたとき、中学三年生だった私は雷にうたれたような衝撃と、同時に、ある種の開放感を覚えた。

当時の私はこの戦争の本質や無謀さを理解できるほどの知識も洞察力ももっていなかった。臆病な私は戦場がいよいよ身近に迫ってきたように感じ、戦慄した。私がうけた衝撃とはたぶんそうした恐怖感によるものであった。一方、この開戦が膠着状態にある中国大陸の戦争により圧えつけられていたような閉塞感を打開するかのように感じられた。私の視野には中国民衆の被害も反日抵抗運動も入っていなかった。中国大陸の戦争が解決しないのは、援蔣ルートとよばれる経路をつうじて国民党政府に送りこまれる武器弾薬をはじめとする、アメリカ、イギリス等の支援によるものと信じていた。ＡＢＣＤ包囲網といわれるアメリカ、イギリス、中国、オランダ四国のわが国に対する経済封鎖を私は不当と感じていた。アメリカ政府の対日石油輸出の禁止、屑鉄の輸出禁止等とひとしく、これらの対日政策は多年にわたり中国、東アジアを植民地化してきた欧米列強がその権益を保全するためのエゴイズムだと感じていた。わが国が欧米列強により迫害され、追いつめられている、といった閉塞感を強くしていた。対英米宣戦布告は、こうした閉塞感の暗雲の中に一点の晴天を望むかのような、開放感を私に覚えさせたのだろう。

十五年戦争の最終局面であったこの戦争をどう称すべきか、私は迷っている。太平洋戦争という呼称が一般的のようにみえるが、これはアメリカ政府の側からみた呼称である。この戦争の根源をなし、この戦争中も続いていた、中国大陸の戦争が太平洋戦争という名称からは脱落している。日本政府が称した大東亜戦争という呼称は、東アジアが主な戦場となったという意味では、太平洋戦争よりも地域的にみて正確に近いが、実際の戦場は北はアリューシャン列島のアッツ島等から南はニューギニアにまで拡大していた。何よりも大東亜戦争ということは、中国を含めた東アジア諸国に対するわが国の侵略を肯定するかのようにうけとられるであろう。

十五年戦争という名称に一括してしまうことにも躊躇を覚える。昭和十六年十二月八日以前と以後とでは戦争がまったく変質している。第二次大戦とくくることにも抵抗がある。ドイツ、イタリアのヨーロッパにおける戦争とわが国の戦争との間には戦略、戦術、戦闘等に関しほとんど連携はなかった。政治的思惑においてこれら三国が共通したものをもっていたにとどまる。

建前と本音を別とし、建前からいえば、大東亜戦争ということにもある程度の妥当性がある。東アジアの植民地解放、わが国を盟主とする大東亜共栄圏というイデオロギーは、わが国の歴史上空前絶後、唯一の積極的な外交政策を支えた思想であった。たとえば、日英同盟も、日独伊防共協定も、日米安保体制も、他にどんな選択肢がありえたかは別として、受動的に余儀なくされた一選択肢であった。大東亜共栄圏はこれらと違って、わが国が積極的に東アジア諸国に訴求しようとしたイデオロギーであった。当時仏領インドシナと呼ばれていたインドシナ三国、蘭領インドシナと呼ばれていたインドネシア、当時イギリスを宗主国としていたインド、ビルマ等の独立運動、植民地解放運動に、この戦争が一種の点火剤の役割を果したことは否定できまい。

だが、本音としては、大東亜共栄圏とはわが国が欧米列強に代ってその権益を支配したいという野心にすぎなかった。しかもわが軍政は占領政策についても植民地政策についてもいかなる経綸ももっていなかった。私は、シンガポール占領後、日本政府がシンガポールを昭南島と改称し、昭南神社といった神社を建立したことを記憶している。満洲偽帝国の方がまだましであった。五族協和といったスローガンがあり、実体はともかく、そうしたスローガンを本気で実現しようとした一部少数の理想主義者がいなかったわけではない。日本軍の占領地支配はたちまち民心を離反させ、独立運動の志士たちを失望させ、幻滅させた。

大東亜共栄圏というイデオロギーは実体がなかった。しかし、日本国内に向け、ことに日本の知識人に向けた、侵略戦争を正当化する論理と心理として、効果をもったのではないか。高坂正顕『民族の哲学』、高山岩男『世界史の哲学』なども京都学派の天皇制ファシズムとの癒着にちがいなかったが、戦争下の自己を正当化するための心的基盤を大東亜共栄圏というイデオロギーが彼らに提供したのであろう。

*

高坂、高山らの論理の空疎さを私が実感したのは、もっと後日になってからだが、開戦直後、正木ひろしが『近きより』昭和十七年一月号に、「戦争はまだ始まったばかりだ」と題する感想を発表している。昭和十六年十二月九日付である。行分け、自由詩の形式の文章だが、紙幅の都合上、行分けはスラッシュで示す。

「敵は強国である　／　七つの海を支配し　／　世界の富を独占し　／　人類最高の文化を誇っている国々だ　／　地球は彼等のために存在すると確信している国々だ　／　有色人種は人間と動物との中間にあると信じている国々だ　／　而うして　／　実を申せば　／　残念ながら　／　彼等の己惚れにも道理があったのだ　／　だだっ広い東洋は　／　太古からの深いねむりが未ださめず　／　十億の民衆は無智蒙昧の生活を続けて来たのだ　／　東洋の先覚者、日本と雖も　／　眼がさめてから百年にしかならない　／　そして、その百年の文明も　／　まだ欧米模倣の域を脱せず　／　況んやその他の国々は　／　大家に飼われている犬の如く　／　アングロサクソンの情けにすがり　／　その文明の残飯を貰って　／　彼等を世界の主人とあがめ　／　自分の土地の公園に　／　「犬と支那人　入るべからず」と立札されても　／　侮辱されたとも思わなかったのだ」

続いて、十二月十五日付の「世界を統一するもの」では、正木は

「世界戦争となった　／　もう理屈を言う者はない　／　勝てば世界の指導国となり　／　負ければ英米の奴隷国となる　／　最高の道徳は勝つことであり　／　最大の罪悪は負けることである　／　敵を欺き、敵を苦しめ、敵を殲滅すること　／　それが最善の善である」

と書きはじめ、

「新しい統一の原理となろう　／　八紘一宇は未だ標語の域を出ない　／　世界の乱脈を統一するには　／　全人類が共鳴追従する大思想大文化が必要だ　／　日本人よ　／　小さく固まるな　／　天照大神の　／　博大、仁慈、向上の大御心を知れ　／　それが日本の伝統であり　／　日本国体の精華である　／　日本人よ　／　先づ何よりも島国根性を清算せよ　／　島国根性は八紘を化して陋屋となす　／　そこには日本人すら快く住めない　／　日本人よ　／　日本文化をして　／　名実共に世界最高の指導文化たらしめよ」

と結んでいる。

正木ひろしは弁護士であり、思想家ではない。しかし、中国大陸に戦争が限られていた時期には、八紘一宇とか惟神《かんながら》の道といったスローガンに疑問を投げかけていた。昭和十六年十二月八日の開戦後も、「八紘一宇は未だ標語の域を出ない」と書いていることからみて、正木の健全な良識が失われていないことが理解できる。しかし、「もう理屈を言う者はない」といって論理的思考の停止を宣言し、日本文化をして名実共に世界最高の指導文化たらしめるために、天照大神の「博大、仁慈、向上の大御心」といい、これを「国体の精華」というに至っては、正木の変節、思想的退廃というほかない。だが、彼の変節、退廃の契機は、欧米列強の東アジアにおける植民地支配への反感であったことも見易いところである。

三好達治は昭和十四年七月に刊行した詩集『艸千里』には、その巻末に「おんたまを故山に迎ふ」「廃馬」（後に「列外馬」と改題）の二作を収めていた。ことに「列外馬」は廃馬として軍列から棄てさられる軍馬の悲惨な運命に思いをひそめた散文詩であり、三好生涯の全作品を見渡してもその頂点をなす作品の一と思われる。しかし、その三好も、「十二月八日」と題して

くにつあたはらへよとこそ
一億の臣らのみちはきはまりにけり

をその冒頭に収めた『捷報いたる』に至って、一変する。

捷報いたる
捷報いたる
冬まだき空玲瓏と
かげきなき大和島根に
捷報いたる

真珠湾頭に米艦くつがへり
馬来沖合に英艦覆滅せり
東亜百歳の賊
ああ紅毛碧眼の賤商ら
何ぞ汝らの物慾と恫喝との逞しくして
何ぞ汝らの艨艟の他愛もなく脆弱なるや
而して明日香港落ち
而して明後日フィリッピンは降らん
シンガポールまた次の日に第三の白旗を掲げんとせるなり
ああ東亜百歳の蠹毒
皺だみ腰くぐまれる老賊ら
已にして汝らの巨砲と城塞のものものしきも
空し

以下は省略する。この空疎な壮語の底流にも、反植民地主義があり、大東亜共栄圏とか東亜新秩序といったスローガンへの共感がある。たぶん、さらにその伏流として中国大陸の戦争の膠着化による閉塞感、焦燥感があったはずである。

正木ひろしや三好達治を捲きこんだ狂気に少年時の私が感染したのは当然であった。違うことは、私が植民地支配の実体に暗く、また性来の臆病から、開戦によって「正義」感に揺り動かされる程度がよほど弱く、恐怖感の方がよほど強かったことのように思われる。

私をふくめて、わが国の全国土を席捲した昂奮と熱気は緒戦における予想外の戦果によるものであった。真珠湾奇襲作戦によってアメリカ太平洋艦隊にほとんど壊滅的打撃を与え、マレー沖海戦ではイギリス東洋艦隊の旗艦プリンス・オブ・ウェールズ、巡洋戦艦レパルスを撃沈した。続いて、香港、マニラを陥落させ、昭和十七年二月十五日にはシンガポールを占領した。アメリカ、イギリスのような強国を相手にこうした戦果をあげたことに私はほとんど夢見心地であった。シンガポール陥落にさいし、山下奉文司令官がパーシヴァル将軍に対し、イエスかノーか、と無条件降伏を迫ったという報道に接したとき、旅順陥落のさいの乃木希典とステッセルの名高い水師営の会見を思いだし、山下奉文の姿勢に、日露戦争当時の日本軍人と違った、驕慢さを感じたが、その驕慢さも私の自尊心をくすぐったように憶えている。

藍より蒼き　大空に　大空に
たちまち開く　百千の
真白きバラの　花模様
見よ落下傘　空に降り

見よ落下傘　空を征く

スマトラ島パレンバン攻略における落下傘部隊の降下をうたった「空の神兵」はひろく愛誦された。高木東六作曲のこの軍国歌謡は、明るく、かろやかなリズム感に富んでいた。パレンバン攻略が対日石油禁輸政策の下で、ボルネオの石油を支配するため、日本軍として、どうしても敢行せざるをえなかった作戦であったことを知ったのは、はるか後年であった。

当時の歌曲として忘れがたいのは信時潔作曲の「海行かば」である。昭和十七年三月六日に特殊潜航艇による真珠湾攻撃で戦死した、いわゆる九軍神が報道された。「海行かば」はこの報道のさいはじめて放送されたそうである。「海行かば」はやがて敗色が濃くなるにしたがい、毎日のように耳にすることになった。この曲が放送された回数は「君が代」よりも「軍艦マーチ」よりも、他のいかなる曲よりも多かったという。だから、この曲は戦争のいまわしい記憶とふかく結びついている。たぶんそのために敗戦後はまったく聞くことがなくなったが、沈静で古典的な格調をもったこの曲は、わが国の作曲家の作として稀有な名曲だと私は考えている。帝国主義日本という国家の葬送にふさわしい、しめやかで悲しいこの曲を私は懐しく思いだす。ただ、当時私は、

海行かば水漬《みづ》く屍《かばね》　山行かば草むす屍

大君の辺《へ》にこそ死なめ　かへりみはせじ

という大伴家持作のこの歌の意味を誤読していたらしい。最近、西郷信綱著『斎藤茂吉』を読む機会をえて、著者から教えられたことだが、著者は、戦争開始間もなく、茂吉がこの歌をとりだして、「アララギ会員に檄をとばしたことがあった。このときすでにその万葉理解に大きな歪みが生じていた」といい、この歌を解説している。

「いちばんの急所は「大君の辺《へ》にこそ死なめ」（そばでこそ死にたい）にある。いくさで屍は海や山野に遺棄されたままなのは当然としても、その死が遙か彼方なる「大君のため死のう」ではなく、「大君のそばで死のう」とあるのを見逃してはならぬ。高木市之助『吉野の鮎』に指摘する通り、「大君のためなら死のう」というのは「忠誠の理念」の産物であるにたいし、「大君の、辺にこそ死なめ」（おそばで死のう）は、かつて王がみずから兵とともに山河を跋渉する戦士でもあったことと切り離せない表現なのである。壬申の乱における天武を見ればいい」。

さしあたり斎藤茂吉はともかくとして、私に限らず、当時は「海行かば」は「天皇のために死のう、自己は勿論、親族等への配慮を一切顧みまい」といった意味に理解されていた。これは、教育勅語にはじまり、軍人勅諭をへて、昭和十六年一月に発表された「戦陣訓」に至って、兵士の死は鴻毛よりも軽い、とする思想の極限のかたちだったと思われる。戦陣訓についてはあらためて記憶を喚起したいと考えているが、特殊潜航艇に戻れば、はじめから生還を期さない作戦は、後の神風特攻隊の先駆をなすものであった。日露戦争における旅順港閉塞作戦の広瀬中佐と杉野兵曹長の美談は、生還を期した作戦であったことによる。そういう意味で特殊潜航艇作戦は、この戦争で兵士の死の意味が日露戦争当時とはまるで変質したことを教えていた。じっさいは特殊潜航艇はいかなる戦果もあげなかったのだと当時からひそかに囁かれていた。そういう無意味な死を選んだ兵士たちを私は畏怖し、私自身の怯懦を恥じた。

＊

緒戦における戦果はめざましかった。昭和十七（一九四二）年三月一日、日本軍はジャワ島に上陸し、たちまちスラバヤとバタビア（現在のジャカルタ）を占領、三月九日にはオランダ軍等が降服し、日本軍は三月十日、バンドンに入城した。

多くの文学者たち、井伏鱒二、高見順、火野葦平、石坂洋次郎、中島健蔵、大宅壮一らが、好むと好まざるとにかかわらず、宣伝部員として徴用され、占領地に送りこまれた。彼らが発表した作品中、私の印象にもっともふかいのは大木惇夫詩集『海原にありて歌へる』であり、ことに同詩集所収の「戦友別盃の歌」である。「南支那海の船上にて」と添書きされたこの詩は次のとおりである。

言ふなかれ、君よ、わかれを、

世の常を、また生き死にを、
海ばらのはるけき果てに
今や、はた何をか言はん、
熱き血を捧ぐる者の
大いなる胸を叩けよ、
満月を盃《はい》にくだきて
暫《しば》し、ただ酔ひて勢《きほ》へよ、
わが征《ゆ》くはバタビヤの街《まち》、
君はよくバンドンを突け、
この夕べ相離《さか》るとも
かがやかし南十字を
いつの夜《よ》か、また共に見ん、
言ふなかれ、君よ、わかれを、
見よ、空と水うつところ
黙々と雲は行き雲はゆけるを。

私の少年時代からの友人に二歳年長の小林昭さんがいた。昭さんの夭逝した叔母にあたる方が私の母の女学校時代の親友であったことから、わが家は小林家と親戚以上のふかい交際があった。私の母は、昭さんの豊満で美貌の母堂を「ねえちゃん」と呼んでいた。その母堂をはじめとする小林家の皆さんに戦後私はずいぶん世話になった。その詳細は後に記すつもりだが、早稲田大学商学部在学中から昭さんはみるからに凛々しい、見ほれるような美青年であった。彼は文学にいかなる関心ももっていなかった。その彼が敗戦後一、二年経った一夜、「戦友別盃の歌」を全篇暗誦するのを聞いた記憶がある。『海原にありて歌へる』はまさに国民的詩集であった。文学や詩に関心をもたない青年たちにも熱狂的に迎えられた。大木惇夫が敗戦後詩を発表しなくなった事情を私は知らない。戦時下の人気の反動として、戦争協力者という非難が喧しかったのかもしれない。戦争下に公刊された詩集中『海原にありて歌へる』ほど広い読者層をもったものは高村光太郎の『智恵子抄』の他あるまい。『智恵子抄』はいまだに読みつがれ、『海原にありて歌へる』はまったく忘れられている。『智恵子抄』には時代を超える愛の悲歌としての普遍性がある。『海原にありて歌へる』は一時的に燎原の火の如く庶民の心を燃え上がらせ、庶民の心を代弁し、鼓舞した。あまりに時代に密着し、そのために時代を超えられなかった。戦争協力詩を書いたのは大木惇夫に限らない。戦後、彼が詩作の筆を折ったのは、時代、時勢に流されることを怖れたためではないか、時代、時勢に流されて自己を見失うことを怖れたのではないか。

私はといえば、戦勝にうかれていた。高原紀一、出英利といった級友たちと、やがてハリウッドを占領したら、どうしよう、といった馬鹿話に興じていた。

*

ハリウッドを日本軍が占領したら、女優たちを侍らせて、それこそ酒池肉林、といった白昼夢に興じたのは、それが絵空事と承知の上での冗談だったのだが、それでもそんな冗談を面白がったのは、裏返してみれば少年時の私たちの白人女性たちへのもどかしいような憧憬であり、もっとはっきりいえば劣等感であった。開戦に昂奮し、緒戦の戦果に酔いしれていた、知識層をふくめた日本人の心情も、じつは反植民地主義という正義の仮面をかぶった、先進諸国民への羨望であり、白人種への劣等感であった、と私には思われる。

その反面、日本人こそが東アジアの盟主であるという自負、倨傲は、この地域の人々への侮蔑感と分かちがたく結びついていた。宇佐見英治さんに『海に叫ばむ』という歌集がある。彼が二十五歳から二十七歳の間、野砲兵少尉として南方戦線を転戦した時期の短歌を集めて、その後約五十年を経た一九九五年に公刊した歌集である。

胸のうちに抑へたまれるこの思ひ血を吐くごとく海に叫ばむ

という表題作をはじめ、

月明りにこよひは眠る一塊《ひとくれ》の土となるべきいのちしづかに
墓穴をおのれ掘るなりと笑ひつつおのおの掘るなり丸きたこつぼ
月光《つきかげ》に面《おも》照されつつ眠るまも僚《とも》ら死にゆく戦はやまず
やがて死なむわが眼のおくにくれなゐのをとめ顕《た》ちきて笑《ゑま》ひけるかも

など心をうつ作にまじって次の如き作がある。

海ぎはのあばら廃屋にけふ着きし土民娼婦を兵あくがれる
蚊帳のなかに膝をくづしてなにごとか叫びをあぐる何族かをんなは
髪のなかを掻きゐし手とめそのをんなわれを見つめて荒き息吐けり
ぬばたまの夜はふかければ人の子やわが手まさぐる青き乳房を
世のきはみすさみごころに相触れし汝と我は憎みあひをり

娼婦は強制連行されてきた現地の女性にちがいない。「土民」である。女性の憎しみを自ら感じとる日本兵士たる作者、その作者も女性を憎んでいる。おそらく作者の憎しみは凌辱の嫌悪感とないまぜになっている。いまだに朝鮮半島から強制連行されて娼婦とされた女性たちから日本政府に対する責任を問う訴えを耳にするが、そうした残虐非道は存在したにちがいないことを、宇佐見さんのこの歌集は示している。この歌集には宇佐美さんの「土民」に対する偏見のない愛情もうたわれているが、それでも彼がこれらの作をあえて歌集に収めて公刊したのは、五十年を経た後の彼なりの負債の清算の意味がこめられているであろうし、彼の良心の証しでもあるといってよい。

東アジアの現地の人々を土民と見ることは宇佐見英治に限らず、中島敦もその『南島譚』中で当時日本の委任統治地であったパラオ島の島民を土民と呼んでいる。中島、宇佐見のような高度の知識人でさえ、彼らを平等の人格の人間とみるよりも土民としてしかみていなかった。彼らが「土民」といったのは土着の人々といったほどの意味であり、侮蔑感を表現しているわけではない、といった弁護が成り立つかもしれないが、私にはそうは思えない。まして一般の日本人は東アジアの人々に侮蔑感をもっていた。正木ひろしは、先進諸国の人々が「有色人種は人間と動物との中間にあると信じ」ていると書いたが、私たち日本人自身が東アジアの人々を人間と動物の中間の生物と考えていたのではないか。それが、大東亜共栄圏というイデオロギーを空洞化させ、幻想にすぎないものとさせた所以ではないか。

*

この戦争をどう称すべきか、に私は拘泥している。太平洋戦争とよぶことが普通だが、そうよぶことに抵抗感を覚える人々も多いはずである。極端にいえば、この戦争をどうよぶべきか、私たちの間に総意が形成されていないように思われる。それはいいかえれば、私たちの間でこの戦争に対する清算がすんでいないからではないか、それが占領地等の女性たちの強制連行、強制売春といった問題として、いつまでも私たちにトゲのように突きささっている理由なのではないか、と私は感じている。

15

自分が出会った日本人の中で最も偉いと思ったのは尾崎秀実、外国人ではリヒアルト・ゾルゲだ、と亡父が述懐するのを、私は二、三回聞いた憶えがある。亡父は後に記すように、尾崎・ゾルゲ事件の主任の予審判事であった。いまとなれば何故彼らを偉いと思ったのかを問い質しておくべきだったと思われる。しかし、問い質さないままに父は三十数年前に死んだ。生前、私は父にずいぶんと可愛がられ、期待もかけられた。父の希望に反して裁判官にはならなかったが、期待に沿って司法試験を受験して合格し、司法修習生の課程を履修して弁護士になった。司法試験の成績も司法修習生終了のさいの試験の成績も父を満足させるものだったようである。しかし、そのころから私は人生の機微にわたるような事柄について父と会話できなかった。私には父は官僚的であり、権威主義的に感じられた。話題が人生の機微にわたると、私は烈しく父と思想的に対立し、たがいに気まずい結果となるのがつねであった。それは私が当時思想的に未熟だったせいでもあり、父の思想の陰翳に思い及ばぬせいでもあった。そうした父と子の対立はどの時代にもいかなる環境でもありがちなことであろう。いまさら悔んでも仕方がないことだが、父と私との会話は波瀾を呼びおこさないような無難な話題に限られていた。せめて、何故父が尾崎、ゾルゲを尊敬していたか、その理由を多少でも考えてみたい。

＊

みすず書房版『現代史資料』第一巻ないし第三巻に、昭和十七（一九四二）年六月十六日東京地裁検事局が尾崎、ゾルゲらを検挙、起訴したことを発表した直後、同十七年六月二十四日の第一回にはじまり同年十二月五日に至る四十五回のゾルゲに対する予審訊問調書、同年十二月十五日付予審終結決定、同年六月十六日から同年十一月二十七日に至る二十八回の尾崎に対する予審訊問調書、同年十二月十五日付予審終結決定、昭和十七年五月二十九日から同年六月二十二日に至る八回及び同年十一月二十七日の第九回の西園寺公一に対する予審訊問調書、同年十二月十七日付予審終結決定が、収められており、いずれも亡父中村光三の名により作成されている。この他、尾崎関係で、宮西義雄、伊藤律、織田信太郎、風見章、近衛文麿に対する証人訊問調書、西園寺公一関係で、牛場友彦、富田健治、松本重治に対する証人訊問調書も収められているが、これらも亡父の名によって、作成されている。宮城与徳、アンナ・クラウゼンに対する予審訊問調書、予審終結決定も収められているが、これらの作成名義は亡父ではない。たぶん、亡父の部下であった方々が、尾崎、ゾルゲ、西園寺公一以外の人々を担当したのであろう。

こうして『現代史資料』を読みかえしながら、私は、西園寺公一、伊藤律、風見章、近衛文麿といった人々を被告人あるいは証人として亡父が取調べたことについて、亡父からまったく耳にしたことがないことに気づいた。おそらく職業上知りえた秘密について家族にも口外することをはばかったのであろう。私は知的財産権という名称で最近すこし脚光を浴びている特許権とか著作権を専門として五十余年の間弁護士をしてきたが、亡妻は特許がいかなるものかについてまったく無智であった。これは職業上の事柄を家庭間で話題にすることを好まない私の性癖によるものだが、職業上の秘密という以外に、亡父にも同様の性癖があったのかもしれない。

いずれにしても、亡父は尾崎・ゾルゲ事件について予審部の判事として主要な役割を果したのだが、私個人としていささかうれしく感じられる記述が『現代史資料』第一巻の資料解説中にみられるので、そのことをまず、記しておきたい。それは予審訊問にゾルゲの通訳として立会った生駒佳年の回想中の次の文章である。

「彼は一般に日本の警察の取調べに対しては批判的であったが、吉河検事、中村予審判事、高田裁判長の三氏に対しては、自分は日本のすぐれた三人の検察官司法官に親しく接して、その取調べぶりを経験したが、三人三様、それぞれ別の意味でその人物に敬服したと云っているが、これは決して彼の諂辞ではなかったと思う。何故ならばそれは彼の刑が確定したのち書いた手記の中にあったと記憶するからである」。

亡父の取調の模様についても生駒佳年は次のように回想している。

「時には中村さんが気に喰わぬ推論をしたり、急所を突く質問をしたりすると、時には憤然として卓を叩いて否認し、そのあとは何を聞いても返事もしないことがあった。私が間に立って何とか取做すのが常だが、最も効果があったのは矢張当時の独ソ戦の模様を話してやることであった。彼は獄中にあっても常にソ連の運命を気づかっており、一寸したことにも神経を尖らせて、戦争の成行きに注意していた。（中略）予審は独ソ戦がスターリングラード攻防戦の真最中のことであった。彼は特にこの戦闘を重大視し、万一スターリングラードが陥落すれば、ソ連四十年に渡る共産国家の建設も一朝にして水泡に帰し再建は不可能であると判断していたので、それこそこの戦闘に最大の関心を払っていたのである。（中略）そこで彼は訊問の途中、判事が書記に調書を口述している少しの隙に、低声で私に戦況を聞いたものである。私もおおっぴらに答えるのも憚られたが、何とかこれ亦声を低めて大体のことを話してやった。そうすれば機嫌を直して素直に訊問に応じたからである。判事も薄々気付いてはいたが、格別咎めだてはしなかった」。

私は亡父が知って知らぬふりをして咎めなかったものと思いたい。

ここで予審調書の作成にもふれているので、引用しておく。

「その日一日で調べたことは必ず最後にまとめて首尾の整った調書として、もう一度それを読み聞かせ被告に署名捺印させるといった具合で、時には七時八時となって永い夏の日もとっぷり暮れ、戸外はもう暗闇になっていることも稀ではなかった」。

刑事裁判の実状を知らない市民には分りにくいことだが、警察官や検察官の取調調書は、当時も、現在も、一問一答の口述記録ではない。取調の結果を取調官が書記に口述して筆記させ、これを被疑者、被告人に読み聞かせて署名捺印させるのである。だから、生駒が回想しているように「首尾の整った調書」になるのであり、取調べる側の必要とする情報だけが整理されて記録として残るわけである。読み聞かされたさい、間違いがあれば申し出て訂正を求めることはできるはずだが、そこで取調官との間で言った、言わないの押問答になれば、結局は取調官に押し切られることになる。また、弁解、動機などを付け足したいと思っても、取調官が不要だ、と思えば調書には記録されない。そういう意味で、尾崎・ゾルゲ事件の予審調書も、亡父らのくみたてた、あるいはくみたてようとした筋書にしたがった、彼らの供述内容の再構成であって、供述内容そのものではない。生駒が「判事が書記に調書を口述している少しの隙に」と書いている状況は、こうした調書の作成の仕方によるのだが、生駒自身が記しているとおり、通常は「一日で調べたことは必ず最後にまとめて首尾の整った調書と」するのだから、供述を拒否しているゾルゲに生駒が独ソ戦の戦況を説明してゾルゲが機嫌を直すのを、亡父はむしろ期待して暗黙裡にそう仕向けていたのではないか、と私は考える。

生駒の回想中にはまた、

「ソ連軍の戦況が不利なことを伝えると彼はすっかり悄気返ってしまったが、やがて独軍の方が次第に攻撃力を失って形勢の逆転が顕著になり、どうやらソ連を象徴する名を有ったこの都市が独軍の手中に落ちないことが判ってくると彼は雀躍せんばかりに喜んで、そのいかつい顔を綻ばせたものである」

とある。いまとなればスターリングラード攻防戦が独ソ戦の天王山であったことはよく知られているが、獄中にあったゾルゲがすでにその重大な意義を洞察していた先見性はやはり驚異というべきだろう。

ゾルゲが生駒に名をあげた三人のうち、吉河光貞は、戦後も活躍したので、私自身もその名前に親しい。『朝日人物事典』は吉河について次のとおり紹介している。

「検察官。東京都生まれ。一九三〇（昭五）年東大法科卒。翌年司法官試補となり、宇和島、岡山、名古屋、東京等の各地検検事を歴任。東京地検時代には学生時代の左翼運動参加の経験を生かし思想関係で活躍し、とくにゾルゲ事件（四一年）ではゾルゲを取り調べ自供に追い込んだ。敗戦後は、四八年法務庁特別審査局長、四九年法務府特別審査局長を歴任。団体等規正令に基づく共産党弾圧に腕を振るった。また破壊活動防止法の立案にもかかわった。その後最高検検事となり、砂川事件上告審の立会検事として論告に当たり、無罪判決の破棄差し戻しをかちとった。六四年五月公安調査庁長官に任命され、六八年九月まで在任。三派全学連に対する破防法適用に向け積極的姿勢をとった。六八年九月広島高検検事長に転出し、翌年一二月退官」（原文はアラビア数字で表記しているが、漢数字に訂正した）。

私の記憶では戦前思想検事といわれ、治安維持法等の取締りに当たった検事は、いわばエリートであり、特高警察関係者等と同様、戦後間もなく公職追放されたのだが、吉河光貞は追放を免れたらしい。破防法当時は私の学生時代だから、吉河光貞という名がしばしば新聞紙上等に登場したことを思いだす。私はこの名を目にするときいつも嫌悪感をいだいた。彼が学生時代に左翼運動に参加した転向者であったことは、『朝日人物事典』を参照するまで私は知らなかった。転向者がかえって体制の忠実な奴婢となる例が多いが、吉河もその一人だったにちがいない。

高田正は尾崎、ゾルゲ両名に死刑を言渡した一審の裁判長である。尾崎と旧制一高同年の卒業だが同級ではない。尾崎は牛場友彦らと共に文科乙類であり、高田は文科甲類であった。この年の文科甲類の卒業生には、志賀義雄、山際正道、吉野源三郎らがいた。

*

私は尾崎・ゾルゲ事件についてあらためて研究しようと思っているわけではない。亡父が尾崎秀実こそが自分が最も偉いと思った日本人だと語った、その真意をさぐりたいと思っている。また、生駒が回想しているとおり、予審調書は必ず首尾の整ったものとしてまとめられているので、巷間伝えられている情報に比し、そう目新しい事実を含んでいるようにもみえない。私が関心をもっているのは尾崎秀実という人物である。第二十六回の予審調書で尾崎の調書は終っているが、その最後に、次の問答がある。


「問　被告人は検事に対し我国体に対する考へ方に付斯様に述べて居るが、之迄被告人が述べた諜報活動を為した当時も我国体に対し其の様な考へ方を致して居たのか。

此の時被疑者尾崎秀実に対する第二十七回訊問調書中一問答を読聞《よみき》けたり。

答　左様其の通りであります」。

このさい読み聞かされた第二十七回検事調書の一問答とは、「被疑者の我国体に対する考へ方に付き述べよ」との検事の質問に対する尾崎の回答を指す。この回答はきわめて長文なので、左にその要旨を抄出してみる。

「現在の我国体の本質を我々の立場から見て如何に考へるかといふことは、相当難かしい問題であると考へます。日本が資本主義的に高度な段階所謂帝国主義の段階に達した国家たることは問題のない処でありますが、日本の国家体制は多分に日本的特殊性を含んで居ると見られます」「資本家地主階級に依る日本の現実の政治的支配体制はコミンテルン的には「天皇制」の名に依つて呼ばれて居ります」「日本の政治支配体制といふ意味からすれば、勿論「天皇制」は我々と相容れるべきものではなく、之が打倒を目標としなければならないのであります。但し私一個の私見を申しますならば、現在の日本の政治体制の本質を規定する言葉として「天皇制」なる言葉が正しいかどうかに就ては疑を持つて居ります」「現段階に於ける日本の政治的支配体制の上で「天皇」の憲法上に於ける地位の持つ意義は、実は擬制的なものに過ぎなくなりつつあるやうに見受けられるのであります」「私一個人としては別に皇室とは何等の関係もなく、恩もなく、又恨もありません。之は少くとも「天皇」を宗教的に信奉する可なりの日本人以外の普通の日本人の感じ方であらうと思ひます。革命的スローガンとしては民衆の直接の熱情に働き掛け得らるる如きものでなくてはならないのでありますから、其の意味では「天皇」を直接打倒の対象とすることは適当でないと思はれます」「私達は世界主義者であつて、言はば理想的な世界大同を目指すものでありまして、国家的対立を解消して世界的共産主義社会の実現を目指してゐるのであります。従つて我々がソ聯を尊重するのは以上の如き世界革命実現の現実過程に於て、ソ聯の占めてゐる地位を意義あるものとし、前進の一里塚として少くとも此の陣地を死守しようと考へて居るに過ぎないのであります。何も世界をソ聯の為に献上しようと考へて居るのでないことは特に言ふ迄もない処と思ひます」「世界的共産主義大同社会が出来た時に於ては、国家及民族は一つの地域的或は政治的結合の一単位として存続することとなるのでありませう。斯くの如く私は将来の国家を考へて居るのであります。此の場合所謂「天皇制」が制度として否定され解体されることは当然であります。併し乍ら日本民族の内の最も古き家としての「天皇家」が何等かの形を以て残ることをも否定するものではありません」

ソ連及び東欧社会主義圏の崩壊後の今日、こうした理想主義の行方を見届けた私たちがどのような感想をもつかは人それぞれ異なるであろう。しかし、私は、くりかえし記したとおり、尾崎・ゾルゲ事件の今なお解明されていないかにみえる謎に迫るつもりはないし、まして当時のスターリン主義や社会主義ないしコミュニズム一般についてここで考えるつもりはない。私の関心は尾崎秀実という人間像にある。

私はこの回答中、尾崎が天皇制は当面打倒すべき目標ではない、といって天皇制と折れ合いをつけていることに注目する。これがどこまで尾崎の真意に出たものであったか。最近、いいだもから示された渡部富哉編著『国際共産党諜報団（ゾルゲ）事件の検挙』と題する冊子に、当時の特高一課第二係長警部宮下弘の全国特高警察官のブロック研究会に於ける体験発表が摘録されている。これによると、昭和十六年十月十四日、尾崎は逮捕されたが、「尾崎を検挙すると直ちに宮下係長以下首脳部がこの取り調べにあたった。遮二無二その日の内に自白させねばならぬという意気込みで実に峻厳な取り調べを行った」「全くロシアのスパイ尾崎と言う風に脅しつけ、名士尾崎を壇から引き下ろし、国賊尾崎として取り扱ひ、全く彼を猫か犬のように扱って、彼の自尊心を全く無くさせて終った。さうすると全く彼は猫か犬のやうに卑屈になった」と宮下は報告している。峻厳な取り調べとはすさまじい拷問をいうにちがいない。また、猫か犬のように扱って尾崎の自尊心を挫いた、ということも効果的だっただろう。その反面、ロシアのスパイとか国賊とかいう罵詈雑言にどれほど尾崎がたじろいだかは疑わしい。引用した検事調書にみられるとおり、尾崎の理想主義はロシアのスパイとか国賊とかいわれるよりもはるかに高邁だったし、そうした信念がたやすく揺らいだとは、私には信じがたい。

ゴードン・W・プランゲ『ゾルゲ・東京を狙え』中、「予審の事情聴取の時に、尾崎は意気高く、判事の質問に対して、明快そして雄弁に答弁し、その陳述が長く散漫になっていた」として、「『中村光三予審判事の陳述書』一九四九年四月」と出典を示している。昭和二十四（一九四九）年、亡父は占領軍G2のウィロビイ少将の訊問をうけていた。ウィロビイ報告は『赤色スパイ団の全貌　ゾルゲ事件』として昭和二十八（一九五三）年東西南北社から翻訳刊行されているが、私は未見である。しかし、時期からみて、亡父がウィロビイに陳述したことに間違いあるまい。

余談だが、はじめて占領軍から呼びだしをうけたときは、亡父は思想弾圧に加担した責任を問われるのではないかと危惧していた。レーションといわれる一週間分の米軍兵士の食料雑貨のパックを土産に貰って帰宅したときは、すっかり安堵していた。チョコレート、煙草、石鹸などがぎっしりつまったパックは、戦後あらゆる物資が窮乏していた私たちには玉手箱であった。父が断続的に何回か呼びだされ、訊問をうけたように記憶している。この取調が当時の占領軍内のG2対G5の対立の余波であることは知る由もなかった。

尾崎は明快、雄弁であったにちがいないが、その陳述が「散漫」であったかについては疑いなしとしない。亡父が占領軍に迎合して尾崎を貶しめたのかもしれないし、通訳が不正確であったのかもしれない。予審調書は前述したかたちで作成されるのだから、口述は亡父の言葉であり、尾崎自身の発言を亡父が言いかえているから、彼の肉声を伝えているわけではない。それにしても、二十七回に及ぶ予審調書を通読してみて、私は亡父がコミンテルンをはじめ、国際情勢、国内の政局等について相当に正確に理解していたことを知り、わが肉親とはいえ、敬意を禁じえない。わが家にも高畠素之訳の『マルクス・エンゲルス全集』があったから、まるでマルクス主義に無智だったわけではないだろうが、吉河光貞らと異なり、変則的な教育しかうけていなかった亡父としては、尾崎・ゾルゲ事件の取調にあたっては必要な知識を吸収するため言語に絶するような孜々たる努力をしたにちがいない。逆に、尾崎の明快な雄弁、高邁な理想主義にかなりに魅了されたのではないか。そして、そうした会話は、「散漫」という雑談中で多く交されたのではないか、と想像する。

＊

「一九四三年（昭和十八年）九月十一日、検事側が尾崎に死刑を求刑すると、尾崎は心底から驚愕した。彼は彼自身の説得力に自信を持ち、その書いた転向書は検事側の訴追の一部を覆し得るものと、望みをかけていた」。

「それだけに、高田裁判長が九月二十九日の午前、尾崎に死刑を宣告すると、尾崎は愕然となった」。

『ゾルゲ・日本を狙え』は右のように記している。右にみられるように、尾崎は第一審判決前、転向書といわれている上申書を昭和十八年六月八日付で提出し、上告中の昭和十九年三月八日、大審院に対し第二回目の上申書を提出している。

この二つの上申書にみられる「転向」が死刑を免れようとしたための偽装転向なのか、尾崎が真実思想的に転向したのか、議論があるようである。私は偽装転向説に与《くみ》しているが、これらの上申書を知らない読者のために、どのような記述があるかを紹介しておく必要があるであろう。

尾崎秀実の「転向」は第一の上申書中、次の如き記述から窺うことができる。

「日本国民の異常なる結合力及び大東亜戦争目標の絶対的な正しさ、といふものは実に日本民族、日本国家そのものの存在に密接不離に内在してゐるといふ事実を改めて認識せざるを得ないのであります。（中略）何千年何万年の長い間我々の祖先が生れかつ死んで来た、この美しい国土、そこに連綿として万世一系統治し給ふ天皇の在しますこと、この意識に基づいて日本国民は、天皇の御命令一下今や最後の勝利の日までこの国土防衛の聖戦を戦ひ抜くことに生き甲斐を感じてゐるのであります。それは何程とも測り難い大きな団結力を生んでゐるのであります」。

「平時にあつては天皇陛下を尊び、親兄弟相睦み、隣人相親しみ、節倹にして清潔を愛し、または日常生活に於て美を愛するといふが如きものであり、一旦有事の日、現在の如き場合に際会しては、一切を抛つて国民一致協力して天皇陛下の御前に参ずる精神であります。これこそは日本文化の精髄であつて、これあるが故に一方に於ては古来よりのすぐれた文化的、芸術的所産をも残し得たのであり、また現に高度の物質的、科学的諸力をも駆使して戦争文化をも発顕し得てゐるのであります。要するに日本文化の特質は全く日本の国土に生れ、実にその歴史とともに成長したわが国体そのものと密接不離のものなのであります」。

「第二次世界戦争は、愈々民族主義、国家主義の根本的重要性を明らかにしました。これは実に現下世界の基本的体制たることを示してをります。要するに人類の生死、興亡を賭する最も重要なる戦争の組織は国家主義形態以外に存在し得ないことを明らかにしたのであります。（下略）

マルクス主義的国家主義はこの民族主義、国家主義の現実情勢について単に予想に於て誤つたとか、或いは途中の経過を抽象して理論的な結論を急ぎ過ぎたとかいふのではないのであつて、全く理論的な誤謬を犯したものであつたと私は今日信ずるに至りました」。

「国体の本義をほゞ覚り得た今日、私にとつては最早戦局の前途の如きに対しては殆んど何らの危惧を感じて居りません。古くは敗戦感に圧され、その以後も長く懐疑の念を去り得ませんでしたが今や勝利に対する不動の信念を持ち得るにいたりました」。

第二回の上申書は、「一、重ねて上申書を呈上するに当りて」「二、我が家、我が郷」「三、我が国土・我が国体の荘厳を仰ぐ」「四、死に直面して」「五、悠久の大義に生きん」「六、戦局の前途を想ふ」の六章に分かれているが、第一から第五までに、「私は一度自ら罪の深さに目覚めて以来、順逆の道に愆り戻つた自己の過去を思つて身の置き処なき程の苦悶を覚え、限り無き焦燥を感じました」、「我が国民は昭和十六年十二月八日、極めて力強い大詔を奉載したのでありました。併しながらこの御詔勅を拝誦する者は、これを以てただ勇ましい進軍譜であると思ひなすことは未だ　今上陛下の大御心を充分に拝察せざる輩であると断言するに躊躇しません。私にはあくまでも世界平和を維持せんと御努めになつたにかかはらず、遂に英米の暴戻によつて剣を執らざるを得なかつたことを遺憾となされる痛切な御心を畏れながら読み取り得るやうに思へるのであります」、といった卑屈とさえ思われる言辞で終始している。これらからみれば、二回の上申書が死刑を免れようとするための偽装転向の書ではなく、尾崎の本心から出た悔悟の書とみることができそうに思われる。

ところが、第一回の上申書にもすでに瞥見されることだが、第二回上申書の第六章で、戦局の前途を省察するに至って、上申書は俄然、生彩を放っているかにみえる。ここで尾崎は、西南太平洋方面に於ける戦闘は一段と苛酷の度を加え、マーシャル群島の一角に敵軍が上陸進攻し来ったことを聞き、「眼前に迫り来る国家の逼迫せる危機を思つてはただ黙し得ざるものがあるのを覚え、戦局の前途に考慮を馳せざるを得ないのであります」と書きおこしている。

尾崎は、「日本が戦ひつつあるのは、日米戦争或は地域的に太平洋戦争、大東亜戦争といふが如き性質のものではなく、実に世界戦争であるといふ事実をはつきり認識すべきで」あるといい、日本の地位が絶対優位にありとは言い難いとして、第一に、地理的には日本と独伊との間が中断されていることをあげ、「第二に、長期戦態勢となつた場合、決定的、支配的な力を振ひ来るものは対抗する陣営の持つ本来の生産力」であるといい、生産力とは軍事的生産力よりも経済力を重視しなければならない、と説く。彼はさらに航空機の生産力の差がガダルカナル以降の後退の原因であると記し、「恐らくはドイツが本年度内に戦線から脱落するであらう」と予言し、日本の対中国政策の誤りを指摘し、欧州の戦後処置として、「英国（並に之をバックにした米国）とソ聯との間に猛烈な指導権争ひが行はれることは正に必至で」ある、という。そして、筆を進めて、日本の最後の敵は結局アメリカであるとし「日本の今次戦争解決の具体的方策は、アメリカを打倒することではなくしてアメリカと戦ひつつ、これを相手方として適当な時期と方式とを摑んで妥協することにあると思ふのです」と書いている。

私がこれら二回の上申書を偽装転向の書と思う所以は、ナチス・ドイツの敗北、戦後の英米・ソ対立の冷戦に至る予言の的確さにもとづく。しかも、アメリカとの妥協による終戦方策の提言こそが尾崎の真意であり、第二回上申書の第一章から第五章はその序言にすぎないと考えるからである。同時に、私はこれらの上申書に表現されている尾崎の憂国の信念には、彼の真情が吐露されているかにみえる。

第一回の上申書で尾崎は、「要するに一方では国際主義者でありながら、他方では止み難く日本の現実政治に関心をひかれて行った」と述べ、「近年私は一方国際主義者たるとともに、日本民族主義者——我々に日本国家主義者といふことが許され難いとすれば——に成り了せてゐたのであります。私に於てはこの両者は矛盾しないと考へられました」とも記している。

おそらく木下順二の『オットーと呼ばれる日本人』はこうした文脈で尾崎秀実の人間像を描いたものと解して誤りあるまい。しかし、亡父が尾崎を取調べたのは昭和十七年六月から十二月の間であり、昭和十八年六月八日付の第一回上申書、昭和十九年三月八日付の第二回上申書以前だから、これらの上申書から窺われる国際主義者でありながら、なお、民族主義者ないし愛国主義者であることが矛盾しない人格としての尾崎に感銘をうけたとは思われない。むしろ、国内国外の社会政治情勢に関する彼の該博な知識とこれにもとづくドイツ敗戦必至といった見通しを含む判断を、取調中の雑談中で尾崎から亡父は聞かされる機会が多かったのではないか。こうした知識、判断力をもつ日本人を亡父は尾崎にはじめて見たのではないか。裁判官という職業上の制約等から亡父の交際はかなり限られていたから、尾崎の該博な知識、的確な判断力に亡父が驚異を覚えたとしてもふしぎでない。さらに、尾崎のその信じる思想に対する誠実さも亡父に感銘を与えたのではあるまいか。

尾崎は日本の敗戦が必至であると考えていた。敗戦後はいうまでもなく、戦争末期に予想される日ソ交渉においても自分の出番がありうるものと多少は楽観的に考え、そのためには急いで自分を死刑に処すべきではないという説得のために、転向を偽装したのではないか、と私は考えている。

＊

亡父は外国人とまったく交際がなかった。外国人中最も偉いと思ったのはリヒアルト・ゾルゲと亡父は語っていたが、比較すべき外国人を知らないではないか、と私は多年考えていた。しかし、『現代史資料』に収められた二つのゾルゲの手記を読んで、私は亡父がゾルゲに感銘をうけたのも当然ではないか、と考えを改めるに至った。

すでに記したとおり亡父の作成名義の予審訊問調書、予審終結決定は処罰する側の立論をくみ立てるのに必要な情報だけを記述したものだから、あまり興趣ふかいものではない。ゾルゲの手記にはもっと彼の肉声が表現されている。ただ、二つある手記の第一は「司法警察官の聴取書を要約して、手記の名において記録にとどめた」ものであり、手記の二はゾルゲ自身がタイプで打ったドイツ語原稿の翻訳である。これは昭和十六年十月から十一月にかけて吉河光貞検事の取調にさいし、作成された。それ故、尾崎秀実の上申書とはまったく性質を異にする。

ゾルゲは「日本における私の調査」という項目の「緒言」で次のようにいう。

「日本におけるわれわれの諜報活動を首尾よく達成しようと思えば、われわれの使命に少しでも関係のある問題についてはすべて深い理解をもつ必要がある、というのが私の信念であった。言い換えるなら、単に指令を受取って、これを仲間の者に伝え、そしてモスクワ当局に報告を送るといった技術面および組織面の仕事だけに没頭すべきものではない、というのが私の考えであった。外国で活動する諜報グループの長として、私は自分の責任についてそのような安易な考え方をすることはできなかった。私は平素から、こうした地位にある者は単に情報を集めるだけで満足すべきものでなく、自分の仕事に関係のある問題についてはすべて徹底した理解をもつように努めるべきだ、と思っていた。情報の蒐集もそれ自体大切な事には相違ないが、情報を吟味し、政治を全体的に把えてこれを評価する能力こそは最も大切だ、と私は信じていた」。

ゾルゲ諜報団の活動は、じっさい、ル・カレやフリーマントルのスパイ小説にみられるような冒険やスリルに富んだものではない。ゾルゲが尾崎をつうじ、ことに近衛側近の人々から高度の秘密情報を得たことは事実だが、ゾルゲの本領は蒐集した情報を分析し、評価し、判断することにあった。そして、事実こうした判断の結果をソ連邦当局に提供したのであった。

その役割に対する責任感のつよさも目にとまるところだが、「自分の仕事に関係のある問題についてはすべて徹底した理解をもつように努めるべきだ」という考えにもとづいて、彼は八百冊から千冊の蔵書をもっていたが、その大部分は日本に関するものであった。八百冊から千冊の日本関係の蔵書について、ゾルゲは次のとおり上記の第二の手記中で述べている。

「これだけの蔵書にするには、私は日本語で書かれた本の外国語版で手に入るかぎりのもの全部、日本に関する外国人の著書のうちで最良のもの、基礎的な日本の作品の翻訳で最良のものなどを集めた。たとえば、日本書紀の英訳本（これは蒐集家の間でも珍重されている本である）、古事記の英訳本、万葉集のドイツ語訳、平家物語の英訳、世界的に輝しい文学上の傑作である源氏物語の翻訳などがあった」。

このように日本の古代史、古代の政治経済の歴史等の研究を出発点として、「研究に乗りだしてみると、現代日本の経済や政治の問題を把握することは訳もない事であった」といい、次のように続けている。

「私は農地問題を詳しく研究し、次いで小工業、大工業、そして最後に重工業へと移っていった。（中略）私はできるだけ純粋に日本の資料を使うこととし、経済雑誌や政府官庁の発表などを用いた。日本における穀物の不足や一九三六年の二・二六事件、それに議会派と極右派の間の幾多の内政上の紛争は、私にすばらしい研究材料を提供してくれた」。

以下は省略するけれども、日本の政治、経済、文化の全般に関するゾルゲの知識、教養はおそらく日本の知識人の通常の水準をはるかに超えていたにちがいない。確実に亡父の知識、教養のはるか上を行くものであった。そういうゾルゲに亡父が畏敬の念を抱いたとしてもふしぎはない。

ゾルゲは第一次大戦中の体験にふれて、次のような関心をもったと記している。

「どうしたら、ヨーロッパにおける自己破壊と、果てしない戦争の繰返しの原因を取除くことができるか、というのが遙かに大きな問題であった。われわれには、現在の戦争を終らすことよりも、この問題の方がずっと根本的な問題のように思えた。(中略)われわれにとって大切なのは広い範囲にわたっての解決であり、国際的規模に立った永久的解決であるが、その達成方法についてはまだ何も分っていなかった」。

ついでマルクス主義への接近についてはこう記している。

「この時——すなわち、一九一七年の夏から冬にかけて——私は大戦が無意味であり、ただ徒らにすべてを荒廃に帰せしめるものであることを痛感するに至った。すでに幾百万の者が両方の側で死んでいる。そして、今後更に果して幾百万の者が同じ運命をたどるかは誰にも予想がつかなかった。(中略)私は、強固不滅の政治機構をもつと称せられていたドイツ帝国の没落を見た。(中略)唯一の新鮮にして効果的なイデオロギーは、ただ革命労働運動のみによって支持され、その擁護のための戦いが展開されていた。この最も難しく、果敢で高貴なイデオロギーは、国内革命という手段によって、この現在の戦争ならびに将来の戦争の経済的および政治的原因を取り除こうと努めていた。

私はベルリン大学でこの思想を詳しく研究し、特にその理論的基礎に力を入れた。私はギリシャ哲学や、マルクス主義に影響を与えたヘーゲルの哲学を読んだ。私はエンゲルス、次いでマルクスの敵——彼らの理論的、哲学的、経済的教養に対して挑戦した人々——を研究し、ドイツその他世界各国における労働運動史の研究に没頭した」。

こうしてロシア革命の勃発を見たゾルゲは、「理論的および思想的に運動を支持するのではなく、みずから現実にその一部となることを決心」するに至るのだが、世界から永久に戦争をなくし、戦争の原因となるものを取り除くため、「最も難しく、果敢で高貴な」イデオロギーの戦士となろうという、彼の精神の高邁さは私たちの胸をうつところであり、おそらく亡父の心をも揺さぶったであろう。また、こうした決意に至る人道主義的心情、学究的態度も、私たちにリヒアルト・ゾルゲという非凡な個性を示すであろう。

私はいま亡父がゾルゲに感銘をうけた所以はほぼそのあたりにあったのではないかと納得している。

＊

いったいゾルゲ、尾崎に死刑が宣告されたのは、治安維持法違反、国防保安法違反、軍機保護法違反等によるものであり、とりわけ国防保安法違反であったといわれている。この国防保安法は昭和十六年五月に施行された法律であり、その施行は彼らが逮捕される数カ月前にすぎない。それ故、彼らに対する法律の適用についても問題があるようだが、さしあたり、私には法的問題を検討する関心はない。亡父の感想を端緒として、尾崎秀実、リヒアルト・ゾルゲという二人の人物について若干の考察を試みたにすぎない。

その結果、私は二人ともそれぞれに卓越した人物であることを知ったように思う。二人ともに、マルクス主義者である以前に、理想主義者であり、人道主義者であった。彼らはその高邁な思想に殉じた。思想をもつことは人間の特権であり、思想に殉じることができるのは人間の高貴さのあらわれである。だが、ソ連をはじめとする社会主義諸国が崩壊し、彼らがその生命を賭けて守ろうとしたスターリン政権下のソ連邦の実状を知った今日、彼らの死がいかなる意味をもつかと思えば、ひたすら空しく暗澹たる感がつよい。

だが、人類の歴史をふりかえれば、思想に殉じた、高貴な精神の持主たちの死屍が累々とつみかさねられていることを、私たちは知っている。思想に殉じないまでも、思想に翻弄された夥しい人々の悲運に人類の歴史がいろどられていることを、私たちは知っている。そうした人々がいなければ人類の歴史はずいぶんと寂しく色褪せた容貌を呈するであろう。とはいえ、私自身は到底自己を賭けるような思想をもちあわせていない。しかもいまなお、さまざまな思想やイデオロギーが人類を支配し、翻弄していることを思うとき、思想とは私たちにとって何なのかという問いを前に、ただただじろぐばかりである。亡父がこれといった思想をもっていたとは思われない。しかし、尾崎、ゾルゲを眼のあたりにして、自分が節を屈して生きている、と感じたのではないか。津田左右吉事件当時からの「苛斂誅求の巻」と名づけたノートに、彼らの高潔さについて書きとどめたのではないか、と私は想像しているが、ノートが失われた現在、確かめるすべはない。

＊

付け加えておけば、尾崎・ゾルゲ事件の予審終結決定を書き上げて間もない昭和十八年春、亡父は現在の東京高等裁判所の前身である東京控訴院の部長判事に昇進していた。部長判事はいまは部総括判事といわれている。現在の東京高裁には民事事件担当部が二十四部、刑事事件担当部が十二部、計三十六部あるが、当時の東京控訴院には民事刑事あわせて十二部しかなかった。各部には最低三名の判事が所属し、三名で構成される合議体の裁判長をつとめるのが、かつての部長判事、現在の部総括判事である。亡父は東京地裁の公判部の部長判事を経験することなしに、東京控訴院の部長判事に任命された。これは裁判所の人事としては異例の栄転であった。しかも、亡父のような私学出身者が東京控訴院の部長判事に任命された前例はなかったそうである。亡父は破格の処遇をうけたわけだが、この処遇について私は亡父から格別の感想を聞いた記憶はない。

16

昭和十七（一九四二）年四月、私が五中からの下校途中、頭上低く二、三機の真黒な巨大な飛行機が本郷方面から飛来し、そのまま板橋の方角へ消えていった。通行人の誰かが敵機だと叫んだ。見馴れた日本の軍用機ではなかった。後に聞いたところでは、これがドゥリットル隊の東京空襲であった。怪鳥が天翔ける感があった。帰宅して私はすぐその見聞を父に話した。父は、そんなことは喋ってはいけない、と私に命じた。本当のことなのだ、と私がいうと、たとい本当であっても流言蜚語として処罰されるのだ、と父は真顔で注意した。真実を語ることが処罰の対象となることを知ったのは、私にとって驚異以上の恐怖であった。

*

その当時わが家には水道がなかった。母家《おもや》とは別棟に、風呂場、炊事場があり、炊事場の先に庇《ひさし》をさしかけた三和土《たたき》があり、井戸と竈《かまど》があった。燃料は石炭と薪であった。風呂を沸かすのは石炭だったが、炊事は薪であった。薪は、買うこともあったが、主として父の実家から届いた間伐材等であった。風呂場等が別棟になっていたのは、薪の煙が母家に入りこむのを嫌ったためでもあり、火の用心のためでもあったにちがいない。風呂桶に水を張るにはバケツで二十杯か三十杯、井戸から風呂場まで十メートルほどの距離を運ばなければならなかった。これは兄か私が受けもたされた仕事であった。あまりに不便だということになり、やがて井戸から風呂場まで樋をかけた。途中で水漏れもあったらしく能率が悪かった。風呂に水を張るには二、三十分間、手押しポンプの把手を上下しなければならなかった。私はいつも岩波文庫を読みながら機械的に把手を上下した。ヘルマン・ヘッセの『車輪の下』を読んだのもそんな機会であった。同じヘッセの『ペーター・カーメンチント』や、ゴットフリート・ケラーの『緑のハインリッヒ』、トマス・マンの『トニオ・クレーゲル』を読んだのもこのころであった。受験期、思春期にさしかかっていた私は、これらの小説を身につまされるような思いで、読み耽った。

教えられたところによれば、昭和十二年には県南水道組合が大宮、浦和等に給水事業をはじめている。そう教えられて思いだしたことだが、当時祖父は、水などを買う馬鹿があるか、といっていた。わが家の井戸はいわゆる深井戸で水質が良かった。それにしても、日本人は、安全と水はただだと思っている、といわれるが、わが家は家風として倹《つま》しかったのであろう。

薪割りは兄が得意とするところだったが、炊飯は私が得意であった。戦局が厳しくなるにしたがい、石炭が入手しにくくなった。薪が不足したころ、私はしばしば庭の枯枝、枯葉を拾い集めて竈で飯を炊いた。炊飯は火加減の調節が難しいから、枯枝、枯葉の類で上手に炊くのにはかなりの熟練を必要とした。

やはり教えられたところによれば、昭和五年には大宮瓦斯会社が大宮町に都市ガスの供給をはじめていたという。ひょっとして、わが家にも調理用のガス焜炉があったのではないか、とも思われる。しかし、都市ガスで風呂を沸かすとか炊飯するということが、当時の大宮に普及していたとは信じがたい。燃料は主として石炭と薪であり、冬になって暖をとるのは木炭であった。都市ガスが用いられていたとしても、ごく補助的な役割しか果たしていなかったはずである。

私の中学卒業のころまでは、おせきさんというねえやがいたが、祖父母、父母、兄、私、私より五歳年少の弟、生まれたばかりの妹という大家族だったから、母とねえやではとても家事をこなしきれなかった。東京高校高等科に進んだ兄は野球部の投手として野球にうちこんでいたから、毎日帰宅が遅く、私が家事のいくらかの手伝いのため当てにされることはしごく当然であった。じっさい戦後になって電気炊飯器、電気洗濯機、ナイロンをはじめとする合成繊維が普及するまで、家庭の主婦は多忙であった。母は毎晩靴下など衣類のつくろいに追われていた。いまからふりかえってみると、当時の家事はひどく手間ひまのかかる労働であった。戦後社会における女性の地位の変化は、たんに憲法をはじめとする法律的措置やウーマン・リブといわれた運動等の成果とだけみるべきものではない。いまだに女性の社会的進出は充分とはいえないが、たとえば冷凍食品等を利用することなしに、女性が職業に精力を注ぐことは不可能である。そのもたらす家庭崩壊といわれる現象は、それはそれとして別の問題であろう。

緒戦の華々しい戦果は長続きしなかった。昭和十七年六月のミッドウェイ海戦、八月のソロモン海戦は、公式発表にかかわらず、日本海軍がかなり致命的な打撃をうけたというのが真相だと囁かれていた。ガダルカナル島からの撤退を、陸軍は「転進」と称していたが、敗退であることは誰にもはっきりしていた。

＊

その当時、徳川夢声の吉川英治『宮本武蔵』の朗読がＪＯＡＫと称していたＮＨＫで放送され、人気を博していた。原作は昭和十年から十四年の間、新聞に連載されていたので、私も拾い読みしていたが、さほど興味を覚えなかった。むしろ道徳訓めいたものがちりばめられているのに鼻白むことが多かった。この小説に関心をもったのは、むしろ夢声の朗読を聴いたからであり、この小説について考えるようになったのは敗戦後である。私はいま『宮本武蔵』を日本における教養小説、ドイツでいうビルドゥングス・ロマンの典型と考えている。若者がさまざまな苦難や異性との恋愛の煩悶などの体験をつうじ、その人格を陶冶し形成していく小説だからこそ、多くの読者に迎えられたのだ、と私はいま考えている。克己心に富み戦闘技にすぐれ、剣禅一如、死生を超えた境地に到達する人格として宮本武蔵は当時の日本人にとってのある理想像であった。もっと文学的香気の高い作品として、山本有三『路傍の石』、下村湖人『次郎物語』なども思いうかぶ。これらは少年期までしか描いていないが、やはり日本的な教養小説であり、こうした教養小説ないし人格形成小説は、わが国の文学の主流をなしていた私小説の伝統からみて傍流にあった。しかしわが国の読者はこうした小説を渇望していた。これらはその渇望にこたえる作品であった。

徳川夢声の朗読による『宮本武蔵』とならんで当時の日本人の心をとらえたのが広沢虎造の森の石松であった。馬鹿正直で、喧嘩に強く、親分に命じられるままに死路に赴く、森の石松の運命に、しだいに絶望感、敗北感をふかくしていた日本人の情感は、意識的にせよ、無意識にせよ、共感したのではないか。広沢虎造のどこか投げ捨てるかにみえるような節廻しは、森の石松の悲劇的な運命を語るにふさわしいものであった。宮本武蔵が肯定的な意味で当時の日本人の理想像としてうけいれられたとすれば、森の石松はその反対の極にあって、運命に翻弄されて、ぬきさしならず死地に向かっている日本人の宿命の一典型として、ひろく迎えられたのではなかろうか。

余談だが、金比羅代参の帰途、石松が大阪から淀へ上る三十石船の船中、「江戸っ子だってねえ、すしくいねえ」という場面がある。このすしは江戸前のこはだか穴子のすしであろうと私は多年信じていたのだが、じつは大阪の押しずしである。大阪で江戸前の握りずしが供されないことは当然といえば当然だが、江戸っ子が大阪の押しずしを勧められても、そううれしいことではあるまい。考えてみれば遠州森の石松が江戸前の握りずしを知っていたかどうかも疑わしい。虎造の森の石松の物語の本質は、そんな瑣末のレアリティとは関係ない。ただ、今日でも『宮本武蔵』が読みつがれ、森の石松が一定の年齢層以上の人たちにとっての郷愁、懐古的な存在でしかありえないことから考えてみると、宮本武蔵という人間像には良かれ悪しかれ、日本人にとっての超時代的な理想像が映されており、森の石松に、浪曲という演芸が現在ほとんど見捨てられた感があるという事情も関係するかもしれないが、それ以上に、あの時代だったからこそ石松に日本人が共感したのだと思われる。そう思ってみると、いっそう森の石松が憐れである。ちなみに夢声の『宮本武蔵』の朗読の放送は、昭和十八年にはじまり、昭和二十年一月に終っている。これ以前にもこの小説の朗読は放送されたことがあり、戦後も放送されたことがあるようだが、私が回想しているのは、この戦争末期の放送である。

*

戦局が苛烈になるにしたがい、私たちも勤労動員されるようになった。ただ、旧友に聞いてみても勤労動員の記憶は必ずしも同じではない。私は板橋の陸軍被服補給廠に合計でも数週間しか行っていない。補給廠の労働がつらかったという記憶もない。これは私が怠けられるだけ怠けていたためかもしれない。中川一朗、河村貢、中島啓爾ら同級生は川口の鋳物工場に動員されたそうである。そこで彼らは鋳鉄の粉塵を浴びて肺を冒された。そのころは肺尖カタルといった病名でよばれていたが、結核の初期感染であった。中川も河村も結核予防会に気胸に通うこととなった。そのため中川は四年修了時に一高の一次試験に合格しながら、二次の健康診断で不合格とされ、生涯病気がちで過ごすこととなった。河村も成蹊高校の二次の健康診断で不合格となった。

中島は成蹊高校に入学したものの、その後数年で夭逝した。抗生物質が発明される以前、結核と宣告されることはほとんど死を宣告されるにひとしかった。ただ、結核の療養体験をもつ友人たちについては、むしろ戦後の回想で多くを記すことになるだろう。

軍事色といえば、富士の裾野に何回か野営にいった。このごろでもドライブの途次、滝ヶ原とか板妻とかいう地名を目にすることがあり、いまではアメリカ軍や自衛隊の演習地になっているようだが、私には野営の記憶も懐しく、いささか甘美である。私は中学入学以来卒業まで終始教練は六点であった。かろうじて合格点をもらっていたのである。ついでながら、体操も武道も終始六点であった。入学当初こそ真面目に努力していたのだが、私の努力がまったく認めてもらえないことを知るようになって、そんな努力は放棄していた。そのころ中学生には体力章検定を受けるよう義務が課された。私は中級であった。だから私の運動能力、身体的能力は必ずしも平均以下だったわけではない。ただ集団行動になると、うまくそのリズムに乗れなかった。加えて私は『開拓』に詩などを発表していたので文弱だとみられていたし、不良少年という折紙付きの高原紀一、出英利らの仲間であった。六点でも合格できさえすれば私は満足していたし、教官の意に沿うよう苦労するつもりもなかった。そのためか、野営でもつらい思いをした憶えがない。むしろ夜になって、仲間たちとラムネを飲んで馬鹿話をするのがたのしみであった。それに、たぶん他の級の生徒もまじっていたはずだが、高野隆がリーダー格で「ウィーンの森の物語」、「流浪の民」といった楽曲の合唱を聴き、その三部合唱のハーモニーの美しさに魅了された。月が皓々と合唱団を照らしていた情景がいまだに眼に灼きついている。とはいえ、私自身合唱に加わりたいと思ったことはないし、その素養がないことももとより自覚していた。かなりの羨望を覚えただけのことである。

*

そのころ私は映画に夢中になっていた。私だけでなく、私の周囲の友人たちはみな映画に憑かれていた。『キネマ旬報』のベストテンに選ばれたような映画は、監督はもちろん、主な俳優に至るまでほとんどそらんじていた。そして、仲間たちと知識を競い合った。神田のシネマ・パレスや南明座、かつての後楽園球場の観客席の下にあった後楽園シネマなどで、名画といわれるような映画が上映されると聞くと、すぐ見にいった。上条孝美の家の近くの春木町に本郷座があった。ディック・ミネが三根耕一と改名させられていた。

「不肖三根耕一、当館のお目見得はじめてでございます」

と前口上して、

雨が降ってた　しとしとと

或る日の午后の　ことだった

という「或る雨の午後」とか

涙ぐんでる　上海の
夢の四馬路《スマロ》の　街の灯

という「上海ブルース」などを歌った。そのころは、劇映画一本、その前に「或日の干潟」といったドキュメンタリー文化映画を上映し、さらにその前座として歌手のアトラクションがあるのが普通だった。私がことに好きだった歌手は灰田勝彦であった。

友と語らん　鈴懸の径
通いなれたる　学校《まなびや》の街

とはじまる「鈴懸の径」とか

男純情の　愛の星の色

とはじまる「燦めく星座」などが私の愛誦歌であった。ハワイアン・ギター伴奏をともなった灰田勝彦の歌にはどこか退廃的な哀感があった。このような曲に退廃的な哀感を覚えたのは、逆に戦争下の言論思想統制下における緊張感、時代風潮に対する反撥に原因があるかもしれない。この種の曲は平和時であれば、何ということもない感傷的な曲としか私たちの耳に響かないのではなかろうか。

ただ、昭和十七、十八年ころでも軍国歌謡一色に塗り潰されていたわけではなかった。

徐州徐州と人馬は進む
徐州いよいか住みよいか

などのような軍国歌謡も日常的に耳にしていたが、この歌などもその暗く寂しいメロディが私の心をとらえたのであった。

だが、私が映画の見方について眼を開かれたのは、伊丹万作のシナリオ時評であり、『静臥雑記』などと題された随筆であった。当時『日本映画』という雑誌があった。同誌の昭和十七年六月号から九月号に伊丹万作は「洛北通信」という随筆を寄稿しているが、次のような一節がある。

「質問といふものは、其の本来の性質から言つて表現とは無関係のやうに見えるが、しかし、事実は全く反対で、質問が其の人間の内容を表現することは恐ろしい位である。

我々はケンペルによつて記録された徳川将軍の愚かな質問を読む時くらゐ、日本人である事を羞しく思ふ時はない。是と、勿論程度は違ふが、大東亜戦争初めの頃、敗軍の将兵や、俘虜等に対して、新聞記者の試みる質問が低調でやり切れない思ひをしたことがある。

是らに比較して時代はずつと遡るが、新井白石がローマの宣教師シドチを訊問した時の問答は流石に立派である。何よりも思考の密度に於て、シドチは到底白石の敵ではない。それが問答の間に歴々と出て来る。人間一匹と一匹、腕力以外の勝負の結末は結局此所らに在るのであらう。

戦争には勝つても、それから後のあらゆる接触面に於て、若しも我等の思考の密度が彼等よりも劣るやうなことがあつたら、到底彼等を心服させることは出来ないだらう。従つて、今国内で盛んになつてゐるところの、疑ふことを許さぬ学問、証明する必要を認めない学問等は、日本人同志の間では結構だが、彼等を心服させるには全く無力なものであることを覚悟して居なくてはならぬ」。

私は伊丹から映画の見方以上の良識を学んだのだといってよい。映画についていえば、溝口健二の『元禄忠臣蔵』は当時ずいぶんと世評高かった作品であった。松の廊下を原寸大で復元した装置も、凝りに凝った演出もずいぶんと話題になった。河原崎長十郎が大石内蔵助を演じたが、私は元来長十郎を贔屓にしている。人によっては同じ前進座であれば中村翫右衛門の芸を推賞するが、私には翫右衛門の芸は達者すぎて臭みがあるようにみえ、長十郎の風格と口跡を好んでいた。それ故、『元禄忠臣蔵』前後篇は、封切のたびにすぐ私は見たのだが、伊丹万作はその前篇のシナリオについて、御浜御殿の場に難があるとし、また、大石が勤王家のごとくえがかれている、と批判している。「もしも大石が、あれほどにまで大義に眼ざめていたとすると、彼の陪臣としての道徳はどこかで激しく大義と衝突しなければならぬ理屈である」「周知のとおり当時の武士道においては、忠義は直属の主君より上へはさかのぼらない」と書いている。たしかに伊丹万作のいうとおり、大石の勤王家ぶりは嫌みであったが、当時の私がそう反感を覚えたわけではない。

その当時、私たちは何かといえば宮城遙拝ということをさせられた。そのころは皇居といわず宮城というのが普通だった。儀式の前後などだが、全国津々浦々から始終宮城遙拝されていた昭和天皇はそういう事実を知っていたのだろうか。知っていて当然と思っていたのだろうか。昭和十八年ころになると、電車に乗っていても宮城前に近づくと、乗客は一せいに起立し、宮城に向かってふかぶかと頭を下げることを強制された。山手線が明治神宮の脇を通過するときも同様であった。こうしたことを回想すると、それだけでも憤りをつよくするのだが、当時はむしろその愚劣さがやりきれなかった。狂気が支配する時代、狂気を狂気と感じなくなることこそ真の脅威であり、これは現代にも通じるといってよい。『元禄忠臣蔵』は当時の天皇崇拝に迎合したにすぎないが、伊丹万作は狂気を狂気として静視することのできた映画人であり、映画人という以上の真の知識人であった。

『伊丹万作全集』には豊田四郎監督の『小島の春』の評が収められている。これは『映画評論』昭和十六年五月号に発表された文章だという。『小島の春』は豊田四郎監督の『若い人』をはじめとする、いわゆる文芸映画の一であり、瀬戸内海の島のハンセン病療養所の女性医師の体験する挿話をつづった作品であった。主題の深刻さにかかわらず、画面は抒情的で美しく、しかも、題材の悲しさが観客の涙を誘った。この作品について伊丹万作は、映画中の患者を見て泣いた人が現実の患者を見て泣くかどうかは非常に疑問である、といい、ハンセン病を扱った映画が一本世に出たからといってどういう意味ももたない、と断言している。

注釈を加えれば、当時はハンセン病とはいわれていなかったので、伊丹の文章にもハンセン病という言葉は使われていない。また、現在、ハンセン病は治癒できるものとなり、元患者に対して長期間続いていた差別の問題が残っている。ただ、この種の社会問題を映画その他の芸術作品にとりあげることの意味は、今日でもくりかえし問い直されなければなるまい。憂い顔で問題を提起したからといって何の意味があるか。私たちはまことに無力である。私はといえば、『小島の春』を見て、ハンセン病の恐怖に戦慄し、腕などに痣《あざ》などが出るとハンセン病に罹ったのではないかという危惧におそわれたのであった。

伊丹はまた、小津安二郎のシナリオ「父ありき」について「快晴の日の飛行機旅行にたとえて絶讃し、完成した映画『父ありき』のせりふの大半が聞きとれないことを嘆いて、「ちょうど晴天ならざる日に軽便鉄道で旅行したような感じ」をもったと書いている。これも『日本映画』に掲載された文章のはずである。『父ありき』は私が戦前に見た映画の中でとりわけ好きな作品であった。父と子が小諸の懐古園を思わせるような高い城壁の石垣の縁に腰を下ろして、眼下に川を見おろしながら、しみじみと語り合うシーンなど、ことに心に沁みた。この作品について伊丹万作は、何故父と子が離れ離れに暮らさなければならないのか、その必然性が描かれていない、と批判していた。後年、『東京物語』を見たとき、私は『父ありき』を思いだし、伊丹の批判をついでに思いだし、ようやく伊丹のいう「必然性」が描かれた作品だと思った。親と子が離れ離れに暮らさなければならないことは、小津の戦前戦後の多くの作品に共通した主題である。家族の崩壊という戦後社会の問題というよりは、親の子離れ、子の親離れという永遠の主題を小津安二郎は追求していたと考えるべきではないのか、というのが、ほんの数年、映画に熱中した、往年の映画少年の感想である。

いずれにしても、私は伊丹万作から映画の見方を学んだだけでなく、物の見方の一般について学んだといってよい。彼はいささかも奇矯な発言をしていたわけではない。彼の立場は偏見をもたない良識であった。しかし、良識、健全な常識をもって事象を見ることはいつの時代でも極めて難しいのである。

私は伊丹万作によって眼を開かれたとはいえ、結局のところ、少年の眼で映画に興じていたにすぎない。私は松竹映画のバイプレーヤーたちを愛していた。それは、坂本武であり、三井弘次であり、ことに日守新一であった。気弱で飄逸で哀愁をにじませた日守新一は私が愛してやまぬ俳優であった。そういえば、半世紀を超える私の畏友日高普は若いころ浜田新一という筆名で文章を発表していた。浜田は東急フライヤーズの二塁手として軽快なフットワークで知られた浜田義雄選手に由来し、新一は日守新一に由来する。日高も日守が好きであった。そういう点でも私は日高とうまがあったのであった。

同じころ、私は東野英治郎を知った。ほんの端役で、土間の片隅で鍛冶仕事か何かをしていた。映画の題名は憶えていない。それでも、その一コマだけで存在感があった。本庄克二という芸名で知られた元左翼劇場の著名な俳優だったことを間もなく私は教えられた。その後テレビ映画の水戸黄門役で一世を風靡することになるとは想像もできなかった。

木下恵介が『花咲く港』で、黒澤明が『姿三四郎』で映画界に新風をもたらしたのも、そうした時期であった。『花咲く港』で私は木下が上原謙から喜劇俳優としての素質をひきだしたことに驚き、小沢栄太郎という私のまったく未知の名優を起用したことにも驚いた。小沢がかつては小沢栄という芸名の新協劇団に属し、新劇では知られた俳優だったこともじきに教えられた。このころ、おそらく食うためだったろうか、新協、新築地、築地小劇場といった劇団に属していた人々が転向し、映画界に大挙して流れこんだのであった。

『姿三四郎』もじつに新鮮な才能の登場であった。映像の美しさが抜群であった。しかし、黒澤明という監督は映像の職人だと感じた。彼がその職人芸を十二分に発揮した『酔いどれ天使』『七人の侍』などのエンターテイメント作品に彼の真価があり、ある時点で彼が自らを芸術家であるかのように錯覚した時期から、彼に見るべき作品はなくなった。これも少年期のほんの一時期だけ映画に熱中した者のとりとめない感想である。

17

最近（二〇〇三［平成十五］年三月二日）、母が死んだ。三月二十四日には元阪神タイガースの投手梶岡忠義の死が新聞に報じられていた。梶岡については後にふれる。母は九十八歳であった。母はきっぷが良く、情に篤かった。気が強いようで、じつは寂しがりであった。九十歳を超えても永井路子さんや杉本苑子さんの歴史小説を好んで読んでいた。その後、急激に衰えた。本を読めなくなり、歩行も不自由になった。いわゆるまだら呆けの症状を呈した。しだいに抑制がきかなくなり、我儘になった。しかも、家計まで自分で管理しなければ気が済まないような家長意識を持っていた。母を介護していたのは妹だが、妹が用事で出かけると予定の帰宅時刻を五分も遅れると我慢できなかった。寂しかったからであり、妹に対する支配欲のためでもあった。年齢が年齢でもあり、母の遺言にしたがい、母の死は公表せず、身内だけでひっそりと葬儀を済ませた。私は傍から見ていただけで介護にあたったわけではない。それでもそういう母を見ていることは充分につらい体験であった。今のところ最晩年の印象だけがつよく、若かったころの母の記憶が鮮明でなくなったことも、かなり気がかりに感じている。

私の両親は私と亡妻との結婚を心よく思っていなかった。亡妻は姑の嫁いじめといったことでずいぶん苦労した。ひとつには亡妻は大阪の商家の育ちだったから、文化の違いがあった。亡妻の心遣いが裏目に出ることもしばしばであった。亡妻が母の信頼を得、心をひらいて語りあえるようになるには相当の年月が必要であった。

それでいて私は、私自身が母に叱られた記憶はほとんどない。両親は私が可愛いい分だけ、亡妻につらく当たったのであった。亡妻の当時の心労を思うと私はいまだに心が痛む。母は情に篤かったが、その容量は限られていた。亡妻を理解するのに時間がかかった。亡妻が急逝したとき、私と娘たちを別にすれば、もっとも亡妻の死を嘆いたのは母であった。その母を見送って往時を憶うと、万感胸に迫るものがある。おそらくこうした感情は多くの人々が経験することにちがいない。

＊

昭和十七（一九四二）年二月、中学三年の学年末、私は急性腎臓炎に罹った。はじめは風邪だと思っていた。母が私を見て、お前、顔が腫《は》れているねえ、といった。翌日医師の診察をうけたところ、急性腎臓炎と診断された。私は浮腫《むく》んでいたのであった。絶対安静を命じられ、淡味の食物だけで二カ月近く病床で過ごすこととなった。私の異常に最初に気付いたのは母であった。これも母の死を契機に思い出したことである。

病気が快方に向かったころ、原久一郎訳の『戦争と平和』をはじめて読了した。文学というものはこういうものかという目が開かれた思いがした。どれだけ鑑賞できたかは疑わしい。それでも社会や人生の全体の眺望が与えられたように感じた。それまでに読んでいた『車輪の下』とか『トニオ・クレーゲル』に比べて、それらはたんにわが身にひきよせて共感していたにすぎないと痛感した。『ブッデンブローク家の人々』も『魔の山』もまだ読んでいなかった。『戦争と平和』は私にとって小説の理想像であった。いまだに私は『戦争と平和』を読まないままに死ぬ人は気の毒だと思っている。同じようなことは多くの芸術作品についてもいえるだろう。たとえば私はグレン・グールドの演奏する「ゴールドベルク変奏曲」をはじめとするバッハを偏愛しているが、同じグールドが演奏するシェーンベルクの作品は享受できない。ある種の人々にとっては、私の感受性の貧しさは不幸にみえるにちがいない。

文学作品についても、私は英米の文学にほとんど親しんでいない。一部のロシア文学やフランス文学を別にすれば、圧倒的にドイツの文学作品が身近に感じられていた。いまドイツ文学は当時ほど広く読まれていないようだが、文学に限らず、明治以来、わが国の文化、社会制度は決定的にドイツの影響下にあった。昭和二十七（一九五二）年に私は弁護士になったが、当時のわが国の特許法はほとんどドイツ特許法の翻訳に近かった。法律に限らず、哲学、経済学、医学等もドイツ文化がわが国に滲透していた。もちろん私の同世代でも、あるいは私より上の世代でも英米文学に親しんでいた人々は数多いし、私より数歳若い世代の人々ははるかに英米文学を身近に感じているはずである。しかし、ドイツ文化を範とするのが明治以来のわが国の正統的な伝統であった。私はおそらくそうした世代の最後に位置するであろう。

たとえば映画についても、私たちが好んだのはまずドイツ映画、ついでフランス映画であり、アメリカの映画作品はフランク・キャプラらの作品もふくめて、たんなるエンターテイメントとしか感じていなかった。少年の眼にも昭和戦前の文化現象はそのように理解され、私はそうした環境に育ったのであった。

＊

文学的自叙伝風に回想すれば、中学四年のころは私のこれまでの生涯で最も多産な時期であった。ほとんど毎日詩めいたものを書いていた。書いても書いても、当時私が詩想と感じていたものが湧いてきた。これらの習作はすべて失くしてしまっているが、かりに残っていても読むにたえるものではないはずである。当時の習作でいま読みかえすことができるのは、『開拓』第三十三号に発表した詩、小説などである。散文詩「水鳥」はいま読みかえすとただ嫌悪感を覚えるだけである。小説「草の炎」については「ハイカラぶった譫言の如きもの」と回想文の中で記したことがある。高橋英夫さんは私が五中の五年生のときの一年生だが、五中入学時、この『開拓』を配られ、「草の炎」につよく惹かれた、と書いて下さっている。高橋さんの文章は『中村稔詩集　一九四四―一九九一』の書評だから、多少社交的配慮もこめて、過褒としか思えない紹介をしている。高橋さんは「私の入学以前（つまり私の到達しえない場所）にひとつの芸苑が輝いていた、その中央に近い位置に「草の炎」という小説があったという衝撃的な印象である」といい、「日仏混血児の青年との高原のヴィラでの対話、青年の母であるフランス人女性の死、ヨーロッパでのフランス軍の敗退、胸を病んだ混血児の立ち直りに出会おうとして、ふたたびの高原行――そんな内容のロマンチックな作」であったと書いている。高橋さんの懇切なあら筋をひきうつしながら、私は我ながらよくこれほどの空想を逞しくすることができたものだと呆れている。私は混血児はもちろん、外国人を知らなかったし、軽井沢とおぼしき高原の風物もまったく知らなかった。

思いかえしてみると、当時母が購読していた『婦人公論』に芹沢光治良『巴里に死す』、堀辰雄『大和路・信濃路』が連載されていた。私はこれらに触発されて「草の炎」を夢想したのであろうと考えていた。調べてみると『巴里に死す』は昭和十七年一月号から十月号まで連載されているが、『大和路・信濃路』の連載は翌昭和十八年である。ただ、堀辰雄の『聖家族』や『風立ちぬ』はこの連載以前から読んでいたはずである。それらの作品から想像した風景に刺戟されて、私は恣《ほしいまま》に空想の翼をはばたかせたのであった。フランス軍の敗退といった時局を反映させているが、まことに「ロマンチック」な夢想に耽っていたのであった。しかし、昭和十七年という時点で、こうした夢想に耽ることはいくぶん反時代的であり、もし高橋さんが衝撃をうけたというのが本当なら、その反時代的な外観によるだろう。いずれにしても、『戦争と平和』はもちろん、わが身につまされるような思いで読んだ『車輪の下』や『トニオ・クレーゲル』に倣ったものでもなかった。何よりも「私」をみつめる視点を欠いていた。また、いかに生きるかという問いかけもなかった。戦局が苛烈になっていく時代、受験期を迎えて鬱屈した心情から、逃避的な夢想を稚い小説に仕立てたのだといってよい。

すでに記したとおり、『源氏物語』を読もうと志したとき、母が購読していた谷崎潤一郎の現代語訳『源氏物語』を私は参照した。小説というには恥ずかしい習作「草の炎」を書いたのは芹沢光治良の小説『巴里に死す』が『婦人公論』に連載されていたことに触発されたからであったろう。亡母がはたして谷崎訳『源氏物語』を読了したかは疑わしい。拾い読みさえしなかったのではないか。『婦人公論』のどんな記事に亡母が関心をもっていたか、私は知らない。しかし、最晩年まで永井路子さんや杉本苑子さんの小説を好んでいたことは間違いないから、文学にある程度の興味はもっていたはずである。もっとも、私の著書についてはいつも、お前の書くものは難しすぎて私には読めないよ、といっていた。それにしても、亡母がこうした本や雑誌を購読していたという偶然が、私を文学へ誘ったのだといってよい。

*

急性腎臓炎の回復期にあったころ、寺沢一さんが私を見舞ってくれた。寺沢さんは後に東大教授として国際法を講じたが、私より二歳年長、大宮北小学校の上級生であり、住居も近かったので幼馴染であった。浦和中学の卒業をひかえて浦和高校に合格したばかりであった。そのうれしさを語る相手欲しさに私の見舞に訪ねてきてくれたのかもしれない。もう不要になったからといって、受験参考書をどっさり頂戴した。兄が通学していた東京高校は七年制だったから高校受験はなかったので、わが家にはそれまで受験参考書がなかった。山崎貞『英文解釈法』をはじめとする受験参考書の山を眺めながら、ぼつぼつ受験勉強にとりかからなければならない、と自覚したのがこの時であった。

私は受験勉強を苦にしたような記憶がない。毎日のように映画を見ていたし、小説も貪り読んでいた。夕食後午后六時ころから十時ころまでが勉強時間であった。八時ころになると母が小夜《こや》食《しょく》に雲呑《わんたん》をとってくれた。ふうふうと熱い雲呑に息を吹きかけながら、一滴のつゆも残さず、私はたべつくした。ほっかりとした雲呑の味が私には忘れがたい。戦後になって雲呑がすたれ、餃子、ことに焼餃子にとってかわられたことを私は残念に思っている。私は毎夜の雲呑をたのしみにしていたが、たべ終えると必ず睡気を催した。私は母家とつながった土蔵の二階で勉強していた。十時近くなると母が、まだ起きてるの、眠ってるのなら早く寝ておしまい、と土蔵の扉のあたりから声をかけた。私は予定した勉強をし残していることを後ろめたく感じながら、母の言葉をしおに勉強をきりあげた。母が死んだいまとなっては、そういう母の声音がたまらなく懐しい。

私は物事があまり苦にならない性分のようである。もともと英語も国語漢文も好きだったし、歴史にも興味があった。数学、ことに平面幾何は得意であった。物理、化学のうち、化学はともかく、物理は苦手だったが、物理、化学は文科の受験課目でなかったから、理解できなくても気にしなかった。

ふりかえってみると、私にもし才能があるとすれば、平面幾何だったのではあるまいか。私は平面幾何の解答を得るための補助線を発見するのがたのしみであった。後に大学生になってからも退屈すると当時の平面幾何の参考書をとりだし、解答を考えて時間をつぶした。補助線を発見することのたのしみは、ある種の発想を見いだすことの興趣である。私は、文学についても弁護士の仕事についても、発想の興趣に駆られて、これまでの半生を過ごしてきたという感がつよい。逆に、つきつめて考えをふかめるということが、私の資質に欠けているようである。

受験参考書は私の雑然とした知識を整理し、秩序立ててくれるように思われた。いまだに山崎貞『英文解釈法』という題名を憶えているのは、私にはこの参考書がずいぶん難しかったからである。

歴史についていえば、受験参考書よりも五中で歴史の担任だった成田喜英先生が自らガリ版を切って印刷し、私たちに配布して下さった日本史のサブ・ノートのようなものが有益であった。これは皇国史観とはほとんど関係なかった。歴史の転回点となるような事件などだけを抄出したものであった。成田先生は戦後東京の高校教員労働組合の役員をなさったと聞いている。冷静な史観の持主だったが、授業は情熱的であった。忘れがたい恩師の一人である。

私にとって苦痛だったのは暗記であった。私は記憶力が悪い。たとえば豆単と俗にいわれていた赤尾好夫『英語単語集』を暗記するのはつらかった。ただ暗記するしかない勉強には身が入らなかった。いまだに私の英語は語彙が乏しいが、これは当時の不勉強のたたりである。それでも一語や二語、知らない単語があっても、文脈から文章の意味を汲みとれるはずだと私は甘く考えていた。ある一語が文章の鍵となるような文章のばあい、文脈そのものが辿れないこととなるとは思い至らなかった。

＊

日曜日には必ず大宮公園球場へ行ったり、大宮の郊外を散歩した。公園球場では専修大学が練習していた。シートノックなど私は一時間近く見ていても倦きなかった。私は野球の試合の勝敗よりもボールさばきやフットワークに惹かれていた。

専修大学野球部の主戦投手が梶岡忠義であった。わが家の近くに私より二、三歳年長の美少女がいた。私の兄の友人Ｓさんの恋人だといわれていた。梶岡がその美少女を攫うようにして結婚した。Ｓさんはまだ受験生だったし、梶岡は知られた名投手だった。彼女が梶岡を選んだのは当然だった。Ｓさんはしばらく呆然自失していた。新聞によれば、梶岡は昭和二十二年阪神タイガースに入団、翌二十三年には南海を相手にノーヒット・ノーランを演じ、昭和二十七年には最優秀防御投手になったという。生涯成績は一三一勝五一敗、一時期の阪神のエースであった。享年八十二歳だった。Ｓさんはその後私の小学校の同級生と結婚した。東京商船大学を経て、ある大会社の専務取締役までつとめたが、十年ほど前に亡くなった。梶岡忠義の訃報を新聞で見たとき、私は往時茫々といった思いにとらえられた。

梶岡がプロ野球で活躍したのは戦後だが、私は昭和十五、十六年ころまでは当時の職業野球の試合を見物に年に何回かは行っていた。巨人軍はスタルヒンの全盛時代であった。記録によると、スタルヒンは昭和十五年に三十八勝、十六年には十五勝している。そのころ沢村が一時軍隊を除隊して巨人軍に復帰していた。戦地で余興に手榴弾の遠投をさせられ、肩をこわしたということであった。往年の豪速球はもう見られなかった。昭和十五年に七勝、十六年に九勝しているが、技巧派の軟投投手沢村は見ていてもいたいたしかった。巨人軍にはスタルヒンに次いで中尾碩志投手がいた。昭和十五年、十六年、二年続けて二十六勝をあげていた。沢村は三番手か四番手であった。投球練習している沢村はどこか寂しそうであった。入団して数年の川上が一塁、千葉が二塁、白石が遊撃で、いずれも伸び盛りであった。三塁はまだ水原が守っていた。外野には中島治康、呉昌征らがいた。当時阪神には若林忠志がいた。昭和十五年に二十二勝、十六年に十八勝、十七年に二十六勝し、その全盛時代であった。その他阪神には御園生、松木らがいたが、人気はともかく、戦力において巨人軍と比較にならなかった。そういえば、当時、後楽園球場に巨人阪神戦を見にいったとき、同級の秀才中川一朗に会ったことがある。彼も父君と一緒であった。東京蚕糸学校の教授であった彼の父君は、亡父と同様、野球がお好きだったようである。

私は巨人軍よりもセネタースの方がはるかに好きであった。セネタースの初代監督は横沢三郎だが、その弟の横沢四郎は大宮北小学校のすぐ東隣に住んでいた。横沢四郎も一時阪急の選手であった。四郎夫人は宝塚歌劇団の出身という噂であった。鄙に舞い降りた鶴のようにたおやかな洋装の似合う女性であった。私をふくめ、私の同級生にみなひそかに憧れていた。その弟の横沢七郎もセネタースの選手であり、苅田久徳が監督で二塁手を兼ねていた。セネタースは巨人軍よりもはるかに都会的で垢抜けていた。

私が誰よりも気にかけていたのは名古屋軍の西沢道夫であった。当時は後楽園球場へ行くと全球団の選手の一覧表を配っていた。各選手の出身大学、出身中学が記されていたが、西沢には「名古屋軍養成」と記されていた。彼は高等小学校を卒業してすぐ、中等学校に進学することなく、名古屋軍に入団し、職業野球選手たるべく養成されたのであった。そういう経歴の選手は他にいなかった。私が西沢道夫が好きだったのは、そういう経歴のためでもあり、長身で真っ向から勝負する投法に惹かれていたからでもあった。昭和十七年五月二十四日、当時大洋と改称していたセネタースの野口二郎と延長二十八回を投げ抜いたことはプロ野球の記録に残っている。野口二郎も昭和十六年二十五勝、十七年に四十勝をあげた豪球投手であった。西沢にはどこか気弱そうな面もあり、そういう人柄も私の好みであった。

西沢、野口が二十八回を投げぬいた試合の試合時間は僅か三時間四十七分であった、と記録に記されている。当時のプロ野球の試合時間は一時間半内外であった。現在のプロ野球の試合時間が長いのは、球団が勝敗にこだわり、選手が個人成績にこだわりすぎるからだろう。戦前の職業野球の方が、選手も球団も観客をたのしませるのに熱心だった。たとえば苅田久徳にしても若林忠志にしても水原茂にしても、彼らの芸を観客に披露するのを生甲斐にしていたようにみえる。私には現在のプロ野球はどこかなじめないところがある。なお、西沢は戦後は打者に転向して一流の成績をあげたから、打者としての西沢を記憶している人々はまだ数多いであろう。

＊

大宮公園球場に行かない日曜日には、私は大宮の郊外を散歩した。いまの不精な私としては自分自身信じがたいことだが、一、二時間、郊外の雑木林や畑の間の道をほっつき歩いた。そのころの大宮の郊外には、国木田独歩が『武蔵野』に描いたような風景が残っていた。緩やかな坂を昇り、あるいは道角を曲ると、思いがけない展望がひらけた。雑木林を渡る風に揺れる樹木の枝々、その葉にやどる光と影、そんなものに私の心が癒されたのだろうか。とっぷり日が暮れるころ家路についた私をまざまざと思いだすのだが、何故そんなに散歩をしたのかははっきりしない。私の心に鬱屈したものがあったわけでもないし、これといった煩悶があったわけでもない。何かしら私を内部から衝き上げるものがあったらしい。

＊

四年生の夏休み、私は予備校の主催する講習会に参加した。二週間ほどだった。その終りころに模擬試験があった。意外なほどの好成績であった。九月に入ると五中でも模擬試験があった。

四年生、五年生、それに補修課という浪人中の生徒の全員が参加した。この模擬試験でも信じがたいほどの成績であり、順位であった。理科系では同級の中川一朗が四年生中抜群の成績であった。五中からは毎年一高に三十名内外が合格していた。私の成績からみて、先生方は私が当然一高を受験するものと考えたし、そうなると私もその気になった。十二月の模擬試験も同様であった。私は一高を受験することに決めた。合格するものと信じていた。

昭和十八(一九四三)年二月六日、七日に一高の試験があった。私は英語の試験に失敗した。英文和訳の問題に three dimensional war という言葉があった。私は dimension という言葉を知らなかった。直訳すれば三次元戦争、意味としては立体戦とそのころ言われていた言葉であった。それまでの戦争が陸上または海上の二次元の戦争だったのに対し、航空機が戦争に加わることとなって三次元の戦争になったわけである。この言葉の意味が分らないと文章の文脈も理解できなかった。私が英単語の暗記を軽視したむくいであった。

それに、作文もよく書けたとは思われない。作文の題は「母」であった。たとえば家が貧乏で母が苦労して学校へやってくれたとか、大病をして母が寝ずに看護してくれたとか、そういった美談の材料を私は持ち合わせていなかった。どういったこともない平凡な母子関係であった。母が格別に私を気にかけたわけでもなく、私が特に母に心配をかけたこともなかった。私は何を書いたら良いか、途方にくれた。いまとなれば母が養父母である私の祖父母と個性の強い私の父の間で苦労したことを知っている。私には母系の伯父が一人いた。その伯父が伯父としてわが家に出入りするようになったのは戦後になって祖父が死んだ後である。その他にも母には異父兄があったようだが、その方とはまったく交際がない。それは私の母の祖父母に対する遠慮でもあったが、たがいに物心つかないころ貰い子に出された兄妹の間には共通した思い出もなく、どういった愛情ももっていなかったとしてもふしぎでない。母の実父は落魄した浦賀与力だったというが、真偽は定かでない。墓が浦賀にあると聞いたことがあるが、母は墓参しようなどとは思い立ちもしなかった。怨みこそすれ、愛情をもつような存在ではなかったのであろう。それよりも、母は養父母に感謝し、また、養父母、つまり私の祖父母の一族に愛情をいだいていた。すでに記したとおり、祖父は金貸をしていたし、父は裁判官だったから、気性も趣味もまるで違っていた。父は婿養子縁組をしたのだが、それほどの資産がわが家にあったわけではない。母のわが家における地位はかなりに微妙なものであった。そんな事情は私にはまるで分っていなかった。「母」という題を与えられて私が何を書いたか憶えていない。母という存在を抽象化してその意味をさぐるような思考力もなかった。感銘を与えられるような作文が書けなかったことだけは間違いない。

二月十四日に一次試験の発表があった。私は不合格であった。失敗したのは英文和訳と作文だけではなかったかもしれない。それでも、模擬試験の成績からみて、私は合格するものと信じこんでいたのであった。中川一朗が理科を受験し、二次試験の健康診断で不合格となったことはすでに記したとおりである。私の同級生では関晃と高田良夫の二人が一高理科に合格した。

予想外の一次試験の発表をみて、私は身のおきどころもないように感じた。家へ帰りつくまでは我慢していたが、家に着くと、おせきさんが見ている眼もはばからず、母に縋りついて烈しく泣いた。泣いても泣いても涙がとまらなかった。口惜しかったから泣いたのか、たぶんそうではない。増長し慢心していた自恃がうち摧かれ、自分をもて余したのである。大人ぶっていても私は十六歳であった。そういう私を母が慰めてくれたはずだが、どう慰めてくれたかも憶えていない。しかし、その部屋の情景はいまだに思いうかべることができる。これも亡母の追憶の断片である。

18

昭和十八（一九四三）年四月、私が府立五中の五年に進んで間もなく、授業中に担任の関口孝三先生が教室の戸を開けて、「出君、ちょっと」と出英利を呼びだした。やがて休み時間になり、出は戻ってきたが、その後もひき続き十数名の同級生が授業中に教員室に呼びだされた。その三月、防空演習があった。私の同級生の一部が講堂警備班を命じられて講堂に配置された。講堂の正面奥に厚地のカーテンで仕切られた一画があり、その壁面に儀式の時など御真影と称する天皇の写真を掲げる場所とされていた。そのカーテンの奥で出英利らが花札を引いていたという容疑で、彼らは次々に訊問をうけたのであった。同じく講堂警備に配置されていた一年下級の四年D組の生徒が告口《つげぐち》したということであった。いまの言葉でいえば内部告発されたというのであろう。

当時、御真影とよばれた天皇の肖像写真は神聖化されていた。あたかも天皇の分身のようにみなされていた。戦前の著名な作家であった久米正雄の父親は長野県上田の小学校長であったが、明治三十一年、失火により校舎とともに御真影を焼失した。その責任をとって久米正雄の父親は割腹自殺した。宮内省から下賜された御真影はそういう性質のものであった。私の母校である大宮北小学校では、校庭の一隅に奉安殿と称するコンクリートの建物があった。校舎から離れた奉安殿に御真影は安置されていた。多くの小、中学校でも同様だったはずである。その御真影を掲げるべき場所で、防空演習中に、花札を引いていた、という容疑はただ事ではなかった。

容疑者は出英利、高原紀一、上条孝美、栃折多喜郎らであった。彼らは、花札を引いていたわけではない、英語の単語カードを勉強していたのだ、と言いはった。同じ講堂警備に配置されていた他の同級生は出らが何をしていたか知らなかった。

結局、四年生が英語の単語カードを花札と見間違えたのだということで落着した。副級長だった吉葉昌彦が四年D組に出向いて、無実の告口をしたことを烈しく詰《なじ》った。その結果、四年D組の代表十名ほどが私たちの教室に来て謝罪した。佐藤信保先生が「李下に冠を正さず」という言葉があるといって、私たちに行動を自重するよう説諭した。

その真相を出らが語ったのは敗戦後しばらく経ってからであった。たまたま講堂のカーテンの奥に戦地に送る慰問袋が積みあげられていた。慰問袋の一つから花札が覗いていた。講堂警備といっても何の仕事があるわけではなかった。みな退屈しきっていた。オイチョカブでもしようか、と言いだしたのは栃折だったそうである。高原、出、上条らがすぐ付和雷同した。出が関口先生の訊問を終えて、高原が交替に呼びだされた。ちょうど休み時間になっていた。英語の単語カードを勉強していたと言っておいたからな、と出が高原に耳打ちした。そこで全員が口裏を合わせることができたのであった。「真相は墓場まで持っていこう」と高原が言いだして一同誓いあったという。真相をうちあけられたとき、後に日本医大教授となった吉葉昌彦が、君たちは僕たちまで騙したのか、と高原らを痛罵した。それもその時一度だけで、その後こだわりをもちこしたわけではない。

私はこの防空演習に参加していない。ちょうど一高の一次試験の発表の当日であった。すでに記した梅月事件といい、この花札事件といい、私の親しい仲間たちが関係していたのに、私はいずれの場にもいあわせていなかった。これは偶然にすぎないが、私はそういう災厄が避けて通るような幸運にめぐまれているのかもしれない。

だが、いまとなって考えてみると、関口先生をはじめ先生方が出らの弁解をそのまま真実とうけとっていたのかどうか疑わしい。花札と英語の単語カードとを見間違えるはずもない。本当に御真影奉安所で防空演習中に花札を引いていたのであれば、先生方はもちろん学校として責任を免れなかったのではないか。先生方は真相を見ぬいていたのではないか。それが佐藤信保先生の「李下に冠を正さず」という説諭になったのではないか。出、高原らの弁解にのって、学校側が一体となって臭い物に蓋をしたのではないか。

加えて、府立五中には大宮北小学校にあったような御真影奉安殿といったものはなかった。そもそも御真影を神聖化しない校風があったようである。『立志・開拓・創作——五中・小石川高校の七十年』中の「苦悩するリベラリズム」と題する藤井治さんの文章によれば、初代校長伊藤長七以来、御真影奉戴を拒否するのが慣例であったが、この慣例を固守しようとした田辺教頭に対し、二代校長落合寅平が「時勢の趨く所やむを得ぬ、校長の責任で奉戴するといって、校長室に無造作に収めた」という。講堂の正面奥のカーテンで仕切った一画を御真影奉安所と称していたが、私自身御真影が掲げられたのを見た記憶はない。あるいは校風として御真影は校長室に収められたまま、奉安所と称する場所だけがしつらえられていたということかもしれない。

天皇の肖像写真を下賜し、小中学校に奉安させるようになったのは、明治二十三年教育勅語が発布された翌年の明治二十四年からであり、教育勅語とあわせて天皇制教育の中核をなすものだったが、教育勅語は別として、御真影奉安はどこまで強制されていたのか。五中の初代校長伊藤長七は御真影奉戴を拒否したということだし、一高入学後は御真影を拝礼するように命じられたことも、教育勅語の奉読を聞いた憶えもない。天皇神聖化についても学校による温度差があったのであろう。

このように肖像写真が御真影として神聖化されていることを明治天皇、大正天皇、昭和天皇は知っていたのか、知りながら神格化を当然と感じていたのか、私はかねて疑問に思っているが、その事情を詳かにする資料に接したことはない。

いずれにせよ、花札事件で私の五中五年生の生活がはじまったのであった。

＊

中川一朗が同級生中際立った秀才であったこと、彼が長く東大理学部助教授をつとめ、東北大学理学部教授に任じられながら、病身のためほとんど授業ができないまま、昭和六十三（一九八八）年に他界したことは、すでに記したとおりである。その中川一朗の没後、稔子夫人から『一朗の思い出ばなし』『病とともに』という二冊の冊子を頂戴している。前者は昭和五十七年の冬ごろから病床で中川が語った思い出を夫人が書きとめ、昭和六十四年、没後一年にさいしてワープロに入力、印刷し、仮綴で刊行したものであり、後者は昭和四十九年から昭和六十三年に至る闘病の記録をやはりワープロに入力、印刷、仮綴で刊行したもので、両者ともごく限られた友人知己に配られたらしい。私が恵与をうけたのは、私が発表した小文中、中川にふれていたのを稔子夫人が目にとめて下さったためのようである。

『一朗の思い出ばなし』は府立五中の四年の終りごろからはじまり、昭和二十八年彼が東大大学院の特別研究生であった時代に至る回想記である。『病とともに』にも私は心をうたれたが、ことに興味ふかかったのは『思い出ばなし』である。中川は日記か日記に類する備忘録の類を参照しながら、夫人に思い出を話して聞かせたようである。月日や氏名など詳細をきわめ、私が五年生だった当時の出来事について、私が知らなかったこと、私が忘れていたことが数多く語られている。

たとえば、「五年生になり級長選挙があり、中川が、圧倒的に票を集め、栃折、吉葉の順となる。中川級長、栃折副級長となる筈であったが、担任の関口先生は、中川は弱いからと、吉葉と野中を副級長として補佐させる。これは教練の際、中川が号令をかけることが出来ないので、二人を置くことに配慮されたものである」とある。中川が「圧倒的」な票を集めたのは、彼への信望が厚かったからにちがいない。彼は際立った秀才だったが、勉強一途、真面目一方といった人柄ではなかった。秀才ぶったところがなく、誰ともうちとけて話し合い、誰からも信頼されていた。投票結果によれば、栃折が副級長になってもよかったはずだが、彼が副級長に指名されなかったのは花札事件の容疑者の一人だったからかもしれない。栃折は花札事件に関係したとおり、高原や出とも親しく、私が中学入学後ごく早い時期からふかい交友があった。しかし、投票で二位を占めたことからみて、もっと広く人望があったらしい。ちなみに中学五年間をつうじ、私はこうした役職に選ばれたこともなく、選ばれそうになったこともない。

昭和十八年四月、中川は結核のため絶対安静を命じられ、休学することとなった。その知らせを聞いて、「前川、高岡、藤井、鈴木、清水らが駈け付けて来た」といい、「口々に「学科の方は心配ないから何でもノートは貸すよ、とにかく療養に専心せよ」と力づけてくれる」と語り、次のとおり続けている、

「翌週は吉葉と野中が来て「クラスのことは二人でやるから心配するな」と言った。吉葉は「剣道で初段になった」と言った。そして関が一高を退学し八月の終わり海兵の発表があるまで、五中のクラスに入ったので三人でやってくれると言う。

次週は、高岡らが来て「関が加わり三人軍国的なのが集まったから、出、高原、塩田、中村らが、恐れている。その点から言うと、早く中川が帰って来てくれれば良いが」とこぼす」

関晃は四年終了で一高理科に入学しながら、すぐに一高を退学し、海軍兵学校を受験するため

五中に戻ってきたのであった。私をふくめ私の仲間たちが「三人軍国的なのが集まったから」ということで「恐れて」いたという記憶はない。あるいは関晃らの影響力が強くなって、級中が軍国主義的気風になることを危惧していたのかもしれない。ただ「三人」のうち、関晃を除く二人が誰かは憶えていない。「その点から言うと、早く中川が帰って来てくれれば良い」と高岡らが言ったということが、いまの私には興味ふかい。

私は中川とは個人的に親しくなかったから見舞にもいったことがなかった。しかし、彼に敬意を払っていたし、その人柄も好きであった。『一朗の思い出ばなし』に名が出ている同級生の中、前川祐一はその後結核のため休学し、私たちより数年遅れて新制高校になった小石川高校に復学し、英文学者になったが、私は彼とは彼が休学して以後顔を合わせたことはない。高岡久夫、藤井幸三、鈴木重雄、清水芳弥は翌十九年四月、私と同時に、一高理科に入学した。その中いまだにふかい交際が続いているのは藤井だけである。

高岡は五中当時、黒目がちの眼の綺麗な少年であった。一高の寮で時に見かけたころは野球部のマネージャーをしていた。東大で機械工学を学び、家業の南千住製作所という会社に入社し、やがてその社長になった。そのころから私は高岡と頻繁に会う機会をもち、親交があった。およそ卑しさといったものがつゆほどもない、玲瓏、高雅な人格であった。一九八八年高岡が急逝したとき、私は「遅く訪れた夏の日に」と題する挽歌を書いた。作中、彼の訃報を聞いて「足許の地面が揺らぎだすように感じ」だと書いたが、それは文飾ではなかった。

『一朗の思い出ばなし』で記憶をよびおこされたのは清水芳弥である。彼は情熱的で勉強熱心であった。早くから一高受験を目指していた。中学の四年ころ、私は彼から情熱がほとばしるようなひたむきな手紙を二、三度貰ったことがある。私は多少辟易する思いであった。そのため彼と若干距離をおくようなつきあいとなった。彼も一高入学の前後に結核に冒された。中川の『思い出ばなし』によると、彼はカトリックの洗礼をうけ、一高を卒業するかしないかという時期に「帰天」したそうである。カトリックの信仰をつうじ、後に私が一高に入学してから知り合うこととなった今道友信と交渉をもち、今道は清水の追悼文集に「ヨハネ清水氏の事」という一文を寄せているという。中川もカトリックの洗礼をうけ、今道を知っていた。こうした事実を私は中川一朗の『思い出ばなし』を読むまで知らなかった。人生はじつにふしぎな人間関係の網目でつながれているといった感がつよい。

「中川が帰って来てくれれば良い」という高岡らの発言は、出、高原ら私の仲間たちと関晃ら軍国主義に心酔していた少年たちとの間で、中川を中心とする緩衝地帯ができることを期待していたからであろう。ということは、中川を中心とする、成績の良い、理科系課目が得意だった、高岡、藤井、清水らのグループも軍国主義的少年たちとは肌が合わなかったのであろう。一方に文学好き、映画好きの私の仲間たちがいた。中川たちのグループにも私の仲間たちにも属さない同級生も三三五五親しいつきあいがあったようである。そうじて私の同級生たちは軍国主義的風潮に背を向けていた。私の仲間たちはどちらかといえば性的に早熟であり、こっそり煙草を喫ったり、花札を引いたり、大人ぶっていた。中川たちは私たちからみると稚くみえた。いまから思えば、私たちが多少背伸びしていただけのことで、どれほどの違いがあったわけではない。誰もだいたい中流家庭の子弟で、おっとりしていたから、親疎の程度に違いがあっても、つきあいやすかった。一高を中退して海軍兵学校へ進んだ関晃にしても、当時ごく正常な純真な愛国少年だったにすぎまい。その純粋さが私たちには気に入らなかったのだが、そのことを別とすれば、勉強の良くできる模範生であり、人格的に嫌いだったわけではない。

だから、軍国主義的風潮に背を向けていたとはいえ、反軍的だったとはいえない。そんな同級生の誰も彼もかなりに仲良かった。たとえば石原恒夫はどちらかといえば私などに近く、中川とはそう親しくはなかったはずだが、後年、中川が東北大学病院に入院中しばしば彼を見舞い、級会のときなど病状報告をしてくれた。石原の中川宛の手紙の一部が『病とともに』に紹介されている。石原はそのころ慶応大学の胸部外科の教授であった。

「外科学会で仲田先生にお会いした時、貴兄が対側に胸水が溜った為に再入院されたと聞いた時はびっくりしました。あれ程慎重にされていたのに心不全になったのかしら、それとも肺そのものに原因があって溜った水なのか。色々思いを巡らしましたが、いずれにしても大変だなあと思うばかりでした。でもその胸水も減ってきて五月頃からは大学に出られそうというお手紙を拝見してほっとしました」。

「仙台に行かれて九年、その間七年半は闘病生活というお話には胸がつまります。貴兄のような人が闘病に沢山のエネルギーを消耗している事は勿体ない事です。研究者が研究も思うにまかせない生活を強いられるという事は辛いとかそんな言葉ではとても表せませんね。カトリックで辛い時、苦しい時、神の思召しのままにとよく言いますが、これはひとり子イサクを神の言葉に従っていけにえにしようとしたアブラハムのような人に出来る事で我々に出来る事とは思われませんが、神に試されているとしたら、やはりそれに応えなければいけないでしょう」。

友情のやさしさが心に沁みるような美しい手紙である。ちなみに石原もカトリックの洗礼をうけている。ここまで書いてきて、あらためて結核に冒された同級生の多いこと、カトリックの洗礼をうけた同級生の多いことに感慨を覚える。これは私たちが過ごしてきた時代の肉体的、精神的風土条件にかかわるであろう。この石原の中川宛の手紙は昭和五十七年だから、中学卒業後四十年近く経っている。石原が胸部外科の権威だったので中川を見舞ったのだとしても、中学時代それほどふかいつきあいがあったとは思われない中川をこれほどに気遣っているのは、石原の人柄でもあり、また、中川の人柄でもあるのだろう。

そんなにやさしい友情がつちかわれる、おっとりした雰囲気の中で、私はぬくぬくと五年生の生活を送ったのであった。

＊

昭和十八年に入ると、戦争が破局に近づいていることがしだいにはっきりしてきた。二月には日本軍はガダルカナルから撤退、四月に連合艦隊司令長官山本五十六がソロモン上空で撃墜されて戦死、五月にはアッツ島で日本軍が全滅した。イタリアでは七月にムッソリーニのファシズム政権が倒れ、バドリオ政権が成立した。

私の手許に日本文学報国会が編集し、昭和十八年十月に発行した『辻詩集』というアンソロジーがある。そのころ私たちが目にしていた詩がどんなものか、その見本として、中から二篇引用することとする。

鍋　　　滝口武士

大連を引上げる時
M君から記念にもらつた火鍋子《ほうこうづ》の鍋
田舎ぐらしの淋しい夕
数々の思ひ出を煮てくれたものだつたが
今日名誉の応召で
米英撃滅の壮途に上る

友よ　喜んでおくれ
この鍋がお国のお役に立つことを。

軍艦を思ふ

北園克衛

日本人は太古《むかし》より
太刀の形に艦を造つた
仇なす敵を屠るために
百錬の太刀のごとくこれを操つた
今や一大事の秋
民族の生命の軍艦《ふね》を思ふ

しぶきをあげて
切りすすむ荒武者のごとき軍艦《ふね》を思ふ
速きこと颶風《はやて》のごとく
猛きこと雷《いかづち》のごとき必勝の軍艦《ふね》を思ふ

この『辻詩集』は軍艦建造の献金にかえて詩人が詩を書き、その稿料を建艦資金の一部に充てるよう、日本文学報国会が企画、刊行したものである。壺井繁治は「鉄瓶に寄せる歌」という詩を寄せている。全篇の引用は省略するが、「さあ、わが愛する南部鉄瓶よ。さやうなら。行け！　あの真赤に燃ゆる熔鉱炉の中へ！　そして新しく熔かされ、叩き直されて、われらの軍艦のため、不壊の鋼鉄鈑となれ！　お前の肌に落下する無数の敵弾を悉くはじき返せ！」というのがその結びである。

尾崎秀実がその獄中の上申書に記していたとおり、長期戦において決定的、支配的な力となるのは各陣営の生産力であり、経済力である。泥縄に火鍋子鍋や南部鉄瓶や寺院の梵鐘などを供出させても、そう簡単に軍艦が建造できるはずもないし、まして鉄瓶から造った鋼鈑が「無数の敵弾を悉くはじき返せ」るはずもない。このような運動そのものがわが国の生産力、経済力の貧しさのあらわれであった。いまから思えば、すでにこの時点で敗戦は必至であった。おそらく一部の人々はそんな事情を知っていたであろうし、これらの詩を寄せた詩人たちも彼らのメッセージの空しさが分っていたかもしれない。それでもこうした詩を書くことが時勢というものであり、時勢に抗することはたやすいことではない。

もう一つ私が感じることは、私が北園克衛、滝口武士らの作品にはじめて接したのがこうした作品であったことの不幸である。私は『詩と詩論』以降の昭和初期のモダニズム系列の詩人たちの業績をまったく知らなかった。ましてプロレタリア詩もまったく知らなかった。それらを読んだのははるか後年であった。私は彼らが当時発表していた詩にいかなる感興も覚えなかったために、彼らの戦争期以前の仕事にまったく関心をもたなかった。そのために私の詩的体験がかなりに偏頗なものとなったことは否定できない。

*

当時私が惹かれていたのは藤原定家をはじめとする『新古今集』の歌人たちであった。私は『新古今集』の美学を私の密室の美学とした。紅旗征戎わが事に非ず、という言葉を憶えたのもそのころであった。「正徹物語」や心敬の「ささめごと」などを拾い読みしたのも同じころであった。私は戦争から目を背けようとつとめていた。だが、やがて憑き物が落ちたように関心を失った。

旅人の袖吹きかへす秋風に夕日さびしき山のかけはし
春の夜の夢の浮橋とだえして峯に別るるよこ雲の空

のような作が私の好みだったが、これらは技巧的にすぎて心に迫るものが乏しいように感じたのであった。たぶん敗色濃い戦局の中の心情にはあまりに遠かったのであろう。そうした記憶から、いまだに私はこうした美学に共感を失っている。

私はまた山口剛の著作などを読み、井原西鶴を読んだ。『好色一代女』などは伏字が多く、何のことか分らなかったが、『武道伝来記』、『武家義理物語』、ことに後者に感銘をうけた。当時の私には『武家義理物語』の作品はどれもがひどく悲しく辛く切なく感じられた。これも当時私がおかれていた環境が大いに関係するであろう。

いずれにしても、古典を読解し享受するには基礎となる素養をしっかりと身につけていなければならない。そういう素養なしに古典に近づいてみても、先走った偏見に陥りやすいし、そうした偏見から自由になることは難しい。私が冒した誤りは、素養もなしに古典をひもとき、若気の独断によって古典を味読したかのように錯覚したことにある。いまになって私は後悔しているが、とりかえしのつくことではない。

19

昭和十八（一九四三）年十月、理工系以外の学生の徴兵猶予が停止された。同月二十七日、今日でもしばしばニュース映画が放映される神宮外苑における学徒壮行大会が催された。私はそういう催しのあることも知らなかった。しかし、その前後に兄の友人の小板橋惣一さんを兄に連れられて訪ねたことがある。小板橋さんは兄の大宮北小学校の同級生であった。自尊心の強い兄がいまでも「小板橋はおれよりも良くできた」と言っているほどだから、よほど頭脳明晰な方だったのだろう。しかし、体は頑健というには程遠く、教練なども不得手だったようである。浦和中学から浦和高校を経て、東大法学部の一年生であった。

小板橋さんは、かなりはっきりと兵隊にとられるのは嫌だ、軍隊は自分の生活できる場所ではない、とくりかえし嘆いていた。書棚に刊行されたばかりの小学館版の第一次の『萩原朔太郎全集』の第一巻があった。小板橋さんが詩や文学を好んでいたかどうか、私は知らない。私にはその日の小板橋さんの暗い表情がいまでもありありと思いうかぶ。彼は敗戦後フィリピンで戦病死した。

それが契機になって私は『萩原朔太郎全集』を買った。はじめて『月に吠える』を読み、『青猫』を読み、戦慄を覚えた。私は現代詩の新しい地平が開かれたように感じた。

だが、私自身にとって、一高の文科を受験すべきかどうか、がもっと切実な問題であった。徴兵逃れには理科を受験すべきだと思ったが、物理化学に自信がもてなかった。地方の高校の理科を受験しようかともずいぶん迷った。三高の理科を受験しようかと石原恒夫と相談したことがある。昭和十六年から十七年にかけて、藤沢桓夫の『新雪』が新聞に連載され、水島道太郎、月丘夢路の主演で映画化された。先日『司馬遼太郎が考えたこと』の第十四巻を読んでいたところ、藤沢桓夫の葬儀のさいの弔辞が収められていた。その中で、『新雪』は「都市的感覚にみちた日本における最初の小説として世間を魅了し」たといい、「そのなかに、石濱純太郎先生がモデルと思われる老学者が、色紙に、おとぎの国の文字のようなものを書くくだりがありました。大阪外語の志願票のなかで、モンゴル語科の上に〇をつけた動機の九〇パーセントは、そのくだりの描写による影響であります」と司馬遼太郎は語っている。都市的感覚にみちた日本における最初の小説、というのはたぶん過褒だが、都市を大阪、京都に限れば、そういえるかもしれない。この小説に登場する京都大学、三高の教授、学生たちはじつに自由で魅力的であった。私が三高を受験しようかと思ったのは、『新雪』の影響であった。しかし、理科を受験するにしても、三高に合格できるとは思われなかった。一高の文科の採用は六十名、理科は二百四十名だったから、三高でも似たような数だったろう。比較的には理科の方が易しかったはずだが、それまで文科を受験するつもりでいた人々の多くが理科に志望を変えるだろうと予想された。だからといって、その他の地方の高校を受験する気にはなれなかった。ずいぶん迷った末、私はやはり一高の文科を受験することとし、兵隊にとられたら、それはそのときのことだ、と覚悟した。石原が三高の理科を受験したかどうか憶えていない。やはり東京と離れがたく、受験しなかったのではなかろうか。

*

同じ昭和十八年十月、二十五日付で『開拓』第三十四号が刊行された。この『開拓』が終刊号となった。翌十九年にはこうした雑誌が発行できるような状況ではなかったらしい。編輯員の名が最終頁に記載されているが、私の級であるD組からは高原紀一と私の二名が編輯員に名をつらね、B組、C組、E組から一名ずつ代表の名があるが、A組からは誰も編輯員に加わっていない。四年生からは相澤諒、江畑宏、矢代静一の三名が編輯員になっている。私はすでに四年生のときに編輯員に加えられていたから、実質的に私が編輯長格であった。

私はこの『開拓』を上条孝美から借りたのだが、上条が保存していたのは彼がカットを描いていたからである。この号ではじめての試みとして詩の下にカットを入れたと編輯後記にあるが、カットの作者は、上条をはじめ私の級から四名、他に四年生が一人だけである。五年A組の生徒の原稿は一篇も採用されていない。私と高原の二人が主導的に私たちの周辺の友人たちの作品を優遇したにちがいない。

出英利は中学時代はもちろん、卒業後も私の最も親しい友人の一人であった。昭和二十七（一九五二）年一月の深夜、中央線の線路を酔って歩いていて貨物列車に轢かれて死んだ。出についてはまた後に記すけれども、この『開拓』に掲載された詩「あをいらんぷ」が彼の唯一の遺作である。各連八行、三連から成る詩だが、その第三連を次に引用する。

かのみなそこの　しろいふくよかな
肌えに　いくすぢかのひかりが
ながれこんで
ふかいふかい　まどろみのうちに
探しあぐんでゐた
わたしの　あをい　らんぷが
なかば埋もれて
ほしのやうに　もえてゐる

探しあぐねていた青いらんぷに出が何を託そうとしていたのかは分らない。ある種の焦燥がここには認められる。瑞々しく官能的な作品である。私たちは出がこうした詩を書くと予想もしていなかったので、ずいぶんと驚いた憶えがある。高原紀一は「蜉蝣物語」と題する小説を掲載している。「路ばたの灯」「ずいすいずぁぺん」「蒼穹と酸漿ととらんぺっと」「ゆき江」「海にて」という五章の小品の連作で、亡母の追憶、知り合った年長の女性の死などに出会った少年の哀傷を描いた抒情的な作品であった。私たちより一年下級であった相澤諒は旋頭歌、詩、小説を発表している。戦後になって、腸結核の末期、大宮日赤病院で自死した相澤については、また記す機会があるはずだが、「樵歌」と題する小説は「再びは歩かぬ道の標に」と副題されている。この副題は「終りし道の標べに」という安部公房氏の処女作の題名に似ているが、もちろん偶然である。水の中の一滴の油のように級友になじめぬ少年が父親の鉱山の事務所に旅行し、それまで「おかあさん」と呼んだことのない義母が迎えに来て話し合う、最後に少年は自分が現実から逃避していたのだと自覚するに至る、といった小説である。詩はともかくとして、私が注目したのは旋頭歌であった。

水脈白く舟去りて消ゆる湖眺めをり
夢の如ゆるる水草ゆるる我が影
笹原の寂《しづ》まりしなかに歩みひそめつ
奥山の頂の雪ひかりさしそむ

の如き作を八首掲載している。措辞が安定していることにも、旋頭歌を試みたことにも、相澤の才能を窺わせるに足るものがある。
私にとってまったく新鮮だったのは私の同年のB組の原田柳喜の詩二篇であった。

橋の上で

夏の日の昼盛り。
少年が駄々をこねて、
足踏みをして、
泣き喚いて、
若い母親がもてあまして、
背負つた赤ん坊も泣き出して、
橋の上。
通行人が同情の眼を投げて、
若い母親に清潔な羞らひがさして、
たうとう母親までいつしよに泣いた、
橋の上で――

こういう叙述的な、しかも末尾を「て」で重ねていくような詩を私にそれまで読んだことがなかった。

童話

車輪が諧謔曲《スケルツオ》さながら
爽快な音をたてて
乗合馬車は牧場をはしつた。
雨被ひをはづして
霽れあがつた空へ　口笛を流す。
濡れた草ぐさを踏みしだきながら、
秋の澄んだひかりのなかを
鞭の音と馭者の声が冴えてゆく。
お客は町の医者と田舎娘、
それに僕、白楊の並木路へつきぬけた。
駅近くなる頃、

しゅんと思はず悲しくなつて、
別れてきた病ひの友の
熱つぽい掌を思ひ出した。

これも叙述的で抒情に溢れていた。原田は丹羽文雄に師事して小説を勉強している、という噂であった。彼は早稲田大学の第二高等学院に進んだが、その後二年ほどで結核のため夭逝した。「熱つぽい掌」をもっていたのは、原田自身であった。

私は『開拓』第三十四号を読みかえして、じつに私が同級生を知らなかった、とあらためて思い知った。同級の長栄昭は

出漁の舟あと白き夜明けかな

といった三句を、やはり同級の伊藤知男は

飴ねぶる童に赤き夕日かな

といった五句を発表している。私は彼らがこうした俳句を趣味としていたことをまったく聞いて

いなかった。もっと驚いたのは、中島啓爾の短歌であり、戯曲であった。

大君の御楯に死なむ一筋に今日まで生きしわが命なり

をはじめ八首が掲載されている。いずれも当時の時勢に敏感に反応した少年の作である。中島の戯曲は横浜の外人墓地の墓守をしているフランス人カトリック宣教師と、娘をアメリカ人に攫われた日本人の高校教授、その教え子、宣教師が養っている孤児の四人が登場人物である。高校教授は鬼畜米英といった憎悪感と、娘が攫われたために自死した妻にとりのこされた孤独感にとらえられている。宣教師の息子がアメリカのスパイだったことが発覚し、それを恥じて宣教師は自殺し、その後に息子の無実が判明する。攫われた娘は交換船で帰ってくるという。教授は孤児を宣教師の代りに育てることを約束する。燈台の光を見ながら、教授が「あれが横浜の再出発の姿だ。いや日本の再出発の姿だ。明治以来横浜は日本の土地でありながら、日本人の横浜ではなかつた。さうだあれこそ大東亜の人々を待つ横浜の姿だ」と語る、といった作品である。

中島は当時は蹴球といったサッカーの級中随一の名手であった。育ちの良い、物静かな少年であった。彼がこれほどに激越な軍国主義的思潮に同調していたとは、私はこの『開拓』を読みかえすまで気付いていなかった。彼の家は現在の駒場東大前の駅から日本近代文学館へ曲っていく角にあった。持主は変っているが、石垣の一部など、邸宅の趣きは当時のままである。私は一高に入学し、寮で生活するようになってから彼を訪ねたことがある。書棚には彼の父君の蔵書らしい、昭和初期の新興芸術派以降の世に知られた作品が、じつに好い保存状態で収められていた。彼が川口の鋳物工場に勤労動員に行き、中川や河村とともに肺尖カタルに冒されたことはすでに記した。彼は成蹊高校に入学したが、間もなく休学したらしい。私が彼を訪ねた時は休学中だったようである。彼もその後数年で結核のため他界した。彼の戯曲はカトリックの教義からみれば荒唐無稽だが、こうしたフランス人が登場したり、横浜を舞台にしたことなどに、彼の軍国主義的思想と育ちの良さとがまぜあわさっているようにみえる。

こうして、『開拓』第三十四号を読み直すと、まことに夭逝した友人たちの多いことにあらためて感慨を覚えるのだが、同時に、中島の作品などごく僅かな例外を除いて、戦時色がほとんどみられないことも目立つことである。やはり私の同級生の野中克己が「日本文化の後進性」という随想を、後に劇作家となった矢代静一が「藤村・透谷と母校」という随想を発表し、研究としては、「千字文」、「華府条約以後の近代軍艦について」、「日本自然主義文学」、「尾瀬沼の研究」の四本が掲載されている。「華府条約以後の近代軍艦について」は私の同級生安藤忠夫の評論で、純粋に客観的な各国軍艦の比較である。安藤と親しかった河村貢は、安藤は大人だった、という。ミッドウェイ海戦、ソロモン海戦等で日本海軍がいかに烈しい被害を被ったかを、こっそり教えてくれたそうである。「日本自然主義文学」は原田柳喜が執筆したものだが、一通りのもので、詩にみられたような才筆の鋭さは認められない。

このような原稿を掲載することとしながら、私はこれほど戦時色、軍国主義思潮の乏しい雑誌を発行することによって学校に迷惑をかけはしないか、と惧れた。私は編輯の責任者として多少でも戦時色の濃い作品を書かなければなるまいと考えた。次が私の作品である。

海へ

はろばろと
大いなる海へ
ひと
いでてゆく

――いにしよの
神事依せき
汝《ナ》が命《ミコト》海を知らせと
はたゝめく
帆を
まけや

ますらをの
運命《サダメ》をふめや

しろがねと
輝くところ
はるかなる
波のはたてに

遠祖《オヤ》の
たましひの
ひとをよばふよ

「いにしよの神事依せき」は『古事記』の「建速須佐之男の命に詔らししく、「なが命は、海原を知らせ」と事依《ことよ》さしき」に由っている。当時は『古事記』は私たちにとってかなり身近な書物であった。

私は、こうした戦争協力詩を書いたことを、後ろめたく、恥ずかしく思ってきた。こういう詩を書いたことは当時の府立五中の在校生しか知らないはずである。私は決して軍国主義的思潮にかぶれていたわけではない。だからといって反軍的な思想らしい思想をもっていたわけでもなかった。たんに軍事色や思想統制に反撥していたにすぎない。そのために、こうした現実となれあった作品を書いたのであろう。四年生当時、私はむやみと詩作について多産であった。五年に進んで、私はまったく詩が書けなくなっていた。この作品も無理矢理でっちあげたような記憶がある。それにしても、私が当時の時勢になれあったことは間違いない。考えてみると、その後の半生も、私はいつも現実となれあって適当に折合いをつけながら生きてきた、といえるだろう。それも私の資質の本質をなすはずである。恥ずかしいことだが、こういう詩を書いたことも「私」の昭和史の一部なのである。

*

五年生になってからの私は四年生のときほど受験勉強に熱心ではなかった。惰性的に勉強を続けていたけれども、あまり身を入れていなかった。それでも運よく昭和十九年三月、一高文科に合格した。この時の試験についてはあまり憶えていない。私の他、一高の理科に清水芳弥、鈴木重雄、高岡久夫、藤井賢三、高野隆が合格した。四年修了時に合格した高田良夫とその後中退した関晃を加えれば五十名の一級中八名が一高に合格したわけである。これは五中からの一高受験者としてはずいぶん高い合格率であった。

私の仲間では、石原恒夫が慶応医学部に、栃折多喜郎が四高理科に、上条孝美が松本高校理科に、出英利が早稲田大学第二高等学院に、高原紀一が東京商大専門部にそれぞれ合格した。中川の『一朗の思い出ばなし』によれば、本来文科を希望していた小林実、森田紀三郎、羽深泰雄、安藤忠夫、村上義次が医科系の大学に進学、そのうち小林は戦後に東京商大に転学したが、松本高校理乙から京大医学部に進んだ大橋啓吾、父君の後継者として日本医大に進学し後に教授となった吉葉昌彦らが医者になった。五十名中、七名が医者になったわけである。その他にも中川一朗の成蹊高校理科をはじめ、理科系の学校に進んだ者が圧倒的に多く、文科系に進んだのは、高原、出、私の他慶応大学経済学部に進んだ河村貢らごく少数に限られていた。理科系に進学した同級生たちのかなり多くは合法的に徴兵を忌避したのである。私をふくめ文科系に進学したのは、理科系が不得手で身のこなしが不器用だった者だけであった。

＊

『一朗の思い出ばなし』の記述は私の記憶とくい違っている。中川の記述は日付がはっきりしているので、たぶん私の記憶違いにちがいないのだが、ここでは私の記憶にしたがって記しておく。

私が五中を卒業するさい、問題になったのは教練であった。当時は教練に合格しないと上級学校が受入れてくれないことになっていた。『一朗の思い出ばなし』には次のとおり回想されている。

「クラスの半数以上が、士官適　少尉、下士官適　伍長、下士官不適　上等兵　で以上が合格なのである。D組には不合格が幾人かいた。それは、常に教練が六点の者、三年の時、あんみつ屋から帰って来るところを一年下のD組の奴に捕まって殴られた連中、出、小林、塩田、高原等、それに欠席の多い俺等である。

まず、俺は軍人勅諭を筆記して出せば下士官適まで認めてくれると云われたが、配属将校が「中川は実技は出来なかったが、軍事学の時間に作戦面で貢献してくれたから」と云う事で、何も書かず下士官適にしてくれた。他の連中は軍人勅諭を筆記して出し合格、下士官適となった」。

中川によれば、これは昭和十九年二月、受験前だったそうである。梅月事件で集団暴行したのは一年上のD組の人々であり、暴力をうけたのは、高原と小林の二人だけで、中川の記憶は正確でない。私は五中在学中終始教練が六点だった。そのため、不合格と通告されていた。私自身は、担任の関口先生等が配属将校を説得して、兵適で合格、ということにしてもらったのだと憶えているが、やはり軍人勅諭を筆記して下士官適という合格にしてもらったのであろう。私にとっては、どうであれ、教練の合格証をもらえることとなって安堵した記憶だけが鮮明である。

軍人勅諭は、忠節、礼儀、武勇、信義、質素を説いたもので「朕は汝等の大元帥なるぞ」といい、統帥権が政府から独立していることを宣明したことに意義があることは、ふつう説かれているとおりである。ただ、「世論に惑はず政治に拘らず只々一途に己の本分の忠節を守り義は山嶽よりも重く死は鴻毛よりも軽しと覚悟せよ　其操を破りて不覚を取り汚名を受くるなかれ」とあり、軍部が政治を壟断していた十五年戦争の時期、政治に対する軍部の容喙、支配が「政治に拘らず」という軍人勅諭の説諭と矛盾することは明らかであった。当時軍部がいろいろと詭弁を弄して勅諭に反しないと称していたが、中学生といえども軍部の論理に納得してはいなかった。そんな気分もあり、軍人勅諭などというものを私をふくめ私の仲間たちは歯牙にもかけていなかった。だから、軍人勅諭を筆記して提出したことも私はまったく忘れていたのであろう。

昭和十六年、戦陣訓が公表されていたが、私には戦陣訓を教えられたという記憶がまったくない。戦後、「生きて虜囚の辱を受けず、死して罪禍の汚名を残すこと勿れ」の句がしばしば引用されるが、当時、この戦陣訓のために捕虜となるよりは死を選ぶことが強制されるようになったとは思われない。これは「義は山嶽よりも重く死は鴻毛よりも軽しと覚悟せよ　其操を破りて不覚を取り汚名を受くるなかれ」を多少文飾を付して言いかえたにすぎない。亡父の生家の近くに、日露戦争でロシア軍の捕虜となり、戦後解放されて帰郷した元兵士がいた。彼はその生涯をつうじ周囲から白眼視され、軽蔑されていた、と亡父から私は聞かされていた。「生きて虜囚の辱を受けず」とはすでに日露戦争後には国民の間で一般的になっていた風潮であろう。私たち日本人は戦時国際法の原則を学ぶことはなかったし、また、敵の捕虜となった王様を国民が償金を支払って買い戻すような、ヨーロッパ諸国間の国際関係のあり方とは無縁な歴史と伝統をもっていた。

むしろ、戦陣訓で目につくことは、「大元帥陛下に対し奉る絶対随順の崇高なる精神」、「死生困苦の間に処し、命令一下欣然として死地に投じ、黙々として献身服行の実を挙ぐるもの、実に我が軍人精神の精華」といった、上官の命令に対する絶対的服従が強調されていることである。軍人勅諭においても「下級のものは上官の命を承ること実は直に朕が命を承る義なりと心得よ」とあり、同じ趣旨は説かれているが、軍人勅諭では、これが「又上級の者は下級のものに向ひ聊も軽侮驕傲の振舞あるべからず」といった句に続き、上下関係が対をなしていた。戦陣訓においては、この関係がまったく一方的になったのである。しかも、これも軍部における五・一五事件等にみられる下剋上の実状からみると、いったい当時の軍部の誰が戦陣訓を読んだのだろうという疑いが強い。

*

『一朗の思い出ばなし』には、三月二日夕方から卒業式があった、という。「式の途中で保護者の一人が倒れたと言ってざわめいた。式が終わって聞いてみると、河村君のお母さんが吐血して宿直室に運ばれたと言う。後で聞いたら胃潰瘍でかなり重体の由、「河村君が合格する迄は死ねない」と言っておられたそうだ。卒業式は何の感激もなく終わった」と記されている。

私は卒業式に出席したかどうかさえ憶えていない。しかし、当日母堂が吐血した河村はありありと記憶している。夜になって卒業式が催されたのは戦時下で昼間催すことができなかったからだという。

昭和十七年、私の四年生の半ばから、登校下校のさい、私たちはそれまで学帽をとってお辞儀をすることになっていたのが、挙手するように決められた。もっと私にとって嫌だったのは、胸に学年、級名、氏名を記した布を縫いつけるように強制されたことであった。確か空襲等で死傷したさい誰かを特定する必要があるということであった。これはじつに恥ずかしかった。それはともかく、河村の母堂の吐血は大事には至らなかった。彼は、卒業式の終了にさいし、いっせいに学帽をとって、さよなら、という挨拶をし、誰一人挙手の礼をとる者はいなかった、という。昭和十九年三月になっても、まだそういう校風が残っていたのであった。

こうして私の府立五中時代が終った。

20

「朝起きて顔を洗うのは器量に自信のない奴のすることだ」

旧制一高に入学し、寮生活をするようになって間もなく、同室の三年生飯田桃からそう教えられた。飯田は久しくいいだももという表記で文筆活動や政治活動をしているので、この文章でもいいだと表記することとする。いいだはよほど器量に自信があったのだろう。私はまるで器量に自信がなかったが、いいだに倣って起床しても洗面しないこととした。それほどに上級生の発言は権威をもっていたのだが、昭和十九年四月、一高の寄宿寮で生活しはじめたとき、私の生活環境が一変したので、その新しい環境に早くなじもうとした、いじらしさのあらわれでもあった。不精、怠惰を見習うことは易しい。起床しても洗面しない習慣はすぐ身についたが、まるで違った生活環境に馴れることは必ずしも易しいことではなかった。はじめて帰省を許されて大宮の自宅に帰ったとき、電車が弧を描きながら赤羽駅に入り、京浜東北線のプラットフォームを望んだだけで、わが家恋しさ、懐しさに涙ぐむほどの思いがした。

一高はいわゆる全寮制であった。病身とか、親一人子一人といった特別の境遇にある者以外は、すべて在学中は寮生活を強制された。寮生活は学生の自治に委ねられていた。学生から選ばれた委員長以下の委員が学生の生活をとりしきり、学校側の干渉はまったくなかった。入学するとまず寮のどの部屋で生活するかを決めなければならなかった。私ははじめ文科端艇部に入部するよう強く勧誘された。当時私は五十キロそこそこで、ひどく痩せていた。しかし、長身だったので、鍛えれば何とかなると見込まれたのであろう。右も左も分らぬままに承諾させられてしまったが、一晩考えて、どうしても運動部の生活には耐えられそうにないと思い、翌日また文科端艇部に行き、おずおずと辞めさせてもらいたいと懇願した。意外とあっさりと承諾してくれた。端艇部は分りやすくいえばボート部である。文科、理科にそれぞれ端艇部があり、文端《ぶんたん》、理端と略称されていた。運動部の中でも、もっとも身体強健でなければつとまらなかった。

私は国文学会という部活動の会があることを知り、入会を申し込み、許可された。その結果、私は国文学会が占めていた明寮十六番という部屋で起居することとなった。それが私の生涯にどれほど決定的な意味をもつことになるかは、その時点ではまったく予想していなかった。

一高には南から北へ、南寮、中寮、北寮、明寮という四つの建物が東西に伸びて建っていた。明寮はもっとも北側だったが、比較的高い土地に建っていたし、十六番はその西南の角部屋だったから、陽当たりが良かった。通常の部屋は廊下をはさんで南側に自習室、北側に寝室があった。明寮十六番だけは変則であった。二階に自習室があり、その真上の三階に寝室があった。通常の寝室には畳を木枠でかこった寝台が並んでいたが、明寮十六番の寝室は畳敷きの和室であった。自習室も寝室も南面、西面の二面のひろびろとした窓から陽が差し込んだ。

＊

私がまず戸惑ったのは一室に十数名が起居しなければならないことであった。三年生にはいいだもも、太田一郎、それに後に東大医学部を経て九段坂病院の院長などをつとめた中川三與三という理乙の学生がいた。二年生には築島裕、今道友信、森清武、喜多迅鷹、岩崎京至、木村正中、松山恒見、西川省吾といった人々がいた。私と同年では、私の他、中野徹雄、橋本和雄、寺沢毅、大西守彦、それに理科の学生が一人いたはずだが、名前を憶えていない。いいだ、太田との交友は今後も記すことが多いはずである。築島は後に東大の国語学の教授となり、若くして学士院賞を受賞するような業績をあげた。今道も東大教授として美学を講じ、国際的に著名な哲学者となった。木村正中は当時は理乙の学生だったが、東大では国文学科にすすみ、王朝文学を専攻し、学習院大学教授をつとめていた。松山恒見は東大で植物学を学んだ後、あらためてフランス文学科に学士入学し、後に独協大学の教授となったはずである。

こうして数え上げてみると、国文学会といいながら、国文学を専攻したのは木村正中だけで、いいだもも、結社に属しない歌人として知られる太田一郎、国語学や哲学を専攻したとはいえ文学に造詣のふかい築島、今道らを除けば、その他の人々はみな国文学とは関係ない職業に就いた。国文学会といってもじつは国文学愛好者の同好会だったというのが実態であった。

それにしても一室に十七名ほどが起居していたわけである。それまで私は一人で寝るか、兄と二人で寝ていたから、これほど多数の人々と起居を共にすることになったのは、私にとってひどい苦痛であった。ただ、一室に二、三人で生活するとすれば、ずいぶんと妥協と寛容を必要とするだろう。気が合えば良いが、さもなければ価値観や生活習慣の違いからたちまち衝突するであろう。逆に十数名というほどの多数となると、一々目くじら立ててもいられないから、かえって生活しやすかったのかもしれない。部屋の中で、どこが上席といったきまりもなかった。誰もが思い思いに席をきめ、気侭にふるまっていた。

入寮してすぐ、この部屋では、上級生だからといって「さん」づけで呼ばない、たがいに呼び捨てにするのだ、と教えられた。私がいまだにいいだ、太田と呼び捨てにしているのは当時からの習慣である。事情を知らない人に、いいだや太田と私が同級生かと誤解されることがあるが、これは当時の習慣をもちこしているにすぎない。

ただ、それも同室で生活している学生たちの間に限られ、卒業生は「さん」づけしていた。国文学会の創立者は中村眞一郎、小川修三、田代正夫の三氏だが、まさか私が中村眞一郎さんを中村と呼び捨てにするようなことはなかった。

だから上級生による下級生に対する支配体制はなかったし、もちろんしごきとか制裁といったものはおよそ無縁であった。そんな自由な雰囲気だったから、私も徐々にそういう多数の人々と同室で生活することに慣れていったのであろう。私に辛かったのは誰もが夜更かしだったことであった。毎晩十時には床に就くのが私の少年時からの習慣だったが、寮の消灯時間は十時半であった。その後も読書室は終夜灯であった。読書室や、あるいは寝室の暗闇の中で、いつまでもお喋りが尽きなかった。眠いというのは子供じみていると思われるのではないかと惧れて、私はお喋りにつきあっていた。考えてみれば、これもいじらしい限りであった。

＊

誰もがそういう生活を居心地良く感じていたか、といえばそうともいいきれない。

ふしぎなことに、私の記憶するかぎり、部屋には箒とか雑巾とか塵とりといった掃除道具がなかった。それでいて、各人の机の上は乱雑でも、床が汚れていたり、埃がたまっていることはなかった。私自身部屋の掃除をした憶えはない。岸薫夫は私の一年上級で、三階の隣室の史談会で生活していた。岸は床には塵一つなかったと断言している。私の周辺の誰もが掃除をした記憶もなく、掃除道具を見た記憶もない。汚れに慣れきって汚れに気付かなかったのだろう、と私の次女は嗤うのだが、部屋に一人か二人、掃除好き、綺麗好きな者がいて、掃除していたのではなかろうか。そういう学生にとって、一高の寮生活はたまらなく不潔に感じられたにちがいない。

たとえば簗島裕はたいへん几帳面で、机の上もいつもきちんと整頓されていた。私の入学前のことで、噂として聞いていることだが、明寮十六番では自分の物も他人の物も見境いなかったので、あるとき簗島が日高普に、「僕のインク瓶からインクを使うのはかまわないけど、せめて蓋だけはしておいてもらえないか」と頼んだ。日高は「どうして」と反問した。簗島が「蓋をしておかないと蒸発するかもしれない」というと、日高が、「一晩蓋をしないでおいて蒸発するかどうか計ってみようか」と言ったので、簗島は黙りこんでしまったという。さぞ簗島は口惜しい思いをしたにちがいないが、誰も簗島にとりあってくれなかった。

もっとふしぎなのは洗濯である。やはり私の周辺にいた友人たちは洗濯をした記憶もなければ、洗濯物を干しているのを見た記憶もない。たぶん週末などに自宅に持ち帰って洗濯してもらっていたのだろう。ある同級生は私たちの間では身だしなみのよい学生だったが、夏休になると、学期中の洗濯物をまとめて鉄道荷物で自宅に送りかえしていたという。着替えの下着など充分持っていたはずもないから、かなり不潔だったのではあるまいか。彼とはいまだに親交があるが、いまでは想像を絶することである。

洗濯をした記憶がないのは日高も同じである。日高に勧められて、日高と同学年の石川義夫さんに電話してみたところ、「ああ、日高は汚なかったなあ、だけど僕も洗濯をした憶えはないね。もっとも同室の勝見嘉美は洗濯好きだったから、始終、石川、洗濯物を出せ、洗濯してやろう、といってくれた」というお答えであった。だから例外的に綺麗好きな人々もいて、その人々のお蔭である程度、部屋も清潔さを保っていたのかもしれない。

やがて寮には虱が跋扈するようになった。私は帰宅すると、まず風呂場に行き、身に着けていたものをすべて脱ぎ、風呂に入って着替え、その間、持ち帰った洗濯物を煮沸しないと、家に入れてもらえないこととなった。これは、昭和十九年も秋ころからである。

上級生によるしごきや制裁はなかったけれども、知的な世界ではある種のしごきがあった。旧制高校の新入生と比べ、二年生、三年生は格段に教養の程度が違っていた。明寮十六番で生活することとなって、私は文学をふくめ、未知の知的世界の津浪に翻弄されたような体験をかさねることとなった。

入寮してはじめて目にしたのは、壁に楷書で墨書された

モナドは窓を開かねばならぬ

という句であった。日高普という署名があり、昭和十八年何月何日、入営にさいし、といった添え書きがされていた。私は何のことかまったく理解できなかった。思いきって上級生の一人に、モナドって何ですか、と訊ねてみた。ライプニッツだよ、という答えがかえってきた。そんなことも知らないのかという口調にめげて、私はモナドが窓を開くとはどういう意味か、質問する気力を失くした。その後半世紀以上にわたり畏敬し続けて今日に至っている日高普という名を、私はその時はじめて目にしたのであった。日高はすでに軍隊に入っていたから、私は日高と同室で生活したことはない。面識を得たのは戦後間もない時期であった。

最近、いいだ夫妻、日高夫妻、私と私の次女の六人で会食する機会があった。その席で、その墨書の話をすると、日高は恥ずかしそうに、そんなことがあったかねえ、と言った。モナドが窓を開くというのはどういうことなの、と尋ねると、いいだが、これは永遠の問題だな、ライプニッツのモナドはそれ自体自己完結的な個体だから、窓がない、いかにして他者との関係をもつ窓を開くか、入営にあたって、他者との関係を構築しなければならない、といった覚悟を日高は言いたかったのだろうよ、と解説してくれた。日高は黙って苦笑していた。

＊

入寮して間もなく新入生歓迎コンパがあった。寝室の布団を片付けて車座に坐った。格別の食物もなかった。酒もあったかどうか疑わしい。酒も食糧もすでに配給制であった。卒業生の先輩が何人か参加していた。その席で私は遠藤麟一朗を知った。遠藤はいわゆる典型的な美青年であった。東大経済学部の学生であった。各自が自己紹介した。遠藤はかたわらにいた西川省吾を見やって、

「僕は遠藤麟一朗、西川を駑馬に比すれば僕は麒麟のようなものだ」

と名乗った。何と気障で嫌味な人だろうと私は思った。遠藤は戦後『世代』が創刊されたとき、初代の編集長になった。粕谷一希が『二十歳にして心朽ちたり』と題する遠藤の伝記を書いている。私は彼の死に至るまでかなり親しかったので、いまはただその人柄が懐しいばかりだが、彼

は天与の才能に恵まれながら、その才能を開花させることなく、深酒を続けて、自死も同様に昭和五十三（一九七八）年他界した。享年五十四歳であった。誤解を招きやすい言動も遠藤の性格の一部であった。彼は東京府立一中の四年修了で一高に入学したので、学徒出陣を免れて大学に進学していた。西川も同じ府立一中で遠藤と同学年で昭和十六年三月に卒業している。一年浪人して一高に入学し、遠藤が大学生となってもまだ一高にとどまっていた。遠藤の自己紹介は西川とのそうした関係を気軽く揶揄したものだったようである。劣等コンプレックスと逆の優越コンプレックスとでもいうべき心情もまじっていたかもしれない。ついでながら、西川は私と同じ年に一高を卒業した。徴兵されていなかったのだから病身だったのであろう。反面、一高の寮生活が居心地が良く、いつまでも一高に在学し続けていた学生は、西川以外にも、かなりいたはずである。

西川省吾はとうに死去したと聞いているが、一高以後の消息を私は知らない。ただ、西川については もう一つ強烈な思い出がある。入学して一月ほど経ったころであった。私たちの部屋をストームが襲った。ストームは旧制高校の寮ではどこでも同様だったろうと思われるが、「立て自治寮の健男児」といった寮歌を蛮声をはり上げて歌いながら、一群が他の部屋に押し入り、枕を蹴とばして寝ている者を叩き起こし、寮歌を強要したり、檄を飛ばしたりするのであった。私たちにストームをかけてきたのは文端、文科端艇部の同級生たちであった。後に戦記文学作家となった児島襄が先頭であった。文端には猪熊時久、林義郎、橋本攻、萩原雄二郎、横田光三、筧栄一らが属していたが、彼らのうち誰がそのストームに加わっていたか暗闇だったのではっきりしない。はっきりしているのは児島だけである。私の同室の橋本和雄が文端の誰かから代返を頼まれたのに、代返しなかったための意趣返しのストームであった。いまでも大学生の間で代返は絶えないようだが、一高ではごく日常的であった。十名ほどしか出席していないのに四十名以上の出席の返事があることも稀でなかった。軍事教練でさえ、出席の返事をした者の半数ほどしか実際は出席していないことがあった。教室にはただ一名しかいないのに十数名の代返をし、さすがに教授が憤然として教室を出ていったとか、それでも平然と教授は授業をはじめたとかという噂をしばしば聞いていた。私の同級の萩原雄二郎が『運《めぐ》るもの星とは呼びて』に寄せている「ばれた代返」に、代返がばれた事件の挿話が記されている。「先生は漢文の阿藤伯海先生。この時教室にいたのは十数名。出欠に答えた数は明らかに二十名以上であった。(中略)阿藤先生はたちどころに代返の多さに気づかれたようで、出欠簿を閉じてしばし憮然たる思いに耽っておられた。しかしその時やおら先生の口から出た言葉は、「聴衆の堂に満たざる、わが徳の至らざる所か」の一言のみであった。あとはいつものように「子曰く」に始まる論語の講義が続くばかりであった」。橋本は穏和な性格だったから、代返を頼まれれば嫌ともいえず、いざとなって気が臆して代返しそびれたのであろう。

児島が私たちを立たせて、名前と出身校を名乗れと怒号した。児島は体軀堂々たる偉丈夫であった。中村稔、府立五中、といったように次々と名乗った。やがて西川が、西川省吾、府立一中、というと、児島が、何、そんな奴は知らねえ、と叫んだ。児島も府立一中の出身であった。西川が、君は何年の卒業だ、と訊ねると、児島が昭和十九年と答えた。西川が、俺は昭和十六年だ、大きな顔をするな、とドスの利いた声で言った。そうか、と児島は答えて、ストームの一行はすごすごとひき上げていった。

その児島も二〇〇二（平成十四）年に死んだ。西川はとうに死んだということである。橋本和雄もジョギング中蜘蛛膜下出血で二十年以上前に死んだ。後に明電社の社長、会長などをつとめた猪熊も二〇〇二（平成十四）年死んだ。橋本攻は東京高裁判事を定年前に退職し、弁護士登録をしたものの間もなく抹消し、その後一、二年で十年ほど前に自死した。彼は一高在学中抒情性あふれる相聞歌を発表していた。彼ら去り逝きし友人たちはみな懐しく、彼らを思うと切ない。大蔵大臣になったこともある林義郎、検事総長まで昇進し、いまは弁護士をしている筧栄一、日本航空の専務のときに御巣鷹山の事故の責任をとって辞任し、いまは那須に引退している萩原雄二郎、ＮＴＴにつとめ、子会社の社長をしていた横田光三ら、健在な友人たちも少なくないが、誰もこの事件は憶えていない。なお、私自身は在学中の三年間をつうじストームをかけたことはない。夜半にストームをかけるほどの体力もなかったが、私にはストームを嫌悪するような気分がつよかった。

＊

モナドは窓を開かねばならぬ、と日高が墨書していたことを記したが、いわばこれは壁に筆で書いた落書である。同じような落書で、私が入寮してすぐ目にとめたのが、中原中也の「湖上」であった。これは読書室の壁一面にその全篇が墨書されていた。

ポッカリ月が出ましたら、
舟を浮べて出掛けませう。
波はひたひた打つでせう、
風も少しはあるでせう。

以下の全文であった。私はこれが現代詩かという奇異な感じをもった。それでいて甘美な調べに絡みとられるように思った。中原中也の詩に接した最初であった。だが、感動したわけでもなかった。中原中也の作品に強く惹かれるようになったのは、その後二、三ヵ月してから後であった。すでに萩原雄二郎の文章を引用した『運るもの星とは呼びて』は、昭和十九（一九四四）年四月に一高の一年生だった同期の者たちが一九九一（平成三）年に刊行した回想文集である。題名は寮歌の一節をとっている。この文集に松下康雄が「向陵回顧」という一文を寄せている。松下は神戸一中の四年修了で、私より一年早く入学し、休学して私と同級となった。文中、松下はこう書いている。

「当時私の周囲で一番愛読されたのは、多分宮澤賢治や中原中也の詩だった。戦争を詠んだ中国の古い詩もよく読んだ。すこし前まで読まれていた『出家とその弟子』や『愛と認識の出発』などは顧みられなかった。生死の関頭に立つというのは、やはり若者にとって恐るべき事で、生半可な本は読めなかった」。

「生死の関頭に立つ」という文言からみて、松下のいう「当時」が敗戦前を指すことは確かだが、この時点では、後に記すように、宮澤賢治の詩集も中原中也の詩集もごく入手しにくかった。だから、松下の周辺で彼らの詩が愛読されていたという事情については、後に確認するつもりである。それはそれとして、倉田百三の著作は、私の実感としても顧みられなかったが、それでも「生死の関頭に立つ」若者たちにはある種の哲学書は広く読まれていたのではないか。そうした哲学書とは、たとえば西田幾多郎『善の研究』、出隆『哲学以前』、三木清『人生論ノート』の類であった。

しかし、私が当時『善の研究』を読んだ憶えはない。私が『善の研究』を通読したのはごく最近である。中原中也の芸術論と初期西田哲学の関連を調べるため、必要に迫られたのである。もっとも中野徹雄は中学時代にすでに『善の研究』を読んでいた。これについては中野から直接聞いたことがある。それにしても、西田の純粋経験といった考えがどうしてひろく受け入れられたのか、生死の関頭に立つ若者にとってどういう意味をもっていたのか、私は不可解に感じた。最近いいだに尋ねたところ、「いや、そんなことはないね、意識が身体の中にあるのではなく、身体はかえって自己の意識の中にあるのだ、といった思想に、僕は痺れるほどにうちのめされた憶えがある」ということであった。私は物事をつきつめて考える思弁的、形而上学的能力を欠いているので『善の研究』を手にしたことはなかったが、良い意味での観念性が豊かだった若者たちには、西田幾多郎や田辺元の著作はふかい関心の対象だったのではなかったか。松下に限っていえば、当時彼はヘーゲルをドイツ語の原書で読んでいるという評判であった。だから、彼はすでに西田らに関心を失っていたのかもしれない。

出隆は私の中学時代の親友出英利の父君だから『哲学以前』のいくらかは読んでいるが、私が憶えているのは次のような一節である。

「知識欲は、かく人間に厳然として存し、かつ働いている事実である。それがわれわれに苦悩であるならば、それは悲しき運命であり抗すべからざる悲劇である。それは汲めども尽きぬ宿命の泉である。しかし避けえぬものならば、毒であろうと美酒であろうと、どこまでも飲み干し飲みつづけねばならないであろう。とはいえ、これはあまりにも悲しい事実である。

ゲッセマネの夜の祈りを聞け、イエスは何と祈ったか——

「わが父よ、もし得べくば此の酒杯を我より取り去り給え。されど我が意のままにとにはあらず、御意のままに為し給え」

これが単なる悲しい諦めであろうか。それは毒杯をあえて飲み乾《ほ》す哲人ソクラテスの勇気ではないか」。

右は『哲学以前』の第一部「真理思慕」の一節である。第二部「立場と世界」は初期西田哲学を解説、敷衍したような著述のようである。必要あって最近『出隆著作集』第一巻の『哲学以前』を読むこととなり、私は第二部を通読したことさえなかったように考えている。「真理思慕」中の美文に陶酔していたにすぎないというのが真実であろう。私はむしろ出隆の『英国の曲線』『空点房雑記』のような随筆の愛読者であった。これはいまも変らない。これらの随筆の興趣は内田百閒のにがく、トボけたヒューモアの興趣に似ているが、百閒よりもはるかに知的である。こうした随筆を読む機会が失われていることは現代の読書人の不幸だという思いが私にはつよい。あるいは私がもっとも影響をうけた哲学書といえば三木清『人生論ノート』かもしれない。これは哲学書というよりは啓蒙書であろう。あらためて読みかえしてみて、私が当時感銘をうけた文章を目にし、まざまざと当時が甦えるのを私は感じている。

「名誉心について」中に次のような文章がある。

「虚栄心はまず社会を対象としている。しかるに名誉心はまず自己を対象とする。虚栄心が対世間的であるのに対して、名誉心は自己の品位についての自覚である」。

こうした考え方は、私の生涯にとって一種の処世訓となり、私の過多な虚栄心をある程度抑制する働きをもったのではあるまいか。

また、「幸福について」は次の一節がある。

「愛するもののために死んだ故に彼等は幸福であったのでなく、反対に、彼等は幸福であった故に愛するもののために死ぬる力を有したのである」。生死の関頭に立って、死ぬことが幸福であるといえるほどに私は日本という国を愛することができるか、と当時私は自問していた。そして、それほどに幸福ではないと私は信じていた。

私は三木清の良い読者ではない。右に引用した文章も箴言というべきもので、思想的体系をなしているわけではない。たぶん『構想力の論理』が三木清の思想体系をなす著述なのだろうが、当時もいまも私は読んだことがない。私は思弁的能力を欠いているので、体系としての思想よりも片言隻句の箴言に思想の匂いをかぎとって満足していたのである。

一高に入学して私が向かいあった知的世界の一部はほぼこうしたものであった。私の怠惰、私の資質のために、こうした世界の片鱗をかいまみることしかできなかった。それでも、こうした知的世界が津浪のように押し寄せ、未熟な私はたじろぎ、自失し、呆然と日々を送ったのであった。

21

記録によれば、昭和十六（一九四一）年四月から主食が配給制となり、成人男子一人あたり二合三勺（三四五グラム）を基準とし、昭和十八年になると雑穀などの主食代替による総合配給制となった、という。しかし、私が昭和十九年四月、一高の寮生活をはじめた時点では寮の食堂の食事はそう貧しくはなかった。昭和十七年いいだが入学したころは飯のお代りは自由だったというが、さすがに丼飯の盛り切り一杯になっていた。お菜もそうひどくはなかった。食事の一般的水準がずいぶん低くなっていたせいかもしれないが、私は空腹を感じたこともなく、また不味くて困った記憶もない。もっとも食券制だったから、私は自宅に帰ったときの食券が余っていたので、寮に戻れば二食分、三食分たべることができた。地方出身者に比べ、東京や東京近辺出身者はその点で恵まれていた。米は玄米であった。胚芽を含んでいるので栄養に富んでいるということであった。よく咀嚼するようにいわれていたが、若者にとってゆっくり咀嚼するような時間的余裕あるいは精神的余裕はなかった。噂によれば、農林省の高官が一高の卒業生だったので、玄米ならば通常の配給量以上に配給してくれるという特別のはからいだった。私は戦争下の特権階級の末端につらなっていたわけである。だが、充分咀嚼しない玄米のために私たちは始終下痢していた。食糧事情が極度に窮迫したのは昭和十九年の秋ころからだったように私は記憶している。酒も配給制だったから、酒好きの寮生はずいぶん不自由だったようである。私はほとんど酒を嗜まないから、どうということはなかった。いいだが入学してしばらくは、何かといえば渋谷の百軒店にくりだして酒場で気炎をあげたそうだが、昭和十九年には百軒店の飲食店はほとんど店を閉めていた。もともとそうした店とは縁がなかったので、私は何の痛痒も感じなかった。

＊

国文学会では私が入学して間もなく万葉集と花伝書の輪講がはじまった。万葉集の輪講は大野晋さんと中村眞一郎さんが、花伝書は小山弘志さんが指導して下さった。大野さんも小山さんも国文学会の先輩であった。お二方とも昭和十八年九月、東大の国語国文学科を卒業したばかりの大学院生であった。中村眞一郎さんは昭和十六年三月に東大のフランス文学科を卒業なさっていた。

テキストはいずれも岩波文庫で、万葉集は佐佐木信綱校訂版、花伝書は野上豊一郎校訂版であった。輪講といっても、これら三氏の講義のようなものだったと私は記憶していた。私が輪講のために準備した憶えがないからであった。だが、じっさいは私たちに指名して報告させたらしい。これは大野さんにお確かめしたことである。万葉集は途中から始まったように憶えていたので、それが何故かをお訊ねしたところ、大野さんが児玉久雄さんに聞いて下さった。児玉さんは学習院大学の教授として大野さんと同僚だった方だが、いいだと同学年である。国文学会の会員でなかったが、輪講への参加者は国文学会の会員に限られていなかったので、出席なさっていたらしい。

児玉さんによれば、万葉集の輪講はその前年からはじまっていたので、昭和十九年には巻二をとりあげたのだそうである。私が指名されて何か答えたことがある、と児玉さんは言っておいでになったという。どうせろくに調べもせずにいい加減なことを喋ったにちがいない。私は児玉さんとは面識がない。そういうことを記憶している方が、私の交際圏外においでになると思うと、羞恥心に顔があからむばかりである。

後年、岩波古典文学大系の万葉集を拾い読みしたとき、大野さんが輪講で講義して下さったことが、ようやくこの註釈にまとまったのだ、と私は思いあたった。たとえば巻二の冒頭に磐姫皇后の四首が収められているが、その第二首はよく知られた次の作である。

かくばかり恋ひつつあらずは高山の磐根《いはね》し枕《ま》きて死なましものを

この「恋ひつつあらず」は「恋い慕っていずに」の意で、ズは連用形、ハは係助詞と頭注に記されている。補注によれば、「恋ひつつあらずは」の「ずは」を「ナイナラバ」と解すると、この歌の場合は解釈できない。本居宣長は「このズハは……ンヨリハと解した」が、そう解すると、すべての「ずは」の用法にはあてはまらない。橋本進吉博士がこの「ハ」は軽く添えただけの係助詞と解した。大意そのように記されている。

また、第四首は私の多年愛誦する作だが、次のとおりである。

秋の田の穂の上《へ》に霧《き》らふ朝霞何処辺《いづへ》の方《かた》にわが恋ひやまむ

岩波古典文学大系の頭注に「霧らふ」とは「動詞キル（霧る）に反復・継続を表わすフという接尾語のついた動詞」とある。私は「霧らふ」は霧が立ちこめるといったほどの意味の古語だろうと想像していたから、フが反復・継続を表わす接尾語などとは思いもよらなかった。

これらを当時万葉集の輪講で大野さんから教えられたかどうかはっきりしない。ただ、大野さんの講義がこのような一字一句を精密に考察、批判したものだったことは間違いない。古典とはこんなに厳密に読まなければならないものだ、と教えられた私はただ目を瞠るばかりであった。

大野さんの講義にもまして刺戟的だったのは中村眞一郎さんの発言であった。大野さんがたじたじとなさる質問を次々に投げかけ、大野さんが言葉につまると、滔々と自説を展開なさった。時に奇矯に思われることもあったが、学識は東西古今に渉り、広い視野から万葉集を味読している感があった。そのころ中村眞一郎さんは静岡県にお住まいだったようで、静岡の地誌にまで話題がそれることもあった。談論風発、その語り口がまた絶妙であった。

眞一郎さんはひどく痩せていて肌の色がうす黒かった。栄養失調のようにみえたが、じっさい栄養失調だったのかもしれない。眞一郎さんは年齢をかさねるにしたがい立派な風貌になり肌の色艶も良くなったが、そのころはむしろいたましいような感じであった。しかも意気軒昂たるものがあった。

比較的にいえば、小山さんの花伝書の輪講の記憶は乏しい。小山さんは昭和十九年六月から三ヵ月間教育召集をおうけになったので、花伝書の輪講はそこで中断してしまったのかもしれない。私が憶えているのは、時分の花とか、秘すれば花、秘せずば花なるべからず、といった断片的な章句にすぎない。

このころ、中村眞一郎さんも大野さんも小山さんもまだ二十歳台の半ば、まったく無名であった。それでも学者というものはこれほどに精緻で該博な学殖を必要とするのだ、ということに私は感銘をうけ、学者になれるような素質がないことを自覚した。それに、中村眞一郎さんの天馬空を行くような、大野さんのエネルギッシュな、小山さんの物静かで醇々たる話し方の個性の違いも、私にはそれぞれ印象ふかかった。十七歳の私がこうした方々と親しく接することができた幸運には当時は思い至らなかった。中村眞一郎さんから加藤周一、福永武彦、白井健三郎、窪田啓作といった方々の名もお聞きした。こうした方々をはじめ、国文学会の関係で知遇を得た人々が、私の生涯にわたってどれほどの意味をもつことになるかは、そのころは思いもよらなかった。

＊

国文学会で私が翻弄されることになった知的な世界は、若干の哲学書、思想書、万葉集や花伝書に限らなかった。それらはごく一部にすぎなかった。私に未知の文学の世界の展望が一挙にひらかれたといってよい。

それは小林秀雄のランボー『地獄の季節』の翻訳、『文芸評論』『続文芸評論』等にはじまった。もっとも、これらを私がそのころ理解できたとは思われない。私が魅了されたのは、『地獄の季節』の翻訳についていえば、

「嘗ては、若し俺の記憶が確かならば、俺の生活は宴《うたげ》であつた。誰の心も開き、酒といふ酒は悉く流れ出た宴であつた」

というような断片であり、また、その序文であった。

「浅草公園の八卦やが、私は廿二歳の時から衰運に向つたと言つた。私が初めてランボオを読みだしたのは廿三の春だから、ランボオは私の衰運と共に現れたわけになる。手に入れたのは「地獄の季節」のメルキュウル版の手帳のやうな安本であつた。私は彼の白鳥の歌を、のつけに聞いて了つた。「酩酊の船」の悲劇に陶酔する前に、詩との絶縁状の「身を引き裂かれる不幸」を見せられた。以来、私は口を噤んだ。いや、たゞ、私の弱貧の為にも、私は口を噤んで来た筈だ。

その頃、私はたゞ、うつろな眼をして、一日おきに、吾妻橋からポンポン蒸気にのつかつて、

向島の銘酒屋の女のところに通つてゐただけだ」。

以下は略すけれども、この文章の続きに、『地獄の季節』と一緒に懐中にした、一女に買つて行く穴子のお鮨が、潰れやしないかと時々気を配つたり」したという一節なども気に入っていた。たしかに私は小林秀雄訳の『地獄の季節』の雄勁なリズムや豊かなイメージにつよく惹かれていた。しかし、それ以上にランボーを鑑賞できたとは思われない。むしろ序文にみられる小林の何か切迫した生き方にとらえられていたのであった。以来、一部の著作を除いて、私は小林秀雄の良い読者ではない。

おそらく、私に現代詩の世界にはじめて眼を開かせたのは、河出書房版『現代詩集』三巻であった。昭和十四年から十五年にかけて刊行されたこの三巻本のアンソロジーには、第一巻に高村光太郎、草野心平、中原中也、蔵原伸二郎、神保光太郎、第二巻に丸山薫、立原道造、田中冬二、伊東静雄、宮澤賢治、第三巻に萩原朔太郎、北川冬彦、高橋新吉、金子光晴、三好達治の十五名の作品を収めている。いまからみれば妥当な人選と思われるが、当時としてはずいぶん思い切った人選といってよい。一部の識者に知られていたとはいえ、少なくとも宮澤賢治、中原中也、立原道造は一般的に無名に近かったはずである。

宮澤賢治についてはすでに十字屋版の全集が刊行されていたが、一般の読者に全集がひろく迎えられたわけではなかった。いうまでもなく、この時点では『春と修羅』は入手がきわめて難しかった。同じ昭和十四年に羽田書店から刊行された松田甚次郎編の『宮澤賢治名作選』に二十八篇の詩が収められていた。この『現代詩集』には草野心平が選んだ十六篇が収められている。『宮澤賢治名作選』と『現代詩集』のいずれかで、当時の詩の読者の一般ははじめて宮澤賢治の詩のごく一部を知ったのである。『現代詩集』には「春と修羅」「岩手山」「原体剣舞連」「永訣の朝」「業の花びら」「告別」「停留場にてスキトンを喫す」「ながれたり」などが収められている。戦前は宮澤賢治詩集の如きものは刊行されていなかった。むしろ、彼の童話が早くから知られていた。『風の又三郎』が昭和十四年、『グスコーブドリの伝記』が昭和十六年、いずれも羽田書店から菊版の美しい造本で刊行され、昭和十六年には新潮社から『銀河鉄道の夜』が、昭和十七年には『どんぐりと山猫』が中央公論社からともだち文庫として、昭和十八年には八雲書店から『フランドン農学校の豚』が刊行され、昭和十五年には島耕二監督による『風の又三郎』が日活で映画化されている。これらの童話集はいずれも私には思い出ふかい。あるとき、寮に立ち寄った遠藤麟一朗が羽田書店版の『風の又三郎』『グスコーブドリの伝記』を持ってあらわれ、こういう本を贈り物にするのにふさわしい美少女がどこかにいないものかね、などと呟いていたことがあった。

どういうわけか、明寮十六番には十字屋版全集が数巻ころがっていた。誰のものかは知らない。第一巻はなかった。第二巻、第三巻があった。これらによって私は『春と修羅』第二集以降の作品に接し、これらを読み耽った。

立原道造については、丸山薫が『暁と夕の詩』の全篇、『萱草に寄す』の全篇、その他を加えて三十三篇を選んでいる。私は、それらの中でも、『萱草に寄す』中の「はじめてのものに」「またある夜に」「のちのおもひに」などの清新な抒情に心が洗われるように感じた。おそらく立原の詩作がひろく読まれる契機になったのは『現代詩集』であった。

中原中也は神保光太郎が『山羊の歌』『在りし日の歌』から「サーカス」「朝の歌」にはじまり「蛙声」に至る二十九篇を選んでいる。私は「妹よ」「寒い夜の自我像」「一つのメルヘン」等の諸作に烈しい感動を覚えた。そうでなくても、明寮十六番では、中原中也は、中村眞一郎さんらの世代以降、語りつがれて、愛誦されていた。

私は図書館に『山羊の歌』も『在りし日の歌』も収蔵されていることを知った。岡本信二郎教授の寄贈書の一部であった。その『在りし日の歌』で私は「含羞」「ゆきてかへらぬ」など、『現代詩集』に収められていない作品を知った。会う人ごとに中原、中原と言っていた。そのうちに、中学時代の親友高原紀一が、同級生の長栄昭のお姉さんが『在りし日の歌』を持っていて、呉れてもいい、といっているそうだ、と聞きこんできた。私は高原と二人で長栄の家に出かけた。「なかはらなかや」の詩はいい詩だから、と女子大の先生にすすめられたので買ったのですが、そんなにお好きなら差上げますよ、といって下さった。長栄の家は五反田のあたりで町工場でも営んでいる気配だった。綺麗な姉さんだったな、などと言いかわしながら、私は大事に『在りし日の歌』をかかえて寮に帰った。戦後、私はまったく長栄の消息を聞いていない。

『在りし日の歌』はそんな事情で入手したが、『山羊の歌』は入手できなかった。私は筆写することにした。図書館の暗い照明、『山羊の歌』の紙の手ざわりなど、筆写したときの情景をありありと思いうかべることができる。時間はあり余っていたから、筆写することはまったく苦にならなかった。

松下康雄が「当時私の周囲で一番愛読されたのは、多分宮沢賢治や中原中也の詩だった」「生死の関頭に立つというのは、やはり若者にとって恐るべき事で、生半可な本は読めなかった」と回想していることはすでに記した。私はこの記述について不審に思い、松下に訊ね、私たちの同級の橋爪孝之が『山羊の歌』『在りし日の歌』を筆写して自ら製本し、一冊の本に仕立て、その序文を松下が書いたことがある、と教えられた。萩原雄二郎と同様、日本航空の専務のときに御巣鷹山の事故の責任をとって辞任した橋爪に確認したところ、松下の回想に間違いなかった。橋爪は当時『富永太郎詩集』も筆写して自ら製本したという。これは橋爪が入営のさいやはり同級の平本祐二に託し、平本が保存してくれていた。五年ほど前平本が他界したさい、平本夫人から橋爪に返してくれたので、いまだに手許にあるそうである。それはさておき、松下は橋爪が筆写した中原中也詩集に寄せた序文に、「我らが召し出だされる日も近づいた」という一節を記したことを憶えている。橋爪は松下に序文を乞うほど松下と親しかった。後に私と同じ明寮十六番で生活することとなる網代毅は松下と同じ神戸の出身で、松下と親しかった。網代も中原中也の詩が好きであった。私は当時は橋爪、網代ほど松下と親しかったわけではないが、彼の周囲にいた一人とみられてもふしぎはない。それにしても、召集間近く、生死の関頭に立っていた私たちが、何故中原中也や宮澤賢治に惹かれたか。中原の詩、ことに晩年の作にみられるような生と死の境からうたうような詩境に共感したのかもしれないし、宮澤賢治の作品にみられるような自己犠牲的精神の真率さに感銘を覚えたのかもしれない。私の仲間たちが何故彼らの作品を愛読したかは、いまの私には若干謎めいてみえる。私の詩作についていえば、中原の影響をつよくうけることになったのは戦後になって創元社版の第一次の中原中也全集の編集に関与して以後である。

私がはじめて接することとなったのは中原中也、宮澤賢治だけではなかった。私は山本書店版の第一次の立原道造全集が、やはり図書館に収蔵されていたので、詩篇のかなりの部分も筆写した。小学館版の萩原朔太郎全集、創元選書版の三好達治『春の岬』、『現代詩集』中の伊東静雄の作品にも魂が揺さぶられるように感じた。図書館の岡本教授の寄贈書には、どういうわけか、『四季』の系列の詩人たちの詩集が多く含まれていた。伊東静雄『わがひとに与ふる哀歌』もその一であった。

高村光太郎『智恵子抄』は当時のベストセラーの一だったから、私も愛読していた。しかし、その背景に潜む詩人の辛く悲しい心情に思い及んだわけではない。『現代詩集』中の高村光太郎篇には何の感興も覚えなかった。改造社版『現代日本文学全集』の『現代日本詩集』で中学のころに読んだ「雨にうたるるカテドラル」「あどけない話」などに覚えたほどの興趣も感じなかった。読みかえしてみると『現代詩集』の高村光太郎篇は「猛獣篇其他」と題し、中国大陸で戦争が始まった以後の「マント狒狒」「象」などを収めている。たとえば「象」は「おれを飼ひ馴らしたつもりでゐる／がまんのならない根性にあきれ返つて／鎖をきつて出て来たのだ」と象がゆっくりと歩いてゆく、という作である。象は反植民主義の軛から解き放たれて自立するアジアの諸民族の象徴である。そのころ高村光太郎が始終発表していた戦争協力詩の先駆をなすものであった。私は『現代詩集』所収のこれらの作品に反撥した。「猛獣篇」は二期に分かれているとみられる。『現代詩集』所収の「猛獣篇」は第二期の作品である。後に私は第一期の「ぼろぼろな駝鳥」などに高村光太郎の頂点をみることになったが、当時の私はそれら「猛獣篇」第一期の作品を知らなかったし、『道程』も読んでいなかった。高村光太郎は、『智恵子抄』を除けば、とるに足らぬ詩人の一人としてしか私の眼にはみえていなかった。彼はひそかに『智恵子抄』につらなるような作品を書き、篋底に秘めているのだとささやかれていたが、空疎な戦争協力詩だけを目にしていた私にはそれも信じがたかった。このように高村光太郎の作品に接したことは私にとって不幸だったが、当時はその不幸を自覚する由もなかった。

ともあれ、詩だけに限っても、これらの詩人たちの作品が津波のように突然私の視野に現出した。はじめて知る現代詩の世界は私にとって日々新しかった。

＊

国文学会で生活することになって私がはじめて接した世界はまた、歌舞伎であり、能であり、文楽であった。国文学会は一高生のためのプレイガイドだった、といいだはいう。小山さん、大野さんの時代から、一高の先輩のつてで歌舞伎座の切符を割引価格で入手し、一高生にひろく世話していたそうである。いいだは子供のころから歌舞伎を観ていたそうだし、私と同級の中野徹雄も母親に連れられて始終歌舞伎座に行っていたといっている。いいだや中野に限らず、同室の上級生たちの多くは、喜多迅鷹をはじめとして、歌舞伎が好きで、その造詣もふかかった。私自身は芝居といえば、それまで浅草の大衆演劇どまりで、古典芸能とはまったく無縁であった。昭和十九年四月以降の一年足らずの間、そうした同室の人たちに連れられて、ほとんど毎月のように歌舞伎座に通った。十五世市村羽左衛門、六代目尾上菊五郎、七代目松本幸四郎、初代中村吉右衛門がそろって健在であった。明治以降、歌舞伎に何回か名優たちがその技を競った黄金時代があるが、この時代もその一つだったのではなかろうか。ことに私は羽左衛門の風姿、口跡が好きで、うっとりと見惚れ、聞き惚れたのだが、彼は昭和二十年に他界したので戦後の舞台には立っていない。私は僥倖に恵まれてこの稀有の名優の最晩年の舞台に接したのであった。

能は歌舞伎と違って毎月公演されるわけではないから、一、二度観世の能楽堂に通ったことはあるが、かなり退屈したこととしか憶えていない。享受できるほどの素養を欠いていたのである。梅若万三郎の引退前最後の舞台となった「弱法師」を観たことがいいだの自慢の一つだが、私はこれを観ていない。

文楽については後に記すけれども、野上豊一郎編の『能楽全集』、三宅周太郎『文楽の研究』『続文楽の研究』などが国文学会の部屋のどこかにいつもほうりだされていた。私はそれらを暇にあかせて読みあさって、何とか知識を吸収しようとした。思えば、これもけなげな努力であった。

*

暇にあかせてとか、時間があり余っていたからとか、これまで書いてきたが、それは私が学業を疎かにしていたからにすぎない。私の生涯をふりかえって後悔することは数多いが、一高在学中ほとんど授業に出ていなかったこともその一である。これは私の怠惰のせいだが、弁解すれば、近く徴兵されることは確実だったし、徴兵されれば死は必至と感じていたので、死ぬ前にもっと大事なことをしておかなければならない、といった焦燥に私は駆られていた。

当時の教授の方々を思いうかべると、私はまさに学問の宝庫の前に立っていた。私はその扉を開くことなしに終わったのだが、国文学は五味智英教授の万葉集と守随憲治教授の平家物語、ドイツ語は立沢剛教授と竹山道雄教授、西洋史は亀井高孝教授、東洋史は榎一雄教授、漢文は阿藤伯海教授、英語は酒井善孝教授、といった碩学がそろっていた。私はこれらの先生方の授業を怠け放題怠けていたから、私が記すことのできるのは、授業の断片的な印象にすぎない。

ドイツ語についていえば、一、二ヵ月で一通りの文法をすますと、竹山先生はニーチェの「ツァラツストラ」の講読を、立沢先生はシュトルムの「ドライ・メルヒェン」の講読にとりかかった。竹山先生は反ナチズムの思いから、ナチズムに大きな影響を与えた思想をさぐりたいと考え、ニーチェをとりあげたようであった。先生の表情はいつも苦々しげにみえたのだが、これは私の思い過ごしかもしれない。立沢先生はひたすら講読し、生徒に暗誦させた。試験は、記憶している限り、時間一杯、教科書のドイツ文を冒頭から書けるだけ書くというものであった。こうした外国語の習得の方法は、たぶん有益だといまの私は考えているが、私はきわめて不真面目な生徒だったから、ついにドイツ語を習得しなかった。

阿藤伯海先生については清岡卓行『詩禮傳家』に詳細に記されている。蒼古たる風貌、時局に超然たる趣きが忘れがたい。清岡の著書に加えることのできるのは二、三の挿話にすぎない。最初の授業のとき「四書集注」「四書朱注」と黒板に書いて、どちらも同じことです、と説明なさった。私の中国古典註釈についての新知識であった。同級生の出欠をとるさい、名簿を読みあげ、林建国という級友の名前をリンケンコク君と発音なさった。一同がどっと笑うと、ハヤシという音よりもリンという発音の方がはるかに美しいではありませんか、と憮然たる面持ちでおっしゃった。また、あるとき、文化のある国にしか美味しい料理はありません、それは中国とフランスです、ということであった。『詩禮傳家』に比し、まことに卑俗な記憶しか記すことができないのは我ながら恥ずかしい。

五味先生の授業は音吐朗々、読解を自ら愉しむかの感があった。守随先生は江戸期の市井の隠者といった瓢々たる風情の方であった。亀井先生の西洋史はギリシャからはじまった。勤労動員の関係もあり、一年かかってもギリシャ史が終らなかった。先走っていえば二年に進級して西洋史の担当は林健太郎教授に変った。林先生は、亀井先生はどこまで講義なさいましたか、と質問し、それなら私はフランス革命からやりましょう、と言って、講義をはじめた。林先生のフランス革命の講義は私たちが三年で卒業するまで続いたが、ついに終らなかった。

いまさら後悔してもはじまらないが、私はこれらの碩学の謦咳に接する機会を与えられながら、その授業の半分も出席しなかった。寮から教室までは数百メートルしかなかったが、その数百メートルはおそろしく遠かった。

*

同級生中、私がまず圧倒されたのは中野徹雄であった。中野が中学時代すでに『善の研究』を読んでいたこと、歌舞伎に親しんでいたことは前に記したが、同じ明寮十六番で文字通り机を並べていたから、四六時中起居を共にし、教室でも寮でも彼の動静をつぶさに知ることとなった。中野は当時早稲田大学の総長であった政治学者中野登美雄の子息であり、彼の母君は巌本善治、若松賤子夫妻の長女であった。どこかで英語を講じていたらしい。彼の叔父にあたる巌本、若松夫妻の嗣子はアメリカ人女性と結婚していた。その長女がヴァイオリニストとして知られる巌本真理である。この義理の叔母にあたる方から中野は、中学時代に英詩についての講義をうけていたそうである。母堂の妹にあたる叔母は夏目漱石門下の英文学者松浦一と結婚している。彼の父君が留学していたハイデルベルク大学では新カント派の全盛時代であった。やっかみ半分でいえば、彼はそうした高度の知的教養、語学的才能をもつ血族の一人として育ったので、英語力においても私よりはるかにすぐれていたし、西田幾多郎に限らず、中学時代からすでにリッケルトらにも親しんでいた。中野が入学後間もなく英訳のアリストテレスを歩きながら読んでいたのをいいだは憶えている。国文学についていえば、芭蕉とその一門の作品の知識は、私よりもはるかに豊かであった。

同級生中、中野と並んで傑出していたのは松下康雄であった。彼が私たちの入学の前年、神戸一中の四年修了で一高に入学したとき、一年生の英語教科書をすでに学習し終えていたそうである。後に彼が大蔵大臣秘書官であったころ、大臣に随行してブラジルに出張することとなり、ポルトガル語しか通じないと教えられ、急遽『ポルトガル語四週間』を勉強し、出張中ポルトガル語で業務を処理するのに支障を感じなかったと聞いている。

中野も松下もたしかに語学の才能に恵まれていたのだが、哲学的思弁能力においてもすぐれていた。ただ哲学的思弁能力といっても中野と松下とではいささかその質に違いがあるようにみえた。しいていえば、松下は歴史的関心がつよく、思考力が犀利であった。中野はどちらかといえば人間的ないし実存的関心がつよく、透徹した思考力の持主であった。

中野、松下についで、所雄章が評判高かった。所は東京府立一中在学中一年から四年まで二百五十名の同学年生中つねに一番だったという。語学も哲学的思弁力もすぐれていた。中野は厚生官僚になり、松下は大蔵官僚になったが、所だけが哲学を専攻し、デカルト研究の第一人者となったことはよく知られているとおりである。

彼らを別格とすれば、誰も特に目立たなかった。山口県の豊浦中学の四年修了で入学した林義郎も、東京府立一中の四年修了で入学した筧栄一も、あるいは前橋中学で開校以来の秀才といわれたという猪熊時久も、みな一様に凡庸にみえた。

たとえば、私と同級同室の大西守彦もやはり凡庸にみえたのだが、上記した同級生たちと同じく、凡庸にみえても尋常一様の俊才ではなかった。大西は家庭環境に恵まれなかったため、昼間は内務省で給仕をし、府立五中の夜間部に通った。夜間部では四年修了時には高等専門学校への入試資格がえられなかった。そのため、五年修了時にはじめて受験し、浪人することもなく、私たちと同時にすんなり合格したのである。彼は小柄だったが、行動力があり、要領がよく、頭の回転が早かった。彼は逆境に育った暗い翳をひきずっていた。彼は並はずれた資質をもっていたが、その程度では同級生の中で特に目立つ存在とはなりえなかった。それでも四六時中一緒に生活していれば否応なしに彼の資質を私は見せつけられることとなった。彼は大学卒業後もそうした資質を生かす機会に恵まれることなく、昭和五十八（一九八三）年に自死した。ついに生涯をつうじて逆境を脱することができなかった大西を思いうかべると、私の心は烈しい痛みを覚える。

そんな状況の中で、周囲をみわたすと、誰もが私よりすぐれた資質をもっているようにみえた。私は劣等感にさいなまれた。そんな劣等感を克服するのに、かなりの時間がかかった。

＊

私たち文科の定員は六十名ということだったが、じっさいは六十数名合格したようである。それに松下のように前年に入学し、休学して私たちと同級になった人々を加えると、総数七十名ほどだった。文科の徴兵猶予はなくなっていたから、誰もが近く徴兵されるはずであった。事実、昭和十九年秋から昭和二十年にかけて同級生の半数ほどは入営した。終戦後、理科からの転科が許されることとなって一挙に文科生が百数十名になった。昭和十九年四月の文科の同級生は、戦争中は理科に進み、戦後は文科に転科する、といった器用な世渡りができない連中であった。眼前の死を覚悟して、文科を受験した不器用な者ばかりであった。それだけに、このときの同級生に対しては、私は、思想信条の違いを超えた、一種の連帯感、同志的感情をもち続けて今日に至っている。

22

昭和十九年四月五日に私たちの入学式、四月六日に入寮式があったが、四月十四日には早くも二年生の大部分が勤労動員のため日立に出発した。明寮十六番の二年生は、築島裕、今道友信をのぞき、すべて日立に出かけることとなった。築島、今道は陸軍軍医学校で翻訳に従事するということであった。

日立では日立製作所の日立工場と多賀工場、それに大甕《おおみか》の三カ所に分かれたそうである。大甕では日立製作所の九ホールのゴルフ場の芝を掘って裏返して埋め直し、馬鈴薯の苗を植えたのだという。薯の収穫を待たず、日立に行った二年生は全員、九月から十月にかけて、現地でのさまざまの軋轢の末、ひきあげてきた。その結果、彼らは烈しい艦砲射撃のため廃墟と化した日立の惨禍から免れることができたが、やがて今度は川崎重工業の川崎工場に動員された。

日立に出発する二年生の壮行式が寮の前で四月十四日の早朝に挙行された。私たちは、少なくとも私は、彼らが何時帰京できるかを知らなかった。これが彼らとの永別となるのではないかという思いで、私は壮行式に参加した。そのためか、そのさいうたわれた寮歌の一節に「北に百里を距つとも　丘の誓は変るまじ」という一節があった。その悲壮なメロディとともに、私の脳裏に刻みこまれているが、これは、調べてみると、東北大学に進学した卒業生が昭和十年の紀念祭に寄贈した寮歌の第二番の末尾であった。

杜《もり》の都の明け暮れに　同じ想《おもひ》を抱きつゝ
過ぎし三年《みとせ》を偲びては　語りは尽きぬ柏蔭《かしはかげ》
北に百里を距《へだ》つとも　丘の誓《ちかひ》は変るまじ

もともと一高はいまの文京区向丘にあったので、向陵とは一高の所在地を指し、同時に一高そのものを指す。柏葉は一高の校章だったから、柏は一高の象徴であった。この寮歌はいわば仙台からの望郷の歌であった。

*

ここで寮歌にふれておきたい。それは一高在学中の「私」の生活に寮歌がわかちがたく結びついているからである。私の手許にある寮歌集には昭和三十年一月十日の日付で峰尾郁治教授、竹田復教授の連名の序文が収められているが、ここには「いうまでもなく、我が一高は、校長木下広次先生の時に、早くも、皆寄宿の自治寮制度を確立し、一高生は即ち寮生で、寮という母に擁かれて、生いたってきたのである。また、寮こそは、清純な人間精神を育んでくれた聖なる丘であり、魂の故郷である。かくて、感激と感動とに満ちた、三年の寮生活から迸り出たのが寮歌である。我が寮歌はいわゆる校歌とは意味を異にする。寮生が、それぞれの立場で開拓した、真摯高邁な求道の精神のあらわれである。自己を顧み、時代を凝視し、現実と理想とを織りまぜた、美しい旋律の交響楽である。寮歌は、我等の心の奥底にひそむ生命の力を、揺り動かしてくれる天籟である」と記されている。また、昭和四十二年十一月十日の日付で阿部秋生東京大学教養学部長が寄せた序文は、「一高の卒業生で、寮歌は嫌いだ、という人が時にある。特に、その理由をきいてみたこともないが、私には、一応その気持を理解することはできる。そういう人の場合にも、その耳の底には、いやおうなしに寮歌の響がのこっているらしいことに気がつくことがある」とはじまっている。

私たちがたんに「玉杯」という「嗚呼玉杯に花うけて」がかつてはひろく知られていたが、寮歌は、運動部の部歌、応援歌をふくめ、総数四百に近い。毎年紀念祭のたびにいくつかの寮歌が選ばれ、加えて卒業生からも寄贈される。余談だが、四百近い寮歌中、女性に言及されているのは、末弘厳太郎作詞の水泳部歌の二番に

波しづかなるまひるまの　玉藻よりくる砂浜に
あみひくあまや乙女子の　いそしむさまを君見ずや

とあるのが唯一であり、「琵琶湖周航歌」にみられる三高寮歌と比べて、校風の違いがある。

在学中、百以上の寮歌を憶えている者は稀でなかった。私自身、三十ほどの寮歌を歌うことができた。遠藤麟一朗は、阿部秋生教授のいう寮歌の嫌いな一人であった。かなりの数の熱狂的な寮歌好きとごく少数の寮歌嫌いを別として、平均的な寮生たちはやはり相当数の寮歌が好きだったのではなかろうか。遠藤は、寮歌をうたう会合には出席しないと公言していたが、阿部教授と同様、私もその気持が理解できないわけではない。「嗚呼玉杯に花うけて」にしても、「治安の夢に耽りたる栄華の巷低く見て」とか「濁れる海に漂へる我国民《わがくにたみ》を救はんと」といった驕慢な選良意識がみられるが、こうした選良意識は多くの寮歌に共通している。選良意識はまたスノビズムと紙一重である。それに、おそらく、バッハとセザール・フランクが好きだった遠藤にとっては、寮歌の音楽性の低さが耐えられなかったのであろう。私は寮歌の音楽的水準について語るべき素養を欠いているが、いつか、私が憶えている三、四の寮歌をくちずさんで亡妻に聞かせたことがある。亡妻は、寮歌というのはどれもこれもみんな同じなのね、と嘲笑した。これは私の歌唱力の拙さによるけれども、寮歌の多くはその歌詞もその旋律も、その発想において、かなりに似通っていると思われる。しかし、私は遠藤のような寮歌嫌いではない。峰尾・竹田両教授の序文に全面的には同感しないけれども、いくつかの寮歌はたしかに「自己を顧み、時代を凝視し、現実と理想とを織りまぜた」性格をもっていた。

私たち昭和十九年四月に入学した同窓生の回想文集が『運《めぐ》るもの星とは呼びて』と題している

ことはすでに記したが、これは昭和十七年の寮歌の次の第一節の冒頭である。

運《めぐ》るもの星とは呼びて
罌粟《けし》のごと砂子《すなご》の如く
人の住む星は転《まろ》びつ

この歌詞には反戦的とまでいえないにしても、確実に昭和十七年という時代に対する批判と、その時代を運命として真摯にうけとめる姿勢がある、と私は考えている。
選良意識に貫かれているとはいえ、寮歌のいくつかは選ばれて、頂の上の雲を望んだ者たちの青春の讃歌でもある。

芸文の花咲きみだれ　思想《おもひ》の潮湧きめぐる
京《みやこ》に出でゝ向陵に　学ぶもうれし、武蔵野の
秋の入日はうたふべく　万巻の書は庫にあり

明治四十三年、谷崎潤一郎の親友、岡本かの子の兄として知られる晶川大貫雪之助作詞のこの寮歌は私たちの愛誦歌の一であった。

三年の春は過ぎ易し　花くれなゐの顔《かんばせ》も
いま別れてはいつか見む　この世の旅は長けれど
橄欖の花散る下に　再び語ることやある

右は明治四十四年、大正期の詩人として知られた柳沢健の作詞の「光まばゆき春なれど」とはじまる寮歌の四番である。この歌詞にはホモセクシュアルに近い友情が認められるだろう。それもある時代の青春の心情の一断面にちがいない。もう一篇紹介すれば、左は「彼《か》は誰《た》れの夕づく丘に」とはじまる昭和四年の東大寄贈歌の二番である。

白き風丘の上に荒る　消たんとてかゞりのあかり
深まさる夜や何孕《はら》む　くろきものわが眼おほへど
北の方《かた》星ひとつあり　赤ひかる星見ずやわが友

これは三番の「北方《ほっぽう》の星は冴えたり　夜を通し黙示さゝやく」と続く。ロシア革命後のソ連邦を「赤ひかる星」にたとえてソ連邦への憧憬を暗示したものに違いない。ソ連邦及び東欧社会主義国崩壊のいまからみれば、感慨ふかいものがあるが、これも「時代を凝視し、現実と理想とを織りまぜた」「真摯高邁な求道の精神のあらわれ」とみてよい。ただ、私はこの寮歌がうたわれていた記憶はない。

この寮歌の存在もこの文章を書くために寮歌集を通読して思いだしたのであった。そして、世に知られた人々の作詞になる寮歌が数多いことも知った。旧くは久米正雄、谷川徹三、近くは三ヶ月章、大野晋、今道友信らの作詞になる寮歌がある。これらが愛誦されたとはいえないし、今道の寮歌に至っては曲も失われている。私にとって意外だったのは、福永武彦さんが大学に進んだ後の昭和十四年に寮歌を寄贈していることであった。福永さんの仲間だった中村眞一郎さんや、加藤周一さんが寮歌をうたう光景は私には想像もできないが、福永さんは寮歌がお好きだったのかもしれない。世に知られていないと思うので一番を引用する。作曲は柳宗玄氏である。

ああさ丹《に》づらふ色白く　光と香《にほ》ふ武士《もののふ》が
霓旌《げいせい》高く掲げ来て　首途《かどで》の夢は覚めざりき

この寮歌を教えられた記憶はない。ただ、福永さんでさえ寮歌を寄贈するほどに、一高の寮生活と寮歌はつよく結びついていたし、寮歌はそれなりに時代の青春を反映していた。

＊

五月に入るとすぐ、『向陵時報』百五十六号が配布された。その第二面に「京都帝大教授田辺元」執筆の「文化の限界」と題する評論が掲載され、中央の囲みに「春夢」と題する太田一郎の短歌、最下欄に「訣別　飯田桃」という詩が掲載されていた。太田の短歌六首は

昨《きぞ》の雪はゆたにかがよひぬつらら竝めし簷端しづきて春まだき頃
きはまれる塘《つつみ》のはざま笹なびき靡かひやまず斜《はす》うねりすも

の如き自然詠であった。その人柄のように物静かで、手だれの作と思った。だが、私が衝撃をうけたのはいいだの「訣別」であった。六連の作中最後の二連は次のとおりである。

狂瀾を既倒に回《かへ》す術《すべ》はなけれども
朦朧の酔眼に　汝　ノアの方舟よ！
汝が傷つける檣頭に
忍辱の半旗なびかせ――
悽愴の帆を張れ　系列の錨を断て！

天来の荒涛に悲憤して埃及《エジプト》を出でよ
鐘が鳴る！　鐘が鳴る！
瑠璃《るり》擬《まが》ひ没日《いりひ》くもれば
　墓碑銘に　帆檣　建てて
訣別《わかれ》なる　諧調《しらべ》　奏でて
賭博船は　全か無を　追つてゆくのだ
　香ひ矢車草
喪心に汝《な》を抱く青銅の門は放たれ
垂れ罩《こ》むる霧笛に撓《たほ》やげの韻《ひびき》を包み
罪なき私の天使よ
　　　　永久にさらばだ

この詩については、かつて記したことのある感想をくりかえすよりほかない。私を把えたのは空間的時間的ひろがりの中で展開するくっきりとゆたかなイメージであり、文明の黄昏の中で屈辱の未来をのぞみ、全か無かを賭けて、賭博船にのって出帆しようとする決意であった。厳格ではないが、「檣頭に」と「忍辱」、「なびかせ」と「悽愴」、「断て」と「天来」にみられるように、行末と行頭が尻取り形式の韻をふんでいることにも私は驚嘆した。これはいいだの十八歳の作である。この詩が同じ部屋のつい鼻先に机を占めていたたいいだの作であることを知ったとき、私は文字どおり目のくらむような思いをつよくしたのであった。

続いて五月三十一日には終刊特輯号として『向陵時報』第百五十七号が刊行された。終刊特輯号であったためだろうが、教授、卒業生も数多く寄稿していた。中村眞一郎さんは彼の生涯の詩作中、私が代表作と考えている、「西王母に捧げるオード」を寄稿していた。加藤周一さんは「トリスタンとイズーとマルク王との一幕」と題する戯曲を寄稿していた。いまは宗左近として知られる古賀照一さんは「夕映」「極みの海」という二篇の詩を寄稿していた。古賀さんとその小説「高尾懺悔」についてはまた後にふれるつもりだが、「極みの海」の第一連は次のとおりである。

磯　極み　角笛　跡絶《とだ》え
病み鴉　呪ひの　赤く
うつろ歌　潮の香　凝《こご》え
匂玉むくろ　空　深く――

中村、加藤、福永氏らが当時試みていたマチネ・ポエティックの押韻十四行詩と同様の形式の作だが、詩想、情緒においてずいぶんと違っている。孤独の極北に沈みゆくかの感がある。しかし、私はむしろ「夕映」に感動した。

かなしみは　めぐりもあへず
はしきかな　そらにこほれる
あかねぐも　くぐもるうれひ

という第一連にはじまる全篇平仮名書きの四連に「反歌」として

たまきはる　いのちしななむ　ゆふばえの
ゆるるほなかに　いのちしななむ

を加えていた。死が目前に迫っていると感じていた私にとってこの作品は心に沁みた。
その他、卒業生の作品で私が愛誦したのは山下浩「あかねに喚《よ》ばふ」であった。

あの日　お前がとほく茜の彼方へ逝つて了つて
舞ひ狂ふ羽虫の群の薄光のなかを

華やかな衣裳を曳きずり　逝つて了つて
さうして　おれのまづしい袖には
漸くめぐつて来たこれら懶惰《らんだ》の日々を

とはじまる一連五行、五連から成る詩だが、この作品は私が後年「羽虫の飛ぶ風景」と題する詩を書いたとき、この「羽虫の群の薄光」が私の記憶の底ふかく潜像となって残っていたのではないか、と感じている。同じこの号には清岡卓行の「病臥する禁欲者のほぐれてゆく熟睡」も掲載されている。

やはらかい夜具の中に　しぜんに発熱する一つの肉体
さびしい温度にしつとりとふくらむ　病み衰へた肉体

とはじまるこの作品は、当時の一高の桂冠詩人ともみられていた清岡の名にふさわしい佳作であったし、清岡の初期作品として後年の詩作の展開をあきらかに予想させるものであった。
だが、個々の作品の評価を別として、私自身にとっては、これらの山下浩、清岡卓行らの詩が私の詩作に大きな影響を与え、私の作品の基礎となったのではないか、と感じている。極言すれば、私の詩作の原型をかたちづくったのは、当時の詩壇、文壇の文学者たちの作品よりも、一高文壇ともいうべき一高文芸部の人々の作品群だったのではないか、という思いがつよい。

この清岡の詩が掲載されている同じ頁には白井健三郎さんの「瓦斯燈」、今道友信の「印象の扉」が掲載されている。白井さんの作品は随筆風の散文だが、白井さんについてはまた後にふれるつもりである。今道の「印象の扉」は、「僕は大抵穏やかな印象を人に映す」、「僕は相手を失ひたくない為に相手に映つた自分の影をそれは大切に育む」「だから僕は人と話す時だつて、殆どその影に話をさせてゐる」、「僕は大勢の人に映る自分の印象に形成されてしまつて、僕自身を何処かへ置き忘れたらしい」と悩む青年が、叔父との対話などをつうじて、「内的な生の躍動にモラルを内包せしめようとして、超克を、つまり印象の扉を開けて行かうと思」う、という、いわば哲学的小説であった。私はこういうテーマも小説たりうるのだということに新鮮な驚きを感じた。

このころ私は、私の入学前に刊行されていた『向陵時報』や、『護国会雑誌』と改題されていた『校友会雑誌』も拾い読みしていた。『護国会雑誌』第六号にいいだの処女小説「風景の心理学」が掲載されていた。これは詩「訣別」の前年、つまりいいだの十七歳の作だが、「訣別」に比べるとずいぶん稚い。少年時に仲良くしていた少女と一高に入学して後の再会、一高の友人との会話、そして場末の古本屋へ行く、といったとりとめない構成をもった小説だが、終りに近く、場末の町並の風景の描写があり、「おお、何たる郷愁。まるで画のやうであつた。堯はしばし立ちつくした。彼は辺りの風景に雑作もなく染められて行く自分の心をいとほしんだが、一方その余裕が彼の心を拡散的に風景自体に滲みこませて行つたのである。彼の思想は何時も「風景の心理学」の奏でる生理と郷愁の歌であつた。彼は茫然として風景の中に見失はれて行く己が心の行先を見詰めた」と書かれている。小説としての稚さはともかくとして、このように思弁的に自己を位置づける発想に、私は未知の世界を見た。

＊

今道友信は昭和十九年五月四日号の『向陵時報』にも「白鳥」という小説を発表している。「蹌踉」「文融より菊一郎へ」「菊一郎の手記」「梧桐の歌」「菊一郎より文融へ」「文融の手記」「花薔薇」「菊一郎より文融へ」「潮鳴」という九章からなる作品である。文融と菊一郎は親しい友人であり、文融は菊一郎が傍に居て理解し、同情し、励ましてくれればこそ生きる力も出てきた、といった関係だが、文融はその菊一郎と別れて、高原の療養所で生活している。

「永遠が幅広く青白く湖上遙かに流れ流れて行く上を白鳥が一羽悠々と静かに飛んでゐた。深淵のやうな夜空の星へ白鳥は声なく去つて闇に消えた。神秘的な象徴劇のやうな崇高なその飛游に憧憬れて彼は枯草の露をしだいて白鳥の跡を辿つた。霧は再び彼を捕へたがもう彼は怯えなかつた。蹌踉とよろめきつゝも湖岸を遠く歩いてゐた」。こうした「蹌踉」を序章とする私小説を書くつもりだと文融は菊一郎に書く。これに対し菊一郎は、「蹌踉を序章に君が私小説を試みてゐるさうだね。僕は併し止せと言ひたいよ。若し君が典雅な夢幻的な純美に拘泥せずに、自己の悪を曝け出して行ける気概を有てれば君の私小説は何とか読めるものにならう。(中略)君が真の私小説を書けたなら換言すれば憎まれつ子になつても自己を主張し得る性格を培へれば、僕は君を心から祝ひ、もつと尊敬するだらう。人に可愛がられたい感傷に沈淪し、何時迄もいい子であらうとする限り、君の文学は安易な趣味だ。抒情詩人、繊細な感受性等君を飾る麗句は幾らでもあらう。だが言葉で自己を甘やかせ、意識して僕の蔭に身を寄せるのは止したがいい。僕達がままごとの友情で浮華な接触を娯んでゐる限り、二人とも本質を毀ち、真実の生命を遊離して行くのだ」といった返信を送る。小説の梗概を記すことにあまり意味があるとは思われない。つまり、これは男性間の友情から自立してゆく苦悩を描こうとした作品なのである。ずいぶんと精緻に構成された作品だが、その内容は観念の葛藤である。白鳥の飛翔する湖岸の風景などの自然描写や菊一郎の女性の友人との関係も点描されているけれども、主題において五月三十一日号の『向陵時報』の「印象の扉」と同じとみてよいだろう。ここで「典雅な夢幻的な純美」と評されているのは、たぶん私の入学前の昭和十九年二月二日号の『向陵時報』に今道が発表した「刀水譚」にちがいない。これは聊斎志異にみられるような、動物の報恩、復讐譚であり、よほど物語性に富んでいる。「世の母なき友に贈る」と付された「刀水譚」はたぶん小説としては三作中随一であろう。私は「印象の扉」へつらなる「白鳥」の観念性に、当時の高校生の息苦しいような精神の在り方をみる。こうした観念性の追求が小説たりうることが、当時の私には新鮮だったのだが、今道にとっては彼の精神形成の発展形態だったのだろう、といまの私は考えている。

いったい今道友信は国文学会に所属していたのだから、起居を共にしたはずなのに、その動静ははなはだ朧である。病身だったから自宅へ帰っている時期もながく、軍医学校へ動員されていたから、話しあう機会も乏しかったのかもしれない。それでも私は彼をその自宅に訪ねたことがある程度の交渉はもっていた。私に今道が与えた感銘は、あるいは彼の小説よりも彼の二、三の言動だったとも思われる。彼は抜群の秀才として評判が高かった。彼は無断外泊が多かった。始終、風紀点検委員室に出頭せよ、という掲示が貼り出されていた。風紀点検委員とは自治制における司法担当委員と考えてよい。今道はそうした出頭命令の掲示をまったく無視していた。あるとき、私は彼に、出頭しなくてもいいのですか、と訊ねたことがある。いや、出向くつもりはないのです、という答であった。また、彼は軍事教練の課目を決定的に拒否していた。どうして出ないのですか、と訊ねると、人を殺す練習は僕にはできないのです、と答えた。そういう会話にさいして、今道にはすこしも気負ったところがなかった。まったく平静、自然であった。私は今道がその内部に持している強靱な精神に驚嘆した。それでいて、彼はそうした言動のために咎められた気配はなかった。彼に対しては、病身という事情もあったのだろうが、むしろ風紀点検委員や学校側に臆するところがあるようにみえた。そういう人格に接したことによって、私は戦慄に近い畏怖の念をいだいた。

*

昭和十九年五月三十一日号の『向陵時報』には原口統三の「海に眠る日」が掲載されていた。「海に溶けこむ太陽だ　ランボオ」というエピグラフをもつ詩は次のとおりである。

かれは真昼の海に眠る。
茫洋たる音楽のみどりに触れあふ　はるかな蜃気楼の奥ふかくかれは眠る
あふれる香髪《にほひがみ》のみだれ巻いて溺れるあたり
とほく　水平線の波間にさ青の太陽は溶けこむ。

さうしてはるばると潮の流れる耳もとちかく
かれは一つのなつかしい言葉をきく
お兄さん！　お兄さん！　お兄さん……

ああ　こんな恍惚の夢のやうな日は　どこの海辺で待つてゐるのか

いいだももをはじめとする多くの人々の作品に私は感銘、刺戟をうけたが、彼らはすべて上級生であった。私と同級の原口の右の作品に接した衝撃は、それらと比すべくもなかった。イメージも、しなやかで強靱な措辞も、私にとってはまったく未知の詩的宇宙であった。いくぶんかは、彼が早くから清岡卓行に兄事し、ランボーをはじめとするフランスのサンボリストの作品に親しんでいたのに対し、私がそういう詩人たちの作品に無智であったための衝撃だったかもしれない。それまで私は詩についてはいささか自ら恃むところがあった。私と同年同月生まれの原口の右の作品に接して、私は烈しい羨望と嫉妬と畏敬の念に駆られた。私はその『向陵時報』の原稿募集の掲示を見た記憶がない。かりに見ていたとしても投稿しなかったろう。中学五年当時から私は詩あるいは詩めいたものが書けなくなっていた。それだけに私よりはるか先の地点にいる原口の詩を読み、私は惨めな思いをかみしめていた。原口と親しく会話するようになったのは、それからほぼ半年ほど経ってからであった。

23

何時ごろ、どういうきっかけで、私がいいだももと文学などについて話し合うことになったのか、私の記憶ははっきりしない。いいだに訊ねてみたが、いいだも憶えていない。いいだの机と私の机は同じ明寮十六番で二、三メートルしか離れていなかったのだから、話し合う機会が生じる条件はととのっていた。しかし、条件だけでは充分でない。友情の芽生えには人間の間のある種のケミストリーが必要なのかもしれない。ただ、それにしてもケミストリーをひきおこす触媒の働きをする契機があったはずだが、それが思い出せない。『向陵時報』に掲載された詩「訣別」に衝撃をうけた私が、教えを乞うような気分でいいだに話しかけたのではないか。

いいだと私が親しく口をききあうようになったのは、いわば二人だけの読書会を催したときである。はじめに採り上げたのは『若山牧水歌集』か『與謝野晶子歌集』のどちらかだったはずだが、さだかではない。毎回十頁か二十頁を銘々に読み、良いと思った歌にしるしを付け、一両日後に、たがいにしるしを付けた歌を照合する。二人ともしるしを付けた歌については格別話し合わない。相手がしるしを付け、自分がしるしを付けなかった歌については、何故自分が選ばなかったかを説明する、相手もまた何故自分が選んだかを説明する、といったやり方であった。私にとっては毎回が自分の鑑賞力をいいだに試されているようなものであった。いいだも謙虚に私の発言に耳を傾けてくれた。毎回毎回、真剣勝負のように、たがいの意見を丁々発止と切りかわしたのであった。

それが五月の末ころから七月末ころまで続いた。岩波文庫に収められていた正岡子規以降の歌人の歌集をすべて読みおえたとき、私はひろい意味での「詩」というものの核心にふれたかのように思った。いいだからも、あれはためになったな、といまでも聞くことがある。

六月二十日から二十九日まで、私たちは農村に勤労動員された。私たちは埼玉県大里郡花園村の農家に二、三人ずつ分宿した。農家の働き手は軍隊に徴集されていたので、その労働力の穴埋めに駆り出されたのである。どうやら田植えの手伝いをしたらしい。しかし、田圃の泥につかって辛かったといった記憶はない。鮮明に記憶しているのは、夕暮、農家の納屋の前で、桑畑に日が翳るのを見ながら、私が同宿の学生に、いいだとの読書会がいかに興味ふかいか、いかに有益であるか、をしきりに説いていた光景である。その学生はずいぶん迷惑だったにちがいないが、私は意に介さなかった。私は熱にうかされるように喋り続けていた。

思いかえしてみると、この二人だけの読書会は不可解なことが多い。何故、古今集、新古今集のような古典や、島崎藤村以下の近代詩を対象としなかったのか、何よりも入学して一、二カ月の私をいいだが何故相手に選んだのか。明寮十六番ではいいだの同級の太田一郎が短歌を作り、『向陵時報』に発表していたことはすでに記したとおりである。何故いいだが太田を選ばなかったのか。太田であればあまりに気心が知れていたので発見が少ないのではないかと危惧したのかもしれない。当時十八歳のいいだが何を考えていたのか、いまとなっては分からない。いずれにしても、この二人だけの読書会が私にとって文学開眼の一転機となったことだけは間違いない。

＊

『竹山道雄著作集』の第三巻に「昭和十九年の一高」という随筆が収められている。これは敗戦後、昭和二十一年十二月に発行された『向陵時報』に掲載された回想記だが、昭和十九年七月ころ、「一高はまさに累卵の危うきにあった」と記している。日立に勤労動員された二年生たちは、彼らの生活が、「あの軍国化された工場町にあっては」「それ自体が反抗であり、挑発であった。ある場合には侮辱としてうけとられた」。「工場ではよく働いて信用を博したし、宿舎に帰ってからは乏しい時間によく勉強した。しかし、向陵という「魔の山」に育った人々の生活の習癖は外の人には不可解であった。一高生は大勢一緒に歌をうたいながら歩く。こんなことは酔っぱらいか気違いのすることであった。また雨がふるとマントを頭からかぶって歩く。その異様な姿に出あうと、女たちはおそれて道を避けた」。「また、日立の町はあのようなところであるから、私娼窟があった。ここに行けば、おでんを食うことができた。腹がすいている一高生は列をなして、「ああ玉杯」をうたいながら、おでんを食いに白昼私娼窟にくりこんだ」。「一高生の無頓着は、ついて行った先生たちの懊悩の種であった。町の人々には弁解をし、あやまり、生徒にはいましめ、たのんだ。その動機からいったら何でもないことが、おそるべき誤解を生み、言語道断な非常識、また根本には一高が国家の方針を共にせざるものとして白眼視された」。

こうした記述の後、竹山教授は、「肩に三つの星をつけ、短い口髯をはやした、直情径行」の配属将校が一高に派遣され、「学校ハ軍隊ノ一部ナリ」という句を公文書に挿入しようとして、教頭に反対され、激論の末に一まず引っこめたこと、帽子を脱ぐ敬礼ではなく、挙手の礼をすべきだと主張して、やはり反対されたこと、「一高では教練の日常化が不足である、とて心から憂え」「この点についての職責が果せないからとて、この人はこの年の春に軍当局に意見書を提出して、配属された一高を引きあげた」と続け、次のとおり記している。

「組織の力はただちに宇都宮師団の兵務局長《ママ》だかを動かし、この人はある日、予告なく日立の鳩が丘の宿舎にあらわれ、案内も乞わずに寮内を視察し、この土地での評判を聴取した。そうして、その結果を当局に「ソノ亡状言語ニ絶ス」と報告したのであった。もし一高でなかったら、学校はもうこのときつぶされていたことと思われる。しかし、最後の機会をあたえるという意味で一応の猶予がゆるされ、代りの将校が配属された。しかも、ときの第一師団長の宮が査閲のやりなおしをする。そして、その際に教練の日常化を視察する。期日は八月末、と通告された」。

第一師団長の宮とは当時の第一師団長賀陽宮という皇族を指す（日立は茨城県なので宇都宮の第十四師団の管轄に属し、一高は東京の第一師団の管轄に属していたようである。そのため、動員先での視察は宇都宮師団が担当し、一高の査察は第一師団長が行なうこととなったのであろう)。竹山教授の文章は、こうして「一高はまさに累卵の危うきにあった」という前述の文章に続くのだが、『運るもの星とは呼びて』に収められている木村健康教授の「自治の丘の若者たち」という文章は竹山教授の文章に比べ、一高生に対してかなりに厳しい。文中、この日立における軍部との軋轢について次のとおり記している。

「昭和十九年の四月から、私の学校の生徒の約半数は茨城県日立市の或る重工業の工場に勤労動員されていた。動員先で生徒たちは大体においてよく働き、工場の人々からほめられもしたが、大勢の生徒のなかには怠けたり放縦であったりしたものもないではなかった。なかんずく物議をかもしたのは動員先での寄宿生活であった。学生たちは学校の寄宿寮生活の長所も短所もそのまま動員先に輸出した。しかし学校外に出ると、自治による寮の運営というような点はすこしも評価されないで、かねがね教師たちも悪習だとしていた放縦の風だけが世人の目をそばだたせた。その風評の結果、管轄の師団司令部の将校たちが動員先の寄宿舎を視察することとなった。視察の当日、さすがに生徒たちも平常は乱雑になりがちの寮内を彼らなりに整頓し、廊下に整列して査閲官を迎えた。ところが或る室で、きれいに片づけられた机上の片隅に懐中時計が置かれているのが、査閲官の目についた。生徒の考えでは懐中時計を机上に置くことは、整頓のつもりであったのであるのが、軍人はちがった考え方をした。そこで査閲官は、「時計を置いたものは誰か」と問いただした。Uという生徒が「私です」と名乗り出ると、査閲官はUの責任感の欠如を強くなじって、軍隊で机上に時計を放置しておくと、必ず紛失するが、それはまったく時計の所有者の責任であると訓示した。これに対してUは、「ここでは時計を机上に放置しておいても誰も盗《と》る者はありません」と答えた。Uはもとより他意あってこのように答えたわけではない。しかしそれは、巧まずして軍隊生活に対する痛烈な批判になっていた。査閲官は生徒の「生意気な」態度に激怒した。それかあらぬか、師団司令部に対する査閲官の報告は「放縦乱雑言語に絶す」という強い言葉で動員先の寄宿生活を非難していた」。

竹山教授は「一高はまさに累卵の危うきにあった」と記した後、「この夏は暑い、乾いた、ながいいやな夏であった」、「安倍校長は痩せられた。赴任当時の血色のいい様子とは見ちがえるほどになった。頤は尖り咽は細って、いたいたしいほどであり、乱れた白髪、目蓋がたれて光っている目、皺だたんだ膚は、古い木彫の面のように見えることがあった」、「暑中休暇もない夏であった」と書き、「多難の曲折の後に寮改革はなって、自治は廃され、いわゆる幹事制度となった。私は中寮主任を命ぜられて、八月六日に中寮の三階に入った」と続けている。

『運るもの星とは呼びて』には、敗戦後幹事制が廃止され、自治制が復活した後、第一六八期委員長となった金本信爾の入寮演説の抜粋が収録されているが、これには竹山教授がふれなかった事情がかなりつぶさに述べられている。金本は「幹事制度に至らしめた最大の動因は、何と言っても、明かに軍部の圧迫であった」といいながら、「内的に此のことを観る時、其れは単に軍部の圧迫と云うことで片附け得ない問題である。安倍校長は、其の改革の意図を一般寮生に語った時、理由の殆んど凡てを、寮生の無自覚に帰した」といい「当時の総代会は已に其の機能、生命が失はれ、総代会の議決は決して寮生の総意を代表するものではなかった」という。

自治制の廃止とは、第一に、委員制の廃止と委員制に代る幹事制の導入、第二に、寮に常時居住する寮主任による寮生の監督、第三に、総代会の廃止の三点にあった。しかし、寮生が選ぶ委員に代え、学校側が選ぶこととなった幹事は、じつは寮生が選んだ者を学校側がそのまま幹事として任命したので、幹事制といっても実態はそれまでの委員制と変りなかった。また、学校側から南、中、北、明の四寮にそれぞれ麻生磯次、竹山道雄、木村健康、柳田友輔の四教授が寮主任に任命され、寮に常住することとなった。このため、四教授は心身ともにたいへんご苦労なさったらしいが、私たちの意識としては「監督」されているといった気分もなく、実質はそれまでと変りなかった。金本の演説から推察すると、改革の眼目は「自治制」の廃止という名目にあり、実質的な変化は総代会が廃止されたことにあったようである。金本によれば、「抑々総代会とは、自治制と共に始り、各室の総代を以て組織し、凡て寮内の規約、及び会計に関する事項、及び其他寮に関する事項を議決する機関であるが、寮委員の行政府に対して立法府の役割をなす、自治制度に於て不可欠の機関であるが、当時は、総代たる者は、其の無自覚の故に、代理を頻出せしめ、熱心に議論、採決せんとする熱意なく、委員に協力せざるのみか、却って、其の挙足取りや皮肉を事として、徒に問題を紛糾せしめる状態であった」という。

この金本の演説抜粋は、当時軍部が安倍能成校長を罷免し、その後任として建川美次中将をあてる意図であったこと、第一師団長賀陽宮の査閲が八月に予定されていたが、賀陽宮が名古屋に転出したため、査閲が延期されたことにもふれている。

敗戦後、昭和二十一年二月の寮生大会により自治制、総代会等が復活し、金本は同年六月に委員長に就任した。敗戦後の混乱のため、昭和二十一年度の入学者の最終発表が同年七月十六日に、九月九日に入学式、入寮式が行われた、と『運るもの星とは呼びて』収録の年表に記されている。金本の入寮演説は、新入生に対し、戦中の自治制廃止の苦々しい歴史を回顧し、何故廃止に至ったかを痛切な反省と憂悶をこめて語りかけたものであった。

しかし、いまこの演説を読みかえしてみると、総代会が形骸化していたことは金本のいうとおりだろうが、かりに形骸化していなくても、事態を回避できたとは私には思われない。当時の一高としては、幹事制というようなかたちで軍部と妥協する以外の選択はなかったろう、と私は考える。私たちには軍部が要求するような規律が欠けていたし、そうした規律を嫌悪していたけれども、大多数の寮生は、かなりに厭戦的であっても、軍国主義的風潮を宿命として受けとめていたように私は感じている。何よりも一高の自治制といわれるものは、選ばれた学生たちに対して許容されてきたという以上の社会的基盤をもっていなかった、と私は考えている。

それにしても、昭和十九年七月当時、私は一高がこうした危機的状況にあることにまったく気づいていなかったし、ましてや安倍能成校長、竹山道雄教授その他の方々の心労に思いを寄せることもなかった。私は累卵の危機にあった一高の自治制の特権に甘えて、安逸な日々を送っていた。

＊

同じ七月下旬、私はいいだと二人で築地小劇場で劇団東童による「北極島爆破」という芝居を観た。宮澤賢治の「グスコーブドリの伝記」を脚色、上演したものであった。その帰途、灯火管制下の暗い町並を地下鉄銀座駅に向かって歩いていった。いまは高速道路になっている堀割の橋の上で、いいだが立ちどまって、「グスコーブドリというのは宮澤賢治のありうべかりし自伝なんだな」と呟いた。私は「そうだね」と相づちをうった。私の宮澤賢治体験の忘れがたい一齣である。

＊

昭和十九年八月、たぶん初旬から中旬にかけて、いいだと私が二人でした旅行は、私の生涯における画期的な事件であった。いいだが発案者だったことは間違いないが、出かける前に若干の相談はしていたはずである。まったく行き当たりばったりというわけでもなかった。はじめにどういう旅程であったかを記しておけば、まず大津の琵琶湖ホテルで二泊、永平寺の宿坊に一泊、山中温泉のいいだの知人宅に二泊、金沢で私の友人栃折多喜郎宅に二泊、宇奈月温泉で一泊、高山線の下呂で下車し、温泉宿に一泊、岐阜のいいだの知人宅で一泊、といった道順であった。一泊があるいは二泊であったかもしれないし、二泊と記憶しても一泊あるいは三泊だったかもしれない。私たちの出費は、交通費を除けば、永平寺の宿坊と宇奈月温泉、下呂温泉の旅館だけで、その余はすべて好意に甘えた無銭旅行であった。
たとえば金沢の柄折家を訪ねて厄介になったさいも、手土産はおろか、だんだん逼迫しつつあった食糧も持参しなかった。それでいて、それが礼を失するとはつゆほども感じていなかった。山中温泉で私たちが世話になったのはいいだの知人宅だと私は思っていたが、最近いいだに教えられたところでは、いいだの名古屋にいる従妹の級友が結婚して世帯をもった住居だったそうである。だから、いいだもその家の夫妻と初対面だったという。はじめてお目にかかった夫妻に、ただ迷惑だけをおかけして恬然としていたのだから、我ながら非常識に呆れるばかりである。あるいは戦前の旧制高校生には、こうした非常識を非常識と思わない社会に対する甘えがあり、一方、そうした甘えを許すような社会の寛容さがあったのかもしれない。旧制高校の学生は数も少なく、選ばれた者として自他ともに許していたのかもしれない。だからといって、省みて恥ずかしいことに変りはない。

旅行の第一夜を琵琶湖ホテルで過したのは、私の級友の木村政光の父君が同ホテルの専務取締役、総支配人だった縁故による。木村は私たちの国文学会の二階の自習室の隣に部屋を占めていたラグビー部に所属していた。二年か三年か、浪人して一高に入学したので私よりも年長であった。年長のせいか大人びていたし、一見豪放にみえた。琵琶湖ホテルに来れば貴賓室に泊めてやるよ、と言ってくれたことがある。つい見栄をはったのかもしれない。いいだと私が木村に頼んだとき断れなかったのは、じつは彼が気弱だったからかもしれない。彼は繊細な心の持主であった。それは彼と知りあってずいぶん久しく経ってから知ったことであり、ことに彼が厚生省の課長時代に自死したときに実感したことであった。入学して数ヵ月の時点では、そんな木村政光の心の陰翳には気づかなかった。私たちは彼のひょっと口走った発言に便乗したのであった。彼が自死したとき、葬儀は東京カテドラルで営まれたのだが、私は往事を思い、痛恨にたえなかった。

旅行に戻れば、どういうわけか、いいだが琵琶湖ホテルに先に着いていた。私は日がとっぷりと暮れたころ、ホテルの貴賓室でいいだと落ち合った。車中、刈谷の駅を過ぎるとき、出征の兵士の見送りを見かけた。そのことにふれて詩めいたものを書き、いいだに見せたことを憶えている。いいだの批評は憶えていない。

私たちが木村に迷惑をかけ、木村の父君に厄介になったのは、四ツ橋の文楽座に文楽を観に行くためであった。大阪にも京都にも私たちの知己がなかったので、大津から文楽座まで出かけることにしたのである。木村の父君にはずいぶんご面倒をおかけした。いいだは一高に昭和十七年に入学以来、文楽の東京公演のたびに文楽を観ていた。私は文楽をまったく知らなかった。しかし三宅周太郎『文楽の研究』『続文楽の研究』を耽読していたので、関心はふかかった。

渡辺保さんの著書『豊竹山城少掾』はじつに教えられること多い労作だが、その後記に渡辺さんが昭和に入って以降の文楽の公演の目録をお持ちの由、記されていた。私は渡辺さんにお願いして、昭和十九年八月に何が公演されていたかを教えて頂いた。その結果は、いいだの記憶も私の記憶もいいかにいい加減なものだったかを思い知ることとなった。当時はまだ山城少掾が古靭太夫の名で紋下をつとめていたし、女形の名人吉田文五郎も立役の名手吉田栄三も健在であった。私たちは彼らがそろって舞台をつとめていたように憶えていた。渡辺さんから頂戴した演物の目録によれば、昼の部は、妹背山婦女庭訓《いもせやまおんなていきん》、夏祭浪花鑑《なつまつりなにはかがみ》、卅三間堂棟由来《さんじゆうさんげんどうむねのゆらい》、夜の部は、御《ご》所桜堀川夜討《しよざくらほりかはようち》、極彩色娘扇《ごくさいしきむすめあふぎ》、鶊山古跡松《ひばりやまこせきのまつ》、のそれぞれ三演目である。昼の部は相生太夫、呂太夫、南部太夫等が語り、古靭太夫は出演していない。古靭太夫が出演しているのは、夜の部の極彩色娘扇の天王寺村兵助内の段だけである。人形遣いは昼の部で文五郎がお牧を遣い、夜の部で兵助を栄三が遣っているだけである。

渡辺保さんは、盲兵助《めくらひょうすけ》とは珍しい演物をご覧になりましたね、如何でしたか、じつは私も観たことはないのですが、という。しかし、私は答えようがない。何を観たのか、誰が語り、誰が人形を遣ったのかさえ、記憶がないのだから。三宅周太郎『文楽の研究』に、人形遣いは元来いつでも立った侭の、立身で人形を遣うので、習い性となって、坐ることが一番不得手だそうである、とあり、「文五郎はんは坐るのがつらいのです」と聞いたといった逸話を記し、栄三にふれて、「氏は親しみ難い中に芸談となると妙味津々、意見は公明で誤りが尠く、造詣と用意とは世評のいゝ文五郎をぬくやうな点がある。文五郎氏を故鴈治郎とすれば、栄三氏は故仁左衛門に当る。そして氏の口をついて出る言葉も、過去の自分が、我ながらよくもあの苦行を辛抱し得たのに不思議がる点だ。この二人の五十何年の修行（別に紹介した吉田冠四翁も同じく尊敬すべき辛抱人である。）の如き、寧ろその馬鹿々々しい位の艱難な生活は、現在の文楽に於てはあり得ないものであるらしい。二人の現在の人形の技術も技術である。が、過去の深夜三時に小屋入り、朝五時から夕六時迄、そして別に夜は小遣ひ取り、いや或は本業より多い給金のとれる寄席稼ぎ、と云ふ寝る時間のないやうな生活の方が、却つて特異としたい心地である」と記している。私は人形遣いの名人、栄三、文五郎に目を凝らし、固唾をのんでいるだけで精一杯であった。古靭太夫と他の太夫との巧拙を聞き分けるような耳ももっていなかった。しかし、太棹の音に心の底から痺れるような感動を覚えたことだけは間違いない。これは、私が幼少のころ、祖父母が義太夫に親しんでいたことが関係するかもしれない。帰京後私が、娘義太夫、乙女文楽に、一時期、通いつめることとなったことは、後に記すとおりである。

後の山城少掾、当時の古靭太夫の相三味線は四代目鶴沢清六であった。渡辺保さんの『豊竹山城少掾』中、古靭と四代目清六との確執の物語は、さながらすぐれた短篇小説を読むかのような哀切さにみちている。ある時、清六が古靭に向かって名人といわれた三代目清六に比して自分の芸はどうか、と訊ね、及びもつかない、と古靭にいわれ、清六がその自尊心を傷つけられたことが確執のはじまりだったそうである。その結果、清六は文楽を離れて落魄し、やがて文楽に復帰したものの不遇なままにその生涯を終えたという。芸というものの奥行きの深さ、怖しさに違いないが、自らの芸に自負をもたない芸人はありえないし、四代目清六もそれなりに名人上手であった。それだけに彼の運命は憐れを誘うのである。私たちが彼らを観たのはその確執のはじまる直前だったようである。かりに確執がはじまっていたとしても、私などが察知できない高い境地の出来事であった。

琵琶湖ホテルで木村政光とその父君に歓待されて後、私たちは永平寺に向かった。道元に関心があったの、といいだに訊ねたところ、いや、ただ安く泊れるからだった、ということであった。私たちは朝早く起きて勤行につきあい、粗末な朝食をたべ、伽藍を見渡したりした後、早々に退散した。

＊

次いで私たちはいいだの従妹の友人が結婚して世帯を構えていた山中温泉に向かった。温泉宿ではない。しかし、ここでも信じがたいほどの親切に与った。心のこもった夕食をご馳走になり、正調山中節を聞かして頂いた。翌日は、ご主人が仕事を休んで東尋坊に私たちを案内してくれた。

昭和十九年八月の東尋坊は、観光客もなく閑散としていた。土産物屋もなかった。あったとしても軒をつらねているようなことはなかったし、戸を閉めていたにちがいない。絶壁の景観は異様であった。かつて観光客が多かったころは、客が五十銭銀貨を海に投げる、それをすばやく海女が潜って拾いあげる、といった余興があったものです、という説明をうけた。私は名状しがたい感情にとらえられた。その後、数日間、私は詩興を感じていた。「海女」という詩を書いた。私の詩集の巻頭に「飯田桃に」という献辞の付されている作品の初稿である。いいだは、第一連、第二連はともかく、第三連が良くない、と評した。第一連も、いまから読みかえすと、熟しない表現が多い。
「海女」の第一連、第二連は次のとおりである。

りんりんと銭投ぐを止めよ
さうさうと
かなしみわたる　ゆふぐれの
岩うつ波に瞳をうつせ……
見よ
海は海女くくるそこ
うつばりの　白きはいかに

いま　たそがれ　風あふれくる
舟舷《ふなばた》の　きみしく揺るる
ああ
波に　消えてゆくひと
い、い、い、
こんぜうの海のとぎれに
颯々の風の逸《そ》ぎへに

沈みゆく　肩　あかきくちびる

後に築島裕から「銭投ぐを止めよ」は「銭投ぐるを止めよ」でなければ文法的にみて誤りだと言われたことがあるが、それは声調からみて許容を乞わねばならないとしても、この「りんりん」は三好達治作「乳母車」の

轔々《りんりん》と私の乳母車を押せ

に由っているにちがいない。車ならともかく、五十銭銀貨がりんりんと音立てることもありえない。「海女くくるそこ」の「くくる」は「くぐる」ではない。百人一首に「ちはやふる神代もきかず竜田川唐紅に水くくるとは」という知られた歌がある。海女が潜水してゆく姿態にいくらか色彩感を与えたいと思ったのだが、いかにも無理がある。第二連の「あかきくちびる」は会津八一『鹿鳴集』中の

ふじはらのおほきさきをうつしみにあひみるごとくあかきくちびる

からの借用である。

とはいえ、「海女」は私の十七歳の夏、いいだとの旅行の途次に書いた、私の処女作というべき作品であり、多少の評価も得てきたので、私にとっては愛着がつよい。第三連は、九月に入って改作し、現在のかたちになったのだが、改作したさいの状況についても若干の思い出がある。これについては後に記すつもりである。

＊

私たちが金沢に立寄ったのは、私の中学時代の級友栃折多喜郎が旧制四高に入学し、その後間もなく、栃折の両親がその親戚をたよって金沢に疎開していたからであった。栃折多喜郎は旅行部と称していた山岳部に属し、四高の寮で生活していたが、私たちを迎えて応待してくれた。挙止端正な栃折の母堂から手厚いもてなしをうけた。そのとき、お茶をお出しした女学生が私でした、と栃折久美子さんはいう。申訳ないが、その女学生を私もいいだも記憶していない。おぼろな記憶によれば、栃折家は二階建のしもたやが続く町並の一軒であった。店舗が一階、二階が住居という二階建の家屋が続く町並は珍しくないが、二階建のしもたやが続く町並はしんと静まりかえったふしぎな雰囲気であった。栃折家も無人な感じがした。

栃折久美子さんから最近お聞きしたところによれば、私の記憶どおり、両側に二階建のしもたやが続いていたそうである。栃折家が金沢へ疎開したのは昭和十九年五月、最初は久美子さんの伯母の家の二階に仮住居し、間もなく伯母の家作である隣の家が空いたので移転し、その家から

二、三軒先に、いくらかましな、門のある家を借りることができたので、もう一度引越した。私たちが訪ねたのはその引越しの当日だった、と久美子さんは記憶している。久美子さんが送って下さった間取図によると、一階に土間、玄関の間、茶の間、八畳間があり、二階に六畳二間と八畳の三間がある、ずいぶん部屋数の多い家である。その家に久美子さんとご両親だけで住んでいたので、私たちは二階の八畳に泊めて頂いたのであった。無人な感じがしたのは、部屋数が多く、また、父君の勤めの関係で私たちが父君にお目にかからなかったことにもよるし、引越しの当日だったことによるのかもしれない。

また、久美子さんが送って下さった略図によると、栃折家は香林坊から犀川を経て寺町に向かう片町通りから一筋左へ入った河原町通りにあった。

久美子さんが送って下さった略図を見ながら、私は室生犀星の『抒情小曲集』に「十一月初旬」という作があることを思いだした。

あはあはしきしぐれなるかな
かたかは町の坂みちのぼり
あかるみし空はとながむれば
はやも片町あたり
しぐれけぶりぬ

旅行当時、私は『抒情小曲集』に親んでいたし、中学時代から犀星の小説をつうじ犀川等の金沢の地名になじんでいた。奇妙なことに、犀川も片町通りも兼六公園も、香林坊も、栃折多喜郎に案内してもらったはずなのに、どう回想をめぐらしてみてもどんな風景も浮かんでこない。犀星の文学ゆかりの地名からいかなる感慨も覚えなかった。私の記憶に鮮明に刻まれているのは、栃折多喜郎とその母堂の風貌、挙止等だけである。栃折は東大の理学部地理学科を経て平凡社に勤務した。生涯を独身でとおし、山が好きだったので、平凡社を退社後は黒姫山麓の山小屋に独居し、十年ほど前に他界した。孤独に死を迎えることは寂しかったのではないか、と思うと胸がしめつけられるような感がつよい。また、栃折家の方々から蒙ったおもてなしを思いだすと、いたたまれない思いを覚える。私たちはどこまでも厚意に甘えて、それを当然としていた。その無智、非常識は青年期にありがちなことかもしれないが、だからといって、こうした無智、非常識は青年期の特権といって済まされることではあるまい。

*

宇奈月温泉では三流かそこらの旅館に泊った。トロッコで黒部谿谷を遡った。途中で数十人の朝鮮人労働者を見かけた。いいだも私も感想をかわさなかった。多数の朝鮮人労働者にかこまれることは怖かった。私たちが感想を抱かなかったわけではない。鬱勃たる感情が渦巻いていたのだが、言葉にあらわすほどに思想として熟していなかったのだと思われる。下呂温泉では山の上の最上級の旅館に泊った。私たちの他には名古屋から来たという若い女性たちが一組泊っているだけであった。女性たちと近づきになりたいと話しあったが、いいだも私も声をかける勇気がなかった。浴室に続くうす暗く長い廊下を憶えている。

そうした断片的な記憶を除けば、黒部谿谷の風景も下呂温泉の風景も、金沢市街の風景を記憶していないと同様、何も記憶していない。岐阜ではその郊外のいいだの知合の農家に一泊し、翌朝、私はいいだと別れて帰京した。

私が旅行の細部や風景等を記憶していないのは、おそらく四六時中いいだと喋り続けていたためであろう。それも私が一を言えばいいだが九を答えるというかたちで、それこそタレスから三木清に至るまで、また、小林秀雄、中原中也らから文学、演劇、さらに人生一般にわたり、中村眞一郎、加藤周一、福永武彦、白井健三郎、古賀照一といった諸先輩や日高普、同室の太田一郎をはじめとする友人たちについて語って、いいだは倦むことを知らなかった。まさに当時、私はいいだから人生のすべてを学んだのだが、彼は私よりわずか一歳しか年長でなかった。

*

この旅行に出かけるのに、私は一学期分の寮費と一月分の小遣いをもっていただけであった。いいだの方が多少小遣いに余裕があるようにみえた。二人とも旅行用品はもちろん、着替えも持っていたとは思われない。持物といえば互いに手拭一本であった。そんな恰好で彷徨したのだから、私たちを世話して下さった方々は私たちの不潔さに辟易したにちがいない。それを恥ずかしく思わなかったのだが、いまとなっては、この無分別の未熟さにも懐しい面がないわけではない。

この旅行のさい、私は高山線の車中の詩興を四行詩にまとめた。これは敗戦後、一時の気まぐれで焼却してしまったので、残っていないが、断片的に憶えている。忘れている箇所を当時の詩興を思いだしながら補って示せば次のとおりである。

四行詩

白川路にて

眉目《みめよ》美き女《をみな》行きにけむ
岨《そば》道近き谿《たに》川に
たぎつ瀬音の高ければ
旅の憂ひぞそぞろなる

いいだがこれは五行詩だと評した。「白川路にて」というエピグラフが必須の一部をなしているという趣旨である。詩興は少年時の感傷だが、この旅行を回想することは、少年時の感傷に似た甘酸っぱさと苦々しさがある。

24

なげかへば葬《はふ》りの燭《しよく》のはてしより無花果《むくわか》ほのかに熟れにけらしも
咬みかへるけものならずもさだやかに別れむときはつつしむもなし

右の二首は太田一郎の敗戦間近い時期の作である。昭和十九年七月、サイパン島の日本軍が全滅した。追いつめられた女性たちが次々に絶壁から海に身を投じた、と報じられた。八月にはグアム島の日本軍が壊滅した。東京はB29の航続距離に入り、敗戦は必至の情勢であった。私たちが無意味な死を迎える日も刻々と迫っているように私たちは感じていた。死者を葬ってとぼした蠟燭の灯ももう消えた、死者への嘆きは尽きない。見れば無花果がそのぶあつい葉蔭に無心に熟している。生も死もはかなく空しい。いざ別れるとなれば、獣でない私たちも自制心を失い、恣まな情念に身をまかせるほかはないのだ。これら太田の作に私たちは切実に共感した。太田は穏やかな自然詠の作者から「われ」を表出する歌人に変貌した。もっともいま読みかえしてみると、「さだやかに」は太田の造語だろう。運命《さだめ》を運命としてうけとめて、といった意味にちがいない。そんな措辞の無理を越えて、これらの二首は私たちの胸にじかに響き、私たちの心を揺さぶった。

同年九月二十五日、いいだ、太田ら三年生は二年半の繰り上げ卒業で寮を去り、入れかわりに、十月には日立に勤労動員されていた二年生が寮に戻ってきた。その前後にいいだ家は芝大門から藤沢市片瀬に移転した。

そのころ、同級の網代毅が明寮十六番に移ってきた。いいだや太田が去った後、網代は明寮十六番における私の無二の文学的同志となった。中野徹雄や大西守彦も文学に関心がなかったわけではなかった。しかし、網代は小林秀雄、中原中也、宮澤賢治らに対する関心のふかさにおいて私と共鳴することが多かった。網代が明寮十六番に移ってきた経緯は憶えていない。たぶんいいだや太田が去った後、文学を話し合う相手を求めて、私が誘ったのであろう。彼は文学だけでなく音楽にも詳しかった。絵も上手であった。才気煥発であった。私は彼のあふれるような才気に圧迫感を覚えた。戦後、いいだ、中野が推進し、遠藤麟一朗が編集長となって刊行された雑誌『世代』の創刊号には網代の詩「再びなる帰来の日に」が掲載されている。この事実からみても、私たちの周辺における彼の文学的評価のほどが知られるであろう。他愛ない思い出だが、網代と二人で岩波文庫の目録を眺めながら、読まなければならないと考えた未知の作品を数えあげて、その多さに嘆息し、兵隊にとられるまでにいったいどれだけ読めるだろう、と顔を見合わせたことがあった。

網代に続いて、大杉健一、大坪治男も明寮十六番に移ってきた。三人とも昭和十九年四月文科に入学した同級生であった。後年、大杉の訃報を聞いたとき、私は「浮泛漂蕩」と題する詩を書いた。そのことについてはいずれ記す機会があるかもしれない。

＊

竹山道雄教授の「昭和十九年の一高」には次の一節がある。

「寮生活にせめてものうるおいをと思って、雑誌をこしらえる計画を立てて、投稿を募った。私自身も寮のあけくれを一文に綴った。原稿はあつまり、苦心のあげくではあったが、校了にまでなった。しかし、できたものの中には軍国的な文句が一行もなく、出版社の人を驚かせ憤慨させた。しかも、いよいよ印刷というころはもはや私服の憲兵が出入りして紙屑を探すというときであったので、これを印刷することはあきらめた。

このついに出なかった雑誌の名は『柏葉』といった。『自治灯』としたかったが、この名は避けなくてはならなかった」。

私はこの雑誌がついに刊行にいたらなかった当時、後に記す事情で担当の寮幹事をしていたので、その事情は承知している。この雑誌には竹山教授の文章の他、二年生だった内垣啓一のニーチェ論、山内大介の短歌、原口統三の詩、私の詩などが掲載されることになっていた。内垣は三階の国文学会の寝室の隣室を占めていた史談会に属していたから私も一応の面識があった。一高から京都大学に進んだが、後に迎えられて東大教養学部の教授になった。たぶん五十歳になるかならずで亡くなったはずだが、晩年は演劇に執心していた。山内大介は後に毎日新聞社の社長になり、在職中に他界した。網代は一九九〇年福武書店から刊行した『旧制一高と雑誌「世代」の青春』中に、私がこのとき投稿した詩は「祈祷《いのり》」という題であったと記している。これも戦後の気まぐれで焼却したので残っていない。残っていたとしても読むにたえるものではあるまい。残念なのは原口の詩二篇である。「暁の使者」、「忘却の彼方へ」と題されていたはずである。

嘗てはおれの胸のなかにも　驕りの花は開いてゐた
嘗てはおれの額の上にも
勇ましい流浪のあらしは吹き荒れてゐた

右は「暁の使者」の第一節である。これだけではこの詩がいかにすぐれた作品であるかを窺うに足りないが、私はこの二篇にみられる硬質な語感、雄渾な詩魂に驚嘆した。おそらくこれらの詩に接したことから私は原口と親しく交際することになったのであった。彼が明寮十六番に私を訪ねてきて、三階の寝室で詩の朗読を聞かせてくれたときの情景を私はまざまざと思いだす。日没ころ、部屋には余光が差しこんでいた。清岡卓行「海嘯の彼方へ」、萩原朔太郎「沼沢地方」「猫の死骸」など。原口の低く、静かで、しかも激するような声音が私の耳底に残っている。彼が「暁の使者」等の詩篇のすべてを焼却し、『二十歳のエチュード』と題するノートだけを残して逗子の海岸で自死したのは昭和二十一年十月であった。『二十歳のエチュード』に彼が書きのこした箴言、その自死に至った誠実さは私の生涯にわたって私に突きささったトゲとなったが、『二十歳のエチュード』は彼が生前に書いていた詩にみられた眩しい才能に比べれば、その残渣にすぎない、と私は考えている。

『柏葉』に戻れば、竹山教授の記憶と私の記憶はくいちがっている。竹山教授が文中に名を伏せている出版社は新潮社であった。軍国的な文章が一行もないといって憤慨したのは、先年亡くなった斎藤十一氏のように憶えているのだが、どうだろうか。いったいどういう時勢だと思っているのか、と私は叱責された。私はそのように竹山教授に報告した。教授が校了になったと記しているとは間違いない。私は校了になった校正刷を新潮社に届けた。私の記憶によれば、これが印刷される前に昭和二十年三月から五月の東京大空襲で印刷所が焼けたために刊行されなかったのであった。

一方、憲兵が出入りし、昭和二十年四月には木村健康教授が憲兵司令部に十日間拘置され、訊問をうけるといった事件も起こっているから、あるいは、校了になった段階で、竹山教授が自発的に刊行を断念なさったのかもしれない。いまとなっては真相を確かめるすべはない。いずれにしても、ついに『柏葉』は刊行されなかった。

＊

いいだとの旅行後、私は義太夫に熱中した。浅草の雷門の近くに東橋亭という義太夫の定席が

あった。それこそ日参するほど、私は東橋亭に通いつめた。娘義太夫が語っていた。娘義太夫と
いっても大半は中年以上の女性たちが太夫であった。当時の娘義太夫の花形として竹本素女とい
った名前を記憶しているが、正確かどうか自信はない。

同時に私は女性だけの一人遣いの人形浄瑠璃に夢中になっていた。場所が東橋亭であったかど
うか、私の記憶は定かでない。いいだは片瀬に引越していたし、網代その他の友人たちも義太夫
や人形浄瑠璃に興味をもっていなかった。いつも私の単独行であった。

私はこの一人遣いの人形浄瑠璃で文楽の演目のあらましを観た。いま国立劇場の文楽のプログ
ラムを目にすることがあるが、私の知らない演目はほとんど見かけたことがない。

ところが、この文章を書くのにさいして、私が観た一人遣いの人形浄瑠璃について記している
文献はなかなか見当らなかった。人形浄瑠璃の歴史や研究書を読みあさったが、どれも一人遣い
の人形浄瑠璃にふれていなかった。私は夢を見ていたのだろうかと一時は自らを疑ったほどであ
った。ずいぶん人手を煩わせた挙句、早稲田大学演劇博物館所蔵の『演劇百科大事典』第一巻
（平凡社、昭和三十五年刊）の「おとめぶんらく　乙女文楽」という項目に次の記載があることを演
劇博物館の専門家から教えられた。

「昭和三年六月大阪新世界ラジウム温泉において、林二木というしろうと太夫により興行され
た。座頭は桐竹八重子、美佐保・三津次・梅子などがおり、技術の指導者は、当時文楽座にいた、
人形遣い桐竹門造で、人形いっさいをうけもっていた。一個の人形に胴金《どうがね》というものを作り、そ

れへ人形を差し込み、人形遣いの胴に結びつけ人形の頭の両びんからひもを、遣い手の頭に通じさせて、さながら首引のような形で、人形遣いが頭を右にすれば、人形の頭も右を向く動きで、手は左は左手、右は右手で一人遣いの形式になる。足は、女形は膝かどの上部に、立役は膝下に人形遣いの足にむすびつけ一人で一個の人形を動かす方法を、門造が東京八王子にある車人形からヒントをえて考案した。林二木より、大正橋の井上（桐竹光子の親）、桐竹門造と興行主が変り、その間に胴金などの機械も三度改造された。人形遣いにも出入りがあり、梅子が残って座頭格になるに及んで東京に移り、浄曲協会専属となり、半プロの太夫と組んで活動していた。第二次世界大戦で一時中止したが、戦後は神奈川県茅ガ崎の宗政太郎が引受けて興行をはじめ、人形遣いも林輝美子が梅子に代って座頭となり、現在活動している。なお淡路でこれを模倣した乙女座が作られ、これも乙女文楽とよばれている。（宮尾しげを）」。

私が通ったのはこの乙女文楽に間違いない。第二次世界大戦で一時中止したとあるが、私の記憶では中断したのは昭和二十年三月の東京大空襲以後である。

俗に三人遣いの文楽の人形のばあい、足遣い十年、左遣い十年、主遣い十年の修業を要するといわれるから、一人遣いの乙女文楽は少女のままごと遊びの域を出ていなかったかもしれない。それでも私は充分堪能した。第二次大戦の末期になっても娘義太夫の定席があったこと、娘義太夫の語りによる女性たちの一人遣いの人形浄瑠璃が演じ続けられていたことは記録にとどめておくに値すると私は考えている。戦後育ちの人々が想像するほど当時は軍国主義一色の暗黒時代ではなかった。灯火管制下で、これらを演じ、これらを享受する少数の人々は存在し続けていたのである。

そういえば、中原中也の詩「雪の宵」に

ほんに別れたあのをんな、
いまごろどうしてゐるのやら

という一節がある。私はこの一節から「艶容女舞衣《あですがたをんなまいぎぬ》」の酒屋の段の「いまごろは半七つぁん、どこにどうしてござらうやら」という半七の妻お園のくどきを連想する。中原と義太夫のつながりはこれまでまったく見つけられていない。しかし、中原が歌舞伎をかなりよく観ていたことは確かだし、「艶容女舞衣」はいわゆる院本物《まるほん》として歌舞伎でも演じられることがあるから、あるいは中原は歌舞伎でこのくどきを聞いたことがあるかもしれない。芸術的にも技術的にも文楽に比べ格段に劣っていた娘義太夫、乙女文楽に私がほんの一時期とはいえ魅了されたのは、こうした声調が知らず知らずに私たちにとって伝統の一部として血肉化しているからではないか。中原の詩の一節も同じことかもしれない。

＊

出英利、高原紀一らとの親交は一高入学後も続いていた。九月ころ出は青梅線沿線の小学校の代用教員となった。小学校へ通うのに不便だということで西荻窪のアパートの一室を借りた。小日向台町の親元の生活から自立したいという思いがあったのだろうし、自由気儘に生活したいという気持もつよかったのだろう。神田の実家から東京商大に通っていた高原紀一が通学に便利だと称してそのアパートに同居することになった。精神の緊張を強いられるいいだや中野らとの交友にくらべ、出や高原とのつきあいは気がおけなかった。彼らのアパートは私が心からくつろげる場所であった。

九月のある午後、私は彼らのアパートを訪ねた。西荻窪駅から十分ほどの畑の中のアパートの二階の一室には鍵がかかっていなかった。盗まれるような物は何ももっていないから、ふだん鍵はかけていなかった、と高原はいう。私はじきにどちらかが帰ってくるものと思って留守の部屋に入った。机が一つあるだけで、他に何もなかった。狭い部屋に晩夏の陽が注いでいた。所在ないままに私は「海女」の第三節の書き直しを試みた。汗をだらだら流しながら、ああでもない、こうでもない、と書きなづみながら、ともかく一応書き上げた。それでも二人は帰ってこなかった。私はそのまま寮に戻った。後にいいだに見せると、まあ、こんなもんだろう、と言った。これが私の詩集の巻頭に収められている「海女」の定稿となった。

そのころ、出、高原は土龍座と名付けた学生劇団を組織して芝居を上演することに熱中していた。仲間は出が第二早高に入学して知り合った学生たちであった。代用教員をし、授業にはほとんど出席していなかったのに、大学の周辺には出入りしていたのであろう。どうして出の周囲にすぐ仲間が集まるのか、考えてみると多少ふしぎな感じがする。カリスマ的な魅力があったわけでもなく、親分肌でもなかった。衒いのない、含羞を帯びた、その人柄に私たちは惹きつけられたのであろう。

出の新しい仲間たちは、出の関口台町小学校の同級で第二早高に入学して再会した佐野英二郎をはじめ、若林彰、井坂隆一、山澤貴士らであった。若林は混血児ふうの美青年であった。語学の天才という評判が高かった。彼だけが演劇に生涯をささげたが、他はみな出の魅力に惹かれて集った烏合の衆であった。

彼らは早稲田大学の前の玉突屋の二階の三畳の部屋を稽古場にしていた。高原によれば、菊池寛の「父帰る」の本読みをしたという。弟役を演じた佐野の台詞が声量豊かで、他はみな顔色なかった。これも高原の記憶である。もう一つ三好十郎の脚本の本読みをした。私は「夢たち」だったと憶えているが、高原は「浮標《ぶい》」だったという。演出は高原だったし、私は彼らの本読みを二、三回覗いただけだから、高原の記憶の方が確かかもしれない。

何故「土龍座」と名付けたのか。はじめから日の目を見ることはないと予感していたのか。事実、昭和十九年十一月か十二月の、小規模の空襲の際、彼らが稽古場にしていた玉突屋が罹災したため、土龍座は自然解散した。

彼らが敗戦まで一年足らずの時期に、なぜそんな素人演劇に血道をあげたのか。いかなる意義があったとも思われない。息苦しい社会情勢の中でどうにかして鬱屈した気分を発散させたい、自己表現の場を見出したい、といった欲求のあらわれにすぎなかったのではないか。

＊

土龍座の周辺には相澤諒もいた。相澤が府立五中で私より一学年下級生であり、五中の雑誌『開拓』に詩、小説等を発表し、私たちと親交があったことはすでに記した。相澤は昭和十九年四月、四年修了で駒沢大学に進学していた。彼の父君は埼玉県児玉郡藤田村（現在の本庄市）の酒造業の長男として生まれ、事情あって家業をつぐことなく、証券業等にたずさわり、鉱山の採掘なども手がけ、経済的にもかなりの浮沈があったそうである。彼の母君は昭和十二年に結核で死去し、やがて再婚した父君と義母夫妻は埼玉県深谷にひきあげ、相澤は府立五中時代から駒込に一人で下宿していた。一高入学後も私は駒込の下宿に彼を訪ねていた。叔父君が酒造業を営んでいたためか、彼は食糧に不自由していなかった。そのころ出廻っていたパン焼き器で作った手製のパンや紅茶をふるまい、こまやかに気遣いをしてくれた。しかし、詩について話しはじめると、いつもたがいの意見のくいちがいの溝がふかまるばかりであった。彼はひたすら言葉の純粋さを求めていた。私はいかにさし迫った死を迎えるかに心を砕いていた。必ず気まずい思いで別れることとなった。

先走って記しておけば、昭和二十六（一九五二）年一月の深夜、酔余中央線の貨物列車に轢ねられて事故死した、出英利の没後三十年の集りの席で、佐野英二郎が言いだして、相澤の遺稿詩集を刊行することとなった。私はその編集を依頼されて全遺稿を読みとおし、彼の詩業に瞠目し、悔恨の思いが切であった。「まこと！　純粋なる詩とはことば以前の記憶でなくてはかなはずよ」とは「聾《みみし》ひて風のおと聴くひともがな」といぅ自作の句に対する注である。「「これが手だ」と、「手」といふ名辞を口にする前に感じてゐる手、その手が深く感じられてゐればよい」とは中原中也の名高い「芸術論覚え書」の冒頭である。相澤の思想は中原のいぅ「名辞以前」と同じだといってよい。相澤がこの注を書いた昭和二十二年にはまだ中原中也全集は刊行されていなかった。相澤が「芸術論覚え書」を知ることはありえなかった。相澤はまったく独力で中原が感じた詩作にひそむもっとも基本的な矛盾を発見し、そうした地点から詩を書き続けていた。そして、昭和二十三年九月、腸結核による闘病のあげく、大宮日赤病院の病室をぬけだし、その裏のマツ林の中で服毒し、自死を遂げた。

相澤の遺稿選詩集『風よ　去ってゆく歌の背よ』は昭和五十六年青土社から刊行された。『週刊朝日』にその書評が掲載されたが、「この詩集を紹介してはばからぬゆえんは次の二点にある」、といって評者は次のとおり続けている。「一つは、戦争末期から敗戦・戦後の出発へと続く時代の動きを越えて、ただただ美しい言葉を守ろうとし、その行為に自己の魂の純粋さを賭けた。そんな精神というか青春の存在があった、ということ。自身の生の純粋な結晶がそのままごく少量の詩篇へと転化される、というような詩人の形姿は、今日の現代詩には乏しい光景である」。

評者はまた、こうも書いている。「相澤諒は孤独な詩人だった。だが、若干の人々は彼の詩の美しさに心搏たれた。私事にわたるが、当時少年だった私などは、友人からその詩を教えられ、一篇か二篇をノートに筆写した。ノートからノートへ、彼の詩はこうして伝えられた」。

こうした読者の存在を知ったことは私にとって望外のうれしさであった。佐野英二郎もそういう読者の一人だったにちがいない。さらに先走って記すこととすれば、佐野は昭和二十年二月、海軍予備生徒を志願し、人間魚雷「震洋」に乗りくむべく訓練をうけ、川棚突撃隊に配属されたが、出撃の日は訪れることなく、敗戦を迎えた。早稲田大学に復学し、商社員として三十七年間を過し、一九九二（平成四）年喘息の発作のため急逝した。彼の晩年ある雑誌に掲載した随筆を読み、私はその清冽な抒情、商社員としての生活の過半を海外諸国で過した国際的な視野に驚愕した。彼の没後『バスラーの白い空から』と題する遺稿集がやはり青土社から刊行された。

「しずかな、あたたかい文章でつづられたこの小さな作品集を読んで、私は墓地の道を思い出した。師走の日々にとかくすさんだ心が慰められ、もしかしたら、来年はもうすこしやわらかい心をもって生きられるかもしれないというほのかな希望に、凩の冷たさを一瞬わすれた。ぎらぎらした気持で書かれたのではない本がしきりに懐しい季節なのかもしれない」。

右は須賀敦子さんが『バスラーの白い空から』を『毎日新聞』の書評でとりあげて下さったさいの文章の一節である。表題の随筆は「船乗りシンドバッドが真白な鸚鵡をその肩にとまらせながら帆船から降り立った桟橋、それがバスラーの港である」とはじまる。イラク戦争が勃発したころ、私は佐野の右の文章を思いだし、亡友をしきりに偲んだ。

山澤貴士も佐野の後を追うように死んだ。かれは木更津で高校の教師をつとめていたが、晩年、古田大二郎の伝記を刊行した。山澤の思想的遍歴について私は知るところ乏しいが、これはまことに奇特な労作であった。

*

昭和十九年十一月二十日から十二月十九日までのほぼ三十日間、私たちは第二京浜国道の造成工事のため勤労動員された。級友たちの回想文によれば、私たちはモッコかつぎなどをしたというが、私自身は労働らしい労働をしたようには憶えていない。私たちが造成したのは東神奈川駅近くだったはずだが、いま当時を偲ばせるような情景はまったく残っていない。それにしても私たちを第二京浜国道の造成に動員させる必要性があったのだろうか、と私はいまになって疑っている。軍事目的や国土防衛目的に役立つとは思われない。学生を勤労動員するという目的がまずあって、作業を割りあてたというだけのことだったのではあるまいか。

この勤労動員の期間中、私の印象にふかいのは猪熊時久が歌って聞かせてくれた数々の童謡である。ある日の午後、雨が降った。そのため私たちは仮設の小屋のような建物で休憩していた。退屈しのぎに雑談していたとき、突然猪熊が童謡を歌いはじめた。なかなかの美声であった。「土手のすかんぽジャワ更紗」といった童謡を次々に独唱した。私は歌うことは不得手だし、まして童謡を歌うことなど思いもよらなかった。私は猪熊の表情に童心がいきいきと息づいているのを見た。彼は無垢な魂と上州人らしい気っぷの良さをもっていた。彼は大学卒業後住友銀行に就職し、労働組合に関係したため長い不遇の時期を経験し、それでも専務に昇進し、明電社に移って社長、会長等を歴任した後、二〇〇三（平成十五）年六月肺癌のため他界した。彼はカトリック信者だったので、同じくカトリック信者であった亡妻の葬儀のさいは聖書朗読の役をつとめてくれた。そのときはまだ元気であった。ちなみに彼の夫人猪熊葉子さんは亡妻と聖心女子大在学中以来の親友であった。私の義姉も同じ大学の同窓であった。私が亡妻と知り合い、結婚することとなったのはそういう縁故による。彼の経歴からみて、大学卒業後、彼はさまざまな苦労も体験し、責任の重圧に苦しみ、その反面、権力権威も享受したにちがいないが、私の記憶にある猪熊時久はいつも無垢な童心の持主のままであり続けている。

*

『運るもの星とは呼びて』にはやはり同級生の木暮保成が「寮の食事」と題する文章を寄稿している。彼の日記のメモから昭和二十年三月、四月の寮の食堂の献立を抄出しているので、いずれ書き写すつもりだが、昭和十九年については紀念祭など特別の行事のあった日だけの献立を紹介しているので、以下にこれを引用する。紀念祭は年に一回の行事であり、そのほか全寮晩餐会と称する寮生全員の集まる晩餐会が催され、二、三の先輩が招かれて講演したり、数名の上級生が演説したりした。これらの行事にさいしては、食事部担当の委員（後の幹事）が格別に苦労した食事が供されるのが常であった。


「七月六日　朝、ナッパみそ汁、昼、いんげん、なす、ナッパの醤油汁
　夜（紀念祭晩餐会）、赤飯、豚カツ、じゃがいも一ケ、夏みかん一ケ、アンミツ一杯、菓子パン一ケ、きゅうりとキャベツのサラダ、乾バナナ二本、卵と魚肉のかためたもの。

七月七日（紀念祭）　朝、食べず、昼、鮭、きゅうりとキャベツのサラダ、夜、豚飯、そのほかの配給、ひとりあたり汁粉三杯、乾バナナ二本、じゃがいも。

九月二十四日　夜（晩餐会）、こわめし。アスパラガス四本、コールドビーフ一枚、魚コロッケ一ケ、じゃがいも一ケ、犠牲豆腐一ケ、りんご一ケ、餡入り饅頭一ケ、汁粉四杯。

十一月三十日　朝、さつまいもみそ汁。昼、記事なし。夜（晩餐会）、牛肉とじゃがいも（肉じゃがのことか）、さつまいもの精進あげ二ケ、大福、みかん二ケ、「校長、伊勢の神風を謡われる」という記事のあとに「おそくなって、汁粉が出たそうである」と書いてある」。


九月二十四日の「コールドビーフ」とはいわゆるコーンビーフではあるまいか。同日の「犠牲豆腐」とは何か、私は知らなかったが、教えられたところでは、擬製豆腐と表記し、豆腐を材料にとり肉などの焼きものに似せた精進料理のことらしい。それは別として、当時私たちが格別のご馳走と感じた食事の内容はこんなものであった。それでも七月六日の晩餐会に比べ、九月二十四日、十一月三十日の晩餐会はかなり貧しくなっていることが分る。しだいに食糧事情が窮迫して

きていたのである。特筆すべきことは、晩餐会では必ず汁粉がふるまわれたことである。どういうわけか、世の中にはすでに砂糖が払底していたのに、一高にはふんだんに砂糖があった。甘味は極度に入手が難しかったので、汁粉が私たちのたのしみであった。こうした特別の食事を除けば、朝はナッパのみそ汁、昼はいんげんとなすの煮付けとナッパの醤油汁、といった一汁一菜が通常だったようである。この時期としては、比較的恵まれていたということはできても、必ずしも貧しかったとはいえないはずである。

25

延期されていた査閲が昭和二十年一月九日に東部軍兵務部長山口少将により行われることとなった。東部軍は当初予定されていた第一師団の上部組織であろう。竹山道雄教授の「昭和十九年の一高」によれば、この査閲の結果如何に一高の存亡がかかっていた。私自身はこの査閲がそんな重大な意味をもつとは知らなかったし、むしろまるで関心がなかった。「昭和十九年の一高」から引用する。

「このことが学校と寮にとってどれほどの意味があるかを、理解していた寮生はすくなかった」。私はそうした無理解な寮生の一人であった。

「しかし、この運命の日をひかえては、校内の一切を軍隊的な見地からみても非難される余地のないものにしておかなくてはならなかった。

このためには、まず寮生を説得して、そういう気持になって貰わなくてはならなかった。

「一日だけきれいにして上べを胡魔化すとは何だ。ふだんのままを見せればいいじゃないか」。そういう純粋論者も多かったのである。

寮では会議がひらかれ、討論が行われた。その議論は例によって主観的な難解な言葉でくみたてられ、ともすると人生の根本問題まで下ってゆくか、あるいは抽象に抽象を重ねた結果、ついにはお互いに何をいっているのか自分でも分らなくなってしまうのであった。

「よろしい。それではやろう。しかし、それはゾル(軍人のこと)に見せるためではない。一高生といえども、一旦決意すればこれほどにも掃除ができるという可能性を、これをチャンスとして自ら立証するためである」——南寮では幹事が苦心の末、ようやくこういう結論をえたのであった。

査閲の前の日に、私は各階の大便所に入って、臭いのを我慢して、壁の落書を消した。これが一番あぶないものの一つであった。「初めだと思ったら、終りの初めだったとさ。運命は皮肉に笑う」というのを惜しみながら消した」。

私がこうした討論に参加した記憶はない。「昭和十九年の一高」の続きを、中略して、引用する。

「寮生の掃除の方法は、何にでも火をつけて燃してしまうのであった。しまいには木立や草がはげしく燃えだした。その間を、かれらはしきりに炎のたっている地面をあさっていた。何をしているのかと思ったら、草の中に落ちた団栗の焼けたのを拾って食べているのであった。

大抵の人は途中で逃げてしまったが、十人ほどの寮生が熱心に掃除をして、寮のまわりはすっかり片づいた。私は最後に方々の焚火のあとを消してあるいた。もう暗くなって、空から燠火が見えるからである」。

いまにして思えば、竹山教授をはじめとする熱心な寮生に申訳ないことだが、私がこうした掃除に参加したことはない。
「ついに査閲の日はきた。兵務局長以《ママ》下十人ほどの将校がかたい靴音をたてて、寮の中をめぐった。

Y少将は小がらな痩せた半白の老人であった。せかせかとして短気らしく、大声をあげて一方的に自分の言いたいことだけを話した。支配し命令するのが習慣になっている、尊大傲岸な人であった。彼はつかつかと入ってきて、するどい目尖で見わたした。しかし、この日の一高の校内にはどこにも一点の隙はなかった。将軍は、あるいはそれが気に入らないのかと思われるほど、不機嫌な様子だった。

たまたまこの日に空襲があった。B29が東京の上空に姿をあらわした三、四回目であった。澄んだ初冬の大気の中に、菫いろにキラキラと反射した翼がしずかに浮んでいた。日本の飛行機が一点の火花のように光って、星が流れるように近づいて、体当りをした。そして、黒い煙をあげてぐるぐると身を旋らしながら地に落ちた。B29は白い氷った条をながく印しながら、玻璃鏡のような空の底にゆっくりと遠く融け入ってしまった。

校庭では防空作業が行われた。その間然するところのない動作、命令、伝達、報告のさまは将軍たちをおどろかした。

中寮の二階で、Y少将は、各部屋の前の廊下に整列して敬礼した寮生の一人に質問した。
「あの体当りを見て、どう感じた。あ？」

「日本の科学の力が及ばないのを残念に思いました」と寮生は答えた。これはこの頃の流行の表現でもあった。

「む」と将軍はうなづいた。それからまた大声でたずねた。

「それで、これからはどうせねばならんと思うか?」

寮生は固くなって顔をあからめたまま、答の言葉をみいだしかねた。

「君たちの責任だぞ。いいか」と少将はいって、指で相手の胸をさし、また歩を前にすすめた。査閲は無事にすんだ。少将は学校側には何もいわなかったが、かえり際に、配属将校に「申し分ない」と洩らしたそうであった」。

竹山教授の文章は、「こうしてこの危機は一まず過ぎ、春以来の学校の地位も回復された」、とこの挿話を結んでいる。私自身はこの文章中の体当りも防空演習も知らない。私は明寮十六番の前の廊下に整列して山口少将が巡回するのを待っていたのであろう。

『運るもの星とは呼びて』に木名瀬亘という人の「夢はるかなり一高時代」という文章が収められている。この文章の中で筆者は査閲にふれて次のとおり記している。

「年が明け昭和二十年、正月早々陸軍少将の視察があり、そのときだけは一生懸命に掃除をして迎えた。「日本が勝つと思うか、負けると思うか」という、今にして思えば意地の悪い質問があり、ある寮生の答えた「戦争は勝たねばなりません」の名答に、「そうだ勝たねばならぬ」と言って去って行った少将の後ろ姿に淋しさを感ずる戦局であった」。

この寮生が大西守彦であった。私たちの前に立ち止まった山口少将が突如大西に向かって、「戦争は勝つと思うか、負けると思うか」と質問した。大西は突嗟に「勝たねばならぬと思います」と答え、名回答として評判になった。私は大西のすぐ脇に立っていたので、この問答の記憶は鮮明である。この回答は大西の機敏な、回転の早い頭脳の証明だといってよい。同時に、もっと注目すべきことは、敗戦は必至ということが私たちの間で常識化していたという事実である。まさか負けるだろうと答えるわけにはいかないし、勝つだろうと答えることは良心に反する。勝たねばならぬと思います、とはそういう戦局の理解によるものであった。神風が吹くだろうといった幻想を私たちはつゆほども抱いていなかった。査閲を終えた後の大西の得意満面の表情を私は懐しく思いだし、また、おのずから私の回想は彼の自死に及んで、ひたすらいたましい感に駆られるのである。

＊

昭和二十年一月十七日から私たち文科一年生は三菱電機世田谷工場に動員されることとなった。昭和十九年中は六月の十日足らずの農村勤労奉仕と十一月から十二月にかけての一月ほどの第二京浜国道の造成工事に動員されただけだったが、ようやく本格的な勤労動員がはじまったわけである。

授業は午前八時から一時間だけ行われることとなり、授業を終えると、当時は帝都電鉄といった現在の井の頭線の踏切を渡り、玉川通りの池尻に出て右折し、大橋の右奥の工場まで列伍を組んで通った。

私の同級生の亀田政男が『運るもの星とは呼びて』に寄せている「私の一高時代」という文章によれば、三菱電機世田谷工場では、「飛行機のプロペラシャフトを製造していたが、作業内容としては小さな坩堝を用いて合金の原料を溶解し、それを型に流し込んで円筒型のインゴットを造る溶解現場と、その合金インゴットを加熱炉で再び赤熱したのちエアハンマーで叩いて丸棒状に細長く伸ばし、更にその丸棒を点検して傷の部分をタガネやヤスリで削り取った上で線引機にかけ、所定の太さに引き伸ばしてプロペラシャフトの素材とする鍛造現場などがあり、一高生のうち頑健な者がこの二つの現場に配属され、あまり身体の丈夫でない者は倉庫業務などに従事した。私は鍛造現場に配属された。溶解・鍛造現場の仕事はきつかったが、一高生はよく働いた。一週間位でエアハンマーの操作が出来るようになるなど作業の習得も早く、殆ど年寄りと年少作業員ばかりの現場では主力の働き手になった。毎朝五時二十分に起床、寮の屋上で点呼、朝礼、体操を行い、朝一時間の授業の後、徒歩で工場に通う毎日であった」という。

私は毎朝の屋上での点呼等に参加した記憶もなく、また、八時からの授業に出席したこともなかった。身体が虚弱だと称して総務にまわしてもらい、埒もない書類の作成などで時間を潰していた。しかし、私のように不真面目な学生の方がむしろ例外だったらしい。橋爪孝之が中原中也の二冊の詩集や『富永太郎詩集』を筆写していたことはすでに記したが、その橋爪が同じ『運るもの星とは呼びて』に「三菱電機世田谷工場―文科生、動員の記録」という文章を発表しているが、橋爪は「私達の仕事は、総務、倉庫資材、熔解、電槽、鍛造、製線、板金などに分かれ」ていたと書き、「三菱電機の想い出は、誰しもが、昼に配られる二個の大ぶりの握り飯に集約される。戦争の行末も、自分達の将来も忘れて、昼はその握り飯にむしゃぶりつくのだった」と書いた上で、次のとおり続けている。

「私は初め総務に配属されたが、後に鍛造に廻る。もの思うことの多い時、穏やかな事務の仕事より、重労働で自らさいなむ方が気持ちが楽と思ったからである。鍛造は真っ赤に熱せられた、径十センチ、長さ五十七センチ程の鋳鉄を鉄箸でくわえ、圧延機の下で廻しながら、二メートル程の鉄棒に伸ばして行く作業である。力が要る。火花が散る。熱気が走る。人の話し声など聞こえぬ機械の轟音。油断をすれば、自分の身体の方が振り廻される程の鉄箸との闘い。――それは、ものを考えないで済ますことのできる最高の職場であった」。

一樋有利は鍛造と並んで重労働とされた熔解に配属されたのだが、この工場には東京第一師範女子部の生徒たちも動員されていたことを記し、彼女らによって「いわば職場に花を添えられる想いの中で「熔解」という重労働（?）も、比較的和やかに行われたという記憶がある。誰となく「熔解変化《へんげ》」という言葉を口にするようになったのもこの時のことであったろうか」と同じ文集中に回想している。

中野徹雄が鍛造に配属され、敢然と汗を流し、渾身の力をふるっていた情景も私はありありと憶えている。

いったいどうして私の同級生たちがそんなに真剣に与えられた労働にとりくんでいたのだろうか。私にはかなりにふしぎなのだが、徴兵を覚悟して文科に入学してきた私の同級生たちには、来るべき運命を主体的にうけとめようとする覚悟ができている人々が多かったからではないか。「ものを考えないで済ますことのできる最高の職場だった」と橋爪がいうのも真実かもしれない。いずれにしても、私のように、ただ右顧左眄し、怠惰を貪ることだけを求めていた者はごく少数派だったようである。

*

『運るもの星とは呼びて』に収められている年表によれば、昭和二十年二月二日に紀念祭が催され、「反軍思想の飾り物あり」と注されている。前夜、二月一日に全寮晩餐会が開かれた。中野徹雄が登壇して演説した。一高は千紫万紅、百花繚乱たる個性の花ひらく場とならなければならない、といった趣旨であった。ひどく煽情的な演説であった。反軍的でないまでも、思想統制に対するはっきりした挑戦であった。全寮晩餐会のさいは思い立った寮生がこもごも壇上に上って演説するのが恒例になっていたが、一年生が壇上に上ったのは、少くとも私と同年の学生では中野が最初であった。演説の後、万場粛然とし、やがて万雷の拍手が鳴り止まなかった。中野はそれまで文科の学生の間では知られていたが、この時の演説で一挙に全寮生にその存在を印象づけたのであった。中野が真に何を訴えようとしたのか、私にはよく分らない。しかし、内容や論理性よりも、その抑揚、メリハリ、間のとり方で、全寮生の心を揺すぶったことは間違いない。これは、私の生涯の中でももっとも感動的な名演説の一つであった。

その後間もないころ、中野から、二年生は三月に卒業するので、第四期の幹事がじきに一年生だけで組織される、そのさい、横田光三が幹事長に就任する予定で、横田から副幹事長に就任するように頼まれている、自分は副幹事長を引き受けるつもりなので、君は研修幹事を引き受けてくれないか、という話があった。考えてみると、中野は晩餐会で演説したときにすでに一高の「政治」に関心があり、演説はその布石だったのかもしれない。研修幹事は何をするの、と訊ねると、さしあたり『柏葉』の発行の仕事があり、その他はいわば教養的な行事を催すことだ、ということであった。『向陵時報』は本来隔月に刊行されていたので、寮委員の一人は『向陵時報』担当であったようである。『向陵時報』はすでに終刊号が刊行され、廃刊されていたので、竹山教授の発案、推進で『柏葉』の編集が進行中であった。ただ、それだけではいかにも仕事として不足なので、教養的な催しの全般を担当する、ということになったのであろう。横田はすでに第三期に一年生から特に選ばれて防空幹事をつとめていたし、文端こと文科端艇部に属していた。委員長、その後身の幹事長は、包容力、体力があり、信望の篤い者が選ばれ、副委員長あるいは副幹事長は知性、実務処理能力にすぐれた者が選ばれるのが、少くとも私が在学中の慣例であった。ちなみに、松下康雄も第六期の副幹事長で、そのときの幹事長は後に外交官になりオランダ大使などをつとめた秋山光路であった。

一高の自治制の名残で、寮幹事は勤労動員が免除されることになっていた。だから私は中野の勧誘を二つ返事で引き受けたのだが、私のように仕事らしい仕事のない幹事は他にいなかった。たとえば、食事部委員は当時生活幹事と称していたが、彼らは全寮生の食糧の確保のために、買出しなどをふくめ、まさに心を砕き、身を削るような苦労を日々かさねていた。そういう彼らが勤労動員を免除されたのは当然であったが、私自身については省みて疚しい思いばかりである。

ついに刊行されることなく終った『柏葉』についてはすでに記した。その他私が何をしたか。たぶん日響室内楽団を招いて音楽会を催したことは間違いない。前任者からの引継があったのだろうが、現在のN響、当時の日響の側の窓口は今村さんというチェリストであった。今村さんのお宅は高円寺の甲州街道に近い住宅地の一角にあった。打合せのために、じっさい、それほど何回も打合せが必要だったのかどうか疑しいのだが、今村さんのお宅に何遍もお邪魔した。前に記したとおり、一高にはどういうわけか砂糖が豊富にあり、全寮晩餐会など特別な催しのあるときには汁粉がふるまわれた。日響室内楽団の方々はその汁粉につられて一高に出向いて演奏して下さったのであった。私は音楽の素養に乏しいので、演奏された曲目は憶えていない。

*

中村光夫さんをお訪ねしたのは講演をお願いするためだったのかどうか、私の記憶ははっきりしない。いいだに連れられていったことは間違いない。いいだは片瀬に引越していた。中村さんは江の電の稲村ヶ崎の駅を降りて直ぐ上の丘の上にお住まいであった。片瀬のいいだ邸はいまはずいぶんと荒廃し、敷地も狭くなっているが、そのころは新築して数年、ひろびろとして部屋も多く、廊下をはじめ隅々まで手入れの行届いた大邸宅であった。広い玄関と式台があり、玄関を入ると八畳、六畳、六畳の三間続きの和室、右手には茶室があり、左手にもいくつかの部屋があり、その一室をいいだが使っていた。家屋の前にはひろびろとした芝生の庭があり、片瀬山の森林に続いていた。庭に降り立つと江の島の海を望むことができた。昭和十九年の秋、すでに本土決戦という声が聞こえていた。アメリカ軍が上陸するのは相模湾か九十九里浜か、という噂であった。かりに戦場にならなくても片瀬は艦砲射撃されるおそれの高い地域であった。すでに疎開がはじまっていた。敗戦を予期した少数の人々は信州や秩父の山奥に寓居を求めていた。いいだ邸の持主もたぶんそうした懸念から新築して間もない家屋敷を手放し、いいだの父君がそれを買いうけたのであった。戦災にあうことなく、無事敗戦を迎えたのだから、いいだの父君はずいぶんと決断力に富み、先見性をおもちだったのであろう。いいだが中村光夫さんをお訪ねすることになったのは、片瀬に引越してから後であろうと想像していたが、最近いいだに確かめたところでは、それ以前、『文學界』に掲載された「近代の超克」座談会のために中村さんが寄稿した評論「「近代」への疑惑」に感銘をうけ、西川省吾に連れられていったのが最初であった、という。

『近代の超克』は昭和十七年九、十月号の『文學界』に連載され、昭和十八年七月に創元社から単行本として刊行されている。この座談会には、西谷啓治、諸井三郎、鈴木成高、菊池正士、下村寅太郎、吉満義彦、津村秀夫といったいろいろな分野の人々が、小林秀雄、亀井勝一郎、林房雄、三好達治、中村光夫、河上徹太郎といった文学者たちにまじって参加しているが、これを開催した趣旨は、司会をした河上徹太郎が冒頭で述べている次の発言にあるのであろう。

「吾々は、かういふ言葉が許されるならば、例へば明治なら明治から日本にずつと流れて来て居るこの時勢に対して、吾々は必ずしも一様に生きて来たわけではなかつた、つまりいろ〳〵な角度から現代といふ時勢に向つて銘々が生きて来たと思ふんです。いろ〳〵な角度から生きて来ながら、殊に十二月八日以来、吾々の感情といふものは、茲でピタッと一つの型の決まりみたいなものを見せて居る。この型の決まり、これはどうにも言葉では言へない、つまりそれを僕は「近代の超克」といふのですけれども、その型の決まりから逆に出発して、銘々の型の持味とか毛色とか、さういふものをそれ〲発見して戴いたり、他人の話を聴きながら、自分の型に関するいろ〳〵な感想も湧き、又結局日本の現代文化といふものが、一つの線に添つて、大丈夫それに乗つかつて居るといふことが外に向つて表現出来る、かういふ所が吾々の狙ひといへば狙ひになると思ふんです」。

つまり、昭和十六年十二月八日のいわゆる大東亜戦争を契機に、日本の知識人の在り方を問い、国家的要請にこたえることを意図したのだろうが、座談会は出席者各自がそれぞれの意見を勝手に発言し、混乱して収拾できないものとなり、議論が嚙みあっていない。一例をあげれば、次のようなやりとりである。

「津村　機械文明を避けることは出来ないが、逆手を取つて、それをこつちから使ひこなさなければならん。

河上　然し僕にいはせれば、機械文明といふのは超克の対象になり得ない。精神が超克する対象には機械文明はない。精神にとつて機械は眼中にないですね。

小林　それは賛成だ。魂は機械が嫌ひだから。嫌ひだからそれを相手に戦ひといふことはない。

河上　相手に取つて不足なんだよ。

林　機械といふのは家来だと思ふ。家来以上にしてはいかんと考へる。

下村　それで済まないと思ふ。機械も精神が作つたものである。機械を造つた精神を問題にせねばならぬ。

小林　機械は精神が造つたけれども、精神は精神だ。

下村　機械を作つた精神、その精神を問題にせねばならぬといふのです。

小林　機械的精神といふものはないですね。精神は機械を造つたかも知らんが、機械を造つた精神は精神ですよ。それは芸術を作つた精神と同じものである。

下村　機械を造つた精神そのものの性格の問題である（下略）」。

『日本近代文学大事典』の「近代の超克」の項には、「なまじの知性と良識に装われているだけに、結果的にはかえって悪質な、軍国主義支配下の「総力戦」に協力する思想的カンパニアとなった」と記されているが、出席者中、吉満義彦、諸井三郎、下村寅太郎などのようにいまだに傾聴に値する発言をしていた者もあるが、全体としては支離滅裂な、共同討議の体をなさぬ討議であった。

それにひきかえ、中村光夫さんの「「近代」への疑惑」は明晰すぎるほど明晰であった。中村さんは、「これまで我国において近代的といふ言葉は大体西洋的といふのと同じ意味に用ひられてきた。そしてこの曖昧な社会通念が、なほ僕等の意識を根強く支配してゐるのは、それが大体次のやうな二つの事実を現実の根拠とするであらう」といい、「そのひとつは我国においては「近代的」と見られる文化現象はすべて西洋からの移入品であつたといふことであり、いまひとつは僕等が「西洋」のうちにただ「近代」をしか見なかつたといふことである」という前提で、「明治以来の我国の文学思想における西洋の影響の浅薄さ」を説き、「文学は絶えず新式の機械でも輸入するやうに、海外の新意匠を求めて転々し哲学は、自分の思想を持たぬ多くの「哲学者」を生んだだけであつた」、「ここに僕等の実際に生きてゐる「近代」の悲しい正体があるとすれば、この精神の危機を僕等のまづ闘ふべき身内の敵として判つきりと意識することは、その超克の着実な第一歩であらう」等と結論していた。

たぶん当時いいだに教えられて中村光夫さんの評論から私が学んだことは、「近代の超克」なとどいう以前に、私たちの「近代」をいかに確立するかが問題なのだ、ということであったろうと思われる。

いいだは『サヨナラだけが人生、か』という著書に収めた「日本はとっくの昔に滅びている」という文章の中で当時を回想し、「「江の電」の便がある稲村ヶ崎の駅のすぐまん前の中村光夫邸に弟子入りして、文字通り日参していました。ゴロゴロ御厄介になって、私たちが熱愛していた詩人中原中也のこと（わたしは入営前の突貫作業で、旧友の矢牧一宏とともに中原中也が遺した全詩稿を写経の心をもって全部手写しておりました）、ロジェ・マルタン・デュガールの『チボー家の人びと』の、山内義雄訳のまだ出ないままの最後の巻の筋書（第一次大戦に抗する反戦運動で逮捕されたジャック・チボーは、法廷での反戦大演説を夢みていたが、ヤミからヤミに犬のように処刑されてしまう）、ポール・ヴァレリーのこと（中村光夫や吉田健一は当時、ヴァレリー全集の訳刊に力を集中していました）等々を、自称死刑囚に与えられた無聊《ぶりょう》自由のままにあきることとなくダべっていたわけです。／ある日、横須賀海兵団に入っているはずの吉田健一が、いきなり中村家の戸口に現われ、中村夫婦は「スハ、脱走か」とサッと顔色が変わったことがあります。海軍の一日休暇が出た吉田健一は、ヴァレリーの訳稿のことが心配で、その打合せに現われたのですが、言わずと知れた彼の父親の吉田茂は当時「和平派」の巨魁として、憲兵隊に留置されていました」と書いている。

そのころ私は月に一度か二度は片瀬にいいだを訪ねていたので、そのたびに中村光夫さんのお宅に同行した。私はたんなる傍聴者にすぎなかった。私には中村さんといいだとの会話に加われるほどの知識はなかった。ただ二人の会話をつうじ、中村さんの穏やかでいながら厳しく、明晰な論理にふかい感銘をうけた。年譜をみると、中村さんは当時三十三歳、結婚して三年ほどしか経っていなかった。三歳になるかならずの可愛らしいお嬢さんとの三人ぐらしであった。中村夫人は大柄で明るく、気安い方であった。私は吉田健一さんが中村家に現われたときには立会っていない。しかし、時々、中村さんから「健坊がねエ」といって、吉田さんが横須賀海兵団でいかに苦労しているか、をお聞きしたことがあった。私は一高に入学して中村眞一郎、大野晋、小山弘志の諸先輩の眩しいほどの学殖、才能に瞠目したが、これらお三方はまだ大学院生あるいはそれに近い身分で、社会人ではなかった。中村さんはすでに数々の文学的業績を認められていた社会人であった。その見識と文学に対する厳しい姿勢を私は教えられたのであった。

こうした面識が機縁となって、敗戦後、私は『向陵時報』に発表した詩が中村さんの目にとまって『批評』に転載され、また、大岡昇平さんに紹介され、大岡さんを手伝って中原中也全集の編集に関わることとなったのだが、そういう後年は当時予想もできないことであった。

ここまで書いて『運るもの星とは呼びて』に収められている上田耕一郎の「戦時下に稀有な自治と自由の寮」と題する文章に気付いた。文中、上田は「中村光夫氏のこと」と題して次のとおり記している。

「この頃、唯一の楽しい時間は、鎌倉稲村ヶ崎の中村光夫氏のお宅で、ジイドの『贋金作り』の原書訳読の勉強をしていただいたことである。美しい夫人と可愛いお嬢さんの三人家族の家に通ったのは西川省吾君の世話で数人、お礼はお米だけだった。最後の頃は私一人になり、空襲警報が出て中村さんと二人で蚊帳の中で泊めていただいたこともある。美校の吉川逸治先生に紹介されてコルビジエを知り、建築をめざそうかと考えたのもこの頃である。ジイドが終わって、「次はボードレールの『悪の華』を読むか」といわれていたが、戦争が終わってそれきりになった。

中村さんから戦局の情報を聞き、敗戦の近いことを知った。中村さんは戦後に備えて、ラテン語などの勉強に熱中していた。あの戦時下、ほんものの知識人の生き方に接する幸福を得たのかもしれない」。

私は中村さんから上田耕一郎という名前を聞いたことはなかった。まして、上田がいいだと同じく西川省吾の紹介で中村さんを訪ねることとなったことも右の文章ではじめて知った事実である。上田といいだの戦後の政治的思想的軌跡を考えると、感慨を覚えざるをえない。

＊

私たちが第四期の幹事に就任したのは昭和二十年二月二十日であった。すでに引用した『運るもの星とは呼びて』中の木暮保成の「寮の食事」から同年三月一日から十日までの記述を紹介する。以下、すべて三月である。

「一日　朝、乾燥にんじんみそ汁。昼、垂れの中に鮭缶を入れたもの。夜記事なし。

二日　朝、乾燥にんじんみそ汁。豆（この頃、三菱電機世田谷工場に動員されていた。昼飯は工場で、主食は握り飯だったと思う）。夜、豆。

三日　朝、ナッパみそ汁。昼、豆。夜、納豆、雑炊、代用乳。
四日　朝、ナッパみそ汁。昼、豆。夜、ネギすまし汁。
五日　朝、ナッパみそ汁。昼、豆煮付（「豆」と「豆煮付」との差異は思い出せない）。夜、スイトン（丼の汁のなかに浅黒いメリケン粉（？）の月餅型の塊が一ヶ鎮座しているもので、具はほとんどなかったと思う）。
六日　朝、ナッパみそ汁。昼も寮でスイトン、豆煮付。夜、記事なし。
七日　朝、ナッパみそ汁。昼、大豆煮付（「豆」と「大豆」の違いも思い出せない。同じかもしれない）。夜、みそ汁、みかん三ヶ。
八日　朝、ナッパみそ汁。昼、豆煮付。夜、豆煮付。
九日　朝、ナッパみそ汁。昼、豆煮付。夜、かきフライ、代用乳。
十日　朝、ナッパみそ汁。昼、大豆。夜、ネギすまし汁」。
木暮は続いて次のとおり記している。
「九日の夜から十日の朝にかけての空襲で浅草の我が家も焼け、夜汽車で母と下の弟妹たちが疎開していた埼玉県鴻ノ巣の仮寓に行き、浅草から逃げてきた父と上の妹たちに会う」。

26

「三月十日の空襲で東京下町の自宅が灰塵に帰し、朝、浅草一帯を歩きまわって、この世の地獄をみた」。横田光三は『運るもの星とは呼びて』に寄稿した「逝きし友そぞろ偲ばる」という文章の中で、そう回想している。三月十日の東京大空襲で罹災したのは、私の同級生中、木暮保成だけではなかった。横田も同様であった。横田のばあいも木暮と同じく、自宅は焼失したが家族は無事だったという。しかし、浅草に住んでいた親戚は一家全員が死去したそうである。

三月十日、私も浅草でこの世の地獄をみた。路傍には首や四肢が人間のかたちをとどめた黒々とした灰の塊りが散乱していた。防空壕にはやはり黒々とした灰の塊りがおりかさなっていた。隅田川にも死屍が次々と漂い流れていた。一面の焼野原に延々とそうした光景が続いていた。焼け落ちた家々の煙がくすぶっていた。死臭が鼻を撲った。

早乙女勝元編著『写真版・東京大空襲の記録』によれば、三月十日、B29の第一弾投下は午前零時八分、空襲警報が解除されたのが午前二時三十七分、「正味二時間半ばかりの空襲で、確認された死体だけでも八万人をこえ、まだほかに行方不明者、無数の運河を通じて東京湾より太平洋まで流された死者、今なお地下深く眠る白骨体までふくめるならば、一夜にして推定一〇万人からの東京都民の生命が奪われたことは、ほぼまちがいない。しかも、そのほとんどは〝銃後〟の守りについていたはずの母親や娘たち、年寄りや、いたいけない子どもたちなのであった」という。

どうして私が三月十日に浅草をうろついたのか、その動機は判然としない。私は横田を見舞うために中野と同行したのだと憶えていた。しかし、横田も中野もそのように記憶していない。誰かと連れ立って出かけたのだが、同行者は判然としない。大西守彦か、あるいは尾藤正明だったかもしれない。たんなる好奇心ではなかったはずだが、動機がどうであれ、当日の浅草の情景は私の脳裏にふかく灼きついている。

三月十日の東京大空襲から私たちが学んだものは、こうした大空襲に対して私たちは何らなすすべがない、ということであったと思われる。それまでの防空演習などというものはお遊びにすぎなかった。防空壕などというものは身を守るに役立つどころか、かえって坐して死を待つにひとしいものであった。川や運河に身を沈めても、火災が水面を走り、体を焼き、窒息させて死に至らしめた。明治座のような建物に逃げこんでも、数百人の人々が建物内で蒸し焼きされるだけのことであった。空襲に立ち向かうことはできないという無力感、むしろ一旦空襲をうければいち早く逃げるしかないという教訓を私たちは学んだ。ひき続く四月、五月の東京大空襲もまた多くの悲劇を生んだ。しかし、これらの大空襲による被害者数は数千人程度であり、三月十日の大空襲の被害者数に比べ、驚くほど少い。もちろん三月十日の下町の被害は、地形、いわゆる絨緞爆撃の徹底、気象条件等、さまざまの要因がかさなっているようだが、東京都民が三月十日の大空襲からえた教訓も関係しているはずである。

『写真版・東京大空襲の記録』の著者は、東京大空襲は広島、長崎の原子爆弾による被害にも匹敵する惨禍をもたらしたが、東京には平和公園も記念堂もない、と記している。また、非戦闘員に対する無差別の惨劇はナチス・ドイツのゲルニカ攻撃にはじまり、日本軍による重慶爆撃等の先例をひきつぐものであったとも記している。

戦争による死者への鎮魂を生きながらえた者がどうあらわすべきか。これは毎年八月に話題となる靖国神社問題とその根を同じくするように私は考えている。第一に私たちは十五年戦争における加害者であった。同時に、この戦争により東京大空襲、広島、長崎等の非戦闘員をふくめ、数多くの兵士たちもふくめ、無意味な死を遂げた被害者をももつこととなった。この問題も結局は、私たちが戦後六十年近く、戦争責任を棚上げにし、その清算を終えていないことに、真の原因があるのではないか、と私は考えている。

＊

四月一日に横須賀海兵団に入営することになった古賀照一さんの送別会が前日夜、原宿の古賀さんのお宅で催された。現在、宗左近という筆名で知られる古賀さんが『向陵時報』終刊号に発表した定型押韻詩「極みの海」と全篇平仮名で書かれた詩「夕映」についてはすでに紹介した。古賀さんは国文学会の先輩としてなかば伝説的な存在だった。それは中村眞一郎、大野晋、小山弘志の諸氏と違って、古賀さんは寮に後輩を訪ねるということがなかったので、私たちがその謦咳に接する機会がなかったためであり、すでに紹介した詩よりも、昭和十六年十一月刊行の『護国会雑誌』に神代哲という筆名で発表した小説「高尾懺悔」の特異さが私たちに語りつがれていたためであった。その特異さは一つにはその文体にあり、もう一つは作者の心情の絶望的な暗さを遊女高尾の妖艶な舞踊劇に絡めて表現していることにあった。この小説は次の文章ではじまる。

「からからの風の　日日であつた　代々木駒場の練兵場から　黄塵が　轟轟　舞上り　渋谷の衢衢を蔽つた

輝一は　寝汗のべとつく身体を　のろのろ　学校からの坂を運んだ　腐ツテキル　窓ノ鉄筋ハ必ズ　見テキルガイイ　蝉の抜殻の様ニ　ペシヤンコニナル　音モ立テナイデ　ソシテソレハ昼　今ダ　三時過ギダ　薄着の女達が　群れ　汗ばみ　歩いてゐた」。

全篇句読点がない。文節がポキポキと途切れるように空字で区切られている。平仮名と片仮名が恣意的なまでに入り混っている。この文体が主人公の心情と不可分に結びついていた。

「北本町トイフ　北九州ノ塵埃箱ノ一等下ノ片隅ニ　ウニヤウニヤ　蠢ク　蛆ノ一族ヂヤナイカ　俺達ハ」

という一節がある。主人公はそういう北九州若松の極貧の家庭の出身である。週六日家庭教師をして糊口をしのいでいる。二年浪人して一高に入学したものの出席日数不足で一年落第している。主人公は歌舞伎座の三階席の片隅で六代目尾上菊五郎の演じる高尾懺悔をみる。

「舞台中央に　銀杏が　濃緑の葉を付けた枝を　大きく張つてゐた　和風の寂びた謡に　幹の蔭から　ハツ　と追上ると　六代目の遊女が　湿つた踊りを舞ひ進めた　数数の男達を従はせた高尾懺悔　ザンゲ　ザンゲ　開幕以来　輝一の心に　下りた錨があつた」。

やがて幕が降りる。

「落ちる水色の着物が　厚い鍛張を　刳貫いた　それと　二月の　最後の夜の　青白い　濡れた　千絵子の顔が　追つて来た　滑な　ちかちか　した姿態が　くるくる　殺到した　騒めいて来た座席の中で　輝一は　やうやく高ぶつて来る　声にはならない叫びを　挙げた」。

千絵子は九歳の時に芸妓に売られた従妹である。

やがて、その千絵子から主人公は手紙をうけとる。

「輝チヤン　アレカラズツト御無沙汰シテキマスガイヨイヨノ時ガ来マシタ　デモ千絵子ハ泣キマセン　死ニマセン　安永サンノイイオ嫁サンニナリマスワ　忘レテ下サイ　忘レマセウネ輝チヤンハシツカリ勉強シテ偉イ人ニナツテ下サイネ　千絵子一生ノオ頼ミデス」。

この手紙は、「輝チヤン　忘レテ下サイ　私ハ駄目デス　馬鹿デス　サヨナラ」と結ばれ、さらに「輝チヤン　時時ハ　僕ノ故郷ノ町ノ近クニハ悲シイ妻ガヰルト思ヒ出シテ下サイネ　恥シインデス」といった追記がある。

成績が上ったからという理由で家庭教師を失職した主人公は夜行列車で帰郷する。千絵子を偲びながら

「ザンゲ　ザンゲ　輝一の唇を衝いて出た　高尾の着物が　障子の白い闇に　桃色の光芒を落雷した　千絵子の幻像デモ　オ守袋ノ様ニ　抱イテオケ　オ前」

などと自問しながら、この小説は終る。

私がこの小説中もっとも気に入っていたのは、寮に戻った主人公が

「急に　顔を衝き出し　カランを捻つた　シユウ　と乾いた音丈が　流れて来た　ア　断水カダンスキ　鏡に　愚劣な顔が　給仕の様に忠実に　罷り控へてゐた　眼が合つた　鏡が　くしやと崩れた」

という一節であった。断水はうるおいを求めても得られない主人公の心の渇えを象徴しているように思われた。

　こんな暗い小説を書いた古賀照一という人はどういう人だろうか、と私はかねて関心をふかくしていた。いいだに誘われるままに古賀さんの送別会に参加した。いいだの府立一中時代からの親友、当時成蹊高校生だった矢牧一宏が一緒であった。矢牧は戦後『世代』の創刊号に「脱毛の秋」と題する小説を発表し、遠藤麟一朗の後任として二代目の編集長となった。私が矢牧を知ったのはそのときがはじめてであった。私たちは玄関で声をかけたが、応答がなかった。夕闇の中、庭にまわって座敷を覗くと、五、六人が車座になって宴席がはじまっていた。

＊

その夜、私がはからずも目撃した事件については、宗左近『詩《うた》のささげもの』の中で、古賀さん自身が回想している。

「何がきっかけであったのか、いきなり街風《つむじ》と橋川が、白井に食ってかかったのです。

「きみ、それでも日本人か」。

白井は落着いて答えました。

「いや、まず人間だよ」。

それが、口火となりました。

「まず人間とは、何だい。ぼくたち、まず日本人じゃあないか」。

白井は負けません。

「違うねぇ、どこの国民でも、まず人間だよ」。

その「まず人間」が、日本浪漫派を信奉している街風と橋川にはどうにも許せないのです。

「何て非国民！　まず日本人だぞ。それこそが大切。人間なんて、あとのことだよ」。

白井は笑います。

「馬鹿なことをいうなよ。何よりもさきに人間なんだよ、おれたち」。

すると、にわかにあたりが殺気立ちました。街風が、次に橋川が、中腰になり、そして高い声をそろえていいました。

「そんな非国民、たたきってやる。逃げるなよ」。

さすがに、二人ともその場に日本刀をもってきてはいません。でも、血相を変えたのです。そこで、しかし、この小事件は終りです。むろん、みんなが止めたからです」。

白井とは白井健三郎、橋川とは橋川文三、街風とは橋川の同級生であった街風伸雄という方々であった。

私の記憶では、橋川さんらがいきり立てば立つほど白井さんは平静になり、多少小馬鹿にした声音で答えていた。それまで私にとって、日本人であることと人間であることは同義であった。非国民と罵られても、日本人であるより前に人間なのだ、という白井さんの立場に私は目が覚めるような感動を覚えた。まず日本人であるということは、国策に沿って敢然死地に赴くことを辞さないという立場であり、まず人間であるということは国策に反しても自己の信念に生きるという立場であったといってよい。私は厭戦的ではあったが、このときの白井さんの発言のように確乎たる思想によるものではなかった。白井健三郎という人格は私にとって新鮮な驚異であった。

*

それ以前から私には白井健三郎という名は、国文学会の先輩として、また、「無為のときには海へ行かう」という詩の作者として、親しかった。この詩の第一連、第二連は次のとおりである。

無為のときには海へ行かう

悲しいときには海へ行かう
波の戯言《ざれごと》　潮の香に
ゆるゆるゆると　時流さう

無為のときには海へ行かう
悲しいときには海へ行かう
碧い穹窿《まるやね》　ちぎれた雲に
ゆるゆるゆると　眼を洗はう

この詩は昭和十五年五月刊の一高『校友会雑誌』に発表された。一高同窓会が発行している雑誌『向陵』に稲垣眞美さんが「一高文芸部とその周辺」と題する文章を連載していたが、二〇〇二（平成十四）年十月刊の第七回に、稲垣さんは次のとおりこの詩について書いている。

「詩に解釈は要らぬと思うが、白井健三郎がこの詩で歌った「無為」は、むしろその時代の「当為」だったのだと考えたい。無為こそは、銃をとらぬこと、硝煙弾雨を避けること、ひいては原爆を阻止することにもつながったのではないか。それこそが当為であった。白井は、その胸の想いを、なにげなく、なにごとでもないかのように、詩にしたのだと。たとえ〝非国民〟とののしられようとも――」。

稲垣さんはまた、白井さんが大井田郁也の筆名で昭和十五年十月三十一日刊の『向陵時報』に発表した「怠惰について」にも同じ文章中でふれている。以下は稲垣さんの文章の一部である。

「白井は、怠惰こそ人間の特性なのに、現代ではそれが失われようとしていると憂えた。小学校に入るともはや怠惰は許されない。それでどうして未知なものとの出会いや、新しい発見の驚きや悦びがあり得よう。怠惰を許されない、怠惰を知らない現代の人々は臆病で神経質になった、とくに都会では。精神の怠惰とは反省と創意への休憩状態なのである。

ギリシャ人の彷徨と憩いはまさしく怠惰であった。閑雅な怠惰であり、王者風な退屈であった。そこには空虚と呼ばれるものがあった。その空虚に彼らはめいめいの理想の影像を描くことができた。プラトン的な理念を自分自身にしっかりととらえた。また、デカルトは少年時代に病弱だったので、ラ・フレーシュの学校にいたとき、午前中はベッドにもぐっていた。そして彼の友達がまちがった方法を学び、自分自身を歪めている間に、彼自身はものをゆっくり考えた。教師たちに対する愚かな服従を避けて、もっぱら退屈を豊饒にする術を獲得した。成人してからも、デカルトはアムステルダムの波止場で、いつまでも夢想に耽った。そうやって彼は『方法叙説』を、『感情論』を、『省察』を、偉大な精神を残したのである。

――白井はこのように述べて、ヴァレリーの「海辺の墓地」の詩編も訳して載せ、かの詩人と海との対峙している風景を見れば、詩人の孤独こそはまさに怠惰であったのだとも書いた」。

「無為のときには海へ行かう」にはその歌謡的性格からみて中原中也の作品の影響が濃いが、

いわば「怠惰について」の詩的変奏であり、そのうたった想念は中原とはまったく違っていた。稲垣さんはこの『向陵時報』の文芸欄編集が白井さんより二年下の橋川文三さんであったとも記している。ちなみに宗左近こと古賀照一さんは橋川さんと同学年であった。

『詩《うた》のささげもの』に筆者は「無為のときには海へ行かう」について、「人間社会のなかの時の流れを、「波の戯言　潮の香に」、つまり自然そのものにまかせよう、といいます。「碧い穹窿ちぎれた雲に」、つまり自然そのものによって、人間社会のなかの眼を洗おう、といいます。これは、甘ったれた幼さにすぎないでしょうか。それとも、神さまのように大きな、きびしすぎる目に見据えられているおののきから逃げるための擬態なのでしょうか。中間の心情です」と記し、「当時この詩の作者の二年下級であった文学青年、のちの政治思想史学者橋川文三は、詩を読んだ三十二年後に書いています」といって、橋川さんの三十二年後の感想を引用している。

「少年の日の数限りもない予感とそれ故のアンニュイ、明証性へのあこがれと純潔の官能的な信従、そしてすべてがいつの日か美しい徒労に終わるであろうという甘美な待望と秘められた頽廃……それらのはかないような心象風景をこめて、わざと幼げに歌われたこの《絶唱》は私たちの心に刻まれた。この詩に誘われるようにして、実際に湘南や伊豆の海を旅した友達が何人かいた」。

私は詩に正解が一つしかないとは考えていない。橋川さんの鑑賞については、私は政治思想史学者橋川文三の眼を感じるよりは、若き日に日本浪漫派に心酔していた橋川さんの心情の投影を認める。私の解釈はどちらかといえば稲垣さんの解釈に共鳴するが、それも深読みかもしれない。

＊

古賀さんの歓送会の夜、たぶん私は白井さんが大宮にお住まいであることをお聞きしたはずである。私が戦争中白井さんをお訪ねしていることは間違いない。大宮の自宅に帰省したついでに、白井さんのお宅にお邪魔した。いまでは大宮の住宅街の一画だが、そのころは畑の中に並び建つ二軒のうちの一軒であった。もう一軒には白井さんの姉君の一家がお住まいであった。玄関に「忙中謝客」と筆書した札がかかっていた。あえて玄関の戸を開け、声をおかけすると、満面笑みをたたえて、どうぞどうぞおあがんなさい、と言って下さった。色白でかぼそい感じのする夫人からお茶のおもてなしをうけた。白井さんの早世なさった最初の奥様である。ヴァレリーの「海辺の墓地」など、話題が尽きなかった。私は白井さんから、その生涯をつうじ、じつに多くを学んだが、その最初であった。

＊

原口統三『二十歳のエチュード』巻末の略年譜には、昭和二十年四月、原口は「清岡卓行と共に大連に帰省、清岡に数日先立って六月中旬帰京。その直後関釜連絡船は機雷潜水艦等の脅威のため杜絶し、清岡は帰京不可能となる」と記されている。

原口の大連帰省に関連して思いだすのは尾藤正明である。尾藤は当時の奉天、現在の瀋陽の出身であった。すでに記したとおり、国文学会の二階の自習室の隣室はラグビー部であった。尾藤はそのラグビー部に属していた。大柄で鷹揚で、純情であった。尾藤を思いだすことは私にはつらい。尾藤が帰省したのも昭和二十年四月ころのはずであった。いまとなっては考えにくいかもしれないが、そのころ満州といわれていた中国東北部は天国のように映っていた。若本修が『運るもの星とは呼びて』に寄稿した文章に次のように記している。

「昭和十九年には、一人一日分の主食として米二合三勺が配給されたが、二十年には二合一勺に減量された上に、米だけでなく大豆、豆粕も含まれていた。更に、当時航空燃料として増産されていた薩摩芋も主食の仲間入りをしていた。

木暮保成君の昭和二十年五月頃の記録によれば、大根、大根の葉、沢庵などが主菜として多用されている。若く柔らかいホーレン草は農民が自家用とし、都市住民は供出された育ち過ぎのホーレン草を食べさせられた時代であった。

蛋白源としての肉は全く無縁であった。うつぼ(別名を海蛇)、スケソー鱈、にしんなど配給の魚が時折供されたが、あまり味付けされていなかったように記憶する。調味料も殆ど入手できなかったのであろう。

空襲時の非常食として煎り大豆があり、これで空腹を癒すことも多かったが、これは消化されにくかった。

栄養不良、消化能力の減少、消化の悪い食品の摂取が悪循環して、寮生の多くが栄養失調にかかり、慢性下痢に悩んでいた」。

こうした状況の中で、旧満州出身の学生たちは望郷の念に駆られていた。旧満州では空襲もなく、燈火管制もなく、食料はもちろん、酒も煙草もまったく不自由がなく潤沢であった。清岡も原口も尾藤も、後に江川卓という筆名でロシア文学者となった馬場宏も、みな帰省したがっていた。尾藤は文学に関心がなかったが、妙に私と気が合った。彼を思いだすことがつらいのは、ひとつには彼が私の級友中唯一の戦争犠牲者だからである。彼は徴兵令状を受けとっていなかった。しかし、ソ連参戦の直前、現地召集され、捕虜としてシベリアに抑留され、収容所で栄養失調死した。やはり級友だった古田一世もソ連に抑留され、栄養失調になった。戦後あるとき古田が当時を回想して、体をかがめてふり向くと自分の尻の穴が見えるほど痩せたのだ、と語ってくれたことがある。その古田一世も戦後数年して商社員としてアルゼンチンに勤務中交通事故死したのだが、がっちりした体躯の尾藤も、古田の体験と同じく、痩せほそったにちがいない。そして餓死同然に死んだと思うと、私はいたたまれない感がつよい。後に記すとおり、古田をふくめ多くの級友が入営したが、みな生きながらえて終戦を迎え、また帰国できた。帰省していたばかりに、一夜にして地獄となった旧満州で戦争にかりだされた尾藤だけが、無残な死を遂げたのであった。

もっと私の心が痛むのは、私が尾藤の信頼を裏切ったことである。帰省にさいして彼は令兄正英さんの蔵書の岩波文庫百数十冊を私に託したのだが、私はそのすべてを散佚した。そもそも一高の寮生活でそうした蔵書を預ることとしたのが間違いだったかもしれない。寮生活では、戦後はことに、自分の物も他人の物も見境いなかった。私自身、一高を卒業して家に帰ったときは、本の一冊はおろか、布団さえ持っていなかった。そういう環境の中で令兄の蔵書を無事に保管し続けることは至難であった。大宮の自宅に持ち帰って土蔵に収納しておくべきだったのかもしれない。しかし、すでに岩波文庫はかなり入手しにくくなっていたし、私が読みたい本も令兄の蔵書中に多く含まれていた。尾藤は令兄の蔵書に手をふれないように注意したわけではなかった。だから、寮の私の机の周辺に置いたまま、ついに一冊も失くなってしまったのであった。止むを得ない状況だったのだが、それも私の弁解にすぎない。私を見込んで令兄の貴重な蔵書を託してくれた彼の信頼を私が裏切ったことに変りはない。私が彼に弁明し、謝罪する機会は永遠に失われた。自責してみたところで何にもならない。

尾藤正明についてさらに書き足しておきたい。最近、令兄尾藤正英さんにお目にかかって、彼の死にいたる経過をお聞きする機会を得たからである。彼はすでに記したとおり、召集令状を受け取っていなかった。帰省中、彼はたまたま、いまの瀋陽、当時の奉天の母校、奉天二中に遊びに行ったらしい。そのとき、お前はどうしてこんなところにうろついているのだ、と教官に見咎められた。その教官からの通知の結果、現地召集され、熱河省阜新の連隊に入隊することとなり、八月八日夜、奉天二中の級友に見送られて奉天駅を出発した。知られるとおり、翌、八月九日にはソ連軍がソ満国境を越えて侵攻し、一夜にして旧満州偽帝国の秩序は崩壊したのだから、なまじ律儀に入営を急がなければ、生きながらえることができたはずである。一日が彼の生死を分けたのであった。まじめに入営を急いだ結果、彼はシベリアに送られ、イルクーツク近郊の収容所で、昭和二十年十二月十六日、無惨な死を遂げることとなった。直接の死因は肺炎だったそうである。死に近く、彼は鳥取の彼の母堂の実家に知らせてくれるよう、収容所の同僚に頼んだという。たぶん夏服だけの着のみ着のまま、零下数十度の極寒の収容所で、高熱にうかされながら、そういう遺言を託した彼の無念を思うと、私はいたたまれない。

令兄からお聞きしたところでは、父君の職業上の理由で、満州の各地を転々とし、中学も何回か転校したとのことであり、その都度、級長に選ばれたそうである。そんな信望を得るような誠実さ、律儀さが、生死を分けたのであろう。

正英さんの話によれば、彼の遺品にアンドレ・ジイドの『狭き門』があり、その末尾に、彼の字で「こんな恋愛がしてみたい」とあったそうである。異性との恋愛を体験することもなく、むざむざと死んでいったのだと思えば、ひたすら彼の死は痛ましい。そういえば、彼は

　小さな喫茶店に入ったとき二人は
　お茶とお菓子を前にしてただ黙って座っていた

という歌が好きであった。私たちは二人でしばしばその歌を口ずさんだ。そんな彼の純情さがただ憐れである。

どうして私が彼と親しくなったのか、私の記憶はあまりはっきりしない。隣の部屋で生活していたから、教室の往復にいくらも話し合う機会があったろう。おそらく私は彼の誠実さ、律儀さ、純情さに惹かれたにちがいない。彼はラグビー部に属していたにもかかわらず、ラグビー部の誰よりも私に親近感を覚えていた。それだけに、彼の信頼を裏切ったことが私には辛い思い出である。

岩波文庫についていえば、正英さんの記憶は私の記憶とはくいちがっている。彼が私に託したのは、トランクであった、私たちがトランクの鍵を壊し、こじあけて、その中身を処分してしまったのだ、というのが正英さんの記憶である。そう言われれば、岩波文庫の百数十冊をばらで私に預けるということもありえないように思われるので、正英さんの記憶が正しいのであろう。しかし、トランクの鍵を壊し、こじあけたといったようには私は憶えていない。私がだらしがないことは間違いないのだが、生来、無精なので、ことさらに、そこまでのことをしたとは信じられない。正英さんは遠い昔のことだから、気にしなくてもいい、と言って下さったのだが、正英さんのそういう優しいお心遣いが私の悔いの慰めとなるわけではない。

*

三月に二年生が繰上げ卒業し、四月に新入生が国文学会に加わった。その何人かが私は気に入らなかった。I君は寮歌好きであった。熱狂的な寮歌好きな学生は必ずしも少なくなかったけれども、同室で生活するのは耐えがたかった。

K君は短歌が好きで、斎藤茂吉の崇拝者であり、自らも歌作していたようである。私は改造文庫版の自選歌集『朝の蛍』を愛読していたから、その限りではむしろ話が合うはずであった。しかし、K君は茂吉の戦争詠の声調をこよなく讃美し、昭和二十年四月に刊行されたばかりの『文学直路』を宝典のように思っていた。私は茂吉の戦争詠がいかにひどい駄作ばかりか、『文学直路』がとるに足らぬ評論であるかを説得しようとした。あなたには短歌の声調が分らないのだ、と K君は頑として譲らなかった。私は説得を諦め、短歌や文学を話題にしないこととした。私は文学作品の鑑賞、論評について他人を説得することはできないのだ、と骨身に沁みて実感した。そんなわけで次第に私は新入生たちと疎遠になった。

*

空襲警報が出るたびに、寮と学校とを結ぶ地下道の中の防空本部に幹事はつめていることが多かった。そうした一夜、ラジオからベートーヴェンのピアノ協奏曲「皇帝」がながれてきた。ピアノは井上園子、オーケストラは山田和男指揮の日響(現在のN響の前身)であった。私は心の底から揺すぶられるような感動を覚えた。私の数少ない音楽体験である。音楽を鑑賞するにはライヴの演奏にまさるものはないけれども、時と場合によっては、地下道で聴く音質の悪いラジオ放送でも充分感動することがありうるのである。中野徹雄が同じ放送をとなり合って聴いていた。中野と会うと、時にそのピアノ協奏曲「皇帝」からうけた感銘について話し合うことがある。

27

四月十三日に東京に二度目の大空襲があった。湯島の親戚が罹災し、大宮のわが家の物置に仮寓することとなった。七十歳すぎの老夫婦であった。湯島で学生や若い会社員相手の食堂を営んでいた。私も中学時代、二、三度、どういう事情であったか、学生向きの朝食をご馳走になったことがある。気のいい、さっぱりした夫婦であった。いまは秋葉原《あきはばら》というけれども、昔は秋葉《あきば》っ原《ぱら》といったものだ、と聞かされたことがある。私は湯島の親戚としか知らなかったが、妹によれば祖母の兄夫婦であったという。

物置住まいは寝起きもさぞ不便だったろうし、炊事等も容易でなかったはずである。それにもまして問題だったのは食料であった。私も母に同行して近在の農家に買出しに行ったことがある。不当に高い値段で買うのに、乞食同様にあしらわれて屈辱的な思いをした。それでもわが家のばあいは、五十年ほど大宮に住んでいたし、それ以前は与野で酒造業を営んでいたから、大宮、与野の近郊にはさまざまな地縁、人脈があった。いざとなれば、いまの東松山市の郊外の父の郷里の伯父をあてにすることができた。その湯島の親戚の老夫婦は大宮に地縁、人脈をほとんどもっていなかった。買出しに行く体力もなく、焼け出されて金銭的な貯えも乏しかったようである。

千葉医大に在学中だった兄は千葉で、私は駒場で、食料の配給をうけている身分だったが、しばしば帰宅した。そうでなくても、祖父母、父母、私の弟と妹の六人家族だったので、配給される食料では到底不足であった。まして大宮で配給をうけていない兄や私が帰宅すればその面倒をみなければならないので、何とか工面することはできても、疎開してきた老夫婦に分けるほどの余裕はなかった。祖父母にしてもたまにさつま芋が手に入っても、疎開してきた老夫婦に隠れてこっそり食べることとなった。それでも、どうしてもわが家の食料事情が彼らより恵まれていたことは間違いなかった。もともと祖母は病身ということになっていたから、母が家事一般をとりしきっていた。こうした生活条件の違いがいろいろと陰に陽に僻み、妬みを生じ、たがいに気まずい思いをかさねることとなった。最後は喧嘩別れのような状態で、老夫婦は別の親戚にひきとられていった。

老夫婦が僻みぽかったとは思わない。母をはじめ私の家族が意地悪だったとも邪慳だったとも思わない。しかし一汁一椀にも眼くじら立てる時代であり、たがいにぬきさしならぬ状態であった。私は彼らが物置をひき払って引越してゆくことが悲しかった。だが、どうなることでもなかった。同じような、いまからみれば喜劇とさえみえるかもしれない小悲劇が日本国中にありふれていたにちがいない。

＊

同じころ、父がわが家から二キロほど離れた大和田に農地を借りた。私は父に命じられて父と二人でリヤカーをひいてさつま芋の苗を植えにいった。男手がなくなったため放置されていた畑を探しあてたらしい。苗をうえる作業はともかく、たかだか散歩するほどの距離を、リヤカーを引いて往復するのがずいぶん辛かった。

これには後日譚がある。後に記す事情で、さつま芋の収穫期には私たち一家は弘前に住んでいた。父は同じ大宮に住んでいた姪、つまり私の従姉に収穫し、弘前に送ってもらうよう頼んだ。受けとったさつま芋の量が父の思惑よりもだいぶ少なかったらしい。父は、お静がくすねたにちがいない、と私たちに憤懣を洩らした。お静とは従姉の名である。いったい父は金銭や食事について口にすることを卑しむ性癖がつよかった。その父がそうした憤懣を洩らすのを耳にして、意外のあまり父の顔をまじまじと見た憶えがある。考えてみれば、さつま芋を収穫して、そっくりその全部を送ってもらいたい、と頼むのが虫が良すぎる。従姉も子沢山だったから、手間賃としてさつま芋の幾分かを自家用にとりおくのが当然といってよい。しかも、従姉がいくらかでも自家用にとりわけただろうというのは、父の想像にすぎない。そう思い遣ることができなくなるほど、飢餓は人の心を貧しくするのである。

＊

『運るもの星とは呼びて』が刊行されたのは一九九一（平成三）年だから、それ以前に物故した級友は寄稿していない。しかし、同書に寄稿している級友たちの多くは彼らが入営した時期にふれている。私の同級生の入営がはじまったのは昭和十九年秋らしい。外尾健一は次のとおり記している。

「人よりも遅れて一高に入った私は、いわゆる学徒動員によって軍隊にいくことになった。しかし、早生れであったため、正確には、昭和十九年の秋に入隊した。春に行われた徴兵検査では、結核の病み上がりであり、体重は四一キロしかなかったにもかかわらず、丙種ではなく第三乙であった。もう、あきらかに手足の一本でも失っているといった風の男でないかぎり、皆、兵隊にいく時代になっていたのである。

入隊通知の赤紙は、南寮の入口の小使室で受け取った。それは、書留でもなんでもなく、普通の郵便と同じように、畳のうえに無造作におかれていた。赤紙といっても、実際には、かすかなピンク色の裏が透けて見えるような粗悪な紙に印刷されたものであった。入隊の日時と場所だけがペンで書かれていたが、なぐり書きをしたような下手な字であった」。

『運るもの星とは呼びて』に寄せている級友たちの回想によれば、そんな粗末な「赤紙」を受けとって入営したのは、昭和二十年二月に松本久男、萩原宣之、三月に後藤忠行、五月に一樋宥利、副島有年、横田光三、及川充、六月に網代毅、亀田政男、林建国、七月に松下康雄、松村量平、といった具合である。大西守彦は昭和五十七（一九八二）年に自死したので、同書に寄稿していない。そのため、彼がいつ入営したのかはっきりしないのだが、私の記憶では昭和二十年四月であった。

私は大西の入営を見送りに柏あたりまで出かけた。小柄な彼は昂然と頭を上げて兵営の門に入っていった。その帰途、満員の列車の中で、二、三歳年長の女性から声をかけられた。声をかけられたのは私が一高の制帽をかぶっていたので、級友の入営の見送りにきたものと察したのであろう。ほっそりした容姿の知性的な感じのする女性であった。弟の入営を見送りにきたのだといい、熊谷に住んでいるといった。どんな会話を交わしたかは憶えていない。ともかく、その後間もなく熊谷に彼女と会いに行く約束をした。私は同年輩の親戚の女性もなく、知合もいなかった。年齢の近い従妹でもあれば、事情は違ったかもしれない。私は心のときめく思いがした。

熊谷駅で彼女が出迎えてくれた。当時の女性はみなもんぺを身につけていたが、彼女はスカートをはいていた。その素足が眩しかった。彼女には時勢を配慮しないような大胆さがあったし、見知らぬ学生を誘うような好奇心がつよかったのであろう。

うららかに晴れた日であった。喫茶店のような場所で話したような憶えはない。そんな店はもう閉じていたのだろう。荒川堤を一、二時間散歩した。手を握ることもなく、別れた。私は仄かな慕情を感じていたのだが、十八歳の私はそれほどに臆病だったし、彼女も年少の私の稚さに失望したのだと思われる。女性と二人だけでしばらくの時間を過ごした、私のはじめての経験はそれだけで何事もなく終った。その後、一、二度文通したことがあり、敗戦後一、二年してから外濠通りの実業之日本社の近くで偶然出会って、二言、三言、話したことがあったが、そのときには心のときめくこともなかった。思春期のまことに些細な思い出である。

＊

「闇の中を探照灯が幾すじかの柱のように立ち、ゆっくりと移動した。西の空から現れたB29がその探照灯の上を飛んでいた。飛ぶというよりも停止しているかのように思われた。やがて雷が満天から襲ってくるような轟音が耳を劈いた。一瞬の静寂が訪れた。やがて地平に点々と焔が立った。焔はたちまち地平に帯状にひろがり、空を焦がした。周囲は白昼のように明るくなった。数千、数万の家々が炎上していた。

私はそんな光景を寮の屋上から眺めていた。一九四五年三月、四月、五月と続いた東京大空襲の、私は一傍観者であった。五月二十五日、嚶鳴堂、寮務室をはじめ、物理学教室、化学教室など一高の木造の建物のあらかたは焼けおち、寮生たちが消火に奔走していた夜も、私は屋上から動かなかった。それから半世紀を経た今となって、その光景の記憶も定かでないし、傍観していた私の心理状態を辿ることも難しい。それは妖しくも美しい光景であった。壮麗であり、凄絶であった。私は罹災した人々に思いを寄せることもなかった。ある意味では私は茫然としていたし、ある意味では私は目覚めていた。

なまじの消火活動ではどうなることでもないと私は感じていた。たとえ、その夜の炎上を免れても、遅かれ早かれ、東京は全域にわたって焼土になるほかない、と私は考えていた。誰も彼も罹災者になることは間違いないと思われた。同情したからといってどうなることでもなかった。死は私の間近に迫っていた。死が襲ってくるまでの短い時間を私はもてあましていた」。

＊

右はかつて『スギの下かげ』という随筆集に収めた「敗戦まで」の冒頭である。五月二十五日の大空襲についても右の文章に付け加えることはほとんどない。その夜も私は寮の屋上で怪鳥のようなB29が探照灯の届かぬ上空を自在に飛ぶのを眺めていた。突然、私の頭上に囂々と焼夷弾の雨霰のように降りおちる音を聞いた。私は屋上から一階まで駆け降りた。静寂が戻ると、また私は屋上に登った。運動場は一面火の海であった。地上では木造の建物の消火のために寮生たちが走り廻っていた。私は屋上から北の地平に帯状にひろがる焔を見つめていた。

一夜明けると、渋谷一帯は焦土であった。代々木の丘陵に衛戍監獄の赤い煉瓦塀が焼け残っていた。校内には災禍を一部の木造の建物にくいとめられた昂奮と一種の虚脱感につつまれていた。

古賀照一さんのその夜の体験を知ったのはずいぶん後であった。古賀さんは、すでに記した壮行会の翌日、四月一日、横須賀海兵団に入営した。『詩《うた》のささげもの』には次の記述がある。

「「自分は精神病を患っているのであります。到底兵隊はつとまりません」。そう訴えて、海軍軍医大佐につめよりました。「ふうん、そうか」。相手はタジタジとなったようです。四月八日、もう一度、検査がありました。訊ねられました。「学生だね、どんな学校だ。なに？　哲学科？

そんなことやっているから、おかしくなるんだぞ。即日帰郷だ。明日、帰れ。」往くのは、嫌でした。しかし、帰るのも、少しも嬉しくないのでした。

五月二十五日夜、四谷左門町一帯がアメリカ軍の空襲によって火の海になりました。母とともに逃げまどいました。脱出は不可能です。真福寺の墓地のなかに立ちすくみました。火がつかないのに、卒塔婆がいっせいに炎えあがるのです。最後です。十名ほどの少女たちの群れが泣き声をあげていました。「オ父《トウ》サン、コワイヨー」、「オ母《カア》サン、助ケテ」。わたしは立ちすくみました。癪です。この世にさよならする詩をせめて一行、生み出してやるぞ、一枚の灰となってしまったっていいのだぞ。考えました。でも、何も出てこない。ああ。やっと……

現《うつつ》よ、透明《あかる》い　わたしの塋《はか》よ

だが、これは、六ヶ月ほど前にノートに書きつけた一行であるにすぎないのでした。

そして一時間後、火の海から走り出たのは、わたし一人でした」。

古賀さんが宗左近の名でその夜の体験を『炎える母』と題する長篇詩集として刊行したのは昭和四十二（一九六七）年であった。戦後詩中の絶唱ともいうべきこの作品がうまれるには、宗さんの内部でその体験が熟成し、表現を得るのに二十余年の歳月が必要であった。それほどに苛酷な体験であった。私はそういう体験をしている人々に思いを寄せることもなく、火の海を眺めていた。

同じ夜、四谷須賀町にあった太田一郎の実家も罹災した。しかし、当時太田は母堂とともに母堂の実家の岐阜に疎開していたので、古賀さんのような苛酷な体験は免れている。私は一度だけ太田の実家を訪ねたことがある。彼は幼いときに父君と死別しているので、母一人子一人であった。三十坪近い邸宅は数年前に新築されたばかりであった。足が滑るほど廊下も階段もつややかに拭きこまれた手入れの行届いた邸宅であった。灰塵に帰した太田邸を思うと、私も悲しく寂しい。その後、太田母子の苦難の生活がはじまるのだが、これは太田自身が『私の戦後史』で若干記していることであり、ここで私が書くべきことではない。

*

五月二十五日の大空襲により東京の山の手の広い地域が停電した。駒場の寮も停電し、断水した。すでに引用した若本修の「終戦前後の寮の思い出」には空襲後の寮の状況について次のとおり回想されている。

「空襲による停電は断水をひき起こしたが、寮生は水洗便所を使わざるを得なかったので、便器にはふん便が溢れていた。幹事の仕事の一つはバケツで水を運び、棒でふん便を突きくづしながら流すことであった。各人に配給されていた防毒面により、悪臭に耐えながらの作業であった。応急策として、素掘りの穴に板をかけ渡し、周囲と屋根を囲った仮設の便所が明寮と北寮を結ぶ通路の近くに作られた。

学校の構内にいたる所に排便の跡が見られた」。

私自身は若本のいう仮設の便所を使用した記憶がないし、構内の野外で排便した記憶もない。寮生の多くは、流れないままうづたかくつもっている糞便の上に、さらに糞便をかさねた。私もその一人であったが、これは五月二十五日の空襲の直後ではない。断水はかなり長く続いたので、敗戦間近い六月、七月ころであった。

私は断水し、水洗便所が使えなくなったことを知るとすぐ、五月二十六日、網代毅を誘って、大宮のわが家に帰省した。最近、網代と電話でそのときの思い出を話し合ったさい、網代が、私の母が若くピチピチしているのに驚いた、自分は末っ子だったので、母親はずいぶん年とっていた、と言うのを聞いて、あらためて当時の母がまだ四十歳を越したばかりだったことに気付いた。母は小太りで、肌がつやつやしていた。九十歳を越えてもクリームを必要としないほど肌の色艶がよかった。まして四十歳前後の母は若々しかったし、勝気だったから動作振舞も活潑であった。

五月二十六日、私たちは帝都電鉄といった、いまの井の頭線で渋谷に出たが、山手線は動いていなかった。渋谷から池袋まで、線路沿いの道を歩いた。いまはともかく、十八歳ころの私たちにとってそれほどの距離を歩くことはどうということでもなかった。赤羽線は動いていたので、池袋から赤羽へ、赤羽で乗りかえて京浜東北線で大宮に出た。いまになってみると大空襲の翌日、それだけの電車が運行されていたことは驚くべきことだ、と考える。そういえば、三月十日に私が浅草へ行ったときも、戦前東京で唯一の地下鉄であった銀座線は運行されていた。戦時下だったからかもしれないが、当時の鉄道関係者の勤務ぶりは驚嘆に値した。鉄道関係者にも空襲の罹災者が多かったにちがいないし、鉄道の施設の被害も甚大だったにちがいない。それでも、そのように鉄道が運行されていたことは、いまではほとんど夢のように思われる。

網代と相談して私たちは秩父の三峯神社を訪ねることとした。氷川神社の宮司を父が知っていたので、宿坊に宿泊できるよう、紹介状を頂いた。大宮から熊谷へ高崎線、熊谷で乗りかえて秩父鉄道で三峯口まで行った。三峯口から三峯神社までのケーブルカーも運転されていた。この時期になってもケーブルカーは運転を止めていなかった。

私たち二人はガランと広い宿坊のただ一組の客であった。二泊したはずである。網代は、私が『カラマーゾフの兄弟』の文庫本を持参し、三峯に滞在中読了した、という。私は記憶していない。『カラマーゾフの兄弟』には私は歯が立たなかったから、議論はとばして、筋書を辿って走り読みしたにすぎまい。そのころ、私はドストエフスキーは『貧しき人々』が好きだったし、『死の家の記録』『地下生活者の手記』などは身につまされるような思いで耽読したが、『カラマーゾフの兄弟』の哲学的、宗教的論議にはついていけなかったし、主要人物たちも非現実的にみえた。

宿坊の夜は真暗であった。二人だけで泊っていると文字通り闇につつまれた。朝、起床して便所へ行った。水洗式でも汲取式でもなかった。便壺はなかった。覗きこむと怖くなるほど深い谷底に糞便は落下していった。
帰途はケーブルカーを使わず、山道を徒歩で三峯口まで降りた。濃く、浅く、五月の陽にむせかえるような新緑であった。束の間の解放感に充たされた私たちは、寮に戻る自分たちを屠所にひかれる羊のように感じていた。

*

秩父鉄道の寄居駅で東武鉄道に乗りかえた。網代はそのまま直行して池袋経由で寮に帰った。私は高坂駅で下車し、三キロほど西の伯父の家に立ち寄った。父は二人の姉と三人の兄の六人兄妹の末子であった。父の実家の家督を継いだ長兄はとうに亡くなっていた。次兄は他家に養子に行き、この伯父も私の年少のころ亡くなっていたので、その養家先とはほとんど交際がなかった。私が訪ねたのは父のすぐ上の三兄にあたる伯父であった。かつては名主だったというが、すでに没落していた父の実家は、次、三男等に充分な教育をうけさせたり、農地等を分与するほどの余裕はなかった。長子相続制だった戦前の農家の次男以下は、父の実家がかりに没落していなかったとしても、似たような境遇であったはずである。父が尋常高等小学校を卒業し、松山町役場に勤め、その後知己を得て大宮に移り、変則的な教育課程を履修して裁判官になったことはすでに記した。父の三兄にあたる伯父のばあいは、尋常高等小学校を卒業して後、陸軍軍医学校に付属する装蹄士の教習課程を三カ月か六カ月履修し、牛馬の装蹄を業とし、かたわら分与された農地で稲作をし、野菜などを作っていた。

この伯父の長男にあたる私の従兄は私より五歳年長である。松山中学を卒業後、埼玉師範二部に進み、一年間わが家で生活し、私と机を並べていたことがある。彼はその後さらにいまの筑波大学の前身である文理科大学で数学を専攻した。埼玉県で教職に就き、いくつかの県立高校の校長をつとめ、教育次長を最後に退職した。退職後はしばらく私立大学で講義していたが、いまはそれも辞め、郷里に戻って悠々自適、八十歳をいくつか越えた現在も自動車を運転するほど、健在である。私が三峯からの帰途立ち寄った当時は、その従兄も、その下の、私より三歳年長の従兄も応召されていた。家に残っていたのは伯父夫婦と私より一歳年長で女学校を卒業して一年余の長女と、中学の三年生だった三男、まだ小学生だった末子の四男の五人だけであった。

この伯父夫妻にわが家は頼りきっていた。伯父はこだわらぬ人柄だったし、伯母はまめまめしい働き者で、よく気がつく方であった。私が立ち寄ったのも白米を腹一杯食べさせてくれるからであった。また、手打ちうどんを供してもらうことも多かった。副菜といえば、味噌汁に卵、茄子や胡瓜などの野菜の煮付けといったものだったが、ふだんの生活からみると夢のようなご馳走であった。私は伯父の家に一泊し、好き放題に食べてから寮に戻った。

わが家が戦中の食糧難の時代を何とか生きのびられたのは伯父夫妻のおかげといってよい。母は母なりに地縁、人脈をたどって買出しに行ったりしたが、いざとなれば、伯父夫妻を頼りにできたので、心理的に追いつめられることはなかった。それだけに伯父をあてにすることはできるだけ控えていたが、それでも、いざ、という時は稀ではなかった。あれも足りないだろう、これも不足なのではないか、と伯母がこまやかに気を遣って、必ず持ちきれぬほどの米や野菜を恵んでくれた。伯父も伯母もつゆほども厭そうな気配を見せなかった。かえって私たちに遠慮しないようにと無理矢理食料を持たせるような気配であった。

当時小学生だった従弟は戦後埼玉大学を卒業し、大宮で教職に就き、中学校の校長や教育委員会の役職をつとめたりしていたが、膵臓癌が肺に転移し、十年ほど前に他界した。その発病前、私の母の許を訪れたとき、たまたま私はいあわせていた。私たちが戦争中生きのびられたのは伯父さんたちのおかげだ、というと、彼がきっとひらき直って、そうですよ、親父は、いつ大宮から来るかもしれないから、といって俺たちにろくに食べさせてくれなかったんですからね、と言った。私たちは返す言葉もなかった。

考えてみると、伯父が長兄から分与された農地はたかが知れたものだったにちがいない。牛馬の装蹄の仕事も農家の働き手はほとんど招集されていたから開店休業の状態だったろう。働き手といえば伯父伯母の二人しかいなかった。その中で丹精した作物を心よく私たちに恵んでくれたのであった。そういう事情を迂闊にも戦後数十年気付かないままに過ごしてきたのであった。いまも健在な従兄に、私が、何といっても伯母さんは賢い方でしたね、といったことがある。私たちに食料を恵んでくれたさいの何やかや行き届いた伯母の親切が忘れがたかったからであった。ところが、従兄は、いや、親父の方がよほど頭が良かった、装蹄士としての腕も良くて、比企郡以外からもわざわざ客が来るほどでした、という。私は伯父が穏やかで、かざらず、大らかな人だと思っていたが、たぶん父を知ること子に如《し》くものはないのだろう。私の父のばあいは松山町役場に勤めたために、その後の生涯が展開したのだが、伯父のばあいは、そうした機会に恵まれないままにその才能を開花できなかったのであろう。現在もそうかもしれないが、戦前の農家の次、三男以下には似たような例は少なくないはずである。

従兄は本郷春治という。埼玉県の教育界ではまだ彼の名を憶えている方々もおいでになると思われる。

28

太田一郎が三宿の兵営に入営したのは六月一日であった。私はいいだと二人で見送りにいった。空は曇っていた。朝早く、まだうす暗かった。兵営に入った太田ら新兵が整列するのを兵門の外から見ていた。病気をもつ者は一歩前へ、という号令がかかった。太田はすこし躊躇しているかにみえたが、一歩前へ出た。何人かが太田に続いた。後に検査の結果、仮病と発覚すると厳重に処罰されるという噂であった。太田は羸弱であったが、とくに病気に冒されてはいなかった。それでも病気と主張し、あることないことを言いたてて即日帰郷を狙おうと話し合っていた。太田が一歩前へ出るのを見届けて、私たちは引きあげた。

しかし太田は失敗した。それでも太田はいかにも羸弱だったので、処罰は免れたらしい。ただ、戦後間もなく太田は結核のため療養所生活を送ることになった。これは当時の軍隊生活が遠因をなすにちがいないのだから、皮肉という他ない。

同じころ、出英利が入営した。どういうわけか私は銀座で出と出会った。他に一、二人見送りに同行したはずだが、誰かはっきりしない。出は父君出隆教授の郷里である岡山県津山の連隊に入営することになっていた。夜行列車に乗りこむ出と一緒に銀座から東京駅に出た。有楽町駅から丸ノ内側へ廻って、灯火管制下の暗い歩道を連れ立って歩いた。誰も彼も口数が少なかった。その夜、私ははじめて丸ノ内の赤煉瓦のビル街を見た。まるで西洋の街のようだと思った。私は東京にそんな一画が存在することに新鮮な驚きを覚えた。戦後になって、この一画のビルはすべて接収され、占領軍の統治機構の中となった。この一画が空襲を免れたのはそういう遠謀深慮によるのかもしれない。そう感じたのは私が弁護士になって通いはじめた三菱二十一号館が、昭和二十八年までソ連代表部に接収されていたことを知ったときであった。

その後間もなく、いいだが入営することとなり、片瀬のいいだ邸で送別会が催された。矢牧一宏がその数日前からいいだ邸に泊りこんでいた。いいだは中村光夫さんの紹介で小林秀雄さんを訪ね、小林さんから中原中也の遺稿をお借りし、二人がかりで二晩か三晩徹夜して、遺稿を筆写していた。

八畳、六畳、六畳の三部屋の襖をとりはらった二十畳の大広間に宴席が設けられた。床の間を背にいいだと中村光夫さんが坐った。中村さんは終始沈鬱な面持で一言も発言しなかった。席につらなったのは父君をはじめいいだの身内の方々と矢牧、私を除けば、ご近所の人々だったようである。その席でいいだが長唄を披露した。私はそれまでいいだが長唄を習っていることをまったく知らなかったので、驚きのあまり声も出なかった。そういえば、いいだが寮で生活していたころ、毎週何曜日かにきまって帰宅することがあった。それが長唄の稽古のためだったのだとはじめて思い当たったのであった。三味線は三十歳前後のふっくらした美貌の女性が弾いた。彼女がお師匠さんにちがいなかった。いいだが長唄を習ったのはそのお師匠さんが好きだったからだろう。そのときいいだが唄ったのは「秋の色種《いろくさ》」だったという。私の妹は数十年長唄を趣味としているが、「秋の色種」は母が好きだった曲の一つで、母が死んだとき、三曲ほどの長唄の譜面を撥《ばち》とともにお棺に入れたが、その一つが「秋の色種」だったといい、名曲にはちがいないが、寂しい曲だから、そういう席にはふさわしくないという。しかし、寂しい曲だからこそいいだが唄ったのかもしれないし、たまたまこの曲をさらいおえたばかりだったからというだけのことかもしれない。

いいだの長唄を別とすれば、意気上がらぬ壮行会であった。会が果ててから、手廻しの蓄音器でいいだは矢牧を相手に、くりかえし、バッハのG線上のアリアとラヴェルのボレロを聴いていた。早寝の私は適当な時間に切り上げたが、彼らは徹夜したらしい。

翌朝、祝出征という旗を先頭に十数名がいいだ邸から山を降り、境川沿いの農道を藤沢駅まで送った。葬列のように誰も足取りが重かった。朝まだき、吹きくる潮風が頸すじに冷たかった。

＊

いいだは即日帰郷に成功した。『サヨナラだけが人生、か』所収の「日本はとっくの昔に滅びている」中、次のとおり回想している。

「わたしが収容されて入隊した柏の連隊は、九十九里決戦に備えた「とっておきの最精鋭部隊」というふれこみでしたが、行ってみますと連隊本部は現地の小学校の校舎、配布された銃はすべて木銃（さすが民間のわたしたちに配給されていた竹槍ではなかったが）軍靴《ぐんくわ》は革靴ではなく今ならさしずめジョギング用のスフ製のズック靴、飯盒《はんごう》がこれまた太い竹を輪切りにした風流そのもののなモノ、ピカピカの新兵ながらに最初から何やら敗残兵の趣でして、これに唐傘でも配ったらまさに便衣隊でしたネ――なにしろ医務室には「軍医」と称する特務曹長がいるだけで、レントゲン設備も何もない。「何を隠そう、わたしは末期の結核である、毎日下痢が止まらない、腸結核にちがいない」と言い張る、四十五キロにまで痩せた（当時の壮丁は誰だって栄養失調でした）わたしを、特務軍医殿はすっかり持て余して、自分の顔はなるたけわたしから離してソッポの方を向きながら、指でもってわたしの骨だらけの胸をたたくだけ――「推敲」というんですかネ、はだけた胸を推《お》すというか敲《たた》くというか、トンツー、トンツーと、無線通信の打信（診？）みたいなことをしばらくやってから、「ヨーシ、即日帰郷を命ず」」。

いいだのこの種の回想は誇張や省略が多いので、額面通りには信用できないが、戦争末期の日本軍の装備については間違いあるまい。しかし、徴兵忌避の件は右の文章ほど単純ではなかった。ここまで書いて、たまたま一九七〇（昭和四十五）年生まれの若い歌人小川眞理子という方の『母音梯形《トゥラペーズ》』という歌集を読んでいたところ、作者がフランスのリヨン留学中の作に次の歌があるのに気付いた。

兵役の検診の朝濃口の醤油一瓶飲むフランソワ

いいだの『サヨナラだけが人生、か』中の「学徒出陣のことなど」に、「醤油のがぶ飲みをして徴兵忌避をはかるのも農村の壮丁なら、田畑や老父母が心配なあまりに深夜に連隊から脱走するのも農民の初年兵なのです。(この農村にめんめんと伝わる「醤油のみ」の秘伝は、ぼくも召集令状が来て入隊しなければならなくなった時には活学・活用させていただき、首尾よく「即日帰郷」ということにあいなりました!)」と書いている。いいだがまんまと即日帰郷になったのは、たんに腸結核という嘘を言い立てただけではなかった。毎日醤油を飲み続けて一升瓶を飲みほしていたのである。いいだに訊ねたところでは、醤油を飲んだからといって病気になるわけではない、ただ、ひどく躯が衰弱するのだ、という。それに、腸結核は、肺結核とちがい、レントゲン写真だけでは診断が難しい。いいだが入営して健康診断をうけたさい、レントゲン設備がなかったというが、かりに設備があっても、また正規の軍医が診断しても、嘘を見抜くことはできまい、といった計算もあったにちがいない。戦後いいだが結核になり、長らく療養生活を余儀なくされることになったのも、このときの無理が祟ったのではないか。ともかく、いいだが即日帰郷になるには、それだけ周到な配慮をめぐらし、身体を痛めつけなければならなかったのである。

それにしても、日本の農村ではじまった徴兵忌避のための醤油飲みという手段が、一九九〇年代のフランスにまで、どのような経路で伝播したのであろうか。日本の農民の智恵がフランスの市民に普及することからみれば、こうした風習の伝播も一種の文明の交流なのかもしれない。

とはいえ、昭和二十年に入ると、意外に簡単に即日帰郷が許される例も稀ではなかったらしい。私の同級生萩原宣之が『運るもの星とは呼びて』に寄稿している「「非常時」の青春」には次の記述がある。

＊

「昭和二十年二月一日、私は召集（「アカガミ」）により新潟の新発田の連隊に入隊した。この召集令が来る直前の一月、私は酒に酔って寮の階段でころんで足を折っており、びっこをひきながら雪のなかを入隊した。そこで私の身体検査を行った軍医は「この体では戦争に役にたたないので、足を直してから再入隊せよ」ということで即日帰郷の決定を下してくれた」。

山本温は府立五中で私の一学年上級で、昭和十八年四月に一高に入学し、昭和十九年九月七日に松本第五十連隊に入営した。昭和十八年入学の人々の制作した回想文集『風荒ぶ曠野の中に』に山本が「禍福は糾う縄の如く」と題する文章を寄せているが、これによれば、彼が一年のとき属していた運動部の練習で足首を二度捻挫し、二度の野外演習を彼は欠席した。そのため、学校教練の合格証を貰いに配属将校の教官室に出頭したところ、「合格証の用紙の真中にデカイ真赤な大印で不合格と押印された」ものを渡されたという。さらに山本は入営した後、「不合格がばれると、下士官達が同情してくれて、何か助けてやろうという気分になってくれる、有難いような、申訳ないような毎日であった」と記している。これは下士官達に恵まれたともいえるが、山本温の人柄に下士官達が感化されたのではないか。山本は次のとおり続けている。

「何日かたって、私の部隊は次の部隊編成の為に、十粁程離れた有明廠舎に移動する事になり、その前に身体検査をする事になった。

医務室の前で越中褌一つになって順々に部屋に入ると、型通り身長、体重、痔の検査、採血等があって、最後に若い白衣の軍医の前に坐って、暫く黙ってカルテのような紙を見ながら、聴診器で胸や背中の音を聞いていた軍医が、突然周囲に気を配ったような小声で「お前、帰りたいか」という。私はハッとしながらもやや間をおいて、「はい」と答えた。「よし、終り」と軍医の声で私は一礼して班に帰った。

又何日かたった或日、下士官室に呼ばれた。班長が待っていて何か書類を見ていた。「お前は胸膜炎だそうだ。血沈が七十六ミリもある。軍医殿のご指示で即日帰郷扱とする事になった」。「はあ?」と驚く私。「お前は今日午後除隊して東京に帰る。入隊中の給料と東京迄の汽車賃を支給する。私物をまとめて着替をしなさい。駅迄は○○一等兵が附添う。皆に別れの挨拶すること。世話になったということ」。実に淡々とした班長の話であった」。

その結果、山本温は昭和二十年四月一高に復学し、私と同級となった。

宗左近こと古賀照一さんが精神病と申し立てて即日帰郷となったことはすでに記した。敗色濃い昭和二十年も三、四月ころになると、学徒兵を徒死させるのにしのびないと考える軍医が少数ながら存在していたのではなかろうか。さもなければ、古賀さんのばあいも、萩原宣之、山本温のばあいも即日帰郷、除隊といったことはありえなかったのではないか。いいだのばあいにも同様の配慮がなかったとはいいきれまい。昭和十八年秋のいわゆる学徒出陣により戦地に赴き、特攻死等により戦死、戦病死した学生は数多い。しかし、昭和二十年、戦争末期には状況はずいぶん違ってきていた。即日帰郷、除隊といった幸運に恵まれなくても、いいだが書きとめている装備しかもっていなかった軍隊には、本土決戦などと唱えても、戦闘力は失われていた。旧満州で徴兵され、シベリヤに抑留されて栄養失調から肺炎に冒されて無残な死を遂げた尾藤正明を除き、私の同級生で戦死ないし戦病死した同級生はいない。それだけに尾藤の死はいたましく辛い。

*

歴史年表によると、昭和二十年六月十八日沖縄でひめゆり部隊が戦死し、二十三日には沖縄の守備隊が全滅し、組織的抵抗が終った。同じ六月二十三日に義勇兵役法が公布された、とあるが、私はこの法律については知識がない。ただ、私が簡閲点呼というものをうけたのはこのころだったと思うが、あるいはもっと早かったかもしれない。

大江志乃夫執筆の『昭和の歴史』第三巻『天皇の軍隊』には、一九「四四年秋、徴兵年齢の一年低下がおこなわれた。したがってこの年は満二〇歳と満一九歳と、二年分の徴兵がおこなわれた。徴兵検査の時期もくりあげられた。一九四五年、最後の徴兵検査をうけたのは一九二六年

（大正一五）一一月三〇日生まれまでである」と記されている。徴兵年齢は元来数え年二十一歳であったが、昭和十九年秋に数え年二十歳に引き下げられたように私は記憶していた。前に引用した外尾健一の文章にも「早生れであったため、正確には昭和十九年の秋に入隊した」と書かれている。戦前は年齢を満年齢でかぞえることは一般的ではなかった。ただ、徴兵年齢のばあい、前年の十二月一日から当年の十一月三十日までの間に満二十歳に達した者が徴兵検査をうけるよう義務づけられていたところ、これが昭和十八年秋に一年引き下げられて満十九歳となったというのが正しいようである。私たちは数え年で考えて、早生まれだから徴兵年齢に達していなかったと考えていたのだが、じつは十二月生まれは早生まれと同じ扱いをうけていたらしい。そう考えれば、私の記憶と大江志乃夫の記述とは、一ヵ月のずれがあるが、一致するといってよい。

大江志乃夫は「最後の徴兵検査をうけたのは一九二六（大正一五）年一一月三〇日生まれまで」と記しているが、昭和二十年六月ころ、さらに徴兵年齢は一年引き下げられ、私がうけた簡閲点呼は徴兵検査に代るものであった。中野徹雄は私と同じく昭和二年一月生まれだが、『運るもの星とは呼びて』中の「無題」で、昭和二十年九月には千葉県佐倉の連隊に入営する予定であった、と書いているし、山口県豊浦中学四年修了で私と同年に一高に入学した林義郎は昭和二年六月生まれだが、八月二十八日に島根県の浜田連隊に入営するよう令状をうけていた、と同じ文集の「激動の一高時代」に書いている。二人に確かめたところ、簡閲点呼をうけたのは昭和二十年六月ころ、あるいはもう少し早かったかもしれない、という。

私は指定された大宮小学校で身体検査をうけ、第三乙種と判定された。本来は甲種、乙種、丙種が合格、丁種が不合格だったが、丙種は事実上不合格にひとしく徴兵されることはなかった。やがて乙種は第一乙種、第二乙種に区別され、たぶん昭和十九年ころから第三乙種が設けられ、丙種が第三乙種に格上げされていた。私は身長こそ高かったが、栄養不足もあり、五十キロそこその体重しかなかった。外尾健一のばあいと同じである。私は徴兵逃れのために醤油を飲むような努力は何もしなかった。だから、この判定は私の不精によるものであった。また、積極的に自分の生き方を選ぶよりも、時運の流れに身を任せる私の生来の性質のためであった。考えてみると、私は自らその進路を主体的に選ぶことなく、これまでの生涯を過ごしてきたのではないか、という思いがつよい。

大宮小学校で身体検査を終えた後、私たちは大宮公園に移って、竹槍の訓練をさせられ、訓示をうけた。そのときはずいぶん年輩の人々と一緒であった。休憩中、その一人から声をかけられた。筑摩書房の古田です、と自己紹介し、どんな本に興味があるか、といった質問をうけた。私の一高の制帽に目をとめて話しかけて下さったのであろう。中村光夫さんについてしばらく話し合った。年譜によると古田さんは一九〇六（明治三十九）年生まれだから、そのとき数え年四十歳であった。こんな年齢の人まで召集されるのか、と私は気の毒に思った。古田さんは大柄な体躯をおずおずと曲げて、私に顔を寄せ、はにかむように話して下さった。その後私はついに一度も古田さんにお目にかかる機会がなかったが、その日の古田さんの後輩をいたわるようなやさしさにみちた表情は私に忘れがたい。

古田さんは当時私の家から百メートルほどしか離れていない宇治病院にお住まいであった。病院長の宇治田積氏は私の小学校時代の大宮町長であった。晒名昇さんにお訊ねしたところ、『筑摩書房の三十年』にも『回想の古田晁』にも、この簡閲点呼に関する記事はない、とのことであった。晒名さんはさらに、簡閲点呼にふれているから参考になるかもしれないといって、中村光夫さんの『憂しと見し世』を上掲二冊とともに貸して下さった。『憂しと見し世』によれば、中村光夫さんは徴兵検査の判定は丙種だったらしいが、戦局が厳しくなるにしたがい、何度か簡閲点呼をうけたそうである。簡閲点呼をうければいつ赤紙で「引っぱられる」か解らない状態になったという。私たち昭和二年生まれの者にとっては、簡閲点呼の身体検査の結果、合格と判定されれば、召集は必至であったが、古田さんのばあいは、中村光夫さんと同様、簡閲点呼をうけることを強制されたとはいえ、それが直ちに召集につながることではなかったのであろう。そのために、古田さん関係の書物にも格別の記述はないのではあるまいか。

晒名さんから教えられたところでは宇治田積夫人が古田夫人の姉にあたり、そういう縁故で、昭和十九年三月から昭和二十三年八月までの間、家族を信州の生家に疎開させ、古田さんは単身宇治家にお住まいだったとのことである。

*

六月下旬、やはり私が帰省中、父が上気したような面持で帰宅し、青森の所長にきまった、といい、七月一日付の辞令だから、それまでは喋ってはいけない、と釘をさした。青森地裁の所長に就任する旨の内示をうけたのであった。戦前の官吏には、親任官、勅任官、奏任官、判任官の区分があった。高文と俗称される高等文官試験の合格者は任官すると奏任官になったから、奏任官以上が現在の上級公務員に相当するであろう。私の少年時代、大宮の鉄道関係者中奏任官は国鉄大宮工場の工場長だけだといわれていた。父は東京控訴院判事として奏任官として最上級の等級にいたが、地裁所長は勅任官であった。一県の官吏中、勅任官は当時の官選の知事、地裁所長、地方検事局の検事正の三名しかいなかった。すでに記したとおり、父は変則の教育課程しか受けていなかったから、勅任官となることは多年の宿願であり、位人臣を極めるに至った、といった感慨があったにちがいない。私はそのときの父のしいて昂奮を抑えて冷静をよそおっていた態度を懐しく思いだす。しかし、一旦そういう地位に就くとさらに一そうの昇進を望むのが人間の悲しい性である。そういう父を私は傍から苦々しく見ることとなったが、それは戦後のことである。

それに、アメリカ空軍の空襲は当時まだ東北地方に及んでいなかった。青森に転居することは大宮よりもはるかに安全な地域に疎開するのにひとしいように思われた。すでに大宮も四月十四日に空襲をうけ、大宮駅に近い中心地区の二百二十五戸が焼失していた。東京大空襲とは比すべくもないが、大宮は交通の要衝なので、大規模な空襲も間近いだろうと私たちは感じていた。青森には宏壮な官舎が用意されているはずであった。私たちは一家をあげて父を祝福し、喜びにひたった。

*

横田光三は三月十日の大空襲の十日ほど後、高熱を発して倒れ、東大病院に入院した。後任の幹事長には菅井栄一郎が就任したが、菅井、中野体制の第四期幹事の任期は昭和二十年六月末に終り、七月一日から越智昭二を幹事長とする第五期の新幹事が就任した。ついでに付け加えれば、研修幹事の私の後任は原口統三であった。その後は、網代毅、委員制に復帰して大西守彦、ついで橋本和雄と続いたのだから、戦中戦後の最も困難な時期に研修幹事というもっとも閑雅な役職は私の周囲でたらいまわししていたわけである。もっとも大西守彦が『向陵時報』の復刊に獅子奮迅の働きをしたことからみて、この私物化はそれなりの功績もなかったわけではない。

三菱電機世田谷工場は五月二十五日の大空襲にも焼け残っていた。そこで私は七月一日にはまた勤労動員に舞い戻ったが、このときにはもう作業らしい作業ができる状況ではなかった。プロペラシャフトを作ろうにもその素材はなかった。工場へ通っても私は無聊をかこっていた。

一方、七月一日付辞令にしたがい、父は青森に単身赴任した。家族は後始末をすませてから青森に行くこととなった。わが家で最も大事にしていた、また、生活上最低限必要な、家財家具類を青森へ引越しの第一陣として送った。始末すべきことは多かった。たとえば、わが家を空家としておくことはできなかったから、借りうけてくれる人を探さなければならなかったし、青森へ送りきれないで残る荷物をどうするかも問題であった。やがて空襲で罹災すると覚悟していても、捨て去るわけにはいかなかった。祖父は八十二歳、祖母は六十七歳、二人とも与野、大宮にしか住んだことはなかったから、知る人もない青森へ移り住むのは余程の覚悟も仕度も必要だった。いっそ空襲で罹災したのなら、それなりに思い切れたかもしれない。大宮、与野の親戚、知人たちにも挨拶しなければならなかった。処理すべき事柄が山積していた。千葉医大に在学していた兄は千葉で、私は駒場の寮で、ふだん生活していたから、まだ四十歳そこそこの母が一手でその処理に当たらなければならなかった。後始末は遅々としてはかどらなかった。それが幸運であったというべきかどうか、その時点では分らなかった。

そのころ、中野徹雄から、理甲一年生が立川の中島飛行機製作所に勤労動員されることになったので、二年生から何人かが付添として同行する、自分は行くようにいわれているのだが、君も一緒に行かないか、と誘われた。これも一高の自治制の名残りで、勤労動員される一年生の合宿生活の幹事役として若干の二年生が同行することになったのであろう。私は研修幹事の安楽な生活に味をしめていたので、二つ返事で中野の誘いにのることにした。

＊

立川へ出かける直前の七月二十六日にポツダム宣言が公表され、二十八日の新聞に報道された。私は新聞の片隅にこの記事が掲載されていたように憶えていたが、『朝日新聞』マイクロ版を印刷して読んでみると、事実はそうでなかった。第一面左欄の社説を除く紙面の中央、約半分をこの宣言にあてている。

米英重慶、日本降伏の
　最後條件を声明
　　三国共同の謀略放送

という見出しの後に、ポツダム宣言の降伏条件が紹介され、次いで

政府は黙殺

という見出しに続いて、「帝国政府としては米、英、重慶三国の共同声明に関しては何ら重大な価値あるものに非ずとしてこれを黙殺すると共に、断乎戦争完遂に邁進するのみとの決意を更に固めてゐる」と記し、また、「多分に宣伝と対日威嚇」との見出しでポツダム宣言を解説している。

今日になって知られるところでは、ナチス・ドイツ降伏後の七月十七日から八月二日にかけてベルリン郊外のポツダムにトルーマン米大統領、スターリンソ連首相、チャーチル英国首相の三

首脳によって宣言が採決され、蔣介石中華民国総統の同意を得て、米英中三国首脳の名によって発表された。ソ連がポツダム宣言に署名したのは、日ソ中立条約を破棄して対日戦に参加した後の八月八日であった。

新聞の見出しの「米英重慶」の重慶は重慶の国民党政府を指すのだが、蔣介石総統は会談に参加したわけではなく、たんに米英ソ三国首脳の決定に同意したにすぎない。もちろん蔣介石総統として同意以上の選択はありえようはずもなかった。いまになって気付いたことだが、「米、英、重慶三国の共同声明」と記し、重慶の国民党政権を中国を代表する政府として位置づけていることは注目に値するのではないか。汪兆銘が昭和十九年に日本で死去したとはいえ、日本政府としては汪兆銘が南京に樹立した傀儡政権を、少なくとも公式には、中国を代表する政府とする立場を採っていたのではなかろうか。

翌々七月三十日の新聞には鈴木貫太郎首相の談話が一面トップに掲載されている。「首相の抱く大東亜戦争完遂の方式は次の如く要約される」と記している。

「一、米、英、重慶三国共同声明は価値なく、帝国政府はこれを黙殺して戦争完遂に邁進するのみ

二、皇国現在の戦争遂行は統制部に全面的な信頼をおいて心おきなく作戦に当らしめることにある。このためには国民も不足勝ちな生活を忍んで貰ひたい

三、国民戦意の昂揚と、決戦兵器の増産が大切なことは申すまでもなく、政府もこれが方策に

大いに努力してゐるが、既に地下工場の建設に大いに進捗を見て、その成果も期して待つべきものがある」

平凡社版『世界大百科事典』の「ポツダム宣言」の項中、筆者、木坂順一郎は、「7月28日軍部主戦派の圧力に屈した鈴木貫太郎首相が、この宣言を〈黙殺〉すると言明したため、アメリカはそれを口実に広島と長崎へ原子爆弾を投下」したと記している。この「黙殺」には受諾でないが、拒否でもないといった含意があったようである。しかし、「黙殺」は拒否とうけとられるのが当然なのではないか。これから拒否しないという含意を汲みとってほしいと期待するのは無理だろう。私は鈴木貫太郎の苦衷に同情するけれども、明晰な意思表示を嫌って、ことさらに曖昧に表現し、対外交渉に失敗し、あるいは対外交渉の結果を国民に糊塗してきた経験はいまだに続いている。

実際問題として、私たち自身がこの黙殺を拒否と理解したのであった。日本人の圧倒的大多数も同じだったにちがいない。ポツダム宣言の降伏条件を眼にして、こういう条件なら是非受諾してもらいたいものだ、と中野徹雄と私が話し合った記憶が鮮明である。同時に、こうした報道がされたのは、鈴木貫太郎内閣が戦争継続の戦意を私たち国民に打診する意図によるのではないか。そんなことも話し合ったのであった。

＊

鈴木貫太郎首相の談話が発表された七月三十日の新聞には、「B29三百四十機　東北、東海、中部、四国へ」という見出しとともに「青森、平を焼夷攻撃」とあり、「二十八日夜東北に侵入したB29百二十機の中の主力は午後十半時頃から相次いで青森市附近に集中、一時間以上に亙《わた》つて焼夷弾攻撃をなし二十九日午前零時半ごろ岩手県方面を経て脱去した。このため市内各所に火災を生じたが、二十九日午前五時ごろまでに概ね鎮火した。同市は東北各都市に率先して建物疎開してゐたため重要建築物の大部は無事であつた」と報道している。

「午前五時ごろまでに概ね鎮火した」とは青森市全域が焦土と化し、それ以上燃えるべきものがなくなったことを意味する。重要建築物の大部は無事であったというけれども、父の勤務先である青森地裁の建物も焼失した。同時に、私たち家族が住むはずだった官舎も焼失し、送りこんでいた家財、家具類も灰塵に帰した。この青森空襲の当夜、父はたまたま家族を迎えに大宮に戻っていた。引越しの仕度の遅れのために、私たち家族はなかなか出発できなかった。空襲の報道を目にすると父はすぐに青森にひきかえした。そのため、私たち家族は無事だったのだが、もし家族が早々と青森に到着し、空襲にあったとすれば、老人たちをかかえて地理不案内な土地で、はたして私の家族は無事だったかどうか疑わしい。出発の遅れが私たちにとって幸運となったともいえるかもしれない。

間もなく父から知らせがあった。青森市外の青森刑務所の看守たちの武道場兼倶楽部の建物に、裁判所、検事局の家族とともに仮寓しており、板敷きの武道場には職員数家族が生活し、四部屋ある六畳間を二部屋ずつ検事正一家と私たち一家とが分け合って使用することとなったので、私たちが引越してきたら当分その二部屋で生活することとなる、ということであった。

＊

私は中野徹雄らとともに理甲一年の学生たちに付添って八月一日に立川に移った。中野の前記「無題」という文章には、「飛行機製作所といっても生産設備は空襲で跡かたもなく、仕事は広い工場敷地での農耕であった。同行の教官は日高第四郎氏、竹山、市原、金沢の諸先生であって、食料不足を補うため、竹山先生の指示で、先生の手紙を携えて皇居内の枢密院に赴き、当時の書記官長石黒武重氏に陳情し、さつま芋百貫目が調達できた。これは石黒氏が前農林次官であったおかげと思われる。一方、風点の諸兄が大きな鍋を調達され、全員が一とき飢をしのぐことができた」とある。風点とは風紀点検幹事をいう。

私はこのさつま芋をふるまわれた記憶はない。すでに別に記したことがあるが、立川では、五センチほどのじゃが芋に大豆をまぶしたものが一食の主食、副菜のすべてで、それが毎日三食続いた。駒場の寮の食事もずいぶん貧しくなっていたが、その駒場の食事が恋しかった。学生の誰も彼もが烈しい飢餓感に襲われていた。ある日、一人の一年生が近所の農家の畑のきゅうりを盗んでナマで食べたのが発覚した。一高生にあるまじき不届きな盗みということで、その学生は懲戒処分をうけた。本来なら退寮処分になるはずであった。一高の全寮制の原則から退寮処分は退学処分につながった。立川組の幹事長というような地位にあった中野はずいぶん悩み、竹山教授をはじめとする先生方と協議をかさねたようである。その学生は退寮処分にはならなかったはずだが、何らかの懲戒処分をうけた。私は学生に同情したが、ここでも傍観者にすぎなかった。

八月六日、広島に原子爆弾が投下された。中野の文章によれば、「金沢先生は直ちに理甲の一年生を集めて原爆のメカニズムを説明された」という。それまでの空襲は、夜間、百数十機が大挙して飛来し、大量の焼夷弾を投下して市街地を劫火にまきこむのであったが、この「新型爆弾」は一、二機で飛来したB29が一挙に全地域を焼き払い、ほとんどの市民に死をもたらすと伝えられた。そのため、白昼ただ一機でB29が飛来しても、すぐ待避が命じられた。八月八日にはソ連が参戦、旧満州に侵入、八月九日には長崎に原子爆弾が投下された。

そのころ、ただ一機のB29が来襲し、空襲警報が出た。私は同じく付添で立川に来ていた三宅皓士と二人で歩き続けて村山貯水池まで逃げた。そこまで逃げる必要があったかどうかは疑わしい。多分にハイキング気分であった。貯水池のほとりで水に手をひたしながら、三宅と二人でしきりに議論したことを思いだす。何を議論したかは憶えていない。ただ、三宅の論理が鋭利で、かつ、頑固だったことが印象に残っている。三宅は当時は理科の二年生だったが、戦後に文科に転科し、東大では経済学部に進んで経営学を専攻した。福島大学の教授として在職中昭和六十三（一九八八）年に死去したと聞いている。

＊

その直後、中野から、日本政府はポツダム宣言の受諾をきめ、米国海軍がすでに東京湾に集結している、と教えられた。中野の父君は東条内閣の顧問だったから、政府の上層部から情報を入手したのであろう。そう教えられると私はすぐ立川を引きあげることに決めた。私が咄嗟に考えたのは敗戦後の混乱であった。誰の許可もうけず、何の荷物も持たず、身体一つで大宮に帰った。

私は一日も早く父の許に行くべきだと母を説得した。しかし、青森に送り出した家財等が焼失したことが分っていたから、追加の家財等の荷造りもしなければならなかった。四月十四日の大宮の空襲で罹災したHさん一家がわが家を借りてくれることになった。それでも借主に手をふれられては困る家財類の始末も必要であった。与野、大宮の親戚知己たちへの挨拶廻りもはかどらなかったし、年老いた祖父母の身廻品も荷造りしたり、始末しなければならなかった。

こうして日々を徒過しているうちに八月十五日を迎えた。晴れ上がった、暑い日であった。私は庭にシャベルで穴を掘り、箱詰めにした什器類を埋めたりしていた。正午に「玉音放送」があるということであった。私は敗戦を告知する放送を苛々しながら待っていた。

やがて「玉音放送」がはじまった。はじめて耳にする昭和天皇の声は聞きとりにくかった。堪えがたきを堪え、忍びがたきを忍び、といった言葉がきれぎれに聞こえた。ポツダム宣言の受諾、降伏による戦争の終焉を告げる趣旨に間違いなかった。手伝いにきてくれていた親戚や近所の女性たちはぼろぼろと涙をながし、いつまでも泣きやまなかった。やがて放心したように手を休めた。私は若干の違和感をもって、その光景を見遣っていた。

そのとき、私が感じたことを正確に再現することは難しい。滑稽なことだが、私が真先に思ったのは、今晩から燈火管制が必要なくなり、明るい電灯の下で本が読めるということであった。やがて、眼前に迫っていた死が遠のき、生きのびられたのだ、という安堵感が私の心の底から湧き上がってきた。同時に、私ははてしない虚脱感に襲われていた。戦争と軍部支配体制から解放されたことによって、かえって私は心ががらんどうになったように感じていた。私はどんな未来も展望できなかった。神がかり的な一部の軍人たちが依然として本土決戦に固執し、天皇に反抗するのではないかと危惧した。三月十日以来の大空襲、広島、長崎の原子爆弾投下からみて、占領軍の進駐によって、どんな残虐な行為が発生してもふしぎではないと思われた。そんな安堵感、虚脱感、不安がこもごもに私の心に渦巻いていた。

私たち一家が青森へ向かって出発したのは翌八月十六日であった。

後記

本書は『ユリイカ』二〇〇二年一月号から二十八回にわたり連載した文章をまとめたものである。

連載をはじめたときは昭和の終りまで書くつもりであったが、瑣末にこだわったため、戦争が終るまでで二十八回を費やしてしまったので一応筆を擱くことにした。気力が回復し、体力が続けば書きつぐつもりだが、それが何時になるかは目下のところ分からない。

本書にまとめるにあたり、若干補足し、事実の間違いを訂正し、文章に少し手を加えた。目次は何かの便宜のため新たに作成したものである。

学校時代の級友については、「君」「さん」等の敬称は、統一のため、すべて省略した。失礼はお許し頂きたい。

連載から刊行に至るまで、青土社の清水一人さん、郡淳一郎さん、岡本由希子さんに一方ならぬお手数をおかけしたことを心から感謝している。

二〇〇四年五月九日

中村　稔

私の昭和史

中村稔

二〇〇四年 六 月一〇日第一刷発行
二〇一三年 九 月一五日第七刷発行

発行者 清水一人
発行所 青土社
東京都千代田区神田神保町一‐二九 市瀬ビル 一〇一‐〇〇五一
電話 〇三‐三二九一‐九八三一（編集） 〇三‐三二九四‐七八二九（営業）
www.seidosha.com

印刷所 ディグ・方英社
製本所 小泉製本

装幀 菊地信義

ISBN4-7917-6122-7